Elsie Johansson

Das Leben ein Fest

Elsie Johansson

Das Leben ein Fest

Roman

Aus dem Schwedischen von
Katrin Frey

Piper Nordiska

Die Originalausgabe erschien 2001 unter dem Titel »Nancy«
im Albert Bonniers Förlag, Stockholm.

Von Elsie Johansson liegen im Piper Verlag außerdem vor:
Licht im Winter
Mittsommertanz

ISBN -13: 978-3-492-04776-0
ISBN-10: 3-492-04776-9

Satz: Satz für Satz. Barbara Reischmann, Leutkirch
Druck und Bindung: Clausen & Bosse, Leck
Printed in Germany

www.piper.de

1

Mein Vater, Karl Viktor Pettersson, genannt ZehenPelle, starb am 16. November 1941. Wie Mutter und ich diesen Herbst mit seinen schwarzen gepflügten Äckern und den durchweichten Schindeldächern und den unendlich langen und kalten Winter überstanden, es war der dritte Kriegswinter, weiß ich nicht genau.

In der ersten Zeit konnte ich mir nur schwer vorstellen, daß er wirklich fort war. Nach der Beerdigung, bei der ich ja gesehen hatte, wie der Sarg hinabgesenkt wurde, lebte ich einfach in der Erwartung, daß alles wieder so werden würde wie immer, als wäre nichts geschehen. Da war eine Bereitschaft und ein Aufhorchen in mir, das nachmittags um kurz vor fünf besonders deutlich wurde, wenn er immer von der Säge gekommen war. Dann schwappte die Klangerinnerung in meinen Ohren, ich meinte, das Stapfen auf der Veranda und das Scharren des großen Reisigbesens zu hören; bevor er hereinkam, fegte er immer ein paarmal rings um seine Füße und vor der Haustür. Auch das Schneuzen hörte ich oder hatte es vielmehr vor Augen. Ich sah, wie er seinen Kautabak ausspuckte und sich in die Finger schneuzte.

Ob Mutter die gleichen Erwartungen hatte und Vaters Anwesenheit genauso spürte wie ich, weiß ich nicht. Aber ich glaube, es war so, denn in vieler Hinsicht verhielten wir uns ganz ähnlich, obwohl zwischen uns nichts ausgesprochen war. Das betraf beispielsweise den Radioapparat. Der stand mit seinem beigebraunen Gitter und den großen runden Knöpfen, an denen niemand drehte, lange Zeit stumm da, ich glaube, wir hörten in den ersten Wochen nicht einmal die Nachrichten. Ob die Welt da draußen mit ihren großen Ereignissen, Krieg und Elend, uns in unserer Versenkung nichts anzugehen schien oder ob die Nachrichten aus irgendeinem Grund Vater geweiht waren, ist schwer zu sagen. Immer hatte er vornübergebeugt auf der Küchenbank gesessen und mit der Hand hinterm Ohr aufmerksam gelauscht. Wenn wir beim Abwaschen zu laut mit dem Geschirr klapperten, zischte er. Nun schlichen wir rücksichtsvoll herum, als säße er noch immer dort und dürfte nicht gestört werden.

Morgens genauso. Wie immer werde ich von einer Hand an meiner Schulter und einem Flüstern an meinem Ohr geweckt: »Wach auf, Nancy – es ist fünf!« Und wir bewegen uns so vorsichtig und wispern noch, während der Kaffee getrunken wird und Mutter den Proviant einpackt, nur für eine Person. Die große Uhr tickt, und der Haken neben der Tür starrt leer zur Decke, denn Mutter hat Vaters alte Mütze weggeräumt. Doch was hilft das? Wir sind noch lange nicht da angekommen, wo sich seine Anwesenheit verflüchtigt und die Erinnerungen einsetzen.

Wenn ich mich zurücktaste und nachzuempfinden versuche, wie es kurz nach Vaters Tod war, scheint mich ein Tunnel oder eine Grotte zu umschließen. Mutter und ich, wir sitzen im Schein der Karbidlampe am Tisch, sie gebeugt über ihre Sachen, ich über meine. Draußen ist es pechschwarz. Kohlpechrabenschwarz, wir sind umgeben von Dunkelheit, denn es ist November, und es hat noch nicht geschneit. Im Herd knistert das Feuer, die Katze liegt zusammengerollt auf der Platte, und es gäbe viel zu sagen, aber dafür ist es noch zu früh. Zu früh, um über die Zukunft zu sprechen. Und an so gewaltige Gefühle wie Liebe, Trauer und Schuld haben wir nie gerührt. So waren wir eben, das war unsere hilflose Methode, wir schwiegen uns einfach durch.

Als einziges leiert Mutter wieder und wieder herunter, daß es zum Glück schnell gegangen sei. *Immerhin*, sagt sie. Wenigstens mußte er nicht lange leiden! Und wenn die Zeit gekommen ist … Danach kommt das Seufzen.

Und was soll ich darauf antworten? Was gibt es da zu sagen? Ich nicke und versuche zu trösten, denn sie braucht den Trost vermutlich mehr als ich. Aber Schmerzen hatte er, egal, was Mutter sagt. Ich habe den Schrei doch gehört, habe gesehen, wie er sich beim Holzschuppen herumwälzte, wie die Oberlippe in seiner schmerzverzerrten Fratze sich so weit nach oben zog und über die Zähne spannte, daß man den Kautabak sehen konnte. Also hat es doch weh getan, als sein Herz kaputtging. Aber es ging schnell, da hat sie recht.

Abend für Abend höre ich den mühseligen Wehmutsklang, wenn Mutter den alten Wecker aufzieht. Ein paar Hölzchen werden nachgelegt, die letzten für diese Nacht, ich höre die Endgültigkeit im Knallen der Ofenluke und dem Klang des Schürhakens. Wenn sie die Lampe auspustet und gute Nacht sagt, liege ich bereits auf dem Sofa in der Kammer. Und da sind wir zwei, sie und ich. »Gute Nacht, Nancy! Und schlaf gut! Du mußt morgen früh raus, du Ärmste, hoffentlich kannst du bald einschlafen.«

Der Schlaf wird schon kommen, aber nicht sofort. Ich liege wach und denke. Hier drin lag Vater in der Nacht nach seinem Tod auf einem Küchenbankdeckel zwischen zwei Stühlen, bedeckt mit einem Laken. Mutter saß und wachte, und in Großmutters alten Kerzenhaltern brannten Kerzen. Der Gedanke daran ist nicht unangenehm, ich sehe keine Schreckensbilder, und ich habe keine Angst. Vater ist Teil der Küche und nicht der Kammer, er war selten hier drin, sein Gesicht ist nicht eingeätzt in das Glas des länglichen Spiegels, der in einem Kipprahmen auf der braunen Kommode steht. Im übrigen ist es stockfinster hinter den Verdunklungsgardinen, und meistens denke ich überhaupt nicht an Vater. Ich denke über mich selbst nach und daran, wie alles werden soll.

Vaters Tod hat meinen Plänen ein Ende gesetzt, alles hat sich mit einem Schlag verändert. Ich wollte ja ausziehen. In aller Heimlichkeit hatte ich per Briefwechsel mit Sara, der Verlobten von Börje, ausgemacht, daß ich gleich nach Neujahr nach Eskilstuna kommen würde, sie wollte mir helfen, eine Arbeit und ein Zimmer zu finden. Ich würde meinen Fernkursus beenden und ernsthaft versuchen, die Prüfungen für den Realschulabschluß zu schaffen. Wie sollte das jetzt gehen? Ich hatte Geld gespart, so daß ich wenigstens etwas für den Anfang hatte. Alles war vorbereitet, nur das Schlimmste hatte mir noch bevorgestanden: es Mutter zu sagen!

Gott sei Dank war ich nicht dazu gekommen. Und noch mehr mußte ich Gott dafür danken, daß ich nicht zu Fräulein Hansson, genannt PostBerta, gerannt war und meine Stelle bei der Post gekündigt hatte, denn jetzt war es, wie es war. Ich konnte Mutter nicht allein lassen, das stand für mich an dem Morgen fest, als Vater hinausgetragen wurde auf den Weg aus frischen Tannenzweigen, die Arvid in der Biege kreuzweise von der Verandatreppe bis zum Gartentor gelegt hatte, als wir dort in der Kälte standen und Mutter mir den Arm um die Schultern legte. »Gut, daß ich dich habe, LüttNancy«, sagte sie. Es war wie ein Joch, ein Liebesjoch.

Nach der Beerdigung wurde es auch nicht leichter, da packte Betty die Gelegenheit beim Schopf: »Tja, jetzt mußt du Mutter helfen, Nancy! Nun mußt du für sie dasein! Ist schließlich nicht zuviel verlangt, daß du ein bißchen was zurückgibst – hast ja zu Hause gewohnt und *studiert*, Gott bewahre! Auf Vaters Kosten, obwohl du ein erwachsener Mensch bist. Meine Güte, mit achtzehn Jahren. Von uns anderen ist keiner so verhätschelt worden. Wir haben selber für uns gesorgt, das haben wir!« Verächtlich verzog sie den Mund.

Sinnlos, mit Betty zu diskutieren. Sie wollte sich an mir rächen, wofür, weiß ich nicht. Doch, ich glaube, ich weiß es. Sie ertrug es nicht, daß ich anders war. Sie war eifersüchtig, weil mein Leben, zumindest in ihren Augen, noch unberührt war, weil ich über Möglichkeiten verfügte, die sie nicht hatte und nie gehabt hatte, ständig hielt sie mir das vor. Arme Betty! Erst zweiundzwanzig Jahre und schon drei Kinder, eins nach dem anderen. Natürlich verstand ich, daß sie mit ihrem Leben unzufrieden war, doch war das meine Schuld? Warum mußte sie sich immer auf *mich* stürzen? Obwohl ihre Gefühle und Ansichten in vielem ihre Berechtigung hatten: ich war die Jüngste und war mehr umsorgt worden, das ließ sich nicht abstreiten, und die Natur hatte mich anders ausgerüstet. Obwohl ich nichts dafür konnte, hatte ich das Gefühl einer Schuld, die ich abbezahlen mußte. Betty hatte recht. Es war klar, daß ich bei Mutter bleiben mußte, wie auch sonst? Sie brauchte mich jetzt.

Vermutlich habe ich deswegen den Eindruck, in einem Tunnel zu stecken, unter der Erde und an beiden Enden verriegelt, wenn ich mich zurücktaste zu den ersten schwarzen Wochen nach Vaters Tod. Wir saßen dort in der Hütte, und die Zeit stand still. Und dann kam der Schnee.

Es war ein strenger Winter prophezeit worden, doch daß er uns schon im Dezember unter seiner Knute haben und überhaupt nicht mehr loslassen würde, hatte niemand ahnen können. Viel später, als man Kurven und Tabellen aufgezeichnet hatte, wurde bewiesen, daß es der härteste Winter der Kriegsjahre war. Schnee- und Kälterekord, selbst in Schweden starben Menschen vor Kälte. An den Ostfronten erfroren den Soldaten Wangen und Füße, war in der Zeitung zu lesen, und Pferde starben an Lungenentzündung. Wir bei ZehenPelles, Mutter und ich, hätten aufgeben können – aber wie hätte das gehen sollen? Sich hinzustellen, das Maul aufzureißen und zu brüllen und den Himmel zu verfluchen wäre sinnlos gewesen, so verrückt waren wir nicht. Was hätte das genützt? Wir beteten auch nicht. Wir bissen einfach die Zähne zusammen.

Wir hatten eine Schaufel und den großen Reisigbesen, wir hatten den Herd in der Küche und einen alten Ofen, aber doppelte Fenster hatten wir nur in der Kammer, die Innenseite der Glasscheiben war mit Eiskristallen überzogen. Wir kratzten mit den Nägeln und hauchten kleine Gucklöcher an die Scheiben. Das Tageslicht verdunkelte sich. Der Schnee wurde zwischen Haustür und Schwelle geweht, die Tapeten waren mit Rauhreif bedeckt, und das Wasser im Wassereimer gefror. Wenn wir aufs

Plumpsklo mußten, gingen wir zwischen Wänden hindurch, die nicht aus Stein, sondern aus blauweißem steinhartem Schnee waren. Lockerte sich der Kältegriff hin und wieder, kam neuer dichter Schneefall. Ein unsichtbarer Himmel schien mit dem Messer aufgeschlitzt worden zu sein, es schneite tagelang, ein Tag mit Schneetreiben reihte sich an den nächsten. Dann war wieder alles so zugeschneit, daß keine Wege zu sehen waren, vor allem im Februar gab es ein Inferno.

Doch unser Häuschen hielt stand, seltsamerweise. Obwohl ihm die Kälte in die Ecken biß und der Sturm es peitschte, es hielt stand. Und wir, Mutter und ich, taten es auch. Wir erwachten aus dem Lähmungszustand nach Vaters Tod, jetzt gab es keine Zeit mehr für Grübeleien und Selbstmitleid, nun ging es ums Überleben, im wahrsten Sinne des Wortes. Es gab keinen anderen Ausweg, als weiterzukämpfen. Der Winter half uns mit seinen schmerzhaften Kniffen auf die Sprünge, doch das begriffen wir nicht, als wir mittendrin steckten, da verfluchten wir den Schnee. Und liebten ihn auch, auf merkwürdige Weise. Er brachte zumindest ein bißchen Spannung, die von anderen Dingen ablenkte.

Mutter hatte mich verhätschelt und behandelt wie ein Kind – damit hatte Betty recht. Nun war Schluß mit der Hätschelei, nicht direkt über Nacht, aber so ungefähr. Während dieses strengen Winters 1941/42 wurden wir zwangsweise ein beinahe ebenbürtiges Paar, wir kämpften unter fast gleichen Bedingungen nebeneinander. Sie nannte mich nicht mehr so oft LüttNancy und betüddelte mich nicht mehr von vorne bis hinten. Sie schien mich endlich als Erwachsene akzeptiert zu haben. Doch ich war nicht erwachsen, ich war kindisch und übereifrig. Zu meiner Verteidigung muß gesagt werden, daß der Zeitgeist mich anfeuerte. Für Schweden zu marschieren und *Einsatz* zu zeigen, das war in diesen unruhigen Zeiten die Pflicht eines jeden Mitbürgers! Tja, und ich zeigte Einsatz. Eine tapfere kleine Heldin an der Heimatfront, das war ich, ZehenPelles Nancy! Besonders wenn ich morgens zur Post trabte – vermutlich von allen im Dorf als erste auf den Beinen –, oft ganz oben auf dem steinharten Schneewall, da die Wege noch nicht gepflügt waren, den Schal um Nasenspitze und Mund gewickelt und mit hoch über die Waden gezogenen Wollsocken, dann fühlte ich mich wie ein Soldat in der Armee Karls des Zwölften. Ich schulterte meine Verantwortung und genoß meine eigene Tüchtigkeit.

Auf dem Heimweg traf ich fast täglich jemanden, der eine Hand im Fäustling hob und mir zuwinkte: »Ojemine! Was für ein scheußliches Wetter! Aber du läßt dich nicht unterkriegen, Nancy! Grüß deine Mutter! Ein Glück, daß sie dich hat ...«

Doch, ich leistete schon meinen Beitrag. Mit Schneeschippe und allem drum und dran. Unter dem Verandadach, wenn ich den Schnee abgetreten und abgebürstet hatte, muß es um mich vor Heldenmut nur so geklingelt haben, während ich meine Stiefel auszog und die Kälte meinen Kopf wie eine Wolke umgab.

Ich merkte nicht, daß meine geschäftige Tüchtigkeit Mutter verletzte, ich merkte nicht, daß das feine Gleichgewicht zwischen ihr und mir in eine Schieflage geriet. Sie hatte ihren Stolz, und ich hatte meinen, und sie sollten gleich viel wiegen. Daß dies eine ernste Sache war, begriff ich erst an dem Tag, als ich meinen Weihnachtslohn bekam.

Ich hatte bisher jeden Monat vierzig Kronen zu Hause abgegeben, manchmal waren es fünfzig, obwohl Mutter sich dagegen wehrte. Von dem Rest, das heißt ungefähr genausoviel, ging das meiste für den Fernkursus von Hermods drauf, den ich zu günstigen Bedingungen abbezahlte. Das übrige Geld konnte ich für Kleider und ähnliches ausgeben, doch in diesem Herbst hatte ich den Überschuß meistens in die Schachtel mit den gelben Rosen auf dem Deckel gelegt. Für künftigen Bedarf. Als ich nun meinen Lohnzettel für Dezember erhielt und ein wenig mehr als üblich quittierte, weil es der Weihnachtsmonat war, genauer gesagt hundertzwanzig Kronen, übermannte mich die Großmut. Ich konnte mich kaum beherrschen, bis ich die Küche betreten und das Portemonnaie aus dem Rucksack gezogen hatte. Achtzig Kronen legte ich auf den Tisch und sagte: »Bitte sehr, Mama!

Jetzt nimm das. Dann kannst du Weihnachtseinkäufe machen. Die Kursbriefe können warten, die sind nicht so dringend.«

Wie kann man es so gut meinen und sich so dumm anstellen? Ich weiß, daß ich einen Fehler gemacht habe, ich wußte es, sobald mir die Worte rausgerutscht waren. *Dann kannst du Weihnachtseinkäufe machen!* Ich hätte es vorsichtiger angehen sollen. Vor allem hätte mein tüchtiges Ich genug Verstand haben müssen, meinen überbordenden Stolz zu bremsen, der mit Märtyrertum gepaart war, was aber wirklich nicht angemessen war. Mutter zuckte zurück und bekam rote Flecken am Hals.

»Kommt nicht in Frage, Nancy! Gib mir vierzig, wie abgemacht, keine Öre mehr! Und von Aufhören mit der Lernerei will ich keinen Ton mehr hören! Was glaubst du, was Vater sagen würde? Nein, es ist nicht der Sinn der Sache, daß du mich versorgst! So weit ist es noch nicht gekommen, daß ich mich von meinen Kindern durchfüttern lassen muß. Ich werde schon selbst eine Lösung finden …«

Dann drehte sie sich um und hielt sich am Herdsockel fest, ich weiß nicht, ob sie weinte, das glaube ich nicht, jedenfalls war nichts zu hören. Es war lähmend still. Vorsichtig nahm ich drei Zehner vom Tisch, steckte sie ins Portemonnaie und verschloß leise den Druckknopf. Fünfzig Kronen ließ ich liegen, es war schließlich Weihnachten! Ich schämte mich fürchterlich. Ich hatte ihren Stolz mit Füßen getreten, und das war unverzeihlich. Mutter war verletzbar, wenn es um Geld ging, das hatte ich nun verstanden. Seit Vaters Tod hatten Sorge und Ratlosigkeit wegen der Versorgung ihr Tag und Nacht den Kopf zermartert. Doch über Geldsorgen konnte man nicht sprechen, genausowenig wie über Trauer, Schuld und Sehnsucht. Nur über den Schnee, den vermaledeiten, dieses Elend mit dem Schnee, darüber durfte man fluchen, soviel man wollte. In einem Moment wie diesem wäre Väterchen ZehenPelle mit einem Affenzahn zur Tür gehastet, hätte seine Mütze vom Haken gerissen, wäre hinausgehumpelt und hätte mit höllischem Elan geschippt und gefegt, doch diesen Fluchtweg scheute ich, sie hätte sonst auch dies als Hinweis deuten können, daß sie nicht einmal dazu taugte, den Schnee beiseite zu schaffen.

Das Geld blieb jedenfalls liegen, bis die Kartoffeln gekocht waren und es Zeit war, den Tisch zu decken. Da hörte ich hinter meinem Rücken, wie die Schublade des Küchenbüfetts aufgezogen wurde, in der Vaters alte Brieftasche lag, sie wurde aufgezogen und wieder zugeschoben. Als ich vorsichtig über die Schulter linste, war der Fünfziger fort. Über die Sache wurde kein Wort mehr verloren, auch nicht über den Extrazehner. Unter Schweigen aßen wir Grützwurst und Kartoffeln, ich glaube, wir schämten uns und waren beide gleich unglücklich.

»Verzeih« war ein Ausdruck, der bei uns nicht gebraucht wurde. Es war eins von diesen gefühlsgeladenen Worten, mit denen man nicht einfach so um sich warf, sie gehörten in die Kirche und ins Bethaus und möglicherweise an ein Totenbett, sie waren mit Ernst verknüpft, und so etwas in den Mund zu nehmen barg ein gewisses Risiko. Zum Glück hatten wir, die wir vor Gefühlsausbrüchen solche Angst hatten, andere Möglichkeiten, hatten unsere verschlungenen Umwege. Während wir abwuschen und die Krümel unterm Küchentisch auffegten, sagte Mutter: »Es ist alles nicht so einfach, Nancy, glaub das ja nicht. Man fühlt sich so nutzlos, das mußt du verstehen. Ich weiß, wie gut du es meinst, und du bist so tüchtig, niemand sonst ist so tüchtig – und so lieb. Aber ich muß eine Lösung finden. Und selbst zurechtkommen. So ist das eben.«

Wir berührten uns nicht, umarmten uns nicht. Auch ich sagte nicht viel, der Hochmut in mir hatte einen Dämpfer bekommen, und ich hatte eine Lektion erhalten, nun war ich vorsichtig. Nickte bloß, natürlich verstünde ich, und murmelte: »Alles wird gut, Mama …« Dann tranken wir Kaffee und teilten uns ein Milchbrötchen, gebraten und mit Zucker und Zimt bestreut. Das war eine gute alte Methode, trostreich und bewährt.

Unsere finanzielle Situation gestaltete sich folgendermaßen: Vater war in seinem Todesjahr dreiundsechzig geworden, ihm fehlten vier Jahre bis zur Pensionierung. Obwohl er die »Rechte des Arbeiters« immer hochgehalten hatte, war er kein Gewerkschaftsmitglied gewesen. Ob das auf Trägheit beruhte, auf Geldmangel oder den Prinzipien seines Arbeitgebers, des Sägewerkdirektors, weiß ich nicht. Aber es kam keine einzige Öre für die Beerdigung aus dieser Richtung, obwohl wir sie gut hätten gebrauchen können. Vater besaß kein Konto, hatte nie eines besessen, in der Küchenschublade lagen ein paar Hunderter und ein Fünfziger, das war das vorhandene Vermögen, abgesehen von dem ausstehenden Lohn. Ein Wochenlohn, mehr nicht. Nach dem Preiselbeerverkauf und den Aushilfsarbeiten im Herbst hatte Mutter zum Glück ein wenig Geld in die Kakaodose mit den Holländern und den Dschunken drauf gesteckt. Aber damit kam sie nicht weit, obwohl es ein einfaches Begräbnis war; wir hatten keine Familiengrabstelle gekauft, sondern ließen Vater auf dem allgemeinen Gelände bestatten.

Anschließend luden wir zum Kaffee ein, es gab eine Torte, verziert mit einem braunen Schokoladenkreuz. Die Nachbarn kamen. BiegenArvid, Vaters ewiger Widersacher, war mit der Liste herumgegangen, das war so üblich unter kleinen Leuten und bedeutete kein Almosen, für das man sich hätte schämen müssen. Als das bißchen Geld überreicht wurde, sprach Onkel Ågren einige Gedenkworte. Und von der Säge kamen Blumen. Das war alles.

Die Leute waren nett zu uns. Nicht einmal Mutter, die niemandem über den Weg traute, konnte etwas anderes behaupten. Abgesehen von dem Geld auf der Liste, das uns sozusagen zustand, wurde uns von November bis Weihnachten mehrfach Wohlwollen erwiesen. Es begann ja nun ohnehin die freundliche Zeit, so gesehen hatten wir Glück. Sogar bei Kaufmann C. G. Persson brach die Mildtätigkeit aus, er schenkte uns Sago und Reis und eine große Dose Anschovis, um die ein Papierstreifen mit tanzenden Weihnachtswichteln gewickelt war – die Dekoration, die aus den Anschovis Weihnachtsanschovis machte. Von einigen anderen Leuten bekamen wir Würste, eine Tüte Nachmehl, ein schönes Stück Speck und ein paar andere Leckereien.

Mutter war nicht uneingeschränkt dankbar. Wohltätigkeit verabscheute sie wie die Pest. »Klar doch, natürlich sind die nett. Sicher – es ist gut gemeint. Aber die brauchen nicht herkommen und uns was zu essen bringen, wir verhungern schon nicht. So weit ist es noch nicht gekommen.«

2

Klar, daß es in diesem Jahr keine Tannenzweigveranda gab. Der abgedichtete grüne Raum sollte uns erst im neuen Jahr fehlen, als die Stürme den Schnee vor die Haustür wehten, so daß wir kaum hinauskonnten. Immerhin hatten wir einen Weihnachtsbaum. Förster Hansson, der von Vater hochgeschätzte, kam kurz vor den Feiertagen persönlich mit einer kleinen Tanne zu uns herunter. Das war seine Art, Vater Ehre zu erweisen.

»Das ist eine gute Sache«, sagte Mutter. »Ein netter Kerl, der Förster Hansson, da können BiegenArvid und die anderen sagen, was sie wollen!«

Ich ging also auf den Dachboden, holte die zusammengenagelte Kiste herunter, auf der SCHWEDISCHE ZUCKERFAB und REICHSAKTIENGESELLSCHAFT stand, und schmückte die jämmerliche Tanne, allerdings ohne die geringste Freude, ich fühlte mich nur betäubt. Vater hatte sich wie ein Kind auf Weihnachten gefreut, es war das große Fest für ihn, an dem alles so sein sollte, wie es immer gewesen war, mit Ziehharmonikagirlanden zwischen den Deckenbalken und tanzenden Wichteln am Ofenabzug. Sein kindlicher Eifer hatte alles erfüllt; wenn die Kerzen am Baum angezündet wurden, zuckten seine Mundwinkel.

Nun war nichts mehr wie früher und würde es auch nie wieder werden. Immerhin wurden die beiden Glasvögel, von denen Gwendolyn und Dorothy je einen zugeteilt bekommen hatten, an ihren angestammten Platz gesteckt, und für LüttErik hatte ich eine kleine Glastrompete gekauft, überzogen mit einer silbrigen Haut, die hängte ich an den Ast in der Mitte. Dann saßen wir da am Weihnachtsabend und gaben uns Mühe, fröhlich zu sein. Mutter zwitscherte mit den Kleinen herum, die lockerten die Stimmung auf, und alles ließ sich ganz gut an, obwohl Lennart bereits einen im Tee hatte, als er kam. Vater erwähnten wir nicht – wer weiß, wohin das geführt hätte?

Es waren Krisenzeiten, das darf man nicht vergessen, auch wer Geld hatte, konnte sich nicht alles kaufen. Bei Perssons hatten wir immerhin ein Stück getrockneten Fisch ergattert, hart und graugelb wie eine Holzleiste. Den hatte Mutter nach allen Regeln der Kunst in Lauge eingelegt, so daß er nun schön weiß war. Als die Schüssel mit dem Fisch auf den Tisch kam, brach Betty zusammen. Sie schob ihren Stuhl zurück und stürzte in die Kammer, dort ließ sie sich vornüber auf den kleinen Klapptisch fallen, auf dem vor einem knappen halben Jahr Erik Åke Viktors Taufschale gestanden hatte. Sie schluchzte und schniefte, die Worte kamen stoßweise: »Denkt hier denn keiner an Vater? Ihr sitzt da und schlingt einfach runter, daß Vater *tot* ist, als würde das nichts bedeuten. Wie *könnt* ihr nur! Ihr seid alle so widerlich! Wo Vater doch so gerne Stockfisch mochte!« Die Worte gingen über in ein langgezogenes Jammern.

Mutter saß bleich da. LüttErik schlief auf der Küchenbank, gesichert von Kissen und einem Stuhl. Åke stand auf. Er sagte nichts, stellte bloß Dotty auf den Boden, die auf seinem Schoß gesessen hatte, und ging die wenigen Schritte bis zur Kammertürschwelle. Zog die Tür hinter sich zu. Er tat mir leid, in diesen letzten Jahren hatten sich auf seinem Gesicht neue Linien abgezeichnet, und der Mund war nicht mehr so unsicher und weich.

Wie zu Vaters Zeiten parkte der Weihnachtsbranntwein neben dem Tischbein. Lennart beugte sich hinunter, holte ihn auf den Tisch und schenkte sich das Glas zweimal hintereinander voll bis zum Rand. Dann tastete er nach der Zigarettenpackung in seiner Brusttasche, zündete sich eine an, goß sich einen dritten Schnaps ein und lehnte sich mit lang unter der Tischplatte ausgestreckten Beinen zurück. Ich sah, wie Mutter unter ihrem Pony hervorschielte, gleichzeitig ihre Unterlippe vorschob und sie nachdenklich an der Oberlippe rieb. Die Unruhe schlingerte in meinem Magen. Guter Gott, wohin sollte das führen?

Wenn wenigstens Börje zu Hause gewesen wäre und Lennart in Schach gehalten hätte! Auf der Beerdigung war er auch besoffen gewesen, doch da hatte ihm Börje die Meinung gesagt. Und Sara, die feine Sara, wäre sie dabeigewesen, wäre es nie so weit gekommen! Da hätten Betty und Lennart bestimmt versucht, sich zusammenzureißen. Doch der Krieg war in vollem Gange, und mehr als zwei Urlaubstage plus Reisezeit wurden nicht bewilligt, die Brüder hatten noch Glück gehabt, daß sie Weihnachten nicht im Feld feiern mußten. Börje war also bei Saras Familie in Eskilstuna geblieben, das mußte man verstehen.

Als Betty, dicht gefolgt von Åke, schließlich wieder aus der Kammer kam, waren die Schluchzer abgeebbt, aber sie sagte kein Wort, sondern setzte sich einfach hin und starrte eigensinnig auf ihre Knie.

»Deck die tiefen Teller auf, Nancy, sei so lieb! Von dem Stockfisch scheint ja niemand mehr zu wollen. Aber auf Milchreis haben sich zumindest die kleinen Mädchen gefreut!«

Mutter versuchte, ihre Stimme normal, sogar ein bißchen fröhlich klingen zu lassen, doch die Stimmung war im Eimer, obwohl Lynns und Dottys Augen zu leuchten begannen, als ich ihnen half, mit Sirup ihre Namen auf die Sahnekleckse zu schreiben, so wie wir es bei ZehenPelles an Heiligabend immer gemacht hatten.

Plötzlich sagte Lennart: »Wie lange willst du hier eigentlich noch wohnen, Mutter?« Mutter hob das Kinn und sah ihn fragend an.

»Tja – verdammt noch mal. Ich meine, es ist doch nicht im Sinne des Erfinders, daß du alleine hier versauerst!«

Er drehte den Kopf halb herum und machte eine Geste mit

Schultern und Händen, als wollte er sagen: Was ist das nur für ein Rattenloch, hier kann man doch nicht bleiben!

Mutter schaute ihn einfach an und sagte kein Wort, aber sie hob erwartungsvoll das Kinn.

In nüchternem Zustand hätte Lennart genug Verstand gehabt, hier aufzuhören, aber nun hatte er ordentlich einen im Kahn und trampelte starrsinnig und dummdreist weiter in der Spur, in die er hineingestolpert war.

»Ich meine – Vater hat das hier schließlich gekauft, oder? Da müßtest du doch im Falle des Verkaufs ein nettes Sümmchen kriegen. Oder wie? Ist doch eine gute Lage. Oder nicht? Und nah an der Landstraße.«

»Ach sooo …« Gefährlich lang dehnte Mutter das Wort. »So denkst du also? Dein Erbe willst du haben. Hast du es darauf abgesehen?«

»Nee, nee, so darfst du das nicht verstehen, Mutter! Aber natürlich …« Hier grinste er verschämt. »… könnte ein kleines Zubrot nicht schaden! Man ist ja seit zwei Jahren einberufen, zum Teufel, da springen nicht viele Wurstzipfel raus.«

»Aber für Branntwein reicht es!« Die Worte kamen wie ein Peitschenhieb. Ich biß mir auf die Lippe, in Gottes Namen, was für ein Weihnachtsabend! Und es sollte noch schlimmer werden, denn plötzlich kam auch Betty wieder in Fahrt.

»Ja, und Nancy, die hat ihr Teil ja schon gekriegt. Schon lange. So gesehen. Durfte zu Hause wohnen. Ist ja nicht der Sinn der Sache, daß sie sich hier breitmacht und auf anderer Leute Kosten durchfrißt!«

Was um alles in der Welt sagte sie da? Auf anderer Leute Kosten? Ich sperrte den Mund auf, bekam kein Wort heraus. Und es war auch nicht nötig.

Ein einziges Mal hatte ich Mutter rasend gesehen. Damals war ich noch klein, ging wohl noch nicht zur Schule. Wir waren bei Hugossons auf der anderen Seite der Landstraße zum Kaffee gewesen, und Papa war auf ein mysteriöses Gebräu eingeladen worden, das sich Maische nannte. Davon wurde er so besoffen, daß er auf dem Heimweg in den Graben kullerte. Es kamen Leute auf dem Fahrrad vorbei und sahen das Elend, und ich stand ein Stück entfernt und schämte mich fürchterlich.

Mutter mußte ihn stützen, als er den Hügel hinunter zu unserem Häuschen torkelte. Als er endlich flach auf der Küchenbank lag, neben sich einen Eimer auf einem Stück Zeitung, da ergriff sie die Gelegenheit, ihm gehörig die Leviten zu lesen, daran kann ich mich erinnern. Und egal, wie sehr er sein verdammtes Weib beschimpfte und verfluchte und die geballte Faust hob und ihr drohte (*Nimm dich in acht, du Aas!*), konnte er nicht aufstehen und sich auf den Beinen halten, sondern fiel nach jedem Versuch zurück auf die Küchenbank. Ich werde diesen Abend nie vergessen, weil um mich herum ein Erdbeben stattfand: Der Boden tat sich auf, Schande und Ekel quollen hervor. Ich erkannte weder Vater noch Mutter wieder, sie schon gar nicht, sie war doch immer so lieb …

An diesem Weihnachtsabend erhielt ich noch einmal den Beweis, daß Mutter sehr wohl zornig werden konnte, wenn auch selten. Ohne ein Wort der Vorwarnung schob sie ihren Stuhl zurück und schlug mit der Faust auf den Tisch, daß die Teller hüpften. Dann stand sie da in voller Länge, aufgerichtet in ihrer Wut, um sie herum stoben die Funken.

»Nein, jetzt ist es genug! Hört ihr das, alle beide! Die eine kommt an und behauptet, ich würde alles runterschlingen und mich nicht darum scheren, daß Vater tot ist! Davon hast du wenig Ahnung, Betty, und im übrigen geht es dich auch nichts an, kümmer dich um deine Angelegenheiten! Und du, Lennart, sitzt hier und schüttest dich mit Branntwein voll, streckst die Beine von dir, als wärst du sonst wer, und machst Anspielungen auf dein Erbe! Ist das ein Benehmen? Was? Du willst deine Mutter aus dem Haus scheuchen, damit du ein paar Kronen bekommst, um dir noch mehr Schnaps reinzukippen, nehme ich an. Ich sehe ja, wie der Hase läuft! Schämst du dich nicht? Vater würde sich im Grab umdrehen, wenn er dich hören könnte. Und herkommen und sich auf die arme Nancy stürzen – das werde ich dir sagen, Betty, und das dürft ihr alle hören, damit ihr es wißt, das Essen, das ihr ›runterschlingt‹, das ist von Nancys Geld bezahlt, diesmal eßt ihr euch auf ihre Kosten satt! Wenn sie nicht fast ihren ganzen Lohn hergegeben hätte, den sie zu Weihnachten bekommen hat, hätte ich nicht gewußt, was ich machen sollte. Soviel ist von eurem Vater übriggeblieben. Sie kommt also ihren Verpflichtungen nach, daß mir keiner was anderes behauptet. Aber ihr sollt euren Teil bekommen, jede einzelne Öre, ihr werdet schon sehen!«

In diesem Moment brach ihre Stimme, und einen Augenblick dachte ich: Jetzt fängt sie an zu weinen. Und das wollte ich auf keinen Fall, das hätte ich nicht ausgehalten. Aber sie drehte sich mit einem Ruck um und rauschte zum Herd, der Deckel der Brennholzkiste klappte auf, der Schürhaken schepperte, die Ofenluke wurde wieder zugeknallt. Dann war die Schöpfkelle im Wassereimer, die Kaffeedose wurde vom Mauerabsatz geschnappt, der Kaffeekessel wurde geöffnet, und der Löffel schlug an die Kante, mit sehenden Ohren nahm ich wahr, was in meinem Rücken vor sich ging.

Um den Tisch herum war alles erstarrt, keiner sagte ein Wort. Plötzlich stand Lennart auf, griff an seine Brusttasche und trottete zur Tür, er ging wohl hinaus, um zu rauchen. Åke folgte ihm. Betty blieb sitzen. Wir schauten uns nicht an. Meine Wangen brannten. Auf anderer Leute Kosten? Die Worte waren aus zwei Richtungen gekommen, hatten sich zweigeteilt und wie Degen über meinem Kopf gekreuzt, der eine zum Angriff, der andere zur Verteidigung. Es ging um mich. Ich saß mittendrin. Mutter hatte übrigens auch nicht die Wahrheit gesagt, ich hatte nicht fast meinen ganzen Weihnachtslohn abgegeben, das hatte sie ja nicht gewollt …

Später saßen wir alle auf unseren Plätzen und tranken Kaffee. Der Kuchenteller machte unter drückender Stille die Runde. Die Wände klemmten uns ein, man bekam kaum Luft, doch es gab keinen Ort, an den man sich flüchten konnte, keinen Punkt, an dem der Blick Halt fand. Eingesperrt waren wir, draußen stand die Nacht, stumm und unbeteiligt. (O Herr, unser Gott, errette uns aus dieser Schande!)

Die Kinder schliefen in ihren Kleidern.

Schließlich durchbrach Mutter die Stille. Wer sonst?

»So, jetzt müssen wir wohl zusehen, daß wir ins Bett kommen! Es wird langsam spät. Die Mädchen können Kopf an Fuß mit mir auf der Küchenbank liegen. Ihr Jungs müßt zusammen den Tisch beiseite schieben, damit Platz ist für die Matratze von Lennart.«

Danke, daß du so redest wie immer, Mutter! Fast wie immer, mit der gewohnten alten Stimme. Erlöse uns von dem Bösen. Lösch es aus. Mach es ungesagt. Es ist schrecklich, wenn alles so kaputt ist wie jetzt.

Ja, wir waren dankbar für die Erlösung, das ging wohl allen so. Wir konnten wieder atmen. Die Glieder entspannten sich, die Mundwinkel befreiten sich aus der stahlharten Verankerung. Mit vorsichtigem Eifer, mit sparsamen Worten und Blickkontakten erledigten wir die notwendigen Vorbereitungen für die Nacht. Das Klappbett wurde, wie so viele Male zuvor, im Herdwinkel für mich aufgebaut. Lennart hatte sich kaum auf der Strohmatratze ausgestreckt, die nach alter Gewohnheit neben dem Schornstein lag, als bei ihm die Lichter ausgingen und er zu schnarchen anfing. Betty und Åke zogen die Kammertür hinter sich und LüttErik zu. Mutter löschte die Lampe und kroch vorsichtig zu Lynn und Dotty.

Unsere geflüsterten Worte trafen aufeinander.

»Gute Nacht, Nancy – und frohe Weihnachten!«

»Dir auch! Gute Nacht!«

Ich lag auf der Seite und schloß die Augen, konnte aber nicht schlafen. Ich wußte, daß Mutter auch nicht schlief. Das Haus knackte. Vom Ofen war noch hin und wieder ein Prasseln zu hören, als die letzten Scheite, die für die Nacht hineingelegt worden waren, verkohlten und in sich zusammenfielen. Im Winkel vor der Kommode stand schwarzgrün der Weihnachtsbaum mit unberührten Kerzen. Wir hatten vergessen, sie anzuzünden. Was für ein Weihnachtsabend. Ich kniff die Lider zusammen und sperrte Papa aus, wehrte ihn ab. Trotzdem umgab er mich, ob ich wollte oder nicht. Ich zog mir die Decke über den Kopf und schloß die Augen noch fester.

3

Eines Morgens, in der Woche nach dem Dreikönigstag, teilte Mutter mir mit, sie wolle mit dem Vormittagsbus in den Ort fahren, und ich solle so schnell wie möglich nach Hause laufen und das Feuer im Herd in Gang halten.

»Willst du Betty besuchen?« Ich war erstaunt und auch neugierig, sie hatte mit keinem Wort erwähnt, daß sie wegfahren wollte, und Betty war ja erst am Weihnachtsabend zu Hause gewesen. Stand etwas Besonderes an? Soweit ich wußte, und ich wußte fast alles, waren weder Briefe noch Telefonate eingegangen. War etwa MilchAlbin mit einer Nachricht heruntergekommen?

Sie gab keine Erklärung ab, sondern antwortete bloß, daß sie mal hinfahren und sehen wolle, wie es denen gehe, ob sie gesund seien und so. Dotty sei in den Weihnachtstagen doch so verschnupft gewesen, die Ärmste.

Ich hörte ihrer Stimme an, daß sie nicht die ganze Wahrheit sagte. Wollte sie sich dafür eine Fahrkarte leisten? Nein, da brauchte sie mir nichts vorzumachen. Dotty hatte schließlich ständig Schnupfen. Sie peilte etwas anderes an – bloß was?

Als Mutter am Nachmittag zurückkehrte, hatte sie rote Wangen, und das lag nicht nur an der bissigen Kälte, es war ihr anzusehen, daß sie Neuigkeiten brachte, und frohe außerdem. Ihre Stimme klang richtig aufgedreht, als sie losplapperte: »Schön, daß du zu Hause bist, Nancy, und auf das Feuer aufpaßt, wir haben einige Grade unter Null, heute morgen waren es vierzehn –

ja, was für ein Winter, ich muß schon sagen. In den Überschuhen war es kalt, ich hätte mir die Winterstiefel anziehen sollen … Betty läßt übrigens grüßen!«

Ich stand abwartend da und ließ sie plappern, dies war nur die Einleitung, soviel war mir klar.

Während sie die Schuhe auszog und ihren Mantel aufhängte, erfuhr ich endlich, worum es ging, und es war in der Tat eine Überraschung: Sie war im Ort gewesen und hatte sich Heimarbeit beschafft! Sie hatte sich in der Nähfabrik erkundigt, und es war gar kein Problem gewesen! Die erste Sendung würde bereits diese Woche eintreffen, wahrscheinlich am Donnerstag. Sie würden sie mit dem Milchwagen schicken, viele versendeten ihre Pakete auf diesem Weg, die Fracht war billiger als mit dem Bus. Und MilchAlbin war ja ein netter Kerl, sie würde ihn morgen abfangen und bitten, die Kisten beim Milchkannenständer abzustellen. Sie müßte sie dann später nur noch mit dem Tretschlitten ins Haus holen. Und loslegen.

»So, Nancy! Nun kann ich das gleiche sagen wie Vater: Jetzt kommen andere Zeiten!«

Ich kriegte den Mund nicht wieder zu.

»Mama«, sagte ich, »du bist ja unglaublich!« Aber mir war klar, was dahintersteckte und den Ausschlag gegeben hatte. Himmeldonnerwetter, jetzt würde sie es allen zeigen!

Jedenfalls wurde unsere Küche in diesem Winter und Frühling überschwemmt von Hemdsärmeln, Manschetten, Fäden, Knopfschachteln, Nadeln, braunen Pappkartons und kleinen Baumwollflusen, die überall herumflogen. Mutter ölte die Singer mit Nähmaschinenöl und rieb sie mit einem trockenen Lappen sorgfältig ab, denn die Stoffstücke, für die sie nun verantwortlich war, durften unter keinen Umständen Flecken bekommen.

Die Möbel mußten wir auch umstellen, zum einen, um Platz zu schaffen für die Pakete aus der Fabrik, zum anderen wegen der Beleuchtung. Die Karbidlampe hing mitten über dem Tisch an einem Haken von der Decke, und der Tisch stand vor dem Fenster. Jetzt stellten wir die Nähmaschine unter die Lampe und rückten den Tisch in die Mitte des Raums. So hatte er übrigens auch in den Weihnachtstagen gestanden, als so viele daran Platz finden sollten. Die Kommode hatte immer schräg in der Ecke neben dem Bord mit dem Radio gestanden, auf diese Weise wirkte es nicht so steif, fanden wir. Wenn man zur Tür hereinkam, sah man gleich die Kommode mit den Blumenvasen darauf und den verstellbaren kleinen Spiegel mit der Schublade.

Solche romantischen Ausblicke mußten in dieser Situation natürlich weichen, aber es verletzte unseren Schönheitssinn ein wenig, als wir die Kommode entschlossen über den Boden ruckelten und an die Wand schoben. Der Weihnachtsschmuck wurde abgenommen und der Baum hinter den Holzschuppen geworfen, es geschah hastig und ohne Sentimentalität, Mutter brachte beim Einpacken und Wegräumen nicht einmal ihre alte Leier vor: Ja, ja, man wird sehen, was nächstes Jahr wird …

Es war nicht der richtige Moment dafür.

Die Heimarbeit bestand aus einzelnen Arbeitsschritten. Mutters Aufgabe waren Ärmel und Manschetten. Die Manschetten waren fertig, verfügten sogar über Knopflöcher, nun ging es darum, das zugeschnittene Ärmelstück mit einer langen Plattnaht zusammenzunähen, die Manschette anzusetzen und mit einem Knopf zu versehen. Es mußte natürlich zwischen links und rechts unterschieden werden, stellte sie mit einem Tick Wichtigtuerei in der Stimme fest. Ich antwortete mit einem aufmerksamen Nicken und begriff, daß Mutter *Instruktionen* erhalten hatte.

Ich für meinen Teil hatte nie gern genäht und wäre wohl verhungert, wenn ich meinen Lebensunterhalt mit Nähen hätte verdienen sollen. Aber Mutter war tüchtig und flink, die Nähmaschine war ihre Freundin und Vertraute, unter ihren Händen machte sie keine Zicken, schnurrte keine Krähennester zusammen oder brach einfach die Nadel ab, wie sie es gerne tat, wenn ich zu Werke ging. Dennoch sagte Mutter, es sei eine richtige Futzelarbeit, diese Manschetten so hinzukriegen, daß sie hübsch aussahen. Zu Beginn dauerte es seine Zeit, und Mutter schwitzte, wenn sie wieder und wieder auftrennen und von vorn anfangen mußte.

»Ein großer Verdienst wird dabei nicht rauskommen«, murmelte sie mißmutig in den ersten Tagen. »Ich habe am Vormittag kaum mehr als ein Dutzend zustandegebracht. Und da sind die Knöpfe noch nicht angenäht!«

Ich bot an, ihr da zu helfen, schließlich kam ich schon vor eins von der Post zurück, und Knöpfe annähen, das würde ich schon schaffen.

»Kommt nicht in Frage! Kümmer dich um deinen eigenen Kram! Setz dich in die Kammer und lerne, es ist Feuer im Ofen, und du kannst ein paar Scheite dazulegen.«

Ich hielt besser den Mund und machte, was sie sagte. Sie war reizbar, das hörte ich ihrer Stimme an, sie nahm sich kaum die Zeit, den Kaffee zu trinken und die Butterbrote zu essen, die ich ihr vorsichtig hingeschoben hatte.

Wäre Vater noch am Leben gewesen, hätte er wüste Verwünschungen gegen fette Fabrikdirektoren ausgestoßen, die wußten, wie sie die Leute ausbeuten konnten. »Nee, zum Teufel«, hätte er gesagt, »schick den Scheiß zurück! Wir schaffen es auch ohne die paar Öre.«

Aber Vater lebte nicht mehr.

Mit der Zeit wurde es natürlich besser; als die Handgriffe saßen, ging es wie von selbst. Drei Dutzend Hemdsärmel am Tag waren das mindeste, manchmal wurden es auch vier, aber dann ackerte sie bis spät in die Nacht. Und es kam natürlich auf den Schnee an, wie lange man brauchte, um ihn wegzuschippen. Sie kümmerte sich ums Schneeschippen und ums Nähen. Damit basta. Und ums Essen. Ich durfte zur Not den Tisch decken und hinterher abwaschen und fegen. Möglicherweise Brennholz und Wasser holen und den Abfalleimer rausbringen. Zweimal in der Woche Milch bei Bergströms Kuhstall zu holen, das gehörte auch zu meinen Tätigkeiten, seit ewigen Zeiten, und der Einkauf bei C. G. Perssons. Letzteres erledigte ich oft auf dem Heimweg von der Post.

Meine eigenen Sachen durfte ich auch waschen und bügeln, falls sie mir nicht zuvorgekommen war. Ansonsten mußte ich auf dem Teppich bleiben. Setz dich hin und lerne, Nancy! So hieß es ständig. Und ich wagte nicht zu protestieren, ich hatte mir damals die Finger verbrannt, als ich mit meinem Lohn ankam, Mutters Selbstwertgefühl vertrug keine weiteren Stiche. Was am Weihnachtsabend gesagt worden war, hatte sie sich zu Herzen genommen, und sie war von Natur aus nachtragend, das wußte ich. Nachtragend und stur.

Alle vierzehn Tage bekam Mutter eine Lieferung, immer donnerstags, und alle vierzehn Tage mußte sie selbst abliefern – ganz neue Ausdrücke in unserem Leben –, aber die Wochen überkreuzten sich, sie mußte nicht gleichzeitig abholen und abschicken, und das war ein Glück, denn die Kartons waren zwar nicht besonders schwer, aber groß und unhandlich. MilchAlbin stellte sie bei Bergströms Milchkannenständer für uns ab, und wir zogen sie dann gemeinsam hinunter, meistens auf dem Tretschlitten, aber wenn der Weg nach Ågrens morgendlichem Pflügen schon wieder zugeweht war und die Kufen einsanken, nahmen wir einen gesprungenen Küchenbankdeckel, der draußen im Holzschuppen stand, und schnürten das Gepäck darauf fest. Dann tanzte die Fuhre nur so über die festen Schneehaufen. Manchmal allerdings rutschten die Kartons hinunter, und dabei landeten wir selbst nicht selten auf dem Hintern, doch was blieb uns übrig, als uns den Schnee abzuklopfen und über das ganze Elend zu lachen? Gott sei Dank, hin und wieder konnten wir zusammen lachen.

Das Gerücht, daß ZehenPelles Frida eine Heimarbeit angetreten hatte, verbreitete sich natürlich wie ein Lauffeuer. Tante Hugosson und Tante Laberg kamen vorbei, um die Sache in Augenschein zu nehmen, und sogar Bäuerin Bergström hatte eines Tages etwas bei uns zu erledigen, sie brachte Erstmilch mit, und die war zwar sehr willkommen, aber ansonsten bereiteten Mutter diese Besuche kein sonderliches Vergnügen. Wie gewohnt murmelte sie etwas von neugierigen Weibern, die sich nicht zurückhalten konnten, sondern überall ihre Nase hineinstecken und herumschnüffeln mußten.

Sie schätzte es auch nicht, von der Arbeit abgehalten zu werden, wer hatte schon Zeit, mitten am Vormittag mit der Kaffeetasse herumzusitzen und zu schwatzen? Genau wie beim Beerenpflücken stellte Mutter sich selbst einen Stückakkord auf, und wie eine ungestüme Kuh, der man ein Brett am Kopf festzurrte, damit sie nur ein kleines Stück der nächsten Grassode erkennen konnte, wurde sie in ihrem Arbeitseifer ganz starrsinnig und sah nichts anderes als die Ärmel direkt vor ihrer Nase.

Nein, zu Hause war es ungemütlicher, seit es die Kartons mit den Hemdsärmeln gab. Es war staubig und überfüllt, doch was war überhaupt so geblieben, wie es einmal war? Die vergangenen Zeiten würden niemals zurückkommen. Und die Heimarbeit brachte einen Verdienst ein, auch wenn er bescheiden war und in keinem Verhältnis zu der Plackerei stand.

»Die Weiber wollten unbedingt rauskriegen, wieviel ich an einem Tag verdienen kann, aber ich habe nur verraten, was für einen Ärmel bezahlt wird. Wie viele ich schaffe, geht sie nichts an. Die werden bloß neidisch. Nein, Nancy, man darf sie nicht an sich heranlassen …«

Ja, das war Mutters Einstellung. Vielleicht hatte sie recht, vielleicht auch nicht, doch an ihrem tiefverwurzelten Mißtrauen war nicht zu rütteln. Das schlimmste war, daß sie mich auch nicht an sich heranließ. Natürlich war sie lieb und zärtlich und begrüßte mich mit Wärme, wenn ich tagsüber nach Hause kam, natürlich hängte sie meine Strümpfe auf die Leine, wie sie es immer getan hatte, und natürlich backte sie mir Waffeln und erkundigte sich, wie mein Tag gewesen war, aber sie war nicht richtig anwesend. Nicht mit dem ganzen Herzen. Innerlich bewegten sich ihre Gedanken ständig in einem anderen Raum. Ich merkte, daß ihre Augen häufig einen abwesenden Ausdruck hatten, auch wenn ihr Mund weiterzulächeln versuchte. Doch worüber sie grübelte und was sie dachte, erfuhr ich nicht. Waren es die Trauer und die Sehnsucht nach Vater? Waren es Lennarts Benehmen und Bettys dumme Ausbrüche? Oder war es das Leben selbst, alles zusammen?

Eines Tages, als ich sagte, wir könnten vielleicht das Klappbett vom Dachboden holen und die Kammer wieder verschließen, damit wir weniger Brennholz verbrauchten, wurde ihr Ton richtig scharf: »Kommt gar nicht in Frage! Du brauchst die Kammer, Nancy, damit du in Ruhe lernen kannst. Und wir haben genug Brennholz, um über den Winter zu kommen. Danach müssen wir uns etwas überlegen. Wir werden schon eine Lösung finden. Kommt Zeit, kommt Rat.«

Klar. Das waren ihre vertrauten Worte, die ich tausendmal gehört hatte. Nachdem sie sie ausgesprochen hatte, wandte sie mir den Rücken zu und beugte sich wieder über ihre Nähmaschine. Während das Ding Stunde um Stunde weitersummte, saß ich in der Kammer, ramenterte und lernte. Die Dunkelheit fiel herein, es war nichts zu hören außer dem Pedal, das mit dem Fuß in Gang gehalten wurde, dem Summen des Rädchens und den metallischen kleinen Klicklauten, wenn Mutters rechte Hand den Nähfuß abwechselnd hinauf- und hinunterdrückte.

Mir war, als müßte ich ersticken, am liebsten wäre ich hinausgestürzt und hätte mich kopfüber in eine Schneewehe geworfen, mich hineingewühlt, bis die Haut brannte und ich vollkommen durchgefroren war. Konnte es so weitergehen? Sollten wir hier sitzen und uns anschweigen, bis Moos über uns gewachsen war? Mutter begraben unter ihren verfluchten Kartons und ich – ja, was? Nein, ich mußte hier weg, ich mußte raus! Aber wie? Und wann? Mitten in diesem Elend und dem Schnee konnte ich Mutter nicht zurücklassen.

4

In der zweiten Februarwoche wurde Vaters Nachlaßverzeichnis angelegt. Es war höchste Zeit, der Todesfall lag schon fast drei Monate zurück, und innerhalb dieses Zeitraums mußte es geschehen. In Mutters Auftrag hatte ich von der Post aus telefoniert und den Dorfpolizisten einbestellt, der für solche Angelegenheiten zuständig war. Er kam, wie verabredet, um ein Uhr und brachte einen jungen Mann mit, den er als seinen Assistenten vorstellte. Er sollte dabeisein, um es zu lernen, sagte er.

Mir war es nicht nur peinlich, sondern ich wurde auch ein bißchen wütend, straffte den Nacken und kniff die Lippen zusammen. Wozu sollte denn dieser Lackaffe nütze sein? Ich fand, er sah wichtigtuerisch aus, und wir bei ZehenPelles hatten nicht viel vorzuweisen, was berechtigte ihn also, bei uns herumzuschnüffeln? Außerdem war es fürchterlich eng in der Küche, denn wir konnten ja schlecht für diese eine Stunde die Hemdenkartons auf den Dachboden schleppen und unter dem Sägemehl verstecken, da waren Mutter und ich uns einig, die Schmeichelei mußte ihre Grenzen haben. Auf dem Kaffeetisch lag immerhin eine weiße Tischdecke, in der Mitte stand ein Krug mit Wacholderzweigen und Papierblumen, und Mutter hatte am Vortag gebacken, Kaffee würden sie also allemal kriegen.

Dieser Lackaffe, der Salander hieß, setzte sich mit Stift und Papier an den Tisch, Mutter und Nilsson nahmen gegenüber Platz, und ich stellte mich abwartend an den Herd. In der gesetzlichen Reihenfolge waren Einladungen an alle Erbberechtigten gegangen, darum hatte Nilsson sich gekümmert, aber Lennart und Börje hatten ja Bereitschaftsdienst, und die Angelegenheit war es ihnen wohl nicht wert gewesen, Urlaub zu beantragen, vielleicht wäre er nicht einmal bewilligt worden. Betty tauchte nicht mit dem Vormittagsbus auf und hatte auch nicht per Telefon oder Brief von sich hören lassen, möglicherweise schämte sie sich, was weiß ich. Und Dora war tot.

Plötzlich ging mir durch Kopf, daß Vater, Karl Viktor Pettersson, ja auch einen Sohn aus erster Ehe hatte. Er hieß Tore, mein Halbbruder. Ich hatte schon lange nicht mehr an ihn gedacht. Er war adoptiert worden und lebte weit weg in Australien. Gehörte nicht mehr zu uns. Wer weiß, ob er überhaupt noch lebte?

Salander verzeichnete feinsäuberlich auf dem Formular, daß die Witwe, Frida Josefina Pettersson, den Nachlaß bekanntgebe und daß die Tochter, Nancy Viktoria Pettersson, anwesend sei.

Die Sache war schnell erledigt. Kammer und Küche: Möbel im Wert von … Nilsson ließ den Blick über Küchenbank, Büfett, Kommode und Waschtisch schweifen, warf der Ordnung halber einen Blick in die Kammer und sagte kurzentschlossen: »Schreib für alles zusammen sechzig Kronen auf! Kleidungsstücke: zwölf. Diverse Werkzeuge: acht. Kupfergeschirr: zwei Schüsseln – sagen wir, für beide auch acht. Gold- und Silbergegenstände? Aha, zwei Goldringe!« Das waren die Goldringe, die Mutter von Großmutter geerbt hatte, ihre einzige Sicherheit. »Tja, dann sagen wir …« Er wog sie in der Hand, hielt sie ans linke Auge und betrachtete die Stempel. »… fünfzig Kronen! Eine Taschenuhr aus Nickel, ohne Kette …« Der Dorfpolizist hielt Vaters Uhr in der Hand und drehte die Aufziehschraube zwischen Daumen und Zeigefinger vor und zurück. Zögerte.

»Fünf Kronen?« warf Salander in die entstandene Pause und schielte mit hochgezogenen Augenbrauen in Nilssons Richtung. »Rein ideeller Wert«, setzte er seiner Einschätzung erklärend hinzu, »es gibt ja nicht einmal eine Kette.«

Papas Zwiebel, die immer in seiner Brusttasche gelegen hatte … Und dieser Wichtigtuer glaubte natürlich, daß wir nicht wußten, was ein »ideeller Wert« war, aber ich wußte es! Ich weiß es, du Drecksack, hätte ich am liebsten geschrieen, ich weiß und kann mehr, als du glaubst, bilde dir nicht ein, du könntest auf uns herabsehen!

Sparbücher? Keine. Nun sank das Selbstwertgefühl wieder. Verfügbares Bargeld am Tage des Todes?

»Tja, er hatte einhundertzwanzig Kronen in der Brieftasche«, sagte Mutter matt, »und ungefähr hundert standen noch beim Sägewerk aus …« Über das Geld in der Kakaodose verlor sie zum Glück kein Wort!

Aha. Und dann das Häuschen. Das auf Pachtland stand. Kaufpreis?

Da erfuhr ich endlich, wie es mit diesem Geschäft gewesen war, es gab sogar noch eine vergilbte Quittung mit der Unterschrift von HeidePetrus. Achthundert Kronen hatte Vater bezahlt, von seinem Amerikaerbe. Das war ZehenPelles großes, nobles Geschäft, das ihn in der ganzen Gegend zu einer Legende gemacht hatte. Hinters Licht geführt wie ZehenPelle, bedröppelt wie ZehenPelle, hieß es. Das ist ja wie damals, als ZehenPelle ein Geschäft machte, hahaha.

Denn Vater hatte in dem Glauben, er würde auch das Stück Land erwerben, auf dem die Hütte stand, den Vertrag unterschrieben und das Geld in bar übergeben. Doch so war es nicht, das Land gehörte Petrus, und das Häuschen, in dem wir wohnten, stand auf Pachtland. Pachtland. Das war ein Dorn, der Vater ins Herz gestochen hatte, und dort hatte er all die Jahre gesteckt. Ein Stück Land zu besitzen war eine große Sache für jemanden, der von Tagelöhnern abstammte. Seine Vorfahren hatten sich im Steinbruch krumm gearbeitet, um eine Kuh zu ernähren, aber diese Befriedigung war ihm nicht vergönnt.

»Ah, ja.« Dorfpolizist Nilsson betrachtete bedächtig die Quittung, drehte und wendete sie. »Das war ein ordentlicher Preis, vor fast zwanzig Jahren, da hat Petrus auf der Heide aber ein gutes Geschäft gemacht! Ja, ja. Was sollen wir denn nun für einen Wert ansetzen? Fünfhundert? Was meinst du, Salander?«

Doch Salander kam nicht zu Wort, bevor Mutter eingriff: »Sollte das Haus etwa weniger wert sein als damals? Nach all den Jahren? Alles andere ist doch teurer geworden. Und er hat einen Ofen in die Kammer gestellt, Pettersson, da wird es richtig warm! Und der Herd ist gut, es gibt keine Schwierigkeiten mit dem Ofen, seit wir ein neues Brenneisen eingesetzt haben, man kann sehr gut backen, alles wird wunderbar und gleichmäßig ...«

Mutter sah sich um und machte ein unglückliches Gesicht, aber Salander verzog die Mundwinkel zu einem höhnischen Grinsen. Gleich werfe ich diesen Angeber hinaus, donnerte es in mir, doch Dorfpolizist Nilsson wandte sich begütigend an Mutter.

»So dürfen Sie es nicht auffassen, Frau Pettersson, es war nicht meine Absicht, den Wert zu mindern. Es ist üblich, den Wert so gering wie möglich anzusetzen, das ist nur von Vorteil. Glauben Sie mir. Denn falls einer der Erben seinen Teil verlangt, ist es doch besser für die Witwe, wenn die Endsumme niedrig ist. So ist das. Für alle. In diesem Fall allerdings kann, soweit ich das sehe, von einer Verteilung keine Rede sein. Wenn wir die Kosten für das Begräbnis und die Gebühr für den Nachlaßverwalter und die Stempelgebühr abziehen, bleibt vom Erbe nur so viel übrig, daß Sie mit Fug und Recht alleine darüber verfügen dürfen. Sie brauchen ja ein Dach überm Kopf, oder nicht, Frau Pettersson? Und Sie einfach auf die Straße setzen, das wird wohl keines der Kinder wollen.«

Dorfpolizist Nilsson war ein netter Kerl, und er kannte uns. Er war oft aus dienstlichen Gründen unten bei uns in Dalängen gewesen. Damals war es um Schulden gegangen, die Steuer, mit der Vater in Verzug war – und Mutter hatte natürlich wieder und wieder um Aufschub bitten müssen. Und er war immer freundlich gewesen. Oder resigniert, das ist schwer zu sagen.

Einmal hatten wir auch Angst vor ihm gehabt, furchtbare Angst. Das war in dem Sommer, als StockholmCharlie und Dora in der Kammer wohnten und wir, Mutter und ich, die braune

Tasche fanden, jede für sich. Sie stand eines frühen Morgens in dem Winkel unter der Bodentreppe, und in derselben Nacht war bei C. G. Perssons eingebrochen worden ... Wir begriffen sehr wohl, wie das zusammenhing, obwohl wir es voreinander niemals zugaben. Angespannt und mit flatternden Blicken liefen wir herum und warteten darauf, daß Nilsson durch das Gartentor marschiert käme, mit Uniform und dem blanken Abzeichen an der Mütze, und dann wäre das Jüngste Gericht nicht mehr weit gewesen. Und die Schande ... Doch das geschah nie. Es passierten andere Dinge, und die waren viel schlimmer.

Nein, sicher war Dorfpolizist Nilsson freundlich, und er wollte auch diesmal nur unser Bestes, doch er wußte nicht, wie aufgeladen die Situation war, er sah die Flammen nicht, er konnte nicht wissen, daß sich in Mutter ein Knäuel aus fest gesponnenen Gefühlsfäden verstrickte und ihr fast den Hals zuschnürte. Ihre Stimme klang wie erstickt, als sie aufstand und sagte: »Schreiben Sie achthundert auf! Dieselbe Summe, die er bezahlt hat!«

Der Lackaffe machte große Augen, und Nilsson schüttelte bedächtig den Kopf. »Liebe Frau, ist das auch wohlüberlegt? Es ist nicht üblich, die Schätzung des Nachlaßverwalters in die Höhe zu treiben, ganz im Gegenteil.«

»Aber jetzt wird es so gemacht, wie ich es sage! Schreiben Sie achthundert, dieselbe Summe, die auf dieser Quittung steht.«

Als wir alleine waren und den Kaffee ausgetrunken hatten und die Tischdecke weiß vor uns lag, wurde es ganz still in der Küche. Wir saßen einander gegenüber, Mutter hatte die Ellbogen auf dem Tisch abgestützt, das Kinn ruhte auf ihrem Daumen, und der Zeigefinger lag über dem Mund wie ein Vorhängeschloß. Sie sah mich nicht an, ihr Blick war ins Nirgendwo gerichtet. Hin und wieder bewegte sich ihr Kopf auf und ab, als würde sie im Innern etwas wiederholen und zustimmend nicken.

Schließlich kamen die Worte, nachdenklich und mit Pausen dazwischen. »Ach ja, Nancy ... Ein ganzes Leben. Die Schufterei eines ganzen Lebens, und was war es wert? Er hat doch immer gearbeitet, in Wind und Wetter, ganz egal, wie ihm der Fuß weh tat, er stapfte einfach los. Er wußte genau, was hinter seinem Rücken geredet wurde. Die machten sich lustig. Ja, das taten sie. Weil er hinkte und weil er von diesem HeidePetrus um das Land betrogen worden war und einen überhöhten Preis für die Hütte gezahlt hatte. Aber dumm war er nicht, dein Vater, das sollst du wissen, Nancy. Er war nicht dumm. Er hat viel begriffen, und er konnte vieles, wofür andere nicht taugten. Aber er war in vielerlei Hinsicht ein kleines Kind. Und er hat nie eine Chance bekommen, wie so viele andere. Aber so ist das eben ... Beim Holzhacken hat er sich kaputtgearbeitet. In seinem Alter im Akkord arbeiten, was sind denn das für Sitten? Und dann die Schufterei auf diesem neumodischen Kartoffelacker! Ihm lief der Schweiß herunter, das hab ich doch gesehen!«

Hier biß sie sich auf die Lippe, ihr Gesicht verzog sich, und sie begann zu weinen. Mutter weinte, und ich wußte weder ein noch aus. Sollte ich um den Tisch herumgehen und sie umarmen? Sollte ich die Hand ausstrecken und nach ihrer greifen? Sollte ich sprechen oder schweigen? Ich wußte es nicht, und ich bekam auch keine Rückendeckung von eigenen Tränen, meine Augen blieben trocken, obwohl mein Herz brannte.

»Mama, kleine Mama!« Mein Tonfall schmiegte sich ganz, ganz vorsichtig an und bewirkte trotzdem, daß das Weinen so schnell aufhörte, wie es begonnen hatte. Sie schneuzte sich und sagte: »Nein, jetzt trinken wir noch ein Täßchen, Nancy. Und gönnen uns ein Milchbrötchen. Übrigens wird es bald Zeit, die Kartoffeln aufzusetzen. Oder sollen wir uns heute abend vielleicht Makkaroni mit weißer Soße machen? Was meinst du? Wir haben doch Milch.«

Gesegneter Herd, gesegnete Gewohnheit, die uns half. Doch ich verstand auf einmal, was Dorfpolizist Nilsson gar nicht hatte begreifen können, ganz zu schweigen von diesem Rotzlöffel Salander: Es ging um eine Ehrenrettung, nicht mehr und nicht weniger. Mit Dollars aus Amerika, rechtschaffen geerbt, hatte Karl Viktor Pettersson die Hütte, in der wir lebten, für achthundert Kronen gekauft, und achthundert war sie wert! Und damit basta. Schwarz auf weiß stand es in deutlichen Ziffern auf dem Nachlaßpapier geschrieben, und jeder, der wollte, konnte es lesen. Daß sich bloß keiner das Maul zerreißt!

Nachdem Mutter sich drei Monate lang mit den Hemdsärmeln abgemüht hatte, konnte sie das Vatererbe ausbezahlen, so viel hatte sie zurückgelegt. Wir hatten in dieser Zeit keine Not gelitten, aber sehr bescheiden gelebt. Zum Glück hatten wir ja Kartoffeln, und Mutter machte oft Puffer und Kartoffelwaffeln, die wir mit Preiselbeeren aßen und öfter mit Sirup süßten als mit dem feinen weißen Zucker. Stopfmasse, nichts als Stopfmasse, hatte Vater immer über Pfannkuchen gesagt, das hält doch nicht lange vor!

Doch wir wurden satt und fanden es lecker. Wenn wir uns ganz selten einmal Speck brieten, legten wir hinterher eingeweichtes Knäckebrot in die Pfanne und brieten es am Rand des Herds langsam von beiden Seiten, das schmeckte himmlisch! Im übrigen gab es meistens Grützwurst und Sprotten, an fetten Hering war nur schwer heranzukommen. Sonntags kauften wir meist ein paar hundert Gramm Hackfleisch, aber Jerker aus Lövbrunn, dieser Knallkopf (Mutters Wortwahl), verdarb mir den Appetit auf Hackbällchen. Einmal stand er neben mir am Tresen, als Frau Persson mein Hackfleisch abwog, und sagte unter wieherndem Lachen: »Pfui Spinne! So eine Scheiße kann man doch nicht essen, da ist doch nur Fuchsfleisch drin! Hä hä hä!«

Und tatsächlich waren blaurote Klümpchen in der Masse, was immer es sein mochte. Krähenfleisch, sagten manche, aber Fuchs klang fast noch schlimmer. Mutter verlängerte die Fleischmasse mit trockenen Brotkanten und mischte gehackte Zwiebeln hinein, sie gab sich meinetwegen die größte Mühe, und ich hätte nie im Leben erzählt, was Jerker gesagt hatte, aber ich muß zugeben, daß es mir viele Male schwerfiel, das Sonntagsessen hinunterzuwürgen.

Da es in dieser Zeit bei uns um nichts anderes als den Kampf ging, in erster Linie den Kampf gegen die Wettermächte, konnte keine Rede von Kleidern oder anderen Anschaffungen sein. Wir kauften Lebensmittel und Karbid, Petroleum, wenn es welches gab, für meine kleine Kammerlampe, und ich bezahlte jeden Monat meine Korrespondenzkurse, aber der Rest wurde beiseite gelegt. Mein Geld in die Rosenschachtel, und Mutters in die Küchenschublade.

Doch eines Tages, nach PostBertas wiederholten kühlen, aber zweifellos gutgemeinten Ermahnungen und nach langem Überlegen beschloß ich, ein eigenes Postsparbuch zu eröffnen. Das war eine große Sache und ein feierliches Unterfangen. PostBerta füllte es eigenhändig aus und schrieb in zierlichen Buchstaben *Nancy Viktoria Pettersson. Fräulein* auf den Umschlag. Dann klebte sie farbige Marken im Wert von fünfunddreißig Kronen ein, die sich Quittungscoupons nannten. Damit fing ich an. Und die Umschlagspappe roch nach Zukunft.

»Stell dir vor«, sagte Mutter, als sie die graugrüne Kostbarkeit aufgeschlagen in der Hand hielt, »nun hast du ein Sparbuch! Das hätte Vater mal sehen sollen!«

Ungefähr zum gleichen Zeitpunkt wurde ich beauftragt, drei Überweisungsformulare von der Post mit nach Hause zu bringen und auszufüllen. Nun sollten Lennart, Börje und Betty ihren Pflichtteil kriegen. Ich sollte meinen bar auf die Hand bekommen und auf das Sparbuch einzahlen, aber das lehnte ich mit unbezwingbarer Überzeugung ab. »Niemals, Mama! Das nehme ich nicht an! Jedenfalls nicht jetzt. Vielleicht später, wenn du darauf bestehst. Aber nicht jetzt!«

Mutter biß sich auf die Unterlippe und überlegte. Schließlich kam ein Nicken: »Ja, du sollst deinen Willen haben. Aber vergiß nicht: Du hast ein Recht auf deinen Anteil!«

Einhundertzweiunddreißig Kronen und fünfzig Öre war die Summe, die auf jedem Überweisungsformular stand, das war ein Viertel von der Hälfte des Nachlaßwertes nach Abzug der Kosten. Mutter hätte jedem vor dem Versand das Porto abziehen können, aber als ich das vorschlug, schnaubte sie nur: »Ach was! So knickerig bin ich nicht!«

Sie hatte ihren Teil vollbracht. Nun konnte niemand mehr etwas sagen. Sie hatte einen zufriedenen Zug um den Mund, als sie den Betrag zusammenrechnete, den ich am nächsten Tag mit in die Post nehmen sollte. Doch da war auch Bitterkeit, das war ihren Bewegungen anzumerken, als sie die Brieftasche hervorholte und die Schublade mit einem Knall schloß. Der Streit am Weihnachtsabend hatte sie tief getroffen. Ihre eigenen Kinder …

5

Es kam kein Dank von Lennart, und auch Betty ließ nicht von sich hören, soweit ich weiß. Sie schämten sich wohl. Aber von Sara kam ein Brief mit Dankeschön von Börje und ihr. Das Geld komme ihnen gut gelegen, schrieb sie, denn bei ihr, Sara, sei etwas Kleines unterwegs! Sie und Börje wollten heiraten, es werde eine Feldtrauung geben, stand da, was das wohl bedeutete? Jedenfalls keine gewöhnliche Hochzeit, das begriffen wir.

»Nun wirst du ein weiteres Mal Großmutter, Mama«, sagte ich. »Und ich werde wieder Tante. Stell dir vor!«

Ich hatte keine Ahnung, wie es in Mutter aussah. Denn nun fing sie zum zweiten Mal innerhalb kürzester Zeit an zu heulen. Stand da mit dem Brief in der Hand, und die Tränen liefen so, daß sie sich mit der Schürze die Augen abtrocknen mußte. Das sah ihr gar nicht ähnlich.

»Ja, ja, du«, sagte sie, »so geht es dahin. Immer weiter. Und man selbst wird alt.«

Alt? Ich sah sie an. Das Haar war dunkelbraun, ohne graue Fäden, es war straff zurückgekämmt und geflochten und im Nacken zu einem Knoten zusammengenommen, nur bei feinen Gelegenheiten legte sie es zu einer Nackenrolle und ließ ein paar Strähnen lose heraushängen. Im Alltag sah man ihre Haare übrigens nicht, da trug sie immer ein Tuch in der Stirn, das hinten zusammengeknotet war. Sie war dünn geworden in der letzten Zeit, das war mir zuvor nicht aufgefallen, nun sah ich, daß auch ihr neues Gebiß zu groß war für ihr Gesicht. Aber alt? Für mich hatte Mutter eigentlich nie ein Alter gehabt. So sah ich sie nicht. Sie war einfach da. Selbstverständlich. Unveränderlich. Immer zugegen. Sie würde im nächsten Jahr fünfzig werden, 1943, das wußte ich. Fünfzig wurde als hohes Alter angesehen, da bekamen die Männer üblicherweise einen Stock mit silbernem Knauf geschenkt, wenn die Mittel vorhanden waren. Und die Frauenzimmer? Ja, ich weiß nicht, ob die überhaupt etwas bekamen. Vielleicht eine Brosche. Im besten Fall. Oder eine Vase aus Glas oder einen neuen Kochtopf, das variierte.

Karin aus Vika hatte einen modernen Konservierungskessel geschenkt gekriegt, in den man Einweckgläser stellte und auf eine gewisse Temperatur erwärmte. Auf diese Weise konnte man Hackbällchen und gebratene Speckscheiben und grüne Erbsen und Apfelschnitze und alles, was man wollte, für viele Jahre haltbar machen. Aber es war wichtig, daß die platten Gummiringe, die zwischen Glas und Deckel liegen sollten, richtig sauber waren, damit die Gläser dicht schlossen! Sonst konnte alles verderben. So ein Elend war Anna Nygren passiert. Mit den Erbsenkonserven. Derlei war mir auf der Post zu Ohren gekommen. Bei uns zu Hause standen solche Anschaffungen nicht zur Debatte. Was man mit so einem Quatsch wohl sollte?

Aber alt? Nein, Mutter, ZehenPelles Frida, war bestimmt nicht alt. Dessen sollte ich übrigens bald gewahr werden. Und zwar auf eine Weise, die ich mir niemals erträumt hätte.

An einem Donnerstag im April, einem dieser zweiten Donnerstage, als Mutter eine Lieferung bekommen hatte, merkte ich schon, als ich die Schwelle übertreten hatte, daß etwas passiert war. Sie hatte rote Flecken im Gesicht und polterte und lärmte mit Wasserkelle und Kaffeetopf herum. Ich hatte kaum die Jacke ausgezogen, als alles aus ihr herausplatzte.

»Also nein«, sagte sie mit gepreßter Stimme, während sie zwischen Küchenbüfett und Tisch hin und her flitzte. »Ab sofort hole ich mir die Lieferung mit dem Bus, wenn ich etwas nach Hause geschickt kriege! Das ist jetzt das dritte Mal, daß der Kerl hier herumlungert und sich einschmeichelt. Aber ich habe von Anfang an gemerkt, woher der Wind weht, ich bin ja nicht blöd. Und heute ist ihm rausgerutscht, worauf er es abgesehen hat, wie er sich das mit der Bezahlung vorgestellt hat. Nein, zum Teufel mit solchen Lümmeln, die sich einbilden, daß sie freie Bahn haben, nur weil man alleine ist! Aber bei mir ist er an der falschen Adresse, das hab ich ihm klipp und klar gesagt. Ein verheirateter Kerl! Widerwärtig ist das!« Sie zischte vor Verachtung.

Ich war dem Milchwagen begegnet, kurz nachdem ich aus der Pfarrhofallee gebogen war. Albin hatte mit der Zigarette im Mundwinkel hinterm Steuer gesessen, genau wie immer. Hatte grüßend die Hand gehoben. Ja, es stimmte, er hatte Mutter einige Male die Hemdenkartons zum Gartentor getragen, das hatte er tatsächlich getan. Und die Hilfe war nicht unbedingt notwendig gewesen, besonders jetzt nicht, denn nun konnten wir die Kisten hinten auf dem Gepäckträger schieben, aber es war ja nett von ihm, immerhin. MilchAlbin hatte für die Leute im Dorf immer Päckchen oder Nachrichten verschickt, schließlich fuhr er einmal am Tag in den Ort. Meistens erledigte er die Dinge auf dem Rückweg.

»Du kriegst es natürlich bezahlt«, hatte Mutter an dem Tag gesagt, als sie den Milchwagen oben an der Landstraße abfing, um sich wegen der Pakete mit der Heimarbeit zu erkundigen. Ich war damals dabeigewesen, denn als ich von der Post angetrabt kam, hatte sie am Wegesrand gestanden und vor Kälte mit den Füßen gestampft.

»Wir finden schon einen Weg«, hatte Albin genickt und dabei gegrinst (ich war immer schon der Meinung gewesen, daß er ein schmieriges Grinsen hatte). »Ich komme vorbei und kassiere so nach und nach ab.«

Und das hatte er nun getan, zumindest hatte er es versucht. Ich war sprachlos, das muß ich zugeben. Daß Albin ein geiler Bock war, überraschte mich nicht, ich hatte oft gespürt, wie dieses gelbe Zigarettengrinsen an mir klebte und wie er mich gleichsam mit den Augen bis auf die nackte Haut auszog. Nein, das war es nicht, was mich verstummen ließ. Es war der Gedanke, daß Mutter … Daß sie … Daß er es tun würde. Und sie … Um Himmels willen, Mutter!

Ich glaube, daß mich die Einsicht, daß Mutter eine *Frau* war, erst in diesem Moment streifte. Ja, ich sage streifte, denn ich wollte es nicht verinnerlichen, ich weigerte mich. Mutter war Mutter. Ihr Körper war der Mutterkörper, ich kannte ihre Gerüche und sah ihre Formen. Manchmal war sie elegant und aufrecht und sah bewundernswert aus in ihrem maßgeschneiderten grauen Wollkleid, meistens latschte sie in einem alten Putzkittel herum, ein Kopftuch über den Haaren, mit abgeschnittenen Gummistiefeln oder Großmutters alten Pantoffeln an den Füßen.

Daß sie eine Frau war und ein Geschlecht hatte, fiel mir nicht ein, obwohl ich ja gewußt hatte, was auf der Küchenbank vor sich ging, als Vater noch lebte. An vielen Abenden ertönte in der Dunkelheit, eine Weile nachdem die Lampe ausgepustet war, das rhythmische Knacken der Küchenbank, und darauf folgten Stöhnen und Keuchen. Danach Stille, atemlos und wortlos. Dann, erst dann, nahm ich die Finger aus den Ohren, die ich mit aller Kraft verstopft hatte, da entspannten sich mein Gesicht und mein Rücken.

Daß ich später in meinem eigenen Körper ein so ziehendes Verlangen nach Lars und eine Glückseligkeit ohnegleichen gespürt hatte, wenn ich in seinen Armen lag, die Münder aufeinandergepreßt, der pochende Schoß und das Glied, dieser harte und heiße Rüssel, das Wort Schwanz konnte ich weder aussprechen, noch brachte ich es übers Herz, es zu denken, denn es war so häßlich … ja, all das zwischen uns, das war *etwas vollkommen anderes*.

Und als ich dann später beim Schießstand mit Hilding schlief, die Augen weit geöffnet und etwas Ähnliches wie Haß empfindend, während er zwischen meinen Schenkeln kniete und mit dem Gummi herumfummelte, war das auch etwas anderes. Es war zumindest meine Sache. Mein Körper gehörte mir und hatte nicht das geringste mit Mutter zu tun. Daß sie auch eine Frau war und daß Kerle diese Sache mit *ihr* machen wollten, konnte ich nicht ertragen. Und vielleicht war das der Grund dafür, daß die verkniffene Verachtung, die ich für Albin empfand, auf seltsame und verquere Weise auch Mutter traf. Meine Gefühle für sie spreizten sich wie abwehrende Finger. Ich war nicht nur aufgebracht, sondern gekränkt. Ich verstehe es selbst nicht. Als hätte sie mich hintergangen.

Der Zwischenfall mit Albin führte dazu, daß Mutter für gut befand, sich auf die Lippe zu beißen und sich nach langem Überlegen zu überwinden, zu Ågrens schräg hinter dem Espenwäldchen hinüberzugehen und sich zu erkundigen, ob sie ab und zu deren Fahrradanhänger am Donnerstagvormittag ausleihen dürfte. Darauf könnte sie die Fabrikkartons gut transportieren, sagte sie. Es kam sie hart an, denn genau wie Vater hatte sie einen tief verwurzelten Widerwillen dagegen, vor jemandem zu kriechen, um Hilfe zu bitten. Und selbstverständlich bot sie Entschädigung an – klar doch, sie würde niemals in jemandes Schuld stehen! Doch Ågren hatte das anscheinend großzügig abgelehnt, das käme gar nicht in Frage. Wenn diese rostige alte Karre noch zu irgend etwas nütze sein könne, sei es bloß gut.

Auf diese Weise löste Mutter ein Problem. Nach einigem Nachdenken hatte sie nämlich ihren ersten Entschluß wieder verworfen, in den Ort zu fahren und dem Leiter der Fabrik mitzuteilen, daß die Kartons von nun an mit dem Bus und nicht mehr mit dem Milchwagen geliefert werden sollten. Wenn er gefragt hätte, wie es dazu gekommen war, was hätte sie antworten sollen? Nein, nun mußte Mutter jeden Donnerstag pünktlich den Fahrradanhänger zum Milchkannenständer ziehen, einmal mit und einmal ohne Gepäck. Sie knotete ein Stoffsäckchen – es war übrigens ein rot-weiß karierter Turnbeutel, den ich im Handarbeitsunterricht genäht und mit Kreuzstichen verziert hatte – an der Stange fest, und darin lag ein Umschlag mit der Liefergebühr. Somit waren keine persönlichen Verhandlungen mit MilchAlbin mehr nötig, vermutlich wußte er das Zeichen zu deuten, obwohl sie nicht mit dem Zaunpfahl winkte. Was mich betraf, so hob er wie immer grüßend die Hand, wenn wir uns an der Landstraße oder bei C. G. Perssons begegneten, und ich nickte ziemlich gemessen zurück.

Ende April 1942 hatten Mutter und ich uns durch den schrecklichen Winter geschippt, der mir in der Erinnerung wie ein Tunnel erscheint. Ein tiefer enger Gang mit eisblauen Wänden und der Finsternis als Dach. Da sind der Schneesturm und der Geruch von Rauch, der durch den Schornstein hinunterschlägt und sich mit dem Dunst der nassen Wolle vermischt, die auf der Leine hängt und von der es zischend auf den heißen Herd tropft. Eingesperrt. Stickig. Das Surren der Nähmaschine, die knisternden englischen Laute auf dem Grammophon, immer und immer wieder. *Please, say after me ... Once upon a time there was a little girl, called Little Red Riding Hood ...*

Und wer war ich damals, die tüchtige Nancy, als die Schneewehen schrumpften und das Licht zurückkehrte? Was war mit mir geschehen? Rein gar nichts. Es war, als hätte ich in der Zwischenzeit nicht gelebt. Ohne daß ich es gemerkt hätte, war ich zumindest aus meiner Kindlichkeit herausgewachsen, der schwer abzuschüttelnden Kindheit. Ein Stück meiner Jugend ging dabei wohl auch drauf. Doch was machte das? Noch blieben mir genügend Tage und Jahre. Mit Bestimmtheit weiß ich, daß ich mich nach und nach durch diese Kursbriefe biß, was zum Großteil Mutters Hartnäckigkeit zu verdanken ist. Setz dich hin und lerne! So hieß es ständig.

Ein vollständiger Realschulkurs bestand aus fast fünfhundert Briefen, genau gesagt vierhunderteinundneunzig. Wer fleißig kämpfte und vier Briefe in der Woche erledigte, konnte den Abschluß in weniger als drei Jahren schaffen. So stand es in dem aufmunternden Willkommensbrief. So große Ambitionen hatte ich nicht; meine sogenannten »Studien«, hinter denen ich nie zu stehen gewagt hatte, waren von Anfang an ziemlich planlos verlaufen, insbesondere da ich mir dafür meistens Sticheleien eingehandelt und im Dorf zu hören gekriegt hatte, ich wäre eingebildet und hielte mich für etwas *Besonderes*. Aber meine Ergebnisse waren offensichtlich lobenswert, meistens war mit grüner Tinte »gut« an den Rand geschrieben, manchmal sogar »ausgezeichnet«!

Jetzt, da ich mich ganze Nachmittage in der Kammer aufhalten mußte, während Mutter sich die Seele aus dem Leib nähte, schaffte ich jedenfalls viel mehr als früher. Drei Briefe in der Woche, wenn ich am beharrlichsten (und zornigsten!) war. Das machte mich etwas unruhig. Allmählich würde ich mich in eine Stadt mit einer Oberschule begeben müssen, Prüfungen ablegen, vielleicht zuerst einen Vorbereitungskurs besuchen. Aber Eskilstuna? Nein, das erschien mir nicht mehr so reizvoll. Sara würde ja demnächst ein Kind bekommen, sie hatte sicher alle Hände voll zu tun, auch ohne sich um mich kümmern zu müssen. Doch damit konnte ich mich später beschäftigen. Kommt Zeit, kommt Rat. Früher oder später mußte sich aber etwas ändern, das sah ich ein, so konnte es nicht weitergehen! Sonst würde ich als altes Mädchen enden, genau wie Asta in Österväga oder Gun, die Tochter des Sattlers. Zusammen mit den alten Tanten in den Nähverein gehen und sonntags mit der Handtasche am Lenker zum Bethaus radeln. Gott bewahre!

In der Welt rings um uns geschahen fürchterliche Dinge. Die Erdkruste brannte. Ortschaften und Städte wurden zu Ruinen zermahlen. Der Wahnsinn herrschte. Wo er sich durchsetzte, gaben Stahl, Stiefelknallen und eiskalte Berechnungen den Ton an.

Menschen mit Körpern und Seelen wurden schlimmer behandelt als Vieh, das erfuhr man später, als die Wahrheit ans Licht kam. Doch was wußten *wir* – die Familie von ZehenPelle und andere Leute wie wir – währenddessen davon? Ich schäme mich, es zu sagen, aber ich glaube, wir dachten kaum noch an den Krieg. Er erschien uns eher als Zustand, als Dunkelheit, als eine Art Sack, der uns über den Kopf gezogen und zugeschnürt wurde, so unerbittlich, daß es sich nicht lohnte, sich dagegen zu wehren. In diesem Sack bildeten wir eine Art Gemeinschaft, die sich auf

Gejammer und Probleme mit Einberufungen, Generatorgas, Lebensmittelkarten und Verdunklungsgardinen gründete. Zellwolle und Kaffee-Ersatz nicht zu vergessen. Aber wir gewöhnten uns daran, das Anomale wurde nach einer gewissen Zeit normal. Wer vermag sich zu ängstigen, wenn nichts passiert? Die Angst verliert ihren Stachel. Übrig blieb der tägliche Kampf im Kleinen.

Als es Vater ZehenPelle nicht mehr gab, der jeden Abend mit der Hand am Ohr vorm Radio saß und seine harschen Bemerkungen über den Russen, den Deutschen, den Engländer und die schwedischen Großmäuler abließ, schwand unser Interesse an den globalen Ereignissen. Wir hörten kaum die Nachrichten, und nach dem Jahreswechsel kündigten wir auch das »Zeitungsabonnemang«, wie meine Mutter sich ausdrückte. Es sei eine unnötige Ausgabe, meinte sie, ich könne die Zeitung ja morgens auf der Post lesen, und auf sie selbst käme es nicht an. Die Welt stand und fiel auch ohne ihr Wissen. Was hatte sie schon dazu beizutragen?

Vaters Tod war ein »normaler« Tod gewesen. Er war zwar unvorbereitet gekommen, aber eigentlich ist es nicht verwunderlich, daß das Herz eines Tages streikt, wenn der Körper erschöpft ist. Und doch kann man Tode nicht vergleichen. An den Massentod außerhalb unserer Grenzen zu denken half uns weder, noch warf es uns um. Und, wie gesagt: wir wußten nicht viel darüber.

Ich war die geborene Beobachterin in dieser kleinen Gemeinschaft, und in dieser Zeit beobachtete ich Mutter. Ob sie tief in ihrem Herzen um Vater trauerte, kann ich nicht mit Sicherheit sagen. Sie weinte um ihn, nachdem das Nachlaßverzeichnis erstellt worden war, sie beklagte seine Plackerei und all seine Anstrengung auf dieser Welt, sie bedauerte, wie wenig er letztlich dafür bekommen hatte. Aber weinte sie um ihrer eigenen Trauer willen? Sie hängte seine Feiertagskleidung in einem Stoffsack auf den Dachboden, so wie sie es mit Doras Kleidern nach deren Tod gemacht hatte. Es war der Cheviotanzug, dazu die beiden feinen Hemden, ein hellblaues und ein weißes, zwei, drei Schlipse und ein Paar schwarze Schuhe. Eine bequeme Schlupfhose und ein graues Jackett bewahrte sie auch auf, soweit ich mitbekam, aber die blauen Hosen, die Cordweste, die alte Mütze mit dem Schweißrand und andere Arbeitskleider, die geflickt und abgenutzt waren, verbrannte sie – auf der Böschung, wo einst der Pavillon stand, gleich über Vaters geplantem Kartoffelanbau.

Es rauchte noch, als ich eines Tages nach Hause kam. Sie sagte nichts, und ich fragte nicht nach, aber als ich später in der Asche stocherte, sah ich die metallenen Schnallen und Häkchen und die verkohlten Böden der Stoffknöpfe, die an der Trikotunterwäsche befestigt waren, seine Unterwäsche war anscheinend auch im Feuer gelandet. Falls sie nicht Scheuerlappen oder Monatsbinden daraus gemacht hatte. Ob Mutter wohl blutete? Tat man das, wenn man so alt war wie sie? Ich wußte es nicht, diese Art von Heimlichkeiten behielt jede für sich.

Abends nahm sie den Deckel von der Küchenbank und lehnte ihn, mit einer Zeitung dazwischen, gegen die Wand, das hatte sie immer so gemacht, um die blasige und brüchige Tapete zu schützen. Doch sie zog nicht die andere Hälfte der Liegefläche heraus, sondern bereitete das Bett für eine Person, natürlich, denn sie war ja jetzt allein. Sie preßte die Schulterblätter so fest zusammen, daß die Brust sich nach vorne schob, schnitt eine Grimasse, beugte den Kopf zurück und rollte ihn ein bißchen, rieb sich im Kreuz, wie sie es immer tat, wenn wir in den Preiselbeerwald gingen. Sie war natürlich müde, ihr Körper schmerzte, sie hatte an der Singer gesessen und ihr Tagessoll erfüllt, drei Dutzend Hemdsärmel waren fertig und mit Knöpfen versehen, der Verdienst war berechnet.

»Gute Nacht, Nancy!«

»Gute Nacht!«

Als ich rückwärts über die Kammerschwelle ging, bildete ich mir ein, daß sie zufrieden ihr Bett betrachtete. In ihrer Art, das Kissen aufzuschütteln und das Laken um die obere Kante der Decke zu wickeln, lag eine gewisse Zärtlichkeit. Und es sah viel feiner und sauberer aus als zu Vaters Zeiten. Er war irgendwie weggeräumt worden, so empfand ich es, und das gefiel mir nicht.

Gleichzeitig hatte ich so großes Mitgefühl mit Mutter, wenn sie da in ihrem alten beigebraunen Unterrock stand und sich die Haarnadeln aus dem Knoten zog. Dann streifte sie das Nachthemd aus Flanell über, das sie seit einer Ewigkeit besaß. Es war geflickt und hatte vorne ein paar gelbliche Flecken, damit nahm sie es nicht so genau, sie trocknete sich wohl damit ab, wenn sie draußen gewesen war und hinters Haus gepinkelt hatte – wie sollte man es sonst machen? Oft ging sie im Unterkleid ins Bett, aber das konnte ja nicht angenehm sein mit den Trägern, die über die Schulter rutschten. Ich werde ihr ein Nachthemd kaufen, dachte ich. Das werde ich. Zum Geburtstag!

Und wie war es mit mir selbst? Was empfand ich in bezug auf Vater? Ein düstere Leere, glaube ich. Aber vor allem Schuld. Schuld, weil ich ihn nicht so mochte, wie es recht gewesen wäre, als er noch lebte. Schuld, weil ich nicht so sehr trauerte, wie ich sollte, jetzt, da er tot war. Man muß die Toten lieben. Das ist des Menschen Pflicht. Die Falschheit lag in mir auf der Lauer, und Gott sieht alles.

Die Trauer um Dora war eine Märchentrauer gewesen. Als Dora starb, war ich noch Kind genug, um mir selbst die Flucht ins Märchen zu erlauben. Das Kind weiß, daß Märchen grausam sind, und beharrt trotzdem darauf. Ich wußte genug, doch in meiner Erinnerung durfte sie weiterhin ein Engel mit unversehrten Flügeln bleiben, ich bewahrte Dora in der flachen Rosenschachtel auf, und da lag sie noch immer, nach vier Jahren.

Mit Vater war es anders. Er war so nah, sogar sein Kautabakgeruch war noch da. Mein Widerwille war ebenfalls geblieben, tief in mir gab es ein Ich, das mich überwachte und mir mit dem Zeigefinger drohte: *Mach nicht so ein Theater, du weißt, wie es war!* Ja, das wußte ich. Ich war viele Male furchtbar wütend gewesen, richtig stinkwütend! Manchmal, nein, oft hatte ich mich auch geschämt. Ich fand ihn jämmerlich und dumm, wenn er herumpalaverte und sich über die Regierung und die Politik und die Großmäuler und was weiß ich nicht alles aufregte. Vor allem vor BiegenArvid ließ er sich aus, ihm fühlte er sich überlegen.

Und Frauen, tja, Frauenzimmer sollten das Maul halten. Herrgott noch mal, was wurde ich wütend, wenn er so redete. In mir schnürte sich alles zusammen. Die Leute lachten über Vater, das stellte ich mir zumindest vor. ZehenPelle, so wurde er genannt, und ich war ZehenPelles Nancy. Ich wollte nicht, daß wir im Winter morgens gemeinsam durchs Dorf gingen, wenn er gebückt zum Sägewerk humpelte und ich zu meiner Arbeit mußte. Er hinkte vor mir durch den Schneesturm, er stapfte mir einen Weg durch die Schneewehen, er wollte nett sein, und ich wußte das, er zeigte mir seine Liebe so, wie er konnte, doch was bekam er zurück? Ich hielt mich am Rande, hochmütig wie ich war, und jetzt schämte ich mich dafür. Es war zum Weinen, aber ich konnte nicht weinen.

Oh, Papa ... Wenn wir doch im Pavillon arbeiten könnten! Wie damals im Frühling, in der Löwenzahnzeit. Wenn der Pavillon noch da oben auf der Böschung stünde und nicht in der schwarzen Doratrauer verbrannt wäre. Damals half ich dir, das Birkenholz zu stapeln, und war das allertüchtigste Mädchen. Trug die Holzscheite in der Schürze.

So nagte es in diesem ersten Winter nach Vaters Tod in mir, und es sollte viel länger nagen, als ich ahnte. Sehnsucht und Schuld, das Schöne und das Häßliche, Wahrheit und Lüge, dazwischen bewegt sich das Pendel, hin und her.

6

Wir holten den Häufelpflug aus dem Erdkeller und setzten die Kartoffeln, die zum Keimen gelegen hatten, die lilaweißen Triebe waren lang und bleich. Mutter hatte auch Erbsen eingeweicht, die schon erste Anzeichen aufwiesen, kleine hellgrüne Zungen ragten aus der geschwollenen Hülle. Ich steckte eine in den Mund, sie teilte sich und wurde weich, aber sie schmeckte bitter.

»Tja – wie auch immer, Kartoffeln sollten wir setzen, wenigstens einige Furchen«, sagte Mutter. »Aber das mit diesem neuen Anbau hat keinen Zweck, dann müssen wir eben auch dieses Jahr ein paar Erbsen säen. Die halten uns immerhin das Unkraut vom Leibe.«

Sie sagte die Dinge auf eine Weise, die mich nachdenklich machte, bestimmte Worte und der Tonfall versetzten mir kleine Nadelstiche. Wie dachte sie? Was meinte sie? Es schien, als würde sie nur ein kleines Stück in die Zukunft denken. *Immerhin*, sagte sie. Das sagte sie oft. Als hätte das, was zu tun war, eigentlich keinen Sinn, außer daß es getan werden mußte. *Immerhin*. Und *wenigstens*.

Ebenso mit dem Brennholz. Trotz der bitteren Kälte hatte das Holz gereicht, wir hatten ja eine Fuhre Schwarten nach Hause bekommen, bevor Vater starb, die waren schon gesägt und fertig, und später war tatsächlich noch eine Extrafuhre vom Sägewerk gekommen, im April, als der Lastwagen wieder rückwärts durchs Gartentor fahren konnte. Den heruntergekippten Bretterhaufen, ein unerwartetes Geschenk vom Säger (vielleicht plagte ihn sein Gewissen?), hatten Mutter und ich mit vereinten Kräften zersägt, wir standen jede auf einer Seite des Sägebocks, und als wir den Rhythmus gefunden hatten, machte es richtig Spaß.

Mit dem kostbaren Birkenholz hatten wir mehr gegeizt als gewöhnlich, dennoch war der Stapel geschrumpft, es war nicht viel übrig, und es würden auch keine neuen Kubikmeter angeschafft werden, das war schließlich Vaters Sache gewesen, sein besonderer Stolz.

Doch auch die Brennholzsorgen schob Mutter von sich.

»Sommerholz haben wir genug! Also kommen wir zurecht. Der Rest wird sich schon finden. Irgendwie.«

Ich hatte gelernt, meine Geschäftigkeit zu zügeln. Ich sagte nichts, aber ich war ein wenig unruhig und ratlos. Wie stellte Mutter sich das eigentlich vor? Alles schien an losen Zügeln zu laufen. Das war neu.

Doch sie ließ keinen Raum für Fragen, und alles war so zerbrechlich in diesem Frühling, als Vater abwesend und eigentlich doch anwesend war, deutlich wahrnehmbar in Gras, Erde und Sägespänen, es schien, als wären die Spuren aus dem Schnee aufgetaut, dort lagen die Gerüche, vom Frost befreit. Sein blaues Fahrrad lehnte mit platten Ballonreifen an der Holzschuppenecke, und an den Gepäckträger war eine Schnur geknotet. Und die Schleifsteinkurbel hing untätig hinab. Die Bank in der Laube stand schief wie eh und je, und ein neuer Wetterhahn aus Blech wurde nie zugesägt … Wurde auch nicht gebraucht.

Sieh an, ist dieser Wippstert schon wieder da! Auch dieses Jahr …

Natürlich trippelte die Bachstelze, und natürlich hörte ich Vaters Stimme. Und seinen Mundwinkel sah ich.

Ich beugte mich über den Blumenkasten an der Giebelwand und setzte Dahlienknollen, die Mutter aus dem Keller geholt und zum Trocknen auf einen Sackfetzen gelegt hatte. Das hatte sie gemacht – immerhin –, und Samen für Ringelrosen hatten wir auch besorgt, kleine spitze Halbmonde, die ich rings um den gelben Rosenbusch in die Erde steckte. Die Sonne brannte mir in den Nacken, und es roch staubtrocken, die Wand qualmte vor

Trockenheit, und die Insekten knackten und surrten, wenn sie gegen die Bretterverkleidung schlugen.

Es war Sonntag. Am Nachmittag wollte ich nach Forshällan radeln und mit Gunnel baden gehen. Vielleicht baden, denn im Wasser war es sicher noch schrecklich kalt, es war ja erst Anfang Juni. Aber wir würden zumindest die Füße reinstecken!

Es war seltsam mit mir, ich war achtzehn Jahre alt und konnte nicht schwimmen – und schämte mich dafür. Dora wollte es mir beibringen, aber daraus war nichts geworden. Ich war also ein richtiger Bademuffel, und trotzdem sehnte ich mich nach Wasser. Manchmal überkam mich ein beinahe panisches Jucken auf der Haut, besonders im Spätsommer, wenn der Staub auf den Äckern raucht und der Himmel so hoch und blau ist, daß man darin verschwindet. Dann legte ich mich ausgestreckt ins Gras und fühlte, wie mich mein Sehnen in den Himmel hob. Fliegen, schweben, tauchen. In einem Luftmeer schweben. Ins Wasser eintauchen und den Körper rein waschen. Abgekühlt und rein, frei und leicht und getragen, war das der Traum vom Leben? Oder war es der Tod, den ich mir so vorstellte?

Als ich klein war, zog ich mir oft Schuhe und Strümpfe aus und stapfte in der Zeit der Sumpfdotterblumen barfuß im großen Graben herum, kam zurück wie ein Ferkel, das Kleid naß und schmutzgetränkt bis zu den Oberschenkeln, das war ein Bad! Aber der schlammige Boden kühlte so schön zwischen den Zehen, und es gefiel mir, im Modder zu wühlen.

Die Teichbinsen standen aufrecht wie hellgrüne Schwerter, und der Froschlaich waberte und war voller schwarzer Punkte. Der Tod war das letzte, woran ich dachte. Ich war ein Kind nah an der Erde, und alles, was mich umgab, war Leben: gedankenloses, selbstverständliches Leben. Über meinem Kopf funkelte es vor Leben und Licht und Farben und Geflatter. Doch nun war so vieles in meinem Kopf, das ich herumwälzen mußte.

Gunnel war meine neue Freundin, die mir allerdings am Anfang fast aufgedrängt worden war, denn ich wollte nicht, es war nicht meine Idee. Und ich hätte mir natürlich niemals vorstellen können, daß es so kommen würde: daß ich tatsächlich eine Freundin fand, die allererste, richtige. Im Spätwinter gingen wir fast jede Woche zusammen ins Badehaus, zu dieser spitznasigen Mina Bengtsson, BadehausMina, die eine richtige Tratschtante war und über alles auf dem laufenden sein wollte. Ich konnte sie nicht ausstehen, vor allem nicht mehr nach dem Weihnachtsfest, das der Kaufmann im vorletzten Jahr veranstaltet hatte. Da hatte sie sich aufgespielt und Mutter angestrahlt und an meinem Rock und dem Bolero herumgefingert, den Mutter genäht hatte. Sie war sogar so dreist gewesen, Dora zu erwähnen: »Ihr habt wohl was von Dora geerbt. Ja, ja, die ist nicht alt geworden, die Ärmste, ach je, was soll man sagen. Lungenentzündung, daran ist sie doch gestorben ...«

Dieses Weib! Doch Mutter war ihr ins Wort gefallen. Und ich würdigte sie nun auch keines Blickes mehr, an mich wagte sie sich nicht heran! Mit Waschschüssel und Seife durfte sie mir zu Diensten stehen, dafür bezahlten wir, aber den Rücken bürsteten Gunnel Halvarsson und ich uns gegenseitig ab.

Unsere Freundschaft war ein wenig eigentümlich, ja, das war sie wohl – vermutlich lag es daran, daß Gunnel selbst ein wenig eigentümlich war. Nicht daß mit ihr etwas nicht stimmte, jedenfalls nicht aus meiner Sicht, aber in den Augen vieler hatte sie einen Makel. Nicht daß sie dumm gewesen wäre, im Gegenteil! Und ihr Gesicht war so niedlich. Die Augen blau und ungewöhnlich rund, ihr dunkelbraunes Haar lockte sich leicht um die Stirn und fiel in einem halblangen Pagenkopf über die Schultern. Es war nämlich so, daß Gunnel fast keinen Hals hatte, sie war so geschaffen. Der Kopf saß irgendwie tief zwischen den Schlüsselbeinen, und sie mußte den ganzen Oberkörper drehen, wenn sie in eine Richtung schauen wollte, und wenn sie nach oben guckte, lehnte sie sich aus der Taille ein wenig zurück. Kleinwüchsig war sie auch, und auf dem rechten Schulterblatt hatte sie eine Beule. Einen Buckel würde ich sie nicht nennen wollen, aber es war jedenfalls eine ziemlich große Ausbuchtung, und die machte sie schief, die eine Schulter schob sich nach oben.

Gunnel war neunzehn, ein Jahr älter als ich. Sie war ein richtiges Dienstmädchen auf dem Pfarrhof, kein halbes, wie ich es war, bevor ich die Stelle bei der Post bekam. Übrigens sollte man lieber sagen, daß Gunnel Kindermädchen war. Das klang irgendwie feiner. Denn sie war mit der Frau vom Pastor verwandt, ihre Nichte, glaube ich. Bei Pastors hatte es ja vor Weihnachten noch einmal Zuwachs gegeben, Kind Nummer drei, und sie schaffte es nicht allein, die Frau Margareta. Und das konnte man gut verstehen bei diesen halbwilden Bälgern!

Die Ehefrau des Pastors persönlich hatte mich und Gunnel miteinander bekannt gemacht, es war an einem Tag nach Weihnachten gewesen, als sie alle beide zur Post kamen.

»Gunnel liest sehr gern, genau wie Nancy – vielleicht habt ihr also einige Gemeinsamkeiten. Komm doch mal vorbei. Es wäre nett für Gunnel, etwas Gesellschaft zu haben.«

PostBerta saß bei weit geöffneter Luke da wie ein wohlwollender Pate und gab dem Arrangement ihren liebenswürdigen Segen, vor sogenannten besseren Leuten spielte sie sich immer auf, und nun konnte sie ja auch mit mir zu Diensten stehen. Ich, die ich ja bereits Putzfrau und Hundeaufpasserin und, bis auf weiteres, Postbotin war, konnte ja wohl ebensogut auch als Gesellschaftsdame für die Pastorenfamilie dienen. Was sollte ich machen? Na ja – ich bedankte mich nicht gerade für die Ehre, gab aber pflichtschuldig die Hand und setzte vermutlich eine abweisende Mine auf, so machte ich es ja immer, ich dummes Huhn, die Götter wissen, warum. Gunnel ihrerseits errötete und machte ein schüchternes Gesicht.

Natürlich bemerkte ich, daß sie körperlich behindert war, sie hatte ein Gebrechen, das sah ich sofort. Und ich will mich nicht besser machen, als ich war, denn als die Tür hinter ihnen zugeschlagen war und PostBerta von neuen Kunden in Anspruch genommen wurde, murmelte ich in echtem Bettyton vor mich hin: »Aha, und die glauben natürlich, daß sie mir so eine anhängen können, wie passend! ZehenPelles Nancy wird es schon nicht so genau nehmen …«

Pfui, wie ich mich für diesen Gedanken schäme, ich knipse ihn aus meinem Gedächtnis, wie man beim Stachelbeerenputzen die Stiele und das Grünzeug unten abknipst. Weg, weg, weg! Aber ich war ja immer etwas seltsam gewesen.

»Nancy, die ist ein bißchen eigen«, hörte ich Tante Olivia einmal zu Mutter sagen. Ein bißchen eigen? Doch, das war ich wohl, in mir gab es eine Mischung aus Minderwertigkeitskomplexen und halsstarrigem Selbstwertgefühl. Ich war ZehenPelles Nancy, und die Leute sollten glauben, was sie wollten, aber die Wahrheit ist, daß es einen von Anfang an prägt, zu wissen, daß man in so einem kleinen Dorf zu denjenigen gehört, die am schlechtesten gestellt sind und am wenigsten Ansehen genießen, die Unterlegenheit sitzt einem wie festgewachsen unter der Haut, dagegen läßt sich nichts machen.

Trotzdem war ich ICH, mit ganz großen Buchstaben. Das war das Problem. ZehenPelles Nancy und Nancy Viktoria steckten in ein und derselben Haut. Ich wußte selbst, daß dieser Zwiespalt Mißtrauen und eine Art Zorn in mir nährte, für den es oft gar keinen Anlaß gab. Aber die Nase hoch und die Krallen aufgestellt, so kam es einfach. Und wie sollten andere wissen, was sich dahinter verbarg? Unsicherheit kann wie Hochmut wirken, und daß man für sich bleibt, kann so gedeutet werden, als hielte man sich für etwas Besseres. Und das tut man ja gar nicht. Obwohl man es gleichzeitig doch tut.

Als ich Gunnel kennenlernte und mich später mit ihr anfreundete, verlor all das seine Bedeutung. Für sie war ich einfach Nancy, ohne Zusatz. Sie wandte sich mir mit ihrem aufmerksamen Ernst und so vertrauensvoll zu – ja, das ist wohl das richtige Wort –, daß sie mich vollständig entwaffnete. Was hätte ich für einen Grund gehabt, ihr imponieren zu wollen? Weshalb sollten mich mein altes Minderwertigkeitsgefühl und mein Geltungsdrang ihr gegenüber biestig und streitlustig machen? Sie hatte ja ihr eigenes Päckchen zu tragen. Natürlich war sie im Verhältnis zu uns »etwas Besseres«, das wurde mir schnell klar, sie kam aus einem kleinen Industrieort im Västmanland, ihr Vater war

Geschäftsführer, sie war mit der Frau des Pastors verwandt und duzte sie, das hätte ich in meiner Dienstmädchenzeit niemals gedurft.

Doch auch Gunnel hatte es nicht leicht, das körperliche Gebrechen hatte sie in vieler Hinsicht zur Außenseiterin gemacht, das begriff ich, obwohl sie nie darüber sprach. Sie hatte in Västerås die Mädchenschule besucht, die sieben Jahre dauerte, aber sie war nach fünf Jahren abgegangen. Den Grund erwähnte sie nie. Fünf Jahre reichten, sagte sie nur. Danach war sie von den Eltern überredet worden, einen Bürokurs mit Buchführung und Maschineschreiben zu belegen, damit hätte sie in der Verwaltung der Fabrik für alle Zeiten eine Anstellung bekommen können. Doch das war das Gegenteil von dem, was sie selbst wollte, nämlich so schnell und so weit wie möglich wegzukommen. Nun, es zeigte sich bald, daß das viele Stillsitzen an der Schreibmaschine nicht gut für ihren Rücken war, sie bekam davon Schmerzen. Darum sollte sie eine Weile hier auf dem Pfarrhof in Lunda bleiben und »etwas anderes sehen und in Bewegung kommen«, das heißt, Margareta mit den Kindern helfen, bis sich etwas anderes fand.

Gunnels eigener Wunsch war es, Kartographin zu werden, da konnte man am Kartentisch abwechselnd stehen und sitzen – doch ihr größter Wunsch, den sie nicht einmal ihren Eltern gegenüber geäußert hatte, war es, Modezeichnerin zu werden. Modezeichnerin? Klar doch! Das war der heimliche Traum. Als sie ihn mir anvertraute, biß sie sich auf die Lippe, und ihre Augen wurden noch runder als gewöhnlich und voller Lachen und Entschlossenheit. Sie pusselte gern herum und zeichnete langhalsige Frauenkörper mit Pferdeschwänzen, gekleidet in Mäntel und Kleider mit schwingenden Falten und klitzekleinen Details, viel eleganter als die aus dem Katalog von Ahlén und Holm. Und sie stickte so hübsch nach eigenen Mustern, das zeigte sie mir, als ich zum Tee in den Salon eingeladen wurde und wir in dieses Zimmer hinter der Küche gingen, das sich Jungfernkammer nannte, dort wohnte sie.

Ja, wir wurden wirklich Freundinnen, Gunnel Halvarsson und ich. Ebenbürtige. Ich mußte mich nicht gegen sie wappnen, sie bedrohte mich in keiner Hinsicht. Und da konnte ich mich entspannen, und die Zärtlichkeit in mir konnte befreit fließen. Denn Zärtlichkeit, eine große mitfühlende Zärtlichkeit empfand ich für Gunnel.

Doch als zum ersten Mal das mit dem Badehaus zur Sprache kam, gab es beinahe Krach. Da kannten wir einander noch nicht so lange, zu Beginn winkten wir uns ja bloß zu, wenn wir uns in der Allee oder zwischen Pfarrhof und Gemeindehaus begegneten. Wir wechselten ein Lächeln und riefen uns ein paar Worte über das grauenhafte Wetter zu. Gunnel kam ja mitten in der schlimmsten Winterzeit, und man mußte sich so schnell wie möglich ins Warme retten. Doch als der März gekommen war, begleitete sie mich häufig auf meiner täglichen Runde mit Kujo, dem Dackel von PostBerta. Die beiden älteren Pfarrerskinder nahm sie natürlich mit, und etwas später, als die Sonne wieder wärmte, auch den eiförmigen Verdeckwagen, in dem der Kleinste lag.

Es wurde nicht sonderlich viel geredet, es war schwer, ein Gespräch zu führen, wenn die Kinder um uns herumrannten und Kujo mit ihrem Gekreische verängstigten, woraufhin er seinerseits fürchterlich zu kläffen begann. Aber es war immerhin ein Kontakt. Gunnel war auf eine bescheidene Weise fein und anders, und ich war ja nicht gerade verwöhnt, was Freundinnen anging. Ehrlich gesagt, ich hatte keine. Nach der Einladung zum Tee schlug Gunnel vor, zusammen ins Badehaus zu gehen. Da waren wir einige Male zu zweit spazieren gewesen, und ich hatte ihr ein paar Orte gezeigt und sie über das Dorf informiert. Als wir nun an der Abzweigung zu dem kleinen gelben Backsteingebäude vorbeikamen, in dem Mina auf Kosten der Gemeinde regierte, berührte sie mich am Ärmel, drehte den Oberkörper in meine Richtung und sagte: »Können wir da nicht mal abends hingehen? Und saunieren?«

Ich muß zugeben, daß ich zurückwich. Sauna? Igitt! Mit angenehmen Erinnerungen war das Badehaus nicht verknüpft. Natürlich war ich mit der Schule dort gewesen, hatte, gebeugt über ein Waschbecken, splitternackt zwischen allen anderen gestanden und mich nach nichts mehr gesehnt, als unsichtbar zu sein. Ich hatte den Brustkorb eingezogen und die Schultern nach vorne geschoben, um meine Brüste zu verbergen, so gut es ging, ich schämte mich für sie, sie standen schwellend vor und waren viel zu groß, niemand sonst trug in dieser Hinsicht eine solch schwere Last. Und der Lehrer war mit anzüglichem Grinsen und der Bürste in der Hand herumgegangen. Er wollte einer nach der anderen den Rücken schrubben, und als er zu mir gekommen war, puffte er mich mit der Bürstenkante, und ich sah es unter meinen Augen schaukeln. Noch immer spürte ich den Knuff wie einen Stich in der rechten Brust. Nee, zum Teufel mit dem Badehaus! Und dann diese Mina. Das alte Weib.

Doch dann traf mich ein Gedanke, blitzschnell wie eine Schlange: Was meinte sie eigentlich damit? Warum sagte sie so etwas? Die hatten auf dem Pfarrhof doch ein Badezimmer. Sie hatte doch gar keinen Grund. Und mit dem Rücken konnte es ihr doch nicht gerade Spaß machen, sich nackt zu zeigen. Das Mißtrauen führte dazu, daß mir Übles schwante: War *ich* etwa diejenige, die baden mußte? Hatte sie das gemeint, auch wenn sie es in etwas feinere Worte kleidete? Hatte die Frau des Pastors ihr den Auftrag gegeben, mit mir zu reden? Vielleicht fanden sie, daß ich mich nicht sauber hielt, vielleicht hatte ich schlecht gerochen, als ich zu Besuch war und Tee trank?

In diesem Moment kam es beinahe zum Bruch. Denn da war ich empfindlich. Wir hatten ja nur eine emaillierte Waschschüssel, und es war Winter, da fiel es nicht so leicht, sich in der Küche vor dem Herd zu waschen. Schamhaft war ich auch, nicht einmal vor Mutter wollte ich mich bis auf die Haut ausziehen, und sie tat es auch nie vor meinen Augen. Es war sehr wahrscheinlich, daß ich nach Schweiß roch, vielleicht sogar nach eingetrockneter Pisse! Die braungelben Flecken mit den Innenseiten der Daumen herauszureiben, um die steife Kruste aus dem Charmeusezwickel zu entfernen, war etwas vollkommen Natürliches, wenn man sich morgens anzog. Selbstverständlich. So viele Unterhosen hatte ich nicht, daß ich sie ständig hätte wechseln können. Und sie zu waschen war auch schwierig. Wir mußten eine Wanne auf einen Stuhl vor dem Herd stellen und dort mit Wurzelbürste und Waschbrett im Dampf stehen, so war es in allen Wintern gewesen, an die ich mich erinnern konnte – wie hätte es sonst gehen sollen?

In meinem Kopf brannte es vor Wut, ich spürte, wie meine Kehle sich zuzog und ein Weinen aufstieg. Aha! Wenn das so ist! Dann verzichte ich! Ich war drauf und dran, mich mit ein paar gut gewählten Worten für die Begleitung zu bedanken und mich einfach aus dem Staub zu machen. Aber ich bekam kein Wort heraus, Gott sei Dank, sonst hätte ich mich wirklich lächerlich gemacht, und dann wäre die ganze Freundschaft grundlos in die Binsen gegangen. Denn Gunnel sprach einfach weiter, ohne die geringste Ahnung von dem Gefühlssturm, der in mir wütete: »Sie sind so sparsam mit dem heißen Wasser, verstehst du? Deshalb muß ich mit den Kindern zusammen baden. Im selben Wasser und gleichzeitig! Sonst wird es ja kalt. Und das ist nichts für mich …«

Ich war so froh, so erleichtert, daß ich in alles mögliche eingewilligt hätte. Nun konnte ich wirklich nicht sagen, daß ich nicht wollte. Mochte nicht erzählen, wie sehr ich BadehausMina verabscheute und wie sehr mir der Gedanke widerstrebte, mich nackt zu zeigen. Vor Gunnel wäre das schändlich gewesen. Wenn sie es wagte, konnte ich es wohl auch.

Im Sommer wäre ich einfach in den Ort geradelt und hätte mir ein Badelaken aus Frottee gekauft. Die waren nämlich inzwischen in Mode. Bei uns im Schrank lagen ein halbes Dutzend Leinenhandtücher für feine Gelegenheiten und eventuelle Arztbesuche, ein Dutzend rot-weiß karierte aus Baumwolle, eine kleinere Anzahl gelblichweißer, die Mutter aus aufgetrennten Zuckersäcken genäht hatte, und dann braune Sackhandtücher zum Händeabtrocknen, mehr hatten wir nicht, und das meiste war abgenutzt. Was war zu tun? Tja, mir blieb nichts anderes übrig, als in den hinteren Raum bei C. G. Perssons zu schlüpfen, wo das öffentliche Telefon an der Wand hing, und herauszufinden, ob in den Regalen neben den langen Unterhosen, der Leibwäsche und anderen Textilien ein paar kleinere Frotteehandtücher lagen. Und tatsächlich, es gab welche.

»Ist das ein Geschenk für deine Mutter?« fragte Frau Persson, als ich am Tresen stand. »Soll ich sie einpacken?«

»Nein danke, nicht nötig«, sagte ich in einem einzigen Atemzug, bezahlte hastig und stopfte die Handtücher so, wie sie waren, tief in meine Lederflickentasche, ich hatte ja auch einige andere Dinge eingekauft.

Ein etwas normalerer Mensch ohne eingebautes Igelverhalten hätte mit breitem Lächeln geantwortet: »O nein, die brauche ich selbst, denn ich will mit dem Pfarrhofmädchen in die Sauna gehen!« Aber nicht ich. In mir gab es vieles, was noch gelockert werden mußte.

In einem abgetrennten Raum zogen wir nach und nach unsere Kleidungsstücke aus, falteten sie ordentlich zusammen und legten sie auf die Holzbank, die Brille steckte ich unter die Strickjacke, die zuoberst auf meinen Haufen lag. Ich ging voran in die Badeabteilung, schließlich war ich hier trotz allem mehr zu Hause als sie, es war also ganz natürlich. Für jede von uns stand eine Waschschüssel mit heißem Wasser bereit, daneben lag ein Stück Seife. Splitterfasernackt standen wir auf den Holzgittern, Seite an Seite, und ich wagte kaum, sie anzuschauen. Verstohlen schielte ich von der Seite, während ich mir Arme und Hals einseifte. Mein Blick wurde auf unwiderstehliche Weise *davon* angezogen, das muß ich zugeben, und ich sah, daß sie ein gelocktes schwarzes Haarbüschel hatte, größer und hervorstechender als meins. Aber die Brüste waren viel kleiner als meine, und ihr Körper war mager. Als sie nackt neben mir stand, sah ich, wie kleinwüchsig sie wirklich war, und wie schmal die Oberschenkel und Knochen waren. Der Dampf ringelte das Haar um die Stirn noch stärker, aber den schweren, glatten Pagenkopf hatte sie zusammengebunden.

Ob sie mich in der gleichen Weise betrachtete, weiß ich nicht, sie war so mit Baden beschäftigt, sie nahm es ganz natürlich und, jedenfalls schien es mir so, ohne die geringste Scheu, sie seifte und rieb sich ein, die Strähnen lösten sich, und sie goß sich das Seifenwasser über den Kopf, machte ein paar Schritte im Dampf und holte neues, und ich konnte mich noch immer nicht überwinden, ihren Rücken anzuschauen. Ich wendete mich ab. Es war wie eine Heiligenschändung, eine Unverfrorenheit, das Gebrechen auch nur mit dem Blick zu berühren. Bis sie die trockene runde Bürste nahm, die in dem bereitgestellten Holzeimer lag. »Bitte Nancy – kannst du mir den Rücken schrubben?«

Ich glaube, ich werde nie vergessen, wie es war, diese entblößte Beule zu berühren, die sich auf dem Schulterblatt wölbte und Körper und Kopf übergangslos zusammenpreßte. Sie war häßlich und knochig und abscheulich, dennoch erfüllte sie mich mit Zärtlichkeit und Mitgefühl. Ich rieb das kleine Stück schlechter Krisenseife zwischen den Handflächen und breitete behutsam den spärlichen Schaum aus. Vorsichtig, ganz vorsichtig und ohne Druck ließ ich die Bürste über Schultern und Buckel kreisen, als wäre die Haut ein zarter Seidenstoff, der zerreißen könnte, wenn ich zu fest zupackte. Wie Gunnel meine spinnenartige Behandlung empfand, weiß ich nicht, vielleicht so abstoßend wie einen zu schlaffen Händedruck. Ob sie mich auf die Probe stellte, weiß ich auch nicht. Sie ließ mich einfach machen, bis sie fand, daß es genug wäre. Da griff sie nach der Bürste: »Danke, danke! Es ist gut! Nun bist du dran.«

Trotz ihres Muts und ihrer echten oder gezwungenen Natürlichkeit bedeckte ich meine Brüste mit gekreuzten Armen, als wir von den Waschbänken zur Dusche gingen. Danach saßen wir Seite an Seite schweigend in der Sauna, und ich hatte das Gefühl, etwas Großes erlebt zu haben. Die Berührung. Das hier war etwas vollkommen anderes, und trotzdem wußte ich tief im Innern, woran es mich erinnerte. An Lars. Doch. So war es. Als ich seinen allergeheimsten Körperteil zum ersten Mal berührte, die pulsierende Haut unter meiner Hand fühlte … Die Feierlichkeit, die ich damals erlebte, die große Verwunderung, die in mir aufwallte. Eine solche Zärtlichkeit erlebte ich jetzt, doch auf eine vollkommen andere Weise, diese hier war leidenschaftslos. Wie bei einem Kind. Oder einer kleinen Schwester.

Die Dienstage und die Donnerstage waren Frauentage, mittwochs und freitags waren die Männer an der Reihe, und montags kamen die Schulklassen ins Badehaus. Ich weiß nicht, ob die Kerle reinlicher waren als die Frauen, aber falls sie nicht in größerer Zahl kamen als die weiblichen Besucher, brauchte Mina Bengtsson sich nicht krumm zu arbeiten. Sie stapfte in roten Gummistiefeln mit umgeknickten Schäften herum, wechselte die Schüsseln aus und schrubbte das Seifenwasser in das Abflußloch. Natürlich hatte sie die Oberaufsicht. Und erkundigte sich nach dem einen oder anderen. Denen, die darum baten, wurde der Rücken abgebürstet.

»Ist denn das nicht Nancy höchstpersönlich, die da kommt! Das muß man sich rot im Kalender anstreichen – dich habe ich hier nicht gesehen, seit du mit der Schule fertig bist!« Das sagte sie, als wir das erste Mal da waren. »Und das Pfarrhofmädchen hast du mitgebracht, wie ich sehe!«

Natürlich wußte BadehausMina, wohin Gunnel gehörte, sie wußte schließlich alles, bevor es irgend jemand sonst wußte. Doch sie unternahm nie einen Versuch, mit Gunnel zu reden, behandelte sie eher, als gehörte sie einem fremdartigen Menschenschlag an, den man besser nur aus dem Augenwinkel betrachtete. Manchmal, wenn ich mich hastig umdrehte, erwischte ich sie dabei, wie sie zwischen ihren Waschschüsseln stand und uns durch den Wasserdampf anglotzte. Ihr Blick war überschattet von einer seltsamen, mit Verachtung gepaarten Zufriedenheit, wenn sie ihn über Gunnels armen Rücken wandern ließ. Und Gunnel zuliebe glotzte ich bissig zurück: Wir waren zu zweit. Zusammen waren wir zwei.

Oh, diese Vorfrühlingsabende mit knackendem Eis unter den Füßen und Myriaden von blinkenden Sternen. Wehmut und Erwartung in seliger Mischung. Dieser besondere Duft von Feuchtigkeit und angetautem Schnee, der wieder gefriert, wenn die Temperatur zur Nacht fällt. Die düsteren Holzstapel. Eine dünne Glitzerhaut auf dem Harsch, um diese Jahreszeit ist oft Mondschein. Blaue Schatten gibt es, und tief im Moor kann man den Fuchs schreien hören wie eine gefangene Seele.

Wir zogen die Wollmützen über die noch feuchten Haare und wickelten uns die Schals noch fester um Ohren und Nacken, ehe wir den Dampf verließen. Ich fühlte mich leicht, die Frische nach der Saunahitze, vermischt mit einem schwachen, aber dennoch erhebenden Siegesgefühl, ließ mich fast schweben; einen kurzen Augenblick wurde mir schwindlig, bis mir die Kälte mit ihrem scharfen Pinsel ritsch ratsch über die Stirn fuhr. Gunnel steckte ihren Fäustling durch meine Armbeuge, und es knarzte im Kies, als wir hinauf zur großen Straße gingen. Wir winkten »tschüs« und »mach's gut« und »bis bald« und eilten in gebückter Haltung davon, jede in ihre Richtung. Ich glaube, wir hatten einen ungefähr gleich langen Weg vor uns.

Die kurze Zeit der Freundschaft mit Gunnel war eine Erholung für mich, es waren nicht mehr als sechs oder sieben Monate. Gunnel war auf ihre Weise einsam und ich auf meine, wir stellten nie Vergleiche an. Wir redeten überhaupt nicht viel über uns selbst, wir waren einfach zusammen, wenn es sich ergab. Dann wurde es allerdings regelmäßiger. Wer den anderen mehr brauchte, ist schwer zu sagen. Gunnel war nicht neugierig, sie fragte mich zum Beispiel nicht über meine Familie aus, aber sie wußte, daß ich mit meiner Mutter zusammenwohnte und daß wir seit Vaters Tod allein waren. Ich hatte vor, sie irgendwann zu mir nach Hause einzuladen, vielleicht wenn der Sommer schon ein bißchen weiter war, der Flieder ausgeschlagen hatte, der Hügel in voller Blüte stand und bei uns alles bemäntelt und schön war. Das tat ich auch, sie kam an mehreren Sonntagnachmittagen, und wir saßen draußen in der Laube und tranken Kaffee. Es klappte prima mit Mutter, ich nehme an, sie freute sich, daß ich jemanden gefunden hatte.

Auf Gunnels Gebrechen kam sie nur ein einziges Mal zu sprechen, und da sagte sie, während sie in aufrichtigem Bedauern den Kopf wiegte: »Ach ja, das kann nicht leicht sein – was für ein Schicksal, so auf die Welt zu kommen! Mit so einem Buckel. Die Arme. Ansonsten ganz richtig im Kopf, und dann dieser Körperbau.«

Es stieß mich ab, daß Mutter sich so unverblümt ausdrückte. Das war unnötig. Aber auf der anderen Seite war es genau das, was die Leute sagten. Buckelrücken. Wahrscheinlich stellten sie auch Überlegungen darüber an, ob dieses Kindermädchen wohl ganz richtig im Kopf war, und ob ihr Körper normale Empfindungen hatte. Sie konnte wohl kaum damit rechnen, einen Kerl abzukriegen.

Im übrigen kann man sich fragen, warum Mutter wohl Gunnel ohne weiteres akzeptierte. Schließlich war sie trotz allem etwas Besseres, mit der Pastorschen verwandt, und allein das hätte zu Schroffheit von Mutters Seite Anlaß geben müssen. Glich Gunnels Gestalt, ihr Gebrechen, die Unterschiede aus? »Gunnel, die Ärmste, die hat es auch nicht leicht.« Man konnte sie bedauern, und das Mitleid ließ einen selbst ein wenig wachsen. Davon wurde man freundlich und wohlwollend.

War es bei mir genauso? Wahrscheinlich. Zumindest am Anfang. Aber war das denn so abscheulich? War es falsch, ein zärtliches Mitgefühl zu empfinden? Gunnel wollte auf keinen Fall bedauert werden, aber Mitgefühl – ist das nicht etwas vollkommen anderes?

7

Was die Frau des Pastors damals, als sie uns einander vorstellte, gesagt hatte, war richtig: Gunnel las gern. Ich für meinen Teil hatte die meisten Bücher gelesen, die man in der kleinen Abstinenzlerbibliothek in der Loge ausleihen konnte, aber hin und wieder wurden sie ausgewechselt, und Gunnel und ich gingen einige Male gemeinsam hin, um nach Neuigkeiten zu forschen. Gunnel hatte kein so großes Bedürfnis, Bücher auszuleihen, sie durfte sich ja aus den Bücherregalen des Pfarrhauses holen, was sie wollte, und manchmal durfte ich heimlich einen Band borgen, den sie hinausschmuggelte und in meine Tasche steckte, meistens mit den Worten: Das hier hat mir gefallen – lies es, du wirst schon sehen!

Eigentlich hatte ich wenig Zeit für Gedichte und Romane, ich hatte ja mit meinen Kursbriefen zu kämpfen. Außerdem erschien es mir illoyal und sündig, abends in der Kammer hinter den Verdunklungsgardinen zum Vergnügen zu lesen und damit die Petroleumration zu verschwenden, besonders wenn Mutter in der Küche unter der Karbidlampe saß und sich mit ihren ewigen Hemdsärmeln abmühte.

Doch als die Abende länger wurden, gönnte ich es mir, eine ganze Menge zu lesen, und Gunnel und ich führten Gespräche über die Bücher. Das war neu für mich, ich hatte nie jemanden gehabt, mit dem ich über solche Dinge hätte reden können, über die Gedanken und Ideen der Personen in den Büchern, über das Leben, das sie führten. Wir diskutierten ihr Verhalten, warum taten sie dieses oder jenes? Manchmal lasen wir uns Gedichte vor. Ich entdeckte bald, daß Gunnel mir weit überlegen war, wenn es um Bücher und die Erkenntnisse über das Leben ging, die sie durch Lektüre gewonnen hatte. Gründe, über sich selbst und ihren Platz im Leben nachzudenken, hatte sie wohl auch gehabt, genau wie ich. Doch wie durch eine schweigende Übereinkunft tauschten wir seltsamerweise nie derartig intime Bekenntnisse aus. Sie hatte mir gestattet, das zu sehen und zu berühren, was für sie am schwersten und empfindlichsten sein mußte. Damit hatte sie mir genug anvertraut. Und was mich selbst anbelangte, so fand ich es schön, nicht alles erklären zu müssen.

Mit Gunnel erlebte ich eine Ruhephase. Sie kam von außen, sie wußte nicht mehr über die Gemeinde und das Dorf und seinen alten gärenden Sauerteig aus Geschwätz und Andeutungen, als ihr bei Pastors möglicherweise mitgeteilt worden war, und das war bestimmt nicht viel. Es fühlte sich luftig und frisch an, sich nicht die ganze Zeit erklären und verteidigen zu müssen, es war schön, etwas Neues anzufangen, was noch nicht vom alten, dreckigen Gewäsch beschmutzt war.

Möglicherweise wunderte sich Gunnel darüber, daß ich so allein war und keine »Begleitung« hatte, das hatten schließlich die meisten in meinem Alter, aber sie fragte nie, und ich war froh darüber. Ich hatte nicht die geringste Lust, von meinen mißglückten Liebesaffären zu erzählen. Im übrigen hätte es sie vielleicht verletzt, sie würde wohl kaum ... Doch das wußte ich natürlich nicht. Es war wie ein Freiraum zwischen uns. Möglicherweise hätten wir ihn mit der Zeit betreten. Doch es kam nicht dazu.

Den ganzen Spätwinter und Frühling über setzten wir unsere Badehausbesuche fort, dienstags oder donnerstags. Die Saunaabende wurden meine freien Abende. Da die Möglichkeiten, auf der täglichen Hund- und Kinderwagenrunde ein Gespräch zu führen, wegen der tobenden Pastorenkinder äußerst begrenzt waren, begleitete ich Gunnel nach dem Baden meistens zum

Pfarrhof. Dann gingen wir Arm in Arm die Straße entlang. Später saßen wir ein Stündchen in der Mädchenkammer und plauderten, Gott sei Dank wurde ich von der Sitzerei im Salon befreit, Gunnel durfte Tee auf einem Tablett mit in ihr Zimmer nehmen, die Frau des Pastors begrüßte uns freundlich in der Tür, erkundigte sich nach meinem Befinden, und anschließend wurden wir in Ruhe gelassen. Es gab einen seitlichen Kücheneingang, den wir immer benutzten.

Kicherten und lachten wir mit zusammengesteckten Köpfen wie andere Jugendliche? Klar doch. Vielleicht nicht gerade Stirn an Stirn, da Gunnel so viel kleiner war als ich, aber unseren Spaß hatten wir ganz bestimmt. Wir machten uns zum Beispiel furchtbar lustig über BadehausMina und ihre versteckten Verhöre. Sie betrafen nicht uns, davor nahm sie sich in acht, sondern alle anderen, die sich in den Dampf wagten und für das Stück Seife und das eventuelle Rückenschrubben bezahlten. Ich erzählte auch von meinem täglichen »neutralen« Leben mit PostBerta und von ihrem Palaver mit dem Briefträger Andersson, genannt der Kontrolleur, der wegen eines tatsächlichen oder eingebildeten Hörschadens vom Bereitschaftsdienst befreit war. Er schien jedenfalls selten zu hören, was PostBerta sagte, während sie um so besser zuhörte, wenn er zu seiner Paragraphenreiterei ansetzte. Er war nach Lunda versetzt worden, weil man offenbar einen Angriff auf PostBertas Alleinherrschaft reiten wollte. Die Schlachten der beiden mit ihren Grimassen nachzuspielen war mir ein reines Vergnügen, und Gunnel bog sich vor Lachen.

»Oh – ich muß immer an Don Quijote denken, wenn du so erzählst«, prustete sie. »Obwohl das natürlich anders war.«

Da war ich stolz und dankbar, daß ich auch über den Ritter von der traurigen Gestalt und seinen Kampf mit den Windmühlenflügeln gelesen hatte und mitreden, ja, sogar einflechten konnte, daß dieser Don Quijote – Don Kischott und nicht Ku-i-jote, wie ich ihn im stillen genannt hatte, bevor ich die richtige Aussprache aufschnappte –, daß Don Quijote also um einiges edler gewesen sei als der Kontrolleur und edlere Absichten gehabt habe. Von solchen Dingen konnten wir fließend zu einem ernsten Thema übergehen, während die Lachtränen auf unseren Wangen trockneten und der Hohn aus unseren Mundwinkeln verschwand.

Meistens ging es um Bücher und all die Spekulationen und halbphilosophischen Überlegungen, zu denen unsere Unterhaltungen führten. Zukunftspläne berührten wir auch manchmal, ich durfte Gunnels Zeichnungen und Muster und die feinen Handarbeiten anschauen und sagte jedesmal, tief beeindruckt: »Weißt du was? So geschickt, wie du bist, solltest du dich lieber mit solchen Dingen beschäftigen! Du kannst doch nicht als Kindermädchen weitermachen, bei deinem Talent! Begreif das doch!«

Ja, sicher ... Doch was war mit mir? Wollte ich etwa weiterhin Postsäcke schleppen und mit Kujo um die Friedhofsmauern trotten? Bis in alle Ewigkeit?

Wenn Gunnel mich das fragte, wich ich aus. Da kam sie mir zu nah. Eine richtige Antwort hätte erfordert, daß ich ihr die unbegreiflichen Umstände der ZehenPelles erklärte: den Kampf ums tägliche Brot. Die Verantwortung für meine Mutter. Die Trauer und die Schuld. Alles, was mein Leben war und was ich mitschleppte, aber mit keinem Außenstehenden teilen konnte, nicht einmal mit ihr. Das war ja das Schöne daran: daß die Freundschaft mit Gunnel für sich stand. Und im übrigen wußte ich auch keine Antwort. Wirklich nicht. Nur daß ich eines Tages fortgehen wollte. Doch wohin? Und wann?

Nein, es war leichter, über Personen in Büchern und ihre Schicksale zu sprechen. Auf diesem Wege konnte man auch seine eigenen Gedanken und Erfahrungen zum Ausdruck bringen, ohne daß es zu stark auffiel.

Wenn wir uns in der Abenddämmerung trennten, die immer blauer und blauer und, je weiter der Frühling fortschritt, immer durchsichtiger wurde, wenn Gunnel am offenen Kücheneingang stehenblieb und mir trotz der Verdunklungsvorschriften einige Augenblicke lang zuwinkte und ihre gebeugte Silhouette sich gegen das Licht abzeichnete, empfand ich wieder dieses beschützende, lächelnde Mitgefühl, das mir den Brustkorb wärmte, obwohl ich inzwischen wußte, daß Gunnel alles andere als bemitleidenswert war. Ich war froh, und mein Gang war leicht. Ich war ZehenPelles Nancy, und die anderen sollten sagen, was sie wollten – ich hatte eine Freundin, die den meisten über war. Aber gönnte man es mir?

An einem Tag im Mai, als ich meine Postbotinnenpflichten erfüllt, Kujos Leine an ihren Platz in PostBertas Wohnung gehängt hatte und nach Hause gehen wollte, hielt PostBerta mich auf, indem sie sagte: »Ich würde gern ein paar Worte mit Ihnen wechseln, Nancy!«

Was war denn nun los? Ich blieb mit erhobenem Kinn und der Türklinke in der Hand stehen. Abwartend.

»Aha?«

»Wissen Sie, daß es Gerede gibt?«

Gerede? Ich runzelte die Stirn. Hatte keinen Schimmer.

»Es gehen Gerüchte um. Ich will, daß Sie das wissen.«

Gerüchte? Ich starrte PostBerta an, die aus der Kundenabteilung herausgetreten war und mit hängenden Armen vor mir stand, glupschäugig wie immer. Ich begriff kein Wort.

»Was denn für Gerüchte?« Nun krabbelten bereits Ameisen in mir herum.

»Nun ja, Sie müssen verstehen … daß es sich nicht schickt, wenn Mädchen zu intim miteinander werden. Das ist unnatürlich! Ich bin gebeten worden, das zur Sprache zu bringen – zu Ihrem eigenem Besten. Und dem von Gunnel selbstverständlich.«

Welche Geschwindigkeit haben Gedanken? Wie schnell kann man begreifen? Und wieviel weiß man über das, was man eigentlich nicht weiß? Und was ist mit dem Zorn, der einschlägt wie ein Blitz und ein Feuer im Schädel entfacht und einem wie eine Flaschenbürste durch den Hals fährt, so daß man beinahe erstickt?

Ich verstand sofort.

Andererseits, was weiß man eigentlich nicht in so einem kleinen Dorf? Wenig. Das gesammelte geheime Wissen wird von Geschlecht zu Geschlecht vererbt und ist von Kindesbeinen an zugänglich wie ein großes Paket, eingewickelt in viele dicke Schichten, die vor allem aus dem Stoff von Frauenkleidern bestehen, muffig und nach Staub riechend. Was heraussickert, wird zwar oft weggezischt und vertuscht, aber es sickert trotzdem in die Ohren, denn das ist die Absicht. Übrigens braucht man gar nicht immer Ohren, ein verzogener Mundwinkel oder ein schiefer Blick reichen manchmal aus, um zu verstehen, worum es geht.

Die Fühler vibrieren, man eignet sich permanent Wissen an und weiß allmählich auch das, wovon man nicht weiß, daß man es weiß, bis es soweit ist. So war es jetzt. Im Nachbardorf gab es zwei Kerle, die zusammenwohnten, ohne daß ein Frauenzimmer ihnen den Haushalt führte. Sie betrieben einen Kaufladen oben auf dem langen Jammer, wie wir sagten, und waren alle beide höflich und ordentlich gekleidet, besaßen sogar ein Auto, aber es wurden Andeutungen gemacht. Unter vier Augen grinste man höhnisch: He he, ja, diese beiden … Es gab auch einen Bauern, der einen blondgelockten Knecht hatte. Es wurde behauptet, die Bäuerin sitze bis spät in die Nacht am Webstuhl, das Klappern sei weithin zu hören. Der Bauer halte sich währenddessen in der Gesindestube auf.

Hier war von Männern die Rede, aber daß auch Frauen … Ich hatte nie davon gehört, trotzdem begriff ich sofort. Und die Wut war kurz davor, meinen Schädel zu sprengen.

Ich machte einen Schritt auf PostBerta zu.

»Was sind das für Gerüchte? Und wer verbreitet sie? Bitte sagen Sie es mir! Ist es etwa die Frau vom Pastor? Oder wer sonst? Ich will es *jetzt* wissen!«

Ich ging noch ein Stück weiter vor, und PostBerta wich zurück.

»Beruhigen Sie sich, Nancy! Was ist denn das für ein Benehmen? Ich wollte doch bloß … Und die Pastorenfrau, nein!«

Doch mein Zorn glühte. Er betraf nicht nur diese Geschichte, sondern den ganzen ekelhaften Klumpen aus Klatsch und schmutzigem Gerede, der an mir haftete und dem ich nie entkam. Warum wurde ich nicht geduldet? Was hatte ich eigentlich für einen Makel an mir, warum wurde ich immer wieder ausgestoßen? Tja, *der* Makel, auf den PostBerta anspielte, war es jedenfalls nicht. Übrigens war mir schon klar, wer die Gerüchteküche anheizte. Nun gab es eine Erklärung für die höhnischen schrägen Blicke. Zum Donnerwetter!

Ich raste durch die Tür, schlug sie so fest hinter mir zu, daß die Scheibe schepperte, ich hörte Kujo vor Aufregung bellen, als ich mein Fahrrad schnappte und mit einer solchen Geschwindigkeit im Stehen durch die Pfarrhofallee strampelte, daß vor meinem Vorderreifen der Kies aufspritzte und ich in der Kurve gefährlich ins Schleudern geriet. Vom heftigen Atmen brannte es in meinem Hals, und mein Herz klopfte, ich setzte mich erst auf den Sattel, als ich am Abhang ankam, der zum Badehausbach führte. Dann ging es in rasendem Tempo dahin, und ich mußte eine Vollbremsung machen, um die Öffnung im Fichtenspalier zu erwischen. Das Fahrrad warf ich vor der Treppe in den Kies und hastete mit noch immer loderndem Zorn hinein: »Was ist das eigentlich für ein dreckiges Gerede, das du über mich und Gunnel verbreitest? Ich weiß genau, daß es von hier kommt!«

BadehausMina scheuerte gerade die Bänke und Gitter. Sie hörte nicht auf, mit ihren Schüsseln zu klappern, wendete mir den Rücken zu und tat, als wäre ich nicht vorhanden. Das machte mich wahnsinnig.

»Antworte!« brüllte ich. »Ich will jetzt eine Erklärung.«

Später fragte ich mich, ob der Unterschied zwischen Gewalttätern und gewöhnlichen Leuten eigentlich so groß ist. Jeder konnte sich schließlich in etwas verwandeln, was er sich nie vorgestellt hätte. Ich war nicht weit davon entfernt, mich auf Mina zu stürzen und ihr meine Fäuste in die rattennasige Fresse zu schlagen, ich hätte ihr das strohige graue Haar büschelweise ausreißen können, das weiß ich, ich spürte es in den Fingern. Danke, guter Gott, daß es nicht so weit kam.

Schließlich ließ sie sich dazu herab, mit geschürzten Lippen auszustoßen: »Meine Güte, was ist die Nancy patzig geworden«, guckte mich aber noch immer nicht an. »Du begreifst doch selbst, worum es geht! Ich bin nicht die einzige, die das gesehen hat. Nee, wirklich nicht! Splitternackt herumstehen und sich vor den Augen anderer Leute befummeln – und dazu noch mit einer Mißgestalteten, das ist Sünde und Schande! Und dann Arm in Arm zum Pfarrhof spazieren. Da kann sich jeder ausrechnen, was passiert ... Unflätig ist das! Sünde und Schande!« Endlich wendete sie sich mir zu: »Verschwinde jetzt – steh hier nicht rum und glotz dumm! Du bist hier übrigens nicht mehr erwünscht. Putzt euch den Dreck bei ZehenPelles alleine ab.«

Sie verhöhnte mich. Genau das war es. Sie sagte ZehenPelles. Das hätte sie nicht tun dürfen.

Ich ging auf sie zu, vergaß meine jungen Jahre, vergaß all meine Erziehung zur Demut und pfiff auf den Respekt vor Älteren, den man mir eingeimpft hatte, in mir war ein aufgestauter Zorn, der Vater und Dora und alles zusammen betraf, auch Gunnel, aber nicht in erster Linie. Vorherrschend war der ZehenPelle-Zorn.

Ich packte ihre Schultern mit festem Griff und schüttelte sie, ja, genau das tat ich. Ich schlug nicht und zerrte nicht, aber ich schüttelte sie, während ich mit zusammengebissenen Zähnen zischte: »Das nimmst du zurück! Sonst zeige ich dich wegen übler Nachrede an! Hörst du das?« (Wo hatte ich überhaupt das Wort her?) »Ich gehe zum Dorfpolizisten, das mache ich, damit du es weißt. Aber vorher werde ich mit dem Pastor und seiner Frau reden, die sollen auch wissen, was du hier treibst! Du hast dir lange genug dein Maul zerrissen, und lange genug gebadet hast du auch! Ich werde dich anzeigen, begreifst du das?«

Mina wurde blaß. Sie hielt sich die Schürze vors Gesicht, und einen Augenblick lang empfand ich einen Tick Reue, aber ich durfte nicht nachgeben, sonst hätte sie sofort wieder die Oberhand gewonnen, das war so sicher wie das Amen in der Kirche.

»Ich habe es doch nicht böse gemeint«, plärrte sie. »Laß mich los, Nancy, ich werde die Sache in Ordnung bringen, ganz bestimmt, das verspreche ich. Es ist doch nicht so schlimm, es sind nicht viele, denen ich … Und außerdem, was sollen die Leute denken?«

»Denken? Die sollen sich überhaupt nichts denken! Und was heißt viele? Mit wem außer PostBerta haben Sie denn noch getratscht?«

Nun duzte ich sie nicht mehr, mein Zorn flaute allmählich ab, nachdem ich den größten Dampf abgelassen hatte.

»Ach, das waren nur ein paar, vielleicht drei«, sie nannte die Namen, und zumindest eine davon hatte gleichzeitig mit Gunnel und mir in der Sauna gesessen.

»Aha! Dann müssen Sie hingehen und die Sache zurücknehmen! Sonst kommt es, wie ich gesagt habe. Dann gehe ich zum Dorfpolizisten. Ich weiß ja jetzt, wer darin verwickelt ist, Sie können sich also nicht drücken. Und dann müssen Sie morgen, wenn wir schließen, auf die Post kommen und es vor Fräulein Hansson zurücknehmen – in meiner Anwesenheit!«

Damit drehte ich mich auf dem Absatz um und verschwand durch die Tür. Als ich mein Fahrrad vom Kies aufheben wollte, merkte ich, daß ich am ganzen Körper zitterte. Ich bibberte und fror, daß mir die Zähne im Mund klapperten, obwohl es Frühling war und die Maisonne wärmte.

Mutter merkte, daß ich an diesem Nachmittag ungewöhnlich schweigsam war.

»Was bist du so still heute, Nancy?« fragte sie. »Fühlst du dich schlecht?«

Aber ich versicherte, mit mir wäre alles in Ordnung, ich hätte nur ein Problem in Mathematik, das ich einfach nicht lösen könnte.

»Ich glaube, ich gehe hinaus und grabe ein bißchen um«, sagte ich, »vielleicht wird es dann klarer. Wir wollten doch sowieso auf der Böschung umgraben, bevor wir die Erbsen säen, oder?«

Ich wühlte mit der Hacke, zerschmetterte die trockenen Erdschollen eine nach der anderen, grub und zerrte, und es war unschwer zu erraten, worauf ich einschlug. Die körperliche Arbeit tat mir gut. Als es Zeit war, zum Essen hineinzugehen, war meine Ruhe beinahe wiederhergestellt, doch ich mußte über vieles grübeln, und damit machte ich weiter, nachdem ich mich ins Bett gelegt hatte. Natürlich waren es die gewohnten alten Dinge, die ich hin und her wälzte, all diese Fragen nach dem Warum, die meine Person betrafen. Was war ich eigentlich für ein Mensch? Hinter meiner Augen tauchte die Wahnvorstellung auf, ich wäre eine riesige Gestalt, aufgedunsen, wachsbleich und mit ganz geradem Rücken, die langsam die Dorfstraße entlangradelt, während alle anderen aufgereiht am Straßenrand stehen und mich entsetzt anstarren.

Am Tag darauf kam BadehausMina um die Schließungszeit zur Post, und alles war sehr peinlich, ich hätte mich am liebsten davor gedrückt, aber nun war es zu spät, sie hatte mich beim Wort genommen. Sie murmelte etwas von Mißverständnis, sie persönlich habe nicht das geringste bemerkt, was, nun ja, irgendwie nicht in der Ordnung gewesen sei. Nein, so habe sie es überhaupt nicht gemeint. Nancy sei ja so reell. Und das Pfarrhofmädchen, die Ärmste! Nein, alles sei ein Mißverständnis, das wolle sie lediglich gesagt haben.

Nachdem Mina hinausgeschlüpft war, schloß PostBerta in der Kundenabteilung die Tür ab, weder da noch später erwähnte sie das Ereignis mit einer einzigen Silbe. Auch ich schwieg, doch der Boden unter meinen Füßen schwankte, als ich am Stempeltisch stand und wie immer die Post schlug – ja, so hieß es, man schlug die Post, wenn man sie bündelte, die Säcke verknotete und mit einem Fähnchen für den Weitertransport versah.

Doch obwohl ich es nicht beweisen kann, meinte ich zu bemerken, daß in PostBertas Verhalten mir gegenüber eine Veränderung eintrat, sie schien mir ein bißchen mehr Respekt entgegenzubringen. Vielleicht offenbarte er sich in ihrem Tonfall, möglicherweise handhabte sie die Überwachung meiner Aufgaben etwas lockerer. Sie kreiste nicht mehr ständig über mir wie ein Habicht. Nach einiger Zeit trat eine offensichtlichere

Veränderung ein, ob sie allerdings dem Intermezzo mit BadehausMina geschuldet war oder sowieso eingetreten wäre, weiß ich nicht. PostBerta fragte mich nämlich, ob ich, Nancy, mir vorstellen könnte, vorübergehend, während einiger Sommermonate, eine Briefträgerrunde zu übernehmen. Es sei die kürzeste Tour, und ich werde natürlich vorher üben. Mit Postbote Andersson. Freudig nahm ich das Angebot an.

8

So kam es, daß ich im Sommer 1942 Landbriefträgerin wurde, auf dem Kopf ein graues Schiffchen mit goldenem Postemblem. Ich radelte auf einem großen schweren Postrad, das mit Taschen auf den Gepäckträgern vorne und hinten und Hängetaschen an den Seiten ausgestattet war. Der Lohn stieg, ich kam um das Putzen herum, und mit Kujo mußte PostBerta nun selbst rausgehen, trotz ihrer steifen Beine. Zumindest lief sie nicht mehr Gefahr, auf Eisplatten auszurutschen. Morgens mußte ich weiterhin die Postsäcke transportieren, konnte also nicht länger schlafen, aber was machte das, wenn die Vögel sangen?

Die Sache hatte noch einen weiteren Vorteil, von dem PostBerta keine Ahnung hatte. Ich war nämlich seit längerer Zeit mit einer ganz speziellen Angst im Bauch herumgelaufen. Nun hatte sie mich, ohne es zu wissen, holterdiepolter von ihr befreit. Mich beunruhigte nämlich die Frage, wie es werden würde, wenn Familie Burvall wieder nach Sjötorpet zog, für gewöhnlich kamen sie Anfang Juni. Was wäre, wenn Lars wieder bei ihnen wohnte ...? Wenn er einfach in die Post gestiefelt käme und ich ihn vielleicht sogar bedienen mußte! Wenn ich ihm Briefmarken verkaufen müßte, während PostBerta in der Wohnung saß und gemütlich ihren Vormittagskaffee trank.

Nun mußte ich mir wegen dieser Sache keine Sorgen mehr machen, ich würde auf meiner Tour durch die Dörfer nördlich der Kirche sein, wäre während der gesamten Öffnungszeit unterwegs, und falls ich ihm zufällig auf der Straße begegnen sollte, brauchte ich ja bloß die Nase in die Luft zu strecken und mir nichts anmerken zu lassen. Die Tränen konnten ja später fließen.

Keiner Menschenseele erzählte ich jemals von der Geschichte mit BadehausMina, ich bin überzeugt, daß Gunnel nicht das geringste von dem schmutzigen Gerede mitbekommen hat, und die Frau des Pastors war genauso freundlich wie vorher. Wir besuchten nie mehr das Badehaus, aber das hatte andere Gründe, denn Mina schloß das Badehaus kurz nach meinem Besuch, das pflegte sie im Sommer immer zu tun, allerdings nicht so früh.

Ich lud Gunnel zu mir nach Dalängen ein. Kurz bevor die Fliederbüsche ausschlugen, lehnte sie zum ersten Mal ihr Fahrrad an unseren Holzschuppen. Wir servierten Saft und Milchbrötchen in der knospenden Laube, das hatte ich vorher entschieden. Gunnel mochte keinen Kaffe, und das Teetrinken gehörte nicht zu den Gewohnheiten der ZehenPelles. Nein, Teeplörre hatte es bei uns seit der Zeit nicht gegeben, als Mutter mit Magenschmerzen daniederlag und ihr dieses Getränk vom Doktor verordnet worden war. Ich kann mich erinnern, wie sie die Nase rümpfte und zwischen den Schlucken das Gesicht verzog, behauptete, das Gesöff rieche nach fauligem Heu, und nun wollte ich diese Geschichte nicht aufwühlen, indem ich einen so neumodischen Feine-Leute-Kram bei uns einführte. Sonst hätte Mutter vielleicht schon im Vorfeld ein nachteiliges Urteil über Gunnel gefällt, dieses Risiko wollte ich nicht eingehen. Der Himbeersaft war zwar unser selbstgekochter vom Vorjahr, aber er hatte im Erdkeller keinen Schaden genommen, und Mutter war zufrieden, als Gunnel ihn lobte.

Ich hatte meine Freundschaft mit Gunnel intensiviert, zum Teil, weil ich mich mit ihr so wohl fühlte, aber sicher auch aus demonstrativen Gründen. Ich wollte zeigen, daß ich selbst bestimmte, mit wem ich mich abgab, darüber hatte sich niemand eine Meinung zu erlauben! Wenn wir nicht Seite an Seite radelten, gingen wir oft untergehakt, und ich gestikulierte ausladend mit der linken Hand und redete und lachte ziemlich übertrieben. Manchmal legte ich ihr sogar den Arm um die Schultern, und sie legte ihren um meine Taille, allerdings eher pflichtschuldig, das merkte ich. Sie hatte ja auch kein Bedürfnis, irgend etwas zu demonstrieren, schließlich wußte nur ich – oder bildete es mir ein –, daß wir beobachtet wurden, ich allein spürte noch den heiligen Zorn wie einen Spieß im Nacken.

Es schneite von den Faulbäumen. Die Apfelbäume blühten. Bomben explodierten, Städte brannten, menschliche Wesen durchlitten Schrecken, von denen wir uns keine Vorstellung machten. Wir lebten in unserer Senke, unsere Nasen reichten bloß bis zur Kante, manchmal fürchteten wir uns, obwohl wir uns inzwischen an das Radiogemurmel und die Druckerschwärze gewöhnt hatten, bejammerten Einberufungen und immer strengere Rationierungen, tauschten Tabakkarten gegen Speck, probierten Rezepte für sogenannte Mehlwende aus, gebratene Rote-Bete-Scheiben, die als Hacksteaks herhalten mußten, zeterten über Kleinigkeiten, beklagten uns und kämpften emsig die kleinere Art von Lebenskampf, die mit dem Todeskampf rings um uns nicht zu vergleichen war. Wir wußten es nicht besser, jedenfalls nicht solche wie Mutter und ich und BiegenArvid mit seiner Frau und Labergs.

Ende Mai unternahm ich meine jährliche Wallfahrt zu der Stelle, wo die Frühlingsanemonen wuchsen. Allein spazierte ich über den alten Liebespfad, meine Gedanken tun nichts zur Sache. Aber ich tat etwas, was völlig ungeplant war, sich jedoch plötzlich richtig anfühlte und mir mitten in meiner Wehmut ein wenig Freude schenkte. Ganz, ganz vorsichtig grub ich, während ich murmelnd den Krähenbeeren, der Moräne und dem rauschenden Berggott über mir Abbitte leistete, mit einer scharfen Steinscherbe ein paar Pflänzchen aus, die in ein oder zwei Wochen blühen könnten. Ich bettete sie in feuchtes Moos und knotete ein kleines Bündel aus dem Taschentuch, das ich um den Hals trug. Vaters Grab. Ich wollte versuchen, sie dort einzupflanzen, denn die Frühlingsanemonen waren seine Blumen. Auch. Er hatte ihr Geheimnis gewahrt, er hatte sie auf seine Art geschützt und war stolz darauf gewesen, einer der wenigen zu sein, die wußten, wo sie wuchsen. Mutter sagte ich nichts, und das war gut so, denn obwohl ich jeden Tag einen Abstecher zum Friedhof machte, Erde um ihre Wurzeln häufte und sie fleißig mit der grünen Blechkanne goß, erholten sie sich nicht, sondern fielen einfach zusammen und verwandelten sich in ein paar kümmerliche Schrumpelknäuel, die schlapp auf der Erde lagen. Ich mußte sie hinter die Weißdornhecke werfen.

Allmählich ergriff der Sommer Besitz von dem Fleckchen Erde, auf dem wir lebten, und begann bereits bei seiner Ankunft, Abschied zu nehmen. Man muß die Zeit genießen, solange sie währt. Gunnel und ich radelten zum Baden nach Forshällan. Sonntagmorgens war unsere Zeit, da fand die Sonntagsschule statt, und Gunnel war vom Kinderhüten auf dem Pfarrhof bis zum Hauptgottesdienst und dem Kirchenkaffee befreit. So früh war die Lagune in der Flußbiegung meistens menschenleer, und Gunnel blieben die Blicke der vielen Schnüffelnasen erspart. Später im Juli, als die Abende warm und dampfend waren, nahmen wir auch ab und zu ein Abendbad.

Dora war bei mir in Forshällan, doch davon wußte Gunnel nichts. Wenn wir im Wasser standen und Gunnel die Träger ihres plissierten roten Badeanzugs runterrutschen ließ, die Seife aus der Schachtel nahm, die sie immer auf die knorrige Erlenwurzel stellte, und sagte: »Seif mich ein, bitte sei so lieb«, ja, dann, genau wie im Badehausdampf bei Mina, mit dem Unterschied, daß wir hier von Erlengestrüpp und flackerndem Sonnenlicht und feinem Blütenstaub umgeben waren, der über die dunkle Oberfläche schwebte, überkam mich ein feierliches Gefühl. Auf meiner Haut lag die kühle, reine Erinnerung an Doras Hände. Geliebte Schwester. Ein Glitzern auf dem Wasser und kühlende Haarsträhnen im Gesicht.

Doch später, wenn Gunnel und ich bäuchlings nebeneinander auf der warmen Felsplatte lagen, erfaßten meinen Körper andere Gefühle. Dann kamen die Empfindlichkeit und dieser innere Sog, der Jucken und Schmerzen und spannende Brüste mit sich brachte und mich wütend mit den Fingernägeln über den Fels kratzen ließ. Mannstoll ist ein Wort dafür. Man kann es mit abfälligem Schnauben aussprechen und dabei die Achseln zucken, das ist nichts Ernstes und bleibt einem nicht im Halse stecken. Die da – die ist mannstoll! Das ist wie bei den Kühen, die sich aneinander festklammern und aufeinander reiten, einfach lächerlich. Aber geil ist etwas anderes, das klingt schamlos und häßlich und direkt. Konkret. Auf mich traf eher letzteres zu, nehme ich an. Doch die Lust hatte keine Richtung und keine Entfaltungsmöglichkeit. Ich wagte nicht einmal zu phantasieren. Lars war ein abgeschlossenes Enttäuschungskapitel. Und Hilding? Den sah ich inzwischen gar nicht mehr, wahrscheinlich arbeitete er bei seinem Onkel in der Gärtnerei, falls er nicht schlicht und einfach Rekrut war, er war älter als ich, aber noch nicht einundzwanzig ... Nein, nicht Hilding! Wofür sollte das gut sein? In dem Versteck beim alten Schießstand liegen und auf und nieder hüpfen. Viel hatte ich nicht davon. Und es wäre nicht ehrlich und nicht fair gewesen, denn ich wollte mich nicht mit ihm verloben, und nun wollte er mich wohl auch nicht mehr haben. Insofern ... Was blieb also? Tja, aufspringen, zum Wasser laufen, bis zur Taille hineinplumpsen, sich abkühlen und nüchtern werden. Sich zusammenkauern. Gunnel blieb liegen. Ich sah die weiße Rükkenbeule mit dem heruntergerutschten roten Träger. Was sie empfand, weiß ich nicht. Wie gesagt, zwischen uns gab es einen Freiraum, der nie betreten werden durfte.

Es folgte eine Zeit der Flaute. Sogar Mutter ermüdete bei der Näherei, meistens saß sie in den kühleren Morgenstunden vor der Nähmaschine und schuftete, während die Staubkörnchen um sie herumtanzten und die Haustür offenstand. Draußen und drinnen war vieles unerledigt, draußen vielleicht am meisten. Wir wohnten zwar auf Pachtland, doch auch dieses Land stellte seine Bedingungen, und Mutter war darauf bedacht, alles genauso in Schuß zu halten wie früher, als Vater noch lebte und an jedem Abend, den Gott werden ließ, die Quecken herausrupfte.

Eines Nachmittags, als ich gegen zwei von meiner Briefträgerrunde zurückkam, stand sie barfuß im Putzkittel mit der Hacke auf dem Kartoffelacker. Ich sah ihren Bewegungen an, daß sie aufgewühlt war.

»Unglaubliche Offerten, die man da kriegt!«

Sie fuhrwerkte mit Feuerhaken und Wasserkelle herum, während sie in gewohnter Weise einige Sprickel anzündete und den Kaffeetopf aufsetzte. Dann gingen wir mit dem Kaffeetablett in die Laube hinaus. Ich hatte mich mit Fragen zurückgehalten, wußte, daß ich die Erklärung für die geröteten Wangen zu gegebener Zeit erhalten würde. Und sie kam. Wie eine Sturzflut.

»Als ob es nicht genug wäre mit MilchAlbin und diesem Greis von Ernlund, der hier alle naselang mit seinen Brustkaramellen und seinen Butterpäckchen antanzt. Puh! Bei dieser Butter weiß man nicht einmal, ob sie sauber ist! Diese Alte in Myra, bei der er sie holt, soll eine Schlampe sein, habe ich gehört. Da können ja Haare und alles mögliche untergemischt sein. Pfui Teufel! Auf diese Butter kann ich verzichten. Nicht daß er mir etwas antun könnte, der alte Sack kann ja kaum aufrecht stehen, aber die Leute reden!«

Ja, ja. Natürlich wußte ich davon. Doch in diesem Fall fand ich Mutter ungerecht. Onkel Ernlund war nett, er meinte es gut. Er war zahnlos, und das Weiße in seinen Augen war von feinen Äderchen durchzogen, die an die Haarrisse in alten Keramikschüsseln erinnerten. Er wollte einem nur die Hand halten und sie sanft streicheln, das war doch wohl auszuhalten, darüber brauchte man sich nicht aufzuregen. Wenn es den Alten glücklich machte.

Doch noch war Mutter nicht zum Punkt gekommen.

»Wollen mal sehen, wer noch glaubt, daß er hier landen kann! Zwei Angebote als Haushälterin habe ich schon bekommen, und noch ist das Jahr nicht um, seit Vater unter der Erde ist. Haushälterin! Nein, das wäre das allerletzte! Man weiß ja, was das beinhaltet.«

Na klar. Das war mir bekannt. Eines Tages, bevor der Schnee geschmolzen war, fand ich einen Bauern aus Labbola vor, der mit der Mütze zwischen den Knien auf unserer Küchenbank saß. Als ich hereinkam, suchte er eilig das Weite, obwohl sein Anliegen im Grunde vollkommen legitim war, nichts, wofür man sich schämen mußte. Er war ein Witwer mit Kühen und drei halbwüchsigen Kindern. Natürlich brauchte er ein Weib im Haus. Nicht daß ich gewollt hätte, daß Mutter ... aber sie hätte ja nicht gleich so beleidigt sein müssen. Wenn man es recht bedenkt, war sie ja seinerzeit auch Vaters Haushälterin gewesen, und dann heirateten sie und bekamen vier Kinder.

Im Vorfrühling kam dieser verrotzte Bürstenbinder mit seinem Honigglas und brachte sein Anliegen vor, und ich habe vollstes Verständnis dafür, daß Mutter sich darüber kaputtlachte. Als ob sie sich in seine verdreckte Hütte gesetzt und für ihn, der nicht einmal eine Gardine vorm Fenster hatte, saubergemacht hätte. Auf was für Gedanken die Leute kamen. Nein, es gab Grenzen. Nur weil man ein alleinstehendes Frauenzimmer war, mußte man sich ja nicht in alles finden.

Doch was hatte Mutter eigentlich vor? Was für Aussichten hatte sie? Was für eine Wahl hatte sie denn? Keine Ausbildung. Kein Geld. Und hier draußen in Lunda, was hatte sie da zu erwarten? Ein Glück, daß sie sich diese Heimarbeit beschafft hatte. So, wie sie schuftete, verdiente sie gut, obwohl die Bezahlung im Verhältnis zur Anstrengung schlecht war. Wir kamen zurecht. Zusammen kamen wir richtig gut zurecht. Es blieb sogar etwas übrig. Doch so konnte es ja nicht bis in alle Ewigkeit weitergehen. Zumindest nicht für mich. Und würde sie dann alleine hier sitzen?

Mutter rührte weiter in ihrer Tasse, obwohl sich der Zuckerwürfel längst aufgelöst hatte. Ich begriff, daß es sich bis jetzt nur um Präludien gehandelt hatte, alte Geschichten, die sie auf dem Weg zum eigentlichen Punkt herunterleierte. Es war offensichtlich etwas Neues vorgefallen, und das mußte sie loswerden, auch wenn es ihr sichtlich widerstrebte.

Sie schaute auf den Tisch und kratzte mit dem Zeigefingernagel Holzfasern aus der halbverrotteten Tischplatte.

»Ach ja, Nancy ... Vater hatte zwar seine Macken, genau wie

alle anderen, aber solange er lebte, war man wenigstens nicht so wehrlos. Nun glauben die, sie können sich benehmen, wie es ihnen paßt.«

»Aber was ist denn los, Mutter? Was ist passiert?«

Sie hatte Besuch gehabt. Und ich könne es nicht erraten, sagte sie. Ich würde es nicht glauben. Im übrigen sei es eine Schande, überhaupt darüber zu sprechen. Aber sie habe am Vormittag beim Brunnen gestanden, unterm Topf sei Feuer gewesen, und sie habe einige Laken und etwas Unterwäsche gekocht, dann wie immer auf dem Waschbrett geschrubbt, und anschließend habe sie am Brunnen die Wäsche mit klarem Wasser ausgespült. Und da sei der Dorfpolizist in voller Montur durchs Gartentor gestiefelt gekommen. Dorfpolizist Nilsson.

»Ich habe natürlich Angst gekriegt«, sagte Mutter. »Dachte, was ist denn nun wieder verkehrt? Das Nachlaßverzeichnis ist schließlich fertig, ist mit Stempel und allem drum und dran zurückgekommen, damit konnte doch nichts schiefgegangen sein? Man wird ja mißtrauisch, wenn ein solcher Herr vorbeischneit. Mir ging vieles durch den Kopf. Was, wenn er mit einer Todesnachricht käme? Wenn einer der Jungs erschossen worden wäre, oder wenn Åke ... Es passiert ja soviel dort beim Militär – ja, mir wurde ganz kalt.«

So sagte Mutter und sah mich noch immer nicht an, sondern guckte nur auf die Tischbretter, aber ich bemerkte, wie sich ihre Lippen schürzten, als sie weitersprach.

»Aber er hatte etwas anderes im Sinn, das bekam ich schnell heraus. Erst hat er gefragt, wie es so gehe und ob ich mit dem Nachlaßverzeichnis zufrieden sei und so weiter. Und dann hat er den Kartoffelacker gelobt, und da dachte ich mir, Holzauge sei wachsam, denn der Kartoffelacker ist ja weder gehackt noch gejätet, da gibt es also nicht viel zu loben! Er nimmt seine Mütze mit dem Abzeichen und dem ganzen Tüdelüt vom Kopf und legt sie auf den Brunnenrand, aber ich lasse mir überhaupt nichts anmerken, spüle und wringe einfach weiter, ziehe Wasser rauf, aber trotzdem ahne ich allmählich, woher der Wind weht, so was fühlt man! Doch, doch … Er habe mich immer für bewundernswert gehalten, hat er gesagt. Eine bewundernswerte Frau! Ja! Nur meinetwegen sei er so geduldig gewesen, sagte er, mit den Schulden, meinte er. Ja – und dann machte er Anstalten, es zu versuchen. Den Rest kannst du dir selbst ausrechnen.«

Ich starrte sie an. Dorfpolizist Nilsson? Nein, nun hatte sie sich bestimmt einen Sonnenstich geholt! Allein der Gedanke verschlug mir die Sprache.

»Doch! Es dauerte nicht lange, und er stand hinter mir und fing an, mich zu umarmen und zu betatschen, er meinte, er würde gut für mich sorgen. Wenn ich nur ein bißchen nett zu ihm wäre. Nur ein bißchen nett. Könnten wir nicht hineingehen und uns etwas abkühlen? Was? Uns abkühlen? Aber sicher! Der soll seine Abkühlung bekommen, der Drecksack!«

Ich glotzte noch immer.

»Aber Nilsson ist doch Dorfpolizist und verheiratet und …«

»Pah, als ob das einen Unterschied machen würde! Nein, Nancy, du hast noch nicht viel begriffen! Aber daß ein alleinstehendes Frauenzimmer solchen Kerlen ausgesetzt sein muß! Was denken die sich eigentlich? Glauben die, man hat keine Ehre im Leib? Was?«

Nun hob sie den Blick und sah mir ins Gesicht, und unter der Wut und der Entrüstung lag eine nackte Hilflosigkeit, die mich bis in die Tiefen meines Herzens rührte. Geschmeichelt hatten ihr die Nachstellungen jedenfalls nicht, das stand fest.

»Um Gottes willen – was hast du denn da gemacht, Mama? Wie bist du ihn losgeworden?«

»Das kann ich dir sagen!« Hier wurde ihre Stimme scharf, und in ihren Augen blitzte es, als sie von der Bank aufstand. »Ich packte die große Schöpfkelle, die voller eiskaltem Wasser auf dem Brunnendach stand, und schleuderte sie ihm mitten ins Gesicht! Ob du mir glaubst oder nicht. Und er hätte noch einen Schöpfer abgekriegt, wenn er sich nicht so verdammt schnell seine Mütze geschnappt hätte und mit eingekniffenem Schwanz verpieselt hätte. Eine andere Sprache verstehen die nicht. Zum

Glück war keine Seifenlauge im Eimer, sonst wäre er vermutlich erblindet. Dann bin ich ins Haus gerannt und habe mich ausgeheult, das mußte sein.«

Ich wußte nicht, ob ich lachen oder weinen sollte. Meine Güte! Und ich hatte BadehausMina gedroht, zum Dorfpolizisten zu gehen. Einen Augenblick lang war ich kurz davor, Mutter von der Auseinandersetzung im Badehaus zu erzählen, davon, wie sehr ich mich geärgert hatte, meine Wut stand der ihren in nichts nach. Aber ich hielt mich zurück. Das Thema war zu heikel. Wie hätte ich Mutter erklären sollen, worum es da gegangen war, das heißt, worum es Minas Ansicht nach ging?

»Wenn er jetzt bloß nichts unternimmt«, sagte sie. »Solche Obrigkeitspersonen haben ja die Macht, den Leuten ordentlich zuzusetzen, wenn sie wollen.«

»Was sollte er denn unternehmen? Wir sind ihm doch nichts schuldig! Mit dem Nachlaßverzeichnis ist schließlich alles klar, und das Haus gehört uns. Insofern.«

Wir tranken noch ein Täßchen und kamen zur Ruhe. Allmählich verblaßten die roten Flecken auf Mutters Hals. Eine ganze Weile saßen wir schweigend da, jede auf ihrer Seite der Tischplatte. Kein Karl Viktor Pettersson würde um zwanzig nach fünf auf dem Fahrrad durchs Gartentor schwanken. Nun gab es nur noch uns, Mutter und mich.

Die Laken hingen schlaff auf der Leine. Der Flieder war verwelkt, doch der gelbe Rosenbusch trug hoffnungsvolle Knospen, und die Vögel und Insekten waren wie verrückt zugange. Wir standen gleichzeitig auf. Mutter strich sich über den Schürzenbauch und sagte mit einem Seufzen: »Ach nein, ich kann hier nicht einfach rumsitzen. Werde wohl wenigstens den Kartoffelacker hacken. Damit das erledigt ist. Zumindest das.«

»Ich gehe rein und ziehe mich um«, sagte ich und nahm die Postmütze vom Tisch.

So ebenbürtig waren wir noch nie gewesen.

9

Anfang August radelte ich in den Ort und kaufte für Mutter zum Geburtstag ein Nachthemd. Ich hatte Glück und fand eins, mit dem ich sehr zufrieden war, ein kurzärmliges aus dünnem Baumwollstoff, hellblau mit weißen Blümchen und einer schmalen weißen Spitzenkante am Kragen.

Natürlich nutzte ich die Gelegenheit, auch Betty einen Besuch abzustatten, das war ja mal klar. Nach Vaters Tod und diesem Elend mit dem Erbe herrschte eisige Funkstille zwischen uns beiden. Meine einzige Schwester und ich, wir entfernten uns immer weiter voneinander, dagegen schien man nicht viel machen zu können. Wir waren zu verschieden, nehme ich an, im Grunde hatten wir nichts, worüber wir uns unterhalten konnten. Sie lebte ihr Leben, und ich lebte meins. Dieselbe Mutter, derselbe Vater, dieselben Wände während unserer Kindheit, und trotzdem entwickelten sich die Dinge manchmal so unterschiedlich. Ihre Minderwertigkeitsgefühle und ihre Eifersucht, auf der anderen Seite meine Schuldgefühle, nur weil ich so war, wie ich war.

Und dann die Sache mit Mutter, Mutti, wie Betty immer sagte. Wer stand ihr näher? Wen von uns beiden liebte sie mehr? Im Grunde konkurrierten wir um ihre Liebe, ich glaube zumindest, daß es hauptsächlich darum ging. Und um Bettys Enttäuschung, weil sich das Leben in einem einzigen Abgesang auf sie gestürzt hatte. Oder hatte sie sich kopfüber hineingestürzt? Jedenfalls saß sie nun mit drei Kindern da, und ihr Leben war irgendwie abgeschlossen.

Auf dem Hinweg, als ich über die Ebene radelte, die sich zu beiden Seiten weizengelb hinter wogenden Grabenrändern voller Kamille, Pippau und violetten Disteln ausbreitete, umrandet von verblichenen kornblumenblauen Streifen, wo der Pflug gewendet hatte, arbeitete ich an meiner Verteidigungsrede und vielleicht auch an meiner Fähigkeit, bei dem Treffen mit Betty freundliche Nachsicht walten zu lassen. Sie konnte jedenfalls nicht behaupten, ich käme nicht für meinen Lebensunterhalt auf und lebte auf Mutters Kosten. Daß ich mich weiterhin mit meinen Korrespondenzkursen beschäftigte, *studierte*, wie Betty mit spitzer Stimme sagte, war meine Sache.

Ich dachte an Gunnel. Ach, könnten Betty und ich doch über ernsthafte Dinge reden, über Bücher und Weltanschauungen und solche Dinge. Konnte es zwischen Schwestern nicht auch so sein? Wenn man Glück hatte. Was hätte Betty wohl über Gunnel gesagt? Vermutlich hätte sie verächtlich geschnaubt und vielleicht gehöhnt: Hast du sonst keine, mit der du dich anfreunden kannst, außer so einer …

Åke war einberufen, es war immer das gleiche, er hatte natürlich ein paar Urlaubstage gehabt, und die ganze Familie war zu Mutters großer Freude während des Frühlings und Sommers zwei-, dreimal bei uns in Dalängen gewesen. Auch wenn sie die Hemdsärmelkartons fürchterlich schnell in Sicherheit bringen mußte, sah man, wie es sie aufheiterte und verjüngte, wenn die kleinen Mädchen hereinrasten, auf der Suche nach Keksen alle Küchenschubladen aufzogen, herumhüpften und nach allem fragten, was es zwischen Himmel und Erde gab. Sogar LüttErik watschelte jetzt herum, er war in seinem zweiten Jahr.

Betty war nicht zu Hause, als ich eintraf, aber die Vermieterin, die im zweiten Stock wohnte, sah mich durchs Fenster und kam zu mir herunter. Betty sei vor einer Weile mit dem Kinderwagen losgezogen, sagte sie, vermutlich sei sie bloß einkaufen gegangen, sie würde sicher jeden Moment zurück sein. Ob ich vielleicht ein Glas Saft trinken wolle, während ich wartete?

Die Vermieterin und ich saßen am Gartentisch. Wie immer

war ich angespannt und mißtrauisch. Ich wollte um keinen Preis der Welt irgendwelchen Klatsch oder versteckte Andeutungen hören, weder über Betty noch über meine Geschwister, deshalb lud ich in keiner Weise zu Vertraulichkeiten ein. Wie schön und erholsam müßte es sein, nicht immer mit dem Schlimmsten zu rechnen. Aber das hatte ich im Blut, auch Mutter war von Natur aus kleingläubig und mißtrauisch. Und das nicht ohne Grund, was sich nicht zuletzt durch das Ereignis mit Dorfpolizist Nilsson zeigte. Daran hatte ich übrigens gedacht, als ich über die Ebene radelte und die großen Bauernhöfe wie rotweiße Legehennen im Sonnendunst liegen sah: Wäre Mutter eine gutgestellte Bauersfrau, die ihren Mann verloren hatte, wäre man dann mit solchen »Vorschlägen« an sie herangetreten? Wohl kaum. Aber war man ZehenPelles Frida …

Schließlich schleppte sich Betty mit ihren Einkäufen in dem alten gelblichen Kinderwagen heran. Ein weinender und stolpernder LüttErik wurde an der Hand geschleift, und Lynn und Dotty hüpften und hopsten mal voran und mal hinterdrein. Betty wirkte überrascht, schien aber tatsächlich ganz froh zu sein, mich zu sehen, und da bekam ich ein schlechtes Gewissen, weil ich ihr Unrecht getan hatte.

Die Vermieterin, Frau Andersson, mit Vornamen Tyra, holte für alle Saft, das war also gar nicht übel, und es wärmte mich von innen, den Kleinen auf den Arm nehmen zu dürfen, seine Tränen mit dem Taschentuch zu trocknen und seinen feuchten Mund abzuküssen. Ich war besonders entzückt von ihm, schwer zu sagen, warum eigentlich, aber ich wußte ja, ich wußte …

Er war in vieler Hinsicht ein Geretteter, und er guckte so nachdenklich, ganz friedlich und ernst, er war längst nicht so robust wie seine beiden Schwestern. Auch wenn es eigentlich nicht sein konnte, schien er nach Åke zu kommen. Er ähnelte ihm in seiner Art und im Aussehen mehr als die kleinen Mädchen. Und das war gut so, wenn er rothaarig oder braunäugig oder auf eine andere Weise anders gewesen wäre, hätte man ja sofort gesehen, wie es um die Vaterschaft bestellt war. Erik Åke Viktor Lindén.

Das war sein voller Name, den er vom alten Propst bekommen hatte. Viktor nach seinem Großvater, Åke nach Åke, aber Erik? War das Bettys Geheimnis? Hatte er so geheißen, dieser rumpelnde Obergefreite oder was immer er war, mit der runtergerutschten Uniformhose und der verschwitzten hellen Locke in der Stirn? Oder hatte Åkes toter Vater vielleicht diesen Namen getragen?

Nach dem Saftschmaus begleitete ich Betty für ein Weilchen in ihre Wohnung, ganz so eilig hätte ich es doch nicht? Betty wohnte jetzt richtig fein in ihren zwei Zimmern mit Küche, das muß man sagen, und sie war stolz auf die Gardinen und die gelbbraun glänzenden Möbel, besonders auf den Wäscheschrank mit den aufgeklebten Ornamenten an den Türen. Ich sah mich um, bewunderte und schwärmte, vielleicht trug ich ein bißchen zu dick auf, um nicht wieder Wasser auf ihre Mühlen zu gießen, aber sie lamentierte dennoch herum, während sie an der Spüle zugange war und Pfannkuchenteig anrührte. Sie mußte es wohl loswerden, die Ärmste, das konnte ich verstehen. Trotzdem fühlte ich mich schuldbeladen, genau wie immer.

»Du kannst mir glauben, es ist nicht lustig, allein mit drei Kindern! Schon das Einkaufen dauert den halben Tag, wenn man alle drei mitschleppen muß. Ach, du weißt gar nicht, wie gut du es hast! Hier sitzt man eingesperrt und kommt nie raus. Wenn Irma nicht ab und zu vorbeikäme, würde es einen verrückt machen, zwischen diesen vier Wänden zu hocken und außer den Kindern keine Menschenseele zum Reden zu haben. Und Åke, der ist ja nie zu Hause.«

Als ob Åke etwas dafür könnte, daß Krieg herrschte! Glaubte sie vielleicht, es sei lustig, da oben im Feld in der Lappenhölle zu liegen? Gab es keinen Schneesturm, fielen die Mücken über einen her und ganze Schwaden von miesen kleinen Insekten, die Gnitten genannt wurden, hatte ich gehört. So dachte ich, aber ich sagte nichts, es war besser, den Mund zu halten und sie nicht unnötig aufzustacheln. Schweigend hob ich Erik vom Fußboden auf, setzte mich an den Tisch und rollte das Auto, das er in der

Hand gehalten hatte, auf der Wachsdecke hin und her. Ich spürte ihn warm und weich an meiner Brust und meinem Bauch, ein lebendiger Körper, der auf meinem Schoß rangelte und hopste, und als er anfing, brummbrumm zu machen und zu lachen und zwischen den Runden auf den Tisch zu klopfen, lachte ich mit ihm und fühlte mich zumindest vorübergehend von Bettys Litanei befreit. Dann breitete sich der Pfannkuchenduft aus.

»Ach, du hast es gut, Nancy«, wiederholte Betty, während sie die Teller und das Marmeladenglas auf den Tisch stellte, Lynn und Dotty rief und ihnen vor dem Essen hastig mit dem Küchenlappen über Mund und Nase wischte. »Du hast noch nicht viel durchgemacht. Im Gegensatz zu unsereinem. Wie geht es eigentlich Mutter?«

Natürlich! Mutters Geburtstag. Nun hatte ich etwas dabei, was die Karten ein wenig aufmischen und Betty an etwas anderes denken lassen würde als an ihr eigenes Elend. Ich stand auf, nahm LüttErik auf den Arm und ging zur Tür. Dort nahm ich das Päckchen aus meiner Tasche, die ich an die Garderobe gehängt hatte, und zeigte ihr das Nachthemd. Das war nicht sonderlich überlegt, nein, es war einfach dumm von mir, himmelschreiend dumm! Denn Betty verzog augenblicklich die Mundwinkel. Na, ich könne es mir ja leisten! Im Gegensatz zu ihr, die von dieser jämmerlichen Unterstützung leben sollte, da könne man nicht so mit Geburtstagsgeschenken um sich werfen! Im übrigen hätten wir so was doch noch nie gemacht. Was denn das jetzt solle, fragte sie abschließend, warf den Kopf in den Nacken und fuhrwerkte noch ungehaltener herum.

Sie hatte ja recht. Ich hatte einen Fehler gemacht, wieder hatte ich Mutter mit Beschlag belegt, hatte versucht, mir ihre Liebe zu erschleichen. So hatte Betty die Sache aufgefaßt, und ich begann eifrig, mein Vergehen wiedergutzumachen: Ob wir nicht zusammenlegen wollten? Wir könnten eine hübsche Karte mit Glückwünschen von uns allen dazulegen. Betty, die Kinder und Nancy. Oder nicht? Wir könnten auch alle Namen hinschreiben, Gwendolyn, Dorothy und Erik, das würde Mutter gefallen.

»Und die Bezahlung kann warten, falls du gerade knapp bei Kasse bist! Das eilt nicht, das können wir später machen. Außerdem müssen wir es nicht so genau nehmen ...«

Wieder falsch! Nun ließ ich auch auf diese Weise durchblicken, daß ich Geld hatte und für sie mitbezahlen konnte, falls es nötig war.

O nein! Das fehlte gerade noch! Das komme gar nicht in Frage. Natürlich werde sie bezahlen – wenn es denn partout ein Geschenk geben müsse!

Sie klatschte einen Pfannkuchen auf meinen Teller, und ich hatte zwar Hunger, aber ich beherrschte mich, weil ich das Gefühl hatte, ihr mit jedem Bissen die Haare vom Kopf zu fressen, und daher versicherte ich mit Nachdruck, daß mir einer reichte! Was sie natürlich wieder in Rage brachte: »Aha! Ist dir das nicht gut genug?«

Gott im Himmel! Dieser ständige Eiertanz zwischen uns beiden. Apropos beide. Vielleicht mußte ich endlich einsehen, daß ich in Wahrheit die einzige war, die sich auf wackeligen Füßen immer wieder ganz vorsichtig dem Schlagbaum näherte, während Betty ihn mir wieder und wieder vor die Nase knallte. Dieses Nachthemd hätte ich Mutter gut und gerne allein schenken können! Aber nun war es zu spät, und ich hatte mir selbst zuzuschreiben, daß ich diese dumme Schwäche hatte: Ich wollte helfen. Ich wollte nicht, daß Betty eifersüchtig auf mich war. Ich wollte nicht, daß sie einen hochmütigen Andersmenschen in mir sah. Ich wollte nicht, daß sie glaubte, Mutter hätte mich lieber, und wir zwei würden uns gegen sie verschwören. Ich wollte, daß wir uns gut verstanden, daß wir uns umarmten, miteinander redeten und froh waren, wie ich es mit Dora gewesen war! Doch es war anscheinend unmöglich. Mußte ich erst einem Unglück zum Opfer fallen oder mich von einem alten Knacker schwängern lassen oder ins Wasser gehen, damit Betty zufrieden war? Oder reichte es vielleicht, wenn ich zu Hause auszog? Das würde ich bald tun, je eher, desto besser, das spürte ich deutlich.

Betty beteiligte sich jedenfalls nach langer Überredungs- und Überzeugungsarbeit an dem Geburtstagsarrangement, aber zufrieden war sie nicht. Wie man es auch drehte und wendete, am Ende fiel man auf den Hintern, wenn man es mit Betty zu tun hatte. Armer Åke, dachte ich, als ich im Abendlicht nach Hause strampelte. Du hast es auch nicht leicht ... Vielleicht ist es besser für dich da oben in der Lappenhölle. Entkommen. Wenigstens für eine Weile ...

Ich atmete tief durch und legte einen Zahn zu, die Fahrbahn war hart, und das Fahrrad lief leicht. Mein Unterkörper bewegte sich im Takt, die Waden streckten sich, das Kreuz war kräftig, ich fühlte mich wohl in meinem Körper, ich genoß meine Freiheit, ich war froh, daß ich nicht so leben mußte wie meine Schwester!

Die Ebene weitete sich, der Himmel war weicher geworden und an den Rändern heruntergesackt, die Wärme hielt sich noch, wie die Glut in einem erloschenen Aschehaufen noch lange ihre angestaute Hitze ausstrahlt. Der Duft von den Äckern war würzig und trocken. Wo die Straße vor der Abzweigung nach Brunnby eine Biegung machte und die Bauernhöfe abgeschieden am Waldrand lagen, bremste ich, stieg vom Fahrrad und legte es an den Grabenrand, dann ging ich über das Stoppelfeld zu einem kleinen Steinhügel, vielleicht fünfzig Meter entfernt.

Die Himbeeren waren klein und schrumpelig, aber herrlich süß, ich pflückte eine Handvoll und suchte einen geeigneten flachen Stein, auf den ich mich setzen konnte. Vielleicht saß ich eine Viertelstunde dort, vielleicht eine halbe. Einige Male stand ich auf und füllte den Himbeervorrat auf. Nichts passierte, und ich erwartete auch nichts. Es war einfach schön, ganz allein in der Dämmerung dazusitzen. Es hatte mir immer gefallen, allein herumzustreifen und die kleine Welt in den Gräben und rings um die Ameisenhaufen zu entdecken, die Sommer meiner Kindheit waren auf diese Weise verflogen. Nun spürte ich einen Hauch der alten Einsamkeitsfreude, sie durchströmte und umschloß mich. Nicht einmal Gunnel hätte ich jetzt an meiner Seite haben wollen. Nicht in diesem Moment. Manche Augenblicke konnte man unmöglich mit jemandem teilen. In manchen Grotten war nur Platz für einen.

Auch meine Zukunft würde sich finden. Mit Sicherheit ... Ich war ich! Nancy Viktoria. Das durfte ich nicht vergessen. Betty war Betty. Sie mochte mich nicht, so war es eben. Pech für sie, ich pfiff darauf! Sie hatte schließlich Åke. Er hatte sie auserwählt. Er liebte sie, wenn man es so ausdrücken will. Er war ihr Mann.

Plötzlich, mit einer jähen Kehrtwende, zeigte mir die Einsamkeit ihre kalte Schulter, und ich erschauerte: Mich hatte niemand auserwählt. Ich hatte niemanden. Mich mochte niemand. Nicht wirklich. Doch, Mutter natürlich. Und Gunnel ... womöglich. Sara aus der Entfernung. Aber niemand ... wirklich.

Ich stand hastig auf, überquerte das Feld im Laufschritt, zog mein Fahrrad aus dem Graben und strampelte nach Hause.

10

Vor langer Zeit, als ich noch ein Kind war, hatte ich mir oft vorgestellt, wie es wäre, wenn mein Halbbruder Tore, der Junge, den mein Vater mit seiner ersten Frau Amalia bekommen hatte, aus Australien zurückkehren würde. Tore war erst zwei gewesen, als seine Mutter an der Spanischen Grippe starb und meine Mutter auf den Plan trat. Damals hatte sie bereits Dora, obwohl sie nicht verheiratet war – das hatte der Lackaffe von Gutsbesitzer angestellt! –, und als sie da nun beide hockten und jeder ein kleines Kind zu versorgen hatte, schien es doch praktisch, sich zusammenzutun. Zuerst war Mutter Haushälterin, doch dann heirateten sie und bekamen uns vier auf anständige Weise, das heißt ehelich. Börje und Lennart, die Zwillinge, kamen zuerst, dann Betty, zuletzt ich.

Aber der kleine Tore, der wurde wegadoptiert. Ihn nahm Vaters Bruder mit nach Australien, wohin er ausgewandert war, und seitdem hatten wir von seinem Schicksal keinen Schimmer, abgesehen von einer Fotografie, die einmal gekommen war.

Oft saß ich auf dem Plüschsofa in der Kammer und hielt den rosa-weißen Schneckenhausrahmen auf dem Schoß. Der kleine Tore, mein Halbbruder, in einem Matrosenkragen mit weißen Kanten und großer Schleife, guckte mich aus unergründlichen Augen an, die sicher damals, als er abreiste, vor Verzweiflung übergeflossen waren. Sein Schicksal war wie ein harter und bittersüßer Bonbon, ich lutschte ihn langsam und bedächtig, und während er an meinem Gaumen schmolz, flog ich über das Meer, lief über einen mit Schneckenhäusern übersäten Strand … Mein Halbbruder kam mir mit flatternden Matrosenbändern entgegengelaufen …

Doch am allerliebsten ergötzte ich mich an dem Märchen von seiner Heimkehr, das ich bis zur Vollendung ausgeschmückt hatte: Eines schönen Tages würde Tore wiederkommen und Dora heiraten, das ginge, denn sie waren keine Geschwister, nicht einmal zur Hälfte. Im weißen Anzug würde Tore in einem riesigen Filmauto, einem weißen Cadillac, durchs Gartentor gleiten, und Doras Sommerkleid würde sich im Wind bauschen, während sie auf ihn zuschwebte und er sie in die Höhe hob. Dann würden alle Menschen aus der Gemeinde (aber besonders die Lästermäuler!) versammelt auf dem Abhang zwischen Veranda und Gartenzaun stehen, mit glasigen Augen und offenen Mündern, stumm vor Bewunderung. Vater würde mit der Sommersonne um die Wette strahlen, und elegant und groß würde Tore ihm den Arm um die Schultern legen … So stellte ich mir die Revanche der ZehenPelles vor.

Doch nun war Vater tot, Dora ebenfalls, und Tore hatte ich beinahe vergessen, obwohl die Fotografie in dem Schneckenrahmen noch immer an ihrem alten Platz auf der Kommode in der Kammer stand.

Bei ZehenPelles war es inzwischen leer und still. Ich war knapp neunzehn Jahre alt, trotzdem schien schon so vieles verloren. Einsamkeit und Wehmut umklammerten mein Herz, besonders an Sommerabenden, wenn die Amsel flötete und der Wilde Kerbel bis spät in die Nacht leuchtete wie frisch geschlagener Zauberschaum. Nun gab es nur noch Mutter und mich in Dalängen, der Senke zwischen dem Bergrücken und dem Acker von Heide-Petrus. Dort bewegten wir uns zwischen Holzschuppen und Erdkeller und der windschiefen Veranda hin und her, aber der zeitlose Trott war erschüttert.

Besuch hatten wir selten, Mutter hatte nie viel davon gehalten, sich mit Menschen zu umgeben, »über die Höfe zu flitzen« war nichts für sie. Arvid in der Biege und Onkel Ågren hatten bei uns nun kaum noch etwas zu beschicken, und LüttOskar war tot, er war ja vor Vater gestorben. Tante Olivia schleifte manchmal ihr altes Fahrrad heran, sie traute sich nicht, auf dem Sattel zu sitzen und den Hügel herunterzueiern, angeblich konnte sie nicht gut lenken. Mutter freute sich, wenn Tante Olivia kam, sie hatten ihre alten Erinnerungen aus den Tagelöhnerjahren. Ansonsten wollte Mutter nach Möglichkeit nicht an ihrer Arbeit gehindert werden, da drückte der Akkord. Der Hemdsärmelakkord.

Eines Tages in diesem Sommer 1942 traten jedenfalls zwei neue Bekannte in unser Leben, unangemeldet und unverhofft. Was Mutter anging, war nur die eine neu, mit der anderen war sie, wie sich zeigte, sogar verwandt, doch sie hatten sich seit mehr als zehn Jahren nicht gesehen, und es dauerte eine Weile, bis sie kapierte, wer da vor ihr stand. Der unerwartete Besuch beruhte übrigens auf einem Irrtum, und im nachhinein kann man sich fragen, ob es nicht doch eine Art Fingerzeig Gottes gibt, der die Schicksale der Menschen anstupst und steuert und die Handlungsverläufe in die vorbestimmte Richtung lenkt. Auf Wunderwerke hoffte bei uns allerdings niemand. Hilf dir selbst, dann hilft dir Gott, war ein überaus beliebter Wahlspruch. Es lohnte sich kaum, die Arme zu verschränken und darauf zu warten, daß es Manna vom Himmel regnete.

Deshalb will ich nicht unbedingt behaupten, daß es der arme abgearbeitete Gott war, der sich die Mühe gemacht hatte, uns an Mutters Geburtstag ein paar Engelsgestalten oder Schicksalsgöttinnen zu schicken, das wäre auch zuviel verlangt gewesen, wenn rings um uns die Erde brannte. Und im übrigen ähnelten sie auch keinen Engeln, als sie da mit einer Tortenschachtel als Präsent zögernd vor unserem Gartentor standen, als diskutierten sie, ob der Busfahrer sie nicht doch am falschen Milchkannenständer abgesetzt hatte. Die fülligere von beiden trug ein großgeblümtes Sommerkleid und ein weißes Stoffhütchen mit hochgeklappter Krempe, die andere war älter und dünner und hatte eine dunkelblaue Trachtenjacke aus Twill an und ein Ungetüm von einem Hut aus schwarzem Strohgeflecht auf dem

Kopf. Nein, also wirklich keine Engel und keine Wunderwerke! Und dennoch konnte ich hinterher den Gedanken nicht verdrängen, daß es sich an diesem Tag im August um eine Art von »Eingriff« handelte, als wir in der Laube saßen, Betty und die Kinder, Mutter und ich, und Mutter sich plötzlich von der Bank erhob und mit gerunzelter Stirn zum Holzschuppen guckte: »Was um alles in der Welt – wer kommt denn jetzt?«

Später, als das Leben eine andere Wendung genommen hatte, kam sie bei mehreren Gelegenheiten auf diesen Augenblick zurück: »Ach ja ... Was, wenn Elin und Rut an dem Tag nicht gekommen wären, stell dir vor, sie hätten sich nicht in der Jahreszahl geirrt?« Dann wäre man wohl sitzen geblieben, wo man saß, bis Moos über einen wuchs. Obwohl, pflegte sie hinzuzufügen, wie es ihre Art war, dann wäre es irgendwie anders gekommen.

Gemäß unserer Verabredung waren Betty und die Kinder mit dem Vormittagsbus eingetroffen. Es war kein runder Geburtstag, Mutter wurde neunundvierzig, und das Feiern gehörte, wie gesagt, nicht zu unseren Gewohnheiten, doch nun gab es ja dieses Nachthemd, das zu einer gemeinsamen Angelegenheit geworden war.

»Ich könnte mir vorstellen, daß Betty morgen nach Hause kommt«, hatte ich am Abend vorher angedeutet. »Du hast doch Geburtstag!«

»Ach was! Warum sollte sie deswegen das Busfahrgeld zum Fenster rausschmeißen? Das ist doch ein Tag wie jeder andere – Älterwerden ist kein Grund zum Feiern.« Soweit Mutters Kommentar.

Meine Worte schienen trotzdem eine gewisse Hoffnung geweckt zu haben; sicherheitshalber hatte sie die Hemdenkartons unter die Dachbodentreppe geschoben und zu meiner freudigen Überraschung Plunder gebacken, dieses Buttergebäck nach einem Rezept meiner Großmutter väterlicherseits, das Vater so geliebt hatte. Dieser Luxus beruhte wohl darauf, daß Onkel Ernlund kürzlich mit einem Päckchen Butter bei uns gewesen war. Diesmal hatte Mutter den Klumpen mehrmals in eiskaltem Wasser ausgespült, eigenhändig durchgeknetet und mit dem Butterspachtel bearbeitet. Am frühen Morgen hatte sie dann unten im Kühlkeller das Backbrett auf eine umgedrehte Holzwanne gestellt, den Teig ausgerollt und mit einer Form die Kuchen ausgestochen. In der Küche war es für diese Art von Teig viel zu heiß.

Es war ein warmer und sonnengelber Tag, fast windstill. Betty war mit dem Vormittagsbus gekommen, und als ich von meiner Briefträgerrunde zurückgekehrte, war der Tisch in der Laube schon gedeckt für das Kaffeekränzchen. Lynn und Dotty hatten Kamille, Schafgarbe und kleine Glockenblumen als Tischdekoration gepflückt und durften sogar ein paar lilafarbene Astern aus dem Blumenkasten dazunehmen, denn die Wildblumen waren ja größtenteils verblüht. Eine schöne Blumenkarte hatten sie gezeichnet und mit ihren Wachsmalkreiden ausgemalt, und Betty hatte in Druckbuchstaben *Herzliche Glückwünsche zum Geburtstag* geschrieben, ganz ohne Rechtschreibfehler, wie ich in meiner Arroganz gnädig notierte. (Betty war Linkshänderin und verabscheute das Schreiben, die Ärmste hatte wegen ihres »häßlichen Händchens« in der Schulzeit viel Hohn und Spott über sich ergehen lassen müssen.) Alle unsere Namen waren aufgereiht, auch Åkes, er gehörte ja zu Betty. Ich war als letzte aufgeführt, allein ganz unten, und dafür war ich dankbar, es war recht und billig, etwas anderes hätte ich als Demonstration von Bettys Seite empfunden. Auch wenn ich das Geschenk gekauft hatte und auf die Idee gekommen war, Betty war die ältere und stand in der Rangordnung vor mir, damit waren wir bei solchen Anlässen pingelig.

Mutter, unser Goldmütterchen, strahlte wie eine Sonne, und als es unter den emsigen Blicken der kleinen Mädchen endlich gelungen war, den Knoten auf dem Päckchen aufzupulen (die Schnur durchzuschneiden kam nicht in Frage!), und als sie das hellblaue Nachthemd hochhielt, ja, da war das Glück vollkommen. Ein paar Minuten lang bildeten wir eine Einheit, liebevoll versammelt in der großzügigen Freude des Gebens. In diesem Moment tauchten die Tanten auf.

»Erkennst du mich denn nicht wieder, Frida?«

»Aber, was um alles in der Welt … Ist das nicht Elin?«

Doch, doch, es war Elin, Mutters Cousine. Sie war die Füllige, die andere hieß Rut und war Elins Schwägerin.

Das Geplapper von Lynn und Dotty verstummte, Betty nahm Erik auf den Arm. Leicht verlegen und mit großen Augen gaben wir uns nacheinander die Hand. Rut stellte die Tortenschachtel auf eine Ecke des Tischs, während Elin unter unser aller Oberaufsicht das Papier von dem stattlichen Präsent abwickelte. Rotwangig und stolz enthüllte sie eine blumenbemalte Glasvase. Die überreichte sie Mutter mit den Worten: »Das Datum hatte ich mir aufgeschrieben, das kannst du mir glauben! Deswegen wollten wir vorbeikommen und dir zu deinem Fünfzigsten gratulieren – herzlichen Glückwunsch, Frida! Das ist auch von Rut!«

Mutter nahm die Vase entgegen und hielt sie einige Augenblicke lang vor sich in die Höhe. Ich sah ihren Mund arbeiten, die Lippen wurden gegeneinander gerieben, und um die Mundwinkel zuckte es unruhig. Wie sollte sie sich nun verhalten? Sollte sie sich nichts anmerken lassen oder … Angespannt ballte ich die Fäuste, während ich abwartete.

Endlich ergriff sie das Wort: »Ja, das muß ich sagen, das ist schrecklich nett von euch! Was für eine Überraschung! Das muß man sich mal vorstellen, ganz aus der Stadt hierherzukommen … Und so eine schöne Vase!«

Sie stellte die Vase auf der Tischdecke ab, drehte sie unablässig herum und wagte noch immer nicht aufzuschauen.

Erwartungsvoll und mit zufriedener Miene stand Elin am anderen Ende des Tischs, glättete das Geschenkpapier und faltete es zusammen, sie tat mir richtig leid, als Mutter sich endlich entschieden hatte, den Blick hob, den Kopf zurückwarf und lächelnd sagte: »Ich freue mich wirklich, das kannst du mir glauben. Es ist nur so, daß du im falschen Jahr gekommen bist, Elin, ich werde erst nächstes Jahr fünfzig! Aber ihr seid natürlich trotzdem herzlich willkommen. Besser zu früh als zu spät! Tausend Dank an euch beide«

»Was sagst du? Dreiundneunzig? Willst du mich veräppeln? Was?«

Enttäuschung. Beteuerungen. Rote Flecken auf den Wangen. Elin war mißtrauisch. Sie war sich so sicher gewesen, daß Frida zweiundneunzig geboren war. Achtzehnhundertzweiundneunzig. Aber Frida mußte es ja selbst am besten wissen ... Also war es wohl so ... Aber der Tag stimmte jedenfalls! Zumindest war es das richtige Datum. Und dann kam das große Gelächter.

»Donnerlüttchen! Stell dir vor, Kalle bekommt das heraus! Der lacht sich scheckig. Verrückte Hühner, wird er sagen!«

»Ach was«, sagte Mutter. »Ihr müßt es ihm doch nicht auf die Nase binden! Und jetzt wollen wir Kaffee trinken! Und nochmals danke, daß ihr gekommen seid, ich hätte nie erwartet, dich hier zu sehen, Elin. Und Rut auch nicht. Es ist eine gelungene Überraschung.«

Uns war ein Festtag vergönnt. Was in Bettys Küche mit beleidigter Miene und Schuldgefühlen begonnen hatte, entfaltete sich und wurde fröhlich, warm und befreit. Elin war gesprächig und lachte gern, sie wirkte fast ein wenig männlich, trotz des geblümten Kleids und des schwellenden Busens. Sie saß breitbeinig auf der Bank und führte das Wort. Redete über die Jugend.

»Du sahst gut aus damals, Frida! Mensch, was für Haare! Und solche weißen Zähne. Ich war ja vier Jahre jünger – oder drei, wenn man es genau nimmt –, und ich weiß noch, wie sehr ich dich bewunderte und wie hübsch ich dich fand. Du hattest eine Bluse mit gelben Rosenknöpfen ... Und außerdem gingst du tanzen, ich durfte das nicht.«

Mama wirkte auf einmal so jung, fast wie ein Mädchen, das ich nie gekannt hatte. Und ich kannte sie auch nicht, wie sollte ich? Sie hatte ein Leben gehabt, lange bevor ich auf die Welt kam.

Der Kaffeetopf wanderte raus und rein, Milchbrötchen und Plunder wurden nachgelegt. Der weiße Pappkarton, den die ruhige Rut getragen hatte, enthielt eine selbstgemachte Biskuitrolle, mit Zucker bestreut und mit Apfelmus gefüllt, die war richtig lecker! Dotty und Lynn bekamen allmählich genug davon, staunend zuzuhören und Kuchen in sich hineinzustopfen, und bauten sich neben dem Kellerhügel ein Spielhäuschen aus Brettern. LüttErik schlief auf einer Decke in der Sonne ein. Aber Betty und ich saßen mit gierigen Ohren nebeneinander auf der Bank. So langsam wurde es Nachmittag.

»Sag, daß du Schweinehack möchtest, vergiß das nicht«, prägte mir Mutter in der Küche flüsternd ein, nachdem sie mir das Portemonnaie und die Lebensmittelkarten zugeschmuggelt hatte. »Wir haben genug für ein halbes Kilo. Wenn du Schweinehack sagst, müssen sie es frisch durchdrehen, ansonsten bekommst du altes, eingetrocknetes, und da weiß man nie, was für ein Mist drin ist.«

Ich machte mich auf den Weg zum Einkauf bei C. G. Perssons und erklärte, wir hätten Gäste aus der Stadt, damit Frau Persson wußte, daß sie mir nicht irgendwas unterschieben konnte. Frisch durchgedreht sollte es sein. Und Schweinehack.

Dann backte Mutter im Ofen frisches Weißbrot und kochte Kartoffeln und frische Mohrrüben. Als Nachspeise machten wir aus Weizengrieß und Traubensaft eine Creme, die Betty und ich abwechselnd mit dem Schneebesen schlugen, damit sie richtig luftig wurde.

Elin und Rut nahmen den Abendbus in die Stadt, da war es fast acht Uhr. Mutter begleitete sie bis zum Milchkannenständer und winkte ihnen hinterher, während Betty und ich gemeinsam abwuschen und aufräumten. Was für ein Tag! Das Sofa in der Kammer wurde für Betty und die Mädchen hergerichtet; LüttErik sollte zu Mutters Freude bei ihr auf der Küchenbank schlafen, die ließ sich ja ausziehen. Ich selbst hatte die Dachbodenkammer, die war mein Unterschlupf im Sommer.

An diesem Augustabend hatten wir keine Eile, ins Bett zu kommen, vieles mußte wiedergekäut und erläutert werden. Wir bei ZehenPelles hatten immer zurückgezogen gelebt, über die Familie wußten wir nicht viel, weder Betty noch ich. Mutters Mutter, unsere Großmutter, war Elins Tante gewesen, und Rut war die Witwe von Elins Bruder Henrik, damit waren die Verwandtschaftsverhältnisse erklärt. Elins Mann hieß Kalle, oder Karl, wenn es fein klingen sollte – und er wollte gern ein bißchen feiner sein!, sagte Mutter. Er war bei der Straßenbahn angestellt, ja, er war Straßenbahnfahrer. Er und Vater paßten nicht sonderlich zusammen, Vater hatte Kalle mit seinen blanken Knöpfen und der Uniformmütze für einen Lackaffen gehalten (ach je – Vater, Vater, krumm und schief und in teuflischer Laune!), deshalb hatten die beiden Familien nie etwas miteinander zu tun gehabt. Elin und Kalle hatten eine Wohnung in der Kungsgatan, zwei Zimmer mit Küche, modern. Mutter war nie dort gewesen, aber sie hatte gehört, sie solle schick sein, mit Badezimmer und Balkon. Elin arbeitete ja im Restaurant des Kaufhauses Tempo, sie kochte, ihr und Kalle ging es bestimmt gut. Und keine Kinder. Da stand Rut wohl schlechter da. Sie war früh Witwe geworden und hatte sich bucklig schuften müssen. Sie arbeitete in einer Wäscherei und hatte drei Kinder, die sie allein durchbringen mußte.

Doch, das hatten Betty und ich verstanden, daß Rut die Unterlegene war. Sie hatte nicht die Gelegenheit bekommen, viel zu sagen, aber es war auch so klar, daß es ein schweres Tun war, den ganzen Tag im Dampf zu stehen und schwere Laken durchzuwalken. Es laugt einen richtig aus, sagte sie, ohne es witzig zu meinen. Und es zehrte an den Beinen, sie hatte schlimme Krampfadern.

»Willst du jetzt nicht das neue Nachthemd anziehen?« fragte ich Mutter, als es so langsam Zeit wurde, ins Bett zu gehen.

Aber wer hätte das gedacht? Sie brachte es nicht übers Herz. Vorsichtig faltete sie das hellblaue Kleidungsstück zusammen, wickelte es wieder ein und legte es mit dem Seidenpapier in die Kommodenschublade. Die Hauptsache war, daß es dort lag und fein aussah, eine Sicherheit, genau wie die Garnitur saubere Unterwäsche. Eine Tages könnte es nützlich sein.

Ich drehte mich auf der obersten Treppenstufe um und flüsterte ein hörbares: »Gute Nacht! Schlaf gut«, bevor ich auf dem Dachboden verschwand. Im Schein des Kerzenstummels, der auf seiner Untertasse klebte, stellte ich den Wecker auf Viertel nach fünf. Die Dunkelheit war jetzt im August dicht, es würde wohl morgen Regen geben, der Himmel hatte sich plötzlich zugezogen, der Mond segelte durch hellblaue Fetzen. Die Bank knarrte, als ich ins Bett kroch. Was für ein seltsamer Tag! Ein ungerader Geburtstag, der kaum gefeiert werden sollte, und dann so etwas, aufgrund eines Irrtums! Ich konnte nicht umhin, leise vor mich hin zu kichern. Auch eine Dufterinnerung streifte mich, Großmutters muffiger Altfrauengeruch, wenn sie sich über mich beugte, ich war klein und krank, ihr wackelnder Kopf und die mitfühlende Stimme – was soll nur mit dem Mädchen werden? Aber ich lebte, überlebte. Sie hingegen starb, Elin hatte über ihr Begräbnis gesprochen, bei der Gelegenheit waren sie und Mutter sich offenbar zuletzt begegnet.

Kaum zu glauben, ich hatte Verwandtschaft, und ich hatte eine Familie, die Welt weitete sich ein wenig, aber vieles war versperrt, ich mußte Mutter fragen, sie dazu bringen, daß sie mir wie früher erzählte … Doch es gab andere Dinge, die größer und bedenklicher waren:

Während ich auf der Bank lag, hörte ich, wie die Worte wiederholt wurden. Ich hatte sie am Tisch gehört, als ich mit dem Milchkännchen herauskam, und in der Küche, als ich dastand und die Kartoffeln abgoß und Elin und Rut sich im Haus umsahen. Jetzt in der Stille hörte ich das Echo von Elins Worten und zwischendurch auch von Ruts, aber Mutters Antwort war lediglich ein Gemurmel.

»Hier kannst du doch nicht bleiben, Frida, wo du jetzt alleine bist. Im Sommer mag es schön sein, aber wenn der Winter kommt, puh! Was ist denn das für eine Zukunft – du bist doch noch jung! Du darfst dich nicht so begraben! In der Stadt findet man immer Arbeit. Ich könnte dir helfen, bei Tempo etwas zu bekommen, wir brauchen zuverlässige Leute. Solche wie dich.«

Und dann Ruts dünne Stimme, gleich im Anschluß:

»Sie sollen jetzt ins Heim, die Alten neben Janssons, so geht es nicht weiter … Wenn du möchtest, erkundige ich mich nach der Wohnung. Edla und ich sind Kolleginnen. Es ist natürlich nichts Besonderes, aber für den Anfang … Dann wärst du ganz in der Nähe.«

Mutter hatte sie bis zum Milchkannenständer begleitet und ihnen nachgewinkt, außerhalb meiner Hörweite. Was war da wohl noch verhandelt worden? In die Stadt ziehen? Ich drehte mich auf die Seite und knüllte das Kissen unter meiner Wange zusammen. Doch nicht Mutter! Die sich noch nicht mal vorstellen konnte, in den Ort zu ziehen.

11

Vater, wegen seines Gebrechens ZehenPelle genannt, war nun bald seit einem Jahr tot. Wir lebten. Genau wie die blaßvioletten Löwenzahnpflänzchen, die zerdrückt unter der undichten Holzwanne am Brunnen gelegen hatten, sich schnell aufrichteten und in frecher Freimütigkeit der Sonne entgegen grünten, nachdem wir die Wanne fortgewälzt und in den Keller gestellt hatten, ebenso naturgemäß, wenn auch nicht ganz so schnell, hatten wir uns aufgerichtet und dem Leben zugewandt. Manchmal fand ich, daß es mit der Erholung viel zu schnell gegangen war, es erschien mir wie ein Verrat an Vater, wenn wir frische Rhabarbercreme hinunterschlangen, Wäsche zwischen die Ebereschen hängten und uns am sommerlichen Geflatter erfreuten. Als wäre er nichts wert gewesen.

Ich fühlte Gottes vorwurfsvolles Auge im Nacken: Hast du deinen Vater vergessen, Nancy? Dann bat ich um Vergebung und versuchte eine Zeitlang, inbrünstiger zu trauern, und stattete dem Friedhof häufiger Besuche ab. Meine Trauerarbeit verlief in Wellen. Daß es Trauerarbeit hieß, wußte ich übrigens nicht, bis die Frau des Pastors das Wort bei irgendeiner Gelegenheit aussprach, das war noch zu der Zeit der Teesitzungen im Salon gewesen: Nancy hat ihre Trauerarbeit zu bewältigen, sagte sie erklärend und ernsthaft zu Gunnel. Es hörte sich ehrenhaft an. Zu arbeiten war ja in jeder Hinsicht ehrenhaft.

Insgesamt kann man sagen, daß der Sommer für mich unerwartet gut verlaufen war. Es hatte mir gefallen, als radelnde Briefträgerin zu arbeiten, es war ein gutes Gefühl, mich mit den schweren Taschen bergauf und bergab abzurackern, ich hatte die Heckenrosensträucher, Pferdeäpfel und das Vogelgeflatter am Wegesrand genossen, und die Leute waren froh und dankbar, wenn ich um Kuhstallecken und Zaunpfähle geschlingert kam. Viele Gläser mit Saft stürzte ich hinunter, und viele Milchbrötchen kaute ich an weißen Gartentischen.

Meine Angst, mit Lars zusammenzustoßen, war unbegründet gewesen. Aufgrund von Frau Burvalls Krankheit hatte Sjötorpet den ganzen Sommer leergestanden, die Ärmste hatte Krebs in der Achselhöhle bekommen, das hatte ich bei C. G. Perssons gehört. Als ich begriff, daß ich nicht mehr meinen ganzen Körper zu versteifen brauchte und keine Seitenblicke werfen mußte, wenn ich an der Abzweigung vorbeiradelte, wo Lars mit seiner weißen Mütze geleuchtet hatte, war ich zwar erleichtert, aber auch enttäuscht. Es war mir nicht gelungen, die Hoffnung vollständig zu begraben. So vernünftig und verletzt ich auch war, tief im Verborgenen flüsterte meine starrsinnige Phantasie so nebenbei: *Ein Irrtum, Nancy – ich liebe dich, ich liebe dich! Du bist die einzige … Du bist wie eine … Blume!* (Ach was! Unsinn. Du weißt, daß er kein Wort davon ernst gemeint hat!)

Gunnel war das Geschenk dieses Sommers gewesen. Auch das Geschenk des Winters und des Vorfrühlings. Sie bestätigte mich, wie niemand sonst es tat, die Freundschaft mit ihr hatte mich über das Dorf erhoben. Jetzt waren wir zwei Originale, ich war nicht mehr die einzige, die »etwas eigen« war.

Manchmal kam es mir vor, als würde ich mich an das Leben gewöhnen, so wie es war, mich anpassen. Mutter und ich kamen gut zurecht. Ich hatte Arbeit, und ich hatte Gunnel. So übel war das doch nicht? Gleichzeitig war mir klar, daß diese schlichten Gefühle trügerisch waren und bekämpft werden mußten. Was hätte es sonst für einen Sinn gehabt, sich mit den Kursbriefen abzumühen? Aufgehen wie eine Sonne und runterfallen wie ein Pfannekuchen, sollte das alles gewesen sein? Was für eine Zukunft hatte ich hier? Und mit wem? Nein, Nancy – die Flagge hoch! Volle Fahrt voraus! Dennoch war es schön, relativ glücklich zu sein.

Trotz meiner Verwirrung und meiner Unschlüssigkeit bereiteten sich die Stare und die Schwalben so langsam auf den Aufbruch vor. Das Kranichpaar auf der Lichtung kreiste eines Morgens unruhig und schloß sich unter lautem Schreien dem Flugkeil an. Die Luft wurde klarer, der Himmel blauer, die ersten Birkenblätter segelten gelblich zu Boden, und die Espen zu Ågrens hin ringelten sich an den Spitzen. Wie immer im Herbst lag Veränderung in der Luft, die Geräusche waren weithin zu hören. Und Veränderungen kamen, auch Rückschritte, Schlag auf Schlag.

Meine Tätigkeit als Sommerbriefträgerin endete, das war das erste. Nach den Ferien nahm der Kontrolleur meine kleine Schleife in seine große Autorunde auf, und das war angesichts des bevorstehenden Herbstwetters wohl auch besser so. Mir kam es allerdings wie ein Rückschritt vor, wieder Postbotin in Vertretung zu sein, in deren Aufgabenbereich auch das Putzen und Gassigehen fiel. Als ich trübsinnig über die Lohnverschlechterung klagte, schien Mutter mir gar nicht zuzuhören, sie murmelte bloß mit fest auf die Hemdsärmel gerichtetem Blick: »Das wird sich schon ändern, Nancy. Wir finden einen Ausweg.« Offensichtlich war sie mit den Gedanken woanders.

Das zweite und folgenreichere Ereignis war, daß Gunnel eines Vormittags in die Post gerast kam, sie sah ganz wild aus, als sie mich an die Glasscheibe winkte.

»Nancy, komm zum Pfarrhof, wenn du fertig bist! Ich muß dir etwas erzählen.«

Dann schoß sie wieder hinaus.

Ihre Eltern hatten endlich nachgegeben, das war die große Neuigkeit. Sie durfte mit dem Kartographiekurs beginnen. (»Stell dir das mal vor, Nancy – ist es nicht wunderbar?«) Aber es eilte. Über Bekannte von Bekannten ihrer Mutter hatte sie noch einen Platz bekommen, obwohl sie sich nicht einmal ordnungsgemäß beworben hatte, ihre Bewerbung sollte sie im nachhinein schreiben. Die Mitschüler hatten bereits angefangen, sie waren schon in der zweiten Woche. Wohnen würde sie bei Verwandten in Stockholm! Nun mußte sie sofort packen, übermorgen würde sie abgeholt werden.

Die Mitschüler … Hm.

Die Frau des Pastors stand da und strahlte, und von mir wurde erwartet, daß ich mich auch freute.

Am Abreisetag wartete Gunnel auf dem Wendeplatz vor der Post auf mich, als ich vom Spazierengehen mit Kujo zurückkam. Das Auto ihrer Eltern parkte neben dem Pfarrhof, dort hatte es auch zu Mittsommer gestanden, als sie zu Besuch waren. Ich hängte Kujos Leine wie immer hinter die Tür und verabschiedete mich von PostBerta.

Seite an Seite gingen wir durch die Allee, die Sonne schien, aber die Luft war kühl. An der Landstraße machten wir wie auf Kommando kehrt und marschierten wieder zurück. Keine von uns sagte auch nur ein Wort, und wir berührten uns nicht, jede ging in ihrer Reifenspur und sah hinunter auf die Erde. Erst als wir uns dem Ausgangspunkt näherten, an dem die Allee endete und der Weg zwischen zwei alten Zaunpfählen weiterlief, packte Gunnel meinen linken Arm und zog mich ein Stück zu Seite, dort stellten wir uns mit dem Rücken zur Friedhofsmauer und wandten die Gesichter zur Ebene. In mir war so ein unbegreiflich großes Weinen, ich wußte, wenn ich versuchte, etwas zu sagen, würde ich anfangen zu weinen, und das wollte ich nicht, also biß ich die Zähne zusammen und wurde statt dessen zornig. Ja, du freust dich natürlich, schimpfte ich innerlich. Du jubelst, weil du gar nicht schnell genug nach Stockholm kommen kannst. Um mich scherst du dich überhaupt nicht! Du pfeifst darauf, was ich dabei fühle. Daß ich allein bleibe, läßt dich völlig kalt. Ha! Du mit deinen Verbindungen, du wirst ohne Bewerbung angenommen – typisch! Was bedeute ich dir überhaupt, wenn es drauf ankommt?

Lieblich breitete sich die Landschaft unterhalb der Kirche aus, die Farbskala war ruhig in Gelbgrau, Schwarz und Hellgrün gehalten, weit entfernt blaute gräulich der See. Auf Inselchen und am Waldrand standen hellgelbe Espen, die spätabends glühten, als hätten sie ein inneres Licht. All das hatte uns gemeinsam gehört, mir und Gunnel, wir hatten diese Gegend besessen; waren den Badehaushügel hinuntergerutscht, hatten den Fuchsschreien gelauscht, wenn der Harsch blau dalag, waren in der Maisonne über die Wege geradelt, an den Gräben entlanggebummelt, hatten gekichert und gelacht, über Bücher geredet ... Wir hatten in Forshällan gebadet. Nun war alles vorbei. Nun war ich zurück in der Einsamkeit, und ich war die Verliererin, nicht Gunnel.

Die Minuten vergingen. Vom Schulhof hinter dem nördlichen Pfarrhofflügel waren Rufe und Gelächter zu hören, es war Mittagspause, und die Kinder spielten Völkerball (ich war immer als letzte gewählt worden, die Brillenschlange! Eingebildete Nancy! Nancy Viktoria, ha, ha!). Wozu sollten wir hier stehen wie zwei Statuen? Wir konnten ebensogut einfach Tschüs sagen und ... Ich fror. Da spürte ich, wie Gunnels Schulter sich meinem Oberarm näherte, sie steckte die Hand in die Tasche, und von der Seite sah ich, daß sie etwas herausholte.

»Hier, Nancy«, sagte sie, »nimm das! Es ist für dich – aber sieh es dir erst an, wenn du zu Hause bist.«

Sie überreichte mir eine Papprolle, umwickelt mit einem schmalen Seidenband. Ich versuchte, danke zu sagen, aber die Stimme reichte bloß zu einem Flüstern. Ich drückte ihre Hand, immer noch von der Seite, ich sah sie nicht an, ich wollte mein eigenes Gesicht nicht zeigen.

»Ich gehe jetzt«, sagte sie gepreßt. »Bleib hier! Hol dein Fahrrad später!«

Und dann war ich allein, ich hörte die Schritte im Kies knirschen.

»Dann ist Gunnel also abgereist«, sagte Mutter, als ich nach Hause kam. »Hoffentlich wird sie es gut haben – die Ärmste! Aber für dich wird es einsam, Nancy ...«

Ich nickte kurz und streckte die Nase in die Luft. Klapperte mit den Kaffeetassen. Es gefiel mir nicht, daß sie mich bemitleidete. Es war erniedrigend, von der eigenen Mutter bemitleidet zu werden, weil man einsam war! Ich war fast neunzehn Jahre alt. Was bedeutete die Einsamkeit, wofür war sie ein Zeichen? Nun ja, daß niemand mich haben wollte. Nichts hielt, nichts hatte Bestand, nicht einmal Freundschaft.

Erst am Abend, als Mutter ins Bett gegangen war, schob ich die Kammertür hinter mir zu, holte die Papprolle aus der Tasche, löste das Seidenband und zog die Zeichnung heraus. Vorsichtig breitete ich sie auf dem Tisch direkt neben der Petroleumlampe aus. Gunnel hatte sie auf die für sie typische Weise angefertigt, großzügige Linien und sorgfältig ausgearbeitete Details. Ich konnte mir ein Lächeln nicht verkneifen, als ich sah, was sie darstellte. Über den Hügelkamm kamen mit bedrohlichen Flügeln und schrägen Fensteraugen die Windmühlen marschiert, sie wurden immer größer, je näher sie kamen. Aus dem Tal kam, die Lanze hoch erhoben, der Ritter von der traurigen Gestalt verwegen auf seinem mageren Gaul angeritten, bereit zum Angriff. Hinter Rosinantes strähnigem Schwanz trippelte der Esel mit dem runden Sancho Pansa. Und natürlich war Don Quijote groß und hatte einen geraden Rücken unter dem wehenden Mantel, er trug eine Brille und einen Pagenkopf. Sancho Pansa hatte einen Buckel und keinen Hals …

Gunnel, kleine Gunnel! So hast du uns gesehen?

Es gab keinen Brief, aber auf der rechten Seite hatte sie quer über den Himmel in verschnörkelter altmodischer Schrift mit Großbuchstaben geschrieben: ZUSAMMEN DAGEGEN.

Lange betrachtete ich die Zeichnung, bewunderte Gunnels Geschick mit dem Zeichenstift, das ich so oft in der Jungfernkammer des Pfarrhofs bewundert hatte. Die kleine Figur auf dem Esel klammerte sich am Hals fest, um nicht hinunterzukullern. Zärtlichkeit durchströmte mich. Auch Wehmut. Die Tränen lagen auf der Lauer. Es dauerte eine Weile, bis ich entdeckte, daß sie noch etwas geschrieben hatte, ganz, ganz klein, in die mit Bleistift gestrichelte Graskante am unteren Rand. Ich runzelte beim Lesen die Stirn, scheute mich vor den Worten – etwas Leichtes und Vogelartiges flatterte vorbei, berührte mich flüchtig und ließ mich unsicher und verwirrt zurück. In deutlichen kleinen Buchstaben schickte sie mir eine Botschaft: *Ich liebe dich! Immer.*

Die Papprolle war viel zu groß, um sie in die Schachtel mit den gelben Rosen zu legen, in der ich meine Schätze und Erinnerungen verwahrte: die Schneewittchenkarten, die Briefe von Dora und auch die quälende, viele Male gelesene und umgedeutete Ansichtskarte von Lars. *(I'll never forget you.)* Wie kann man jemals wissen, was Worte wirklich bedeuten? Ein Wort wie »lieben« zum Beispiel?

Nach einer Weile steckte ich die Hülse in einen von zwei alten Baumwollstrümpfen, die an den Fersen gestopft waren, streifte den zweiten von der anderen Seite darüber, knotete das Seidenband drum herum und versteckte das Paket ganz oben im Dachbodenverschlag. Ich wollte nicht, daß Mutter es sah.

In der Schule hatte ich einige Male Gedichte rezitieren müssen und war dafür gelobt worden, sogar vom Pastor, der bei den Abschlußfeiern immer dabei war. Ich hatte »Bitterkalt ist die Mittwinternacht« und »Die Goldwolken des Abends umkränzen die Erde« vorgetragen und meine eigene Stimme genossen. Später wurde nicht mehr viel aus dem Gedichtelesen, das bei uns ZehenPelles nicht gerade zu den Gewohnheiten zählte, und Gedichtbücher hatten wir natürlich auch nicht. Aber zusammen mit Gunnel war die alte Begeisterung wiederaufgelebt, sie wollte oft, daß wir uns Lyrik laut vorlasen, am liebsten hatte sie es, wenn ich ihr vorlas, sie fand, daß ich so eine schöne Stimme hätte. Ihre eigene klinge bloß wie ein Spatzenlaut, sagte sie und lachte über ihren eigenen Vergleich. Karin Boye war eine unserer Lieblingsdichterinnen. Es waren auch einige Zeilen von ihr, die mir einfielen, als ich mit weit geöffneten Augen auf dem Sofa in der Kammer lag, sehnsüchtig und nachdenklich.

Ach, laß mich richtig leben
Und einmal richtig sterben,
damit ich Wirkliches berühre
Im Guten wie im Bösen.
Und laß mich stille sein
und verehren, was ich sehe,
damit all dies nur dies sein darf
und weiter nichts.

»Damit all dies nur dies sein darf und weiter nichts …« Diese Zeile hallte in der folgenden Zeit in meinem Kopf wider. Gunnel hatte mir ihre Stockholmer Adresse nicht gegeben. An ihrer Vergeßlichkeit lag es nicht, davon war ich überzeugt. Sie konnte mir auf jeden Fall schreiben, das war ganz einfach, schließlich arbeitete ich bei der Post, aber sie würde es nicht tun, jetzt wußte ich es. Auch gut so. Obwohl ich sie schrecklich vermißte und eine solche Verlassenheit und herbstliche Leere empfand, wenn ich jeden Morgen durch die Pfarrhofallee radelte und mein Blick auf den seitlichen Kücheneingang fiel, von dem sie mir immer zugewinkt hatte. »Damit all dies nur dies sein darf und weiter nichts.«

Arme Gunnel, armer Sancho Pansa! Wenn es wirklich stimmte. Wenn die Worte am unteren Rand das bedeuteten, was ich glaubte … Vielleicht … Vielleicht hatte ich es gespürt – auch wenn ich mich in meiner Wut fast an BadehausMina vergriffen hätte. Denn obwohl ich in meinen Handflächen zärtlich die Erinnerung an Gunnels Rücken bewahrte, den Buckel unter dem weichen Seifenschaum, der vielleicht einen gefalteten Märchenflügel verbarg, spreizten sich meine Finger im selben Augenblick abwehrend vor der unmöglichen Berührung. Und trotzdem liebte ich sie. Auf meine Weise.

Vielleicht konnte einem Don Ku-i-jote am meisten leid tun. Letzten Endes.

12

Aber es kam ein Brief, das war das dritte Ereignis. Er tauchte wenige Tage nach Gunnels Abreise auf dem Sortiertisch auf, war jedoch nicht von ihr und auch nicht an mich gerichtet. Frau Frida Pettersson, Dalängen, Lunda stand auf dem Umschlag. Der Absender fehlte, aber am Stempel konnte ich erkennen, daß der Brief aus Uppsala kam, aus der Stadt – wie wir sagten. Was hatte das zu bedeuten?

In gespannter Erwartung saß ich Mutter gegenüber, während sie lange und bedächtig las, der Nachmittagskaffee in ihrer Tasse wurde darüber kalt. Dann reichte sie mir wortlos den Brief. Nach ihrem Gesichtsausdruck zu urteilen, handelte es sich um eine Todesnachricht oder etwas ähnlich Entscheidendes. Der Brief kam von Elin, Mutters Cousine mit dem weißen Hut.

Liebe Frida!

Ja, nun schreibe ich, wie ich versprochen habe, aber zuerst muß ich mich für den schönen Nachmittag bei Euch bedanken, obwohl es mit der Jahreszahl schiefgegangen ist. Es war trotzdem nett, und Du hast uns zum Essen eingeladen und alles. Rut sendet Grüße und bedankt sich auch. Und dann hoffe ich, daß es Euch gutgeht und Ihr alle bei Gesundheit seid, hier sind wir gesund und guter Dinge.

Ich habe große Neuigkeiten für Dich, Frida, stell Dir vor, ich habe mich für Dich bei Tempo erkundigt, und Du könntest bereits am 1. Oktober anfangen, hat der Chef gesagt, weil ich Dich in den höchsten Tönen gelobt habe, und das bist Du ja schließlich auch wert. Du darfst im Abwasch anfangen, aber es ist nicht ausgeschlossen, daß Du später in die Küche kommst, da geht bald eine in Rente. Und dann werden wir Kolleginnen, und da wird auch der Lohn besser. Ich weiß nicht genau, wieviel es im Abwasch ist, aber vielleicht 175. Womöglich mehr. Du wirst wohl den Chef fragen müssen, denn jetzt ist es das beste, Du kommst so schnell wie möglich her, falls Du es Dir ernsthaft überlegst, damit wir alles vorbereiten können.

Rut hat sich wegen der Wohnung erkundigt, und die wird zum 1. Oktober frei, es würde also genau passen, aber sie wollen baldigst Bescheid bekommen. Es ist nur ein Zimmer mit Küche und nichts Besonderes, aber die Miete ist billig, und für den Anfang wird es wohl taugen, zumindest hast Du fließend Wasser und Strom. Für Dich und Nancy wird es reichen. Und Uppsala ist ja eine Universitätsstadt, Nancy kann also weiterlernen, sie macht ja einen tüchtigen Eindruck, Deine Tochter.

Ja, nun habe ich getan, was ich konnte, denn Rut und ich, wir wollen Dir ja alle beide helfen, damit Du es besser hast, denn wir sind schließlich verwandt, und Du kannst ja nicht da in der Einöde hockenbleiben. Ich hoffe also, daß Du es Dir überlegst und baldigst von Dir hören läßt, die Adresse steht unten. Ansonsten kannst Du bei Tempo im Restaurant anrufen und nach mir fragen. Kalle und ich werden uns wohl bald einen eigenen Telefonanschluß legen lassen, sind aber noch nicht dazu gekommen.

Grüße Betty und Nancy und alle anderen! Ich warte auf Deinen Bescheid.

Mit herzlichen Grüßen
Deine Cousine Elin
Kungsgatan 52, 2. OG, Uppsala

Der Brief war auf den 28. August 1942 datiert.

Nein, nein … Doch, doch … Nein, nein. Oder … doch. Vielleicht. Nein! Doch. Aber …

Oh, welche Qual, oh, wie es hin und her kippte, vor und zurück. Kinn in der Hand. Zeigefinger am Mund. Rote Flecken am Hals. Auf und ab zwischen Herd und Tisch. Rausgehen und Holz holen. Den Ofen auskratzen. Pfannkuchenteig rühren. Ich saß die meiste Zeit stumm da. Mit großen Augen, glaube ich. Sie wollte doch nicht? Das konnte nicht ihr Ernst sein …

»Was sagst du, Nancy?«

Tja, was sollte ich sagen? Es drehte sich alles im Kreis. Und der Brief war nicht an mich gerichtet.

Ob Mutter in dieser Nacht schlafen konnte, weiß ich nicht, ich glaube es kaum. Blaß trennten wir uns wie immer um halb sechs.

Nichts wurde gesagt. Als ich nach Hause kam, war der Antwortbrief geschrieben. An diesem Tag wurden keine Hemdsärmel genäht.

Der Acker von HeidePetrus grenzte an das Grundstück, das wir unseres nannten. Hinter dem Brunnen, dem Graben und dem Stacheldraht hatte er Ackerland, auf dem gepflügt, geeggt, gesät und, je nach Jahreszeit, Heuharfen oder Getreidehocken aufgestellt wurden. Auf dem Stoppelfeld grasten die Färsen, bis ihnen der Frost in die Mäuler zwickte und der Wiesenklee steif wurde.

Ich war mit den Knechten von HeidePetrus auf der Heufuhre gefahren, hatte aber nie etwas mit ihm persönlich zu tun gehabt, Vaters Haß auf diesen Bauerndeubel, der ihn, ob es nun stimmte oder nicht, um das Grundstück betrogen und somit zumindest zum Gespött des ganzen Dorfes gemacht hatte, prägte natürlich auch meine Einstellung. Jedenfalls wollte Mutter, daß ich sie begleitete, vielleicht fühlte sie sich mit mir sicherer, aber Angst hatten wir beide, es stand einiges auf dem Spiel.

»Ja, es ist so«, sagte Mutter, als wir uns ordentlich die Füße abgetreten hatten und seine Tochter, eine von den unverheirateten, die noch zu Hause lebten, uns in das Büro gegenüber der Küche geführt hatte, »ja, es ist so, daß ich gern das Haus verkaufen und in die Stadt ziehen würde … Und nun bin ich gekommen, um mich zu erkundigen, ob … äh … ob Sie vielleicht daran interessiert wären, das Häuschen zurückzukaufen? Das Land gehört Ihnen ja.«

Von seinem Platz hinterm Schreibtisch starrte HeidePetrus uns an.

»Was sagen Sie da? Umziehen wollen Sie? In die Stadt? Aha?«

Er kratzte sich hinterm Ohr und plusterte die Unterlippe auf. Er war breit und glatzköpfig, trug eine blaue Arbeitsjacke wie jeder dahergelaufene Knecht und saß nach der Arbeit im Kuhstall in Strümpfen da, der milchige Kuhgeruch stach uns in die Nase. Einen Knecht für den Kuhstall beschäftigte er offensichtlich nicht, dafür war der Stall nicht groß genug. Nun nickte er einige Male bedächtig und guckte auf die Tischplatte.

»Ach? Ah, ja! Was Sie nicht sagen. Und jetzt wollen Sie, daß ich die Hütte zurückkaufe, meinen Sie das? Was soll ich denn damit, Ihrer Meinung nach?«

Mutters Wangen färbten sich rot, es fing nicht gut an. Aber sie nahm ihren Mut zusammen: »An dem Häuschen ist nichts auszusetzen! Pettersson hat in der Kammer einen Ofen eingebaut, man kann also heizen, und das Grundstück hat er gut gepflegt, hat auch einen neuen Kartoffelacker angelegt, aber da sind dieses Jahr Erbsen gesät. Es gibt bestimmt Leute, die mieten wollen. Ich habe gehört, es wird Wohnraum für Estländer gesucht, insofern …«

»Estländer? Ah, ja.« HeidePetrus ging dazu über, sich am Hinterkopf zu kratzen. »Was Sie nicht sagen. Und wieviel wollen Sie für die Hütte haben?«

Plötzlich schien die Lage etwas hoffnungsvoller, er wirkte nicht ganz unwillig, aber nun kam es darauf an.

»Tja«, sagte Mutter und setzte alles auf eine Karte, »Pettersson hat sie ja für achthundert bekommen, und das war angeblich billig. Es ist bald zwanzig Jahre her, und die Preise sind gestiegen, aber ich will auch nicht zu teuer sein. Wenn Sie mir also das gleiche geben, bin ich zufrieden! Ich habe hier ein Papier über den Wert, das Nachlaßverzeichnis, und bei solchen Dingen setzen sie ja immer den untersten Wert an, Sie können selber sehen.«

Sie machte einen Schritt vor und plazierte das Papier mitten auf dem Schreibtisch.

Meine Güte, dumm bist du nicht, Mutter!, dachte ich.

HeidePetrus bekam ein rotes Gesicht, er glotzte Mutter an, als hätte er eine Halluzination.

»Sind Sie noch bei Trost? Ich soll achthundert für so eine Bruchbude berappen? Das schlägt doch dem Faß den Boden aus, eine Schande ist das!«

»Na ja, was heißt Bruchbude … Wenn das so ist, war die Schande wohl größer, als Pettersson sie kaufte! Damals war die Hütte nicht besser. Ich habe hier einen Beleg, und auf dem steht achthundert, und das ist zwanzig Jahre her, wie gesagt. Die Preise sind seitdem gestiegen, das wissen Sie doch von der Milch und allem.«

Nun hat HeidePetrus seinen Meister gefunden, dachte ich und stand stumm da wie ein Zaunpfahl. Und es war beinahe wahr. Denn plötzlich schlug HeidePetrus mit der flachen Hand auf den Tisch und sagte: »Ich weiß nicht, ob Sie mich auf den Arm nehmen oder nicht, aber ich bin kein Unhold – sechshundert sollen Sie haben. Das ist ein guter Preis. Der Brennholzwert liegt höchstens bei dreihundert.«

»Sieben«, sagte Mutter.

»Sechs und keine Öre mehr!«

»Sechshundertfünfzig! Sie können das Haus vermieten, wie gesagt. Den Fünfziger haben Sie schnell wieder drin.«

»Mensch, diese Frau ist unmöglich! Gut! Sechshundertfünfzig also. Und darauf einen Handschlag!«

Als wir nebeneinander nach Hause radelten, jede in ihrer eigenen sandigen Reifenspur, sagte Mutter: »Das haben wir gut gemacht. Ich war bereit, auf fünf runterzugehen, und dann haben wir sechshundertfünfzig bekommen, und den Busch mit den gelben Rosen werde ich ausgraben und Olivia bringen, denn den habe ich selbst gepflanzt, damit hat niemand was zu tun.«

Mich erfüllte ein ähnliches Gefühl wie vor Jahren, als ich mit den Leuten aus Smedåker am Gatter stand und sah, wie Mutter ganz allein auf die Pferdekoppel ging und dem riesigen Ardennerpferd, mit dem niemand zu Rande kam, ein Halfter umlegte. An diesem Triumph ergötzten wir uns lange, sogar Vater: ZehenPelles Frida, die hatte Format! Dennoch wußte ich, daß an diesem stillen Frühherbstabend, als wir auf dem Rückweg über HeidePetrus' Stoppelfelder fuhren, ein verzweifelter Stolz wie ein Besenstiel in Mutters Rücken steckte. Den kannte ich. Sie biß über ihren Entschluß die Zähne zusammen. Denn was hatte sie eigentlich angestellt? Wir waren geradewegs ins kalte Wasser gesprungen. Keine von uns hatte festen Boden unter den Füßen. Unter der vorübergehenden Heiterkeit, verursacht von diesem bedeutungsvollen und so glücklich vollbrachten Geschäftsabschluß, befand sich ein tiefes Loch. Doch jetzt war es zu spät. Nun hatten wir keine andere Wahl, als Türrahmen und Schürhaken loszulassen, die Gardinen abzunehmen und uns ins Unbekannte zu stürzen.

»Jetzt aber, LüttNancy.« (Sie sagte LüttNancy, wie schon lange nicht mehr.) »Wir müssen uns sputen, damit wir zum ersten Oktober in der Stadt sind. Du mußt so schnell wie möglich mit PostBerta reden, damit du zumindest eine Woche vorher aufhören kannst. Wir haben viel zu tun, oben auf dem Dachboden und überall. Ich will jedenfalls erst einmal fertig nähen und die letzten Hemdsärmel abschicken, vielleicht sollte ich selbst in den Ort fahren und sagen, wie die Dinge liegen, daß das meine letzte Lieferung sein wird. Ich muß auf jeden Fall hin, um mit Betty zu reden, sie weiß noch nichts. Nun müssen wir an einem Strang ziehen, damit wir es schaffen!«

All dies sprudelte in einem Schwall aus ihr hervor, während wir die Fahrräder in den Holzschuppen stellten, Sattel an Sattel, Lenker und Pedalen verhakt. Ich sagte nichts. Mutter verstummte ebenfalls. Schweigend gingen wir zur Veranda hinunter. Es war fast windstill, aber drüben in Ågrens Garten segelten ein paar Espenblätter zu Boden, die sich nun doch entschlossen hatten, ihren Griff zu lockern, in der Dämmerung leuchteten sie wie Gold. Das mochte ein hoffnungsvolles Omen oder nur ein frühes Anzeichen des Herbstes sein.

Auf der klapprigen Bank rechts von der Tür stand wie immer die ausgewaschene Milchkanne umgedreht über ihren eigenen Deckel gestülpt, damit bis zum nächsten Tag der Blechgeruch auslüftete. Immer noch schweigend beugte sich Mutter hinunter, nahm den schweren, leicht verdrehten Schlüssel aus der Ritze unter der Fußmatte und steckte ihn ins Schloß. Im selben Augenblick war die Katze zur Stelle, das kohlschwarze Kohlchen. Sie kam von irgendwo angerannt und strich um unsere Beine, eifrig maunzend, um hineingelassen zu werden. Da war ich ganz knapp davor zusammenzubrechen.

Was Mutter hinter ihrer hart erkämpften Selbstsicherheit empfand und dachte, weiß ich nicht, aber ich glaube, genau in diesem Moment, im Schlüsselmoment, im Katzenaugenblick, traf die Wahrheit uns beide mit voller Wucht, und wir begannen, wirklich zu begreifen, was für ein Geschehen wir in Gang gesetzt hatten – ja, das heißt Mutter, sie hatte es in Gang gesetzt! Und wir ertrugen den Gedanken nicht, ertrugen keine Worte und befanden uns doch erst ganz am Anfang. Noch stand das Häuschen unerschütterlich und unwissend, die Möbel waren an ihrem Platz, die Kleider hingen an ihren Haken, noch stand der Brotkorb im Küchenschrank auf seinem gewohnten Bord, und hinter der Kommode unter der Bodentreppe stand der Nachttopf bereit. Noch vertraute uns das Häuschen, noch war es unser Heim, unsere Sicherheit und der Mittelpunkt der Erde, bis jetzt hatten wir es nicht im Stich gelassen.

Ich glaube, Mutter hatte an diesem Abend ähnliche Empfindungen, obwohl wir keine Gedanken austauschten. Sie hastete hinein und griff, noch immer in der Strickjacke und mit dem Tuch auf dem Kopf, nach dem Feuerhaken, stieß die Ofenluke auf, kniete sich hin und blies der Glut Leben ein, dann legte sie flehentlich kleine Äste und einige trockene, leicht entzündliche Tannenzweige hinein, öffnete den Abzug einen Spalt und stellte den Topf auf den Herd.

»Du möchtest doch ein Butterbrot, Nancy? Bevor wir ins Bett gehen.«

Später, als sie den Deckel der Küchenbank hochklappte und ihr Bett machte, sagte sie in erklärenden und entschuldigenden, aber dennoch aufmunternden Worten – und die Worte waren genauso an sie selbst gerichtet wie an mich und sollten in der folgenden Zeit in kleinen Variationen viele, viele Male wiederholt werden: »Jetzt kann man den Dingen nur noch ihren Lauf lassen. Getan ist getan, und hier kann man ja nicht bleiben, bis Moos auf einem wächst! Es wird alles gut, du wirst sehen – das wird schon klappen, wie alles andere auch! Jetzt schlafen wir erst einmal.«

Ich lag an diesem Abend lange wach und wälzte mich herum und würde es auch an unzähligen weiteren Abenden tun. Es war viel zu schnell gegangen, ich kam mit meiner eigenen Einstellung und meinem Willen nicht hinterher. »Nicht noch einen Winter wie diesen!« Das hatte sie gesagt. Diese Worte hallten wider. Nicht noch einen Winter! Ich hatte nicht einen Augenblick geglaubt, daß sie ... Ich war diejenige! Ich wollte doch umziehen, ich wollte aufbrechen und mich auf den Weg machen. Sie würde hierbleiben mit ihrer Nähmaschine und ihrem Kaffeepott, das Häuschen würde weiterhin stehen, wie es alle Tage meine Lebens gestanden hatte. So hatte ich es mir unbewußt gedacht: Ich war beweglich, aber Mutter saß fest, ich würde davonfliegen, aber sie würde weiterhin hier hocken. Vater war fort, aber Mutter blieb, das war doch klar!

LüttNancy. So hatte sie mich im Holzschuppen genannt. Sie hatte mich wieder klein gemacht. Sie hatte die Führung übernommen. Ich war wieder eine Art Anhängsel, ein Kleinkind! Und ich war mir so groß und tüchtig vorgekommen, so verantwortungsbewußt, in meiner märtyrerhaften Güte hatte ich meine Pläne aufgegeben, nach Eskilstuna zu ziehen oder mich an einer Heimvolkshochschule zu bewerben, weil ich glaubte, daß

Mutter ohne mich nicht zurechtkam! »Gut, daß ich dich habe, LüttNancy!« Auch das war ein Satz, der sich festgebissen hatte, genau wie das Gewicht ihres Arms auf meinen Schultern an dem Tag, als Vater hinausgetragen wurde auf den Pfad aus Tannenzweigen. Und nun hatte Mutter Knall auf Fall unser ganzes Leben auf den Kopf gestellt. Ich war bloß ihr Anhängsel. Was war ich eigentlich für ein Schaf? Und was sollte aus mir werden?

Ich hätte klar und entschieden ablehnen sollen: Weißt du was, Mutter, ich ziehe nicht mit dir in die Stadt, ich habe andere Pläne, ich werde allein umziehen – nach Eskilstuna vielleicht, oder nach Stockholm, wie Dora es getan hat. Ich kann ein Zimmer mieten und mir eine Arbeit suchen, egal, was aus der Lernerei wird, es ist sowieso nicht gesagt, daß es klappt, hier laufe ich Tag um Tag herum, und die Zeit verrinnt!

So nagte und rumorte es in mir, wenn ich mich schlaflos in der Kammer wälzte. Aber ich schrie es nicht heraus, wahrscheinlich war das der Fehler. Vor meinem geistigen Auge konnte ich natürlich auf den Küchentisch klettern, das Maul aufreißen und brüllen und mit den Fäusten gegen die Decke hämmern, hinunterspringen, meine Habseligkeiten in eine Reisetasche und einen Pappkarton schmeißen und mit solcher Geschwindigkeit zur Bushaltestelle rasen, daß der Staub aufwirbelte. Kecke Revolutionen im Hirn, mehr war nicht drin. Denn wohin sollte ich? Sara hatte keine Zeit für mich, sie würde in Kürze ihr Kleines bekommen, Mutter wartete ungeduldig auf die Nachricht. Ich hatte sonst niemanden, an den ich mich wenden konnte, Gunnel war auch fort ... Ich war allein, und ich hatte so viel Mitleid mir mir selbst, daß es zum Weinen war! Ich hatte nur Mutter, Mama, ZehenPelles Frida, die so schrecklich stark war! Und so bewundernswert. Ich war nur LüttNancy. Nancy Viktoria.

»Viktoria«, hatte der Pastor damals in der Schule gesagt. »So heißt du, mein Mädchen. Weißt du, was der Name bedeutet? Er bedeutet Sieg. Vergiß das nicht!«

Nancy Viktoria, die Siegerin. Ha! Jeder Dummkopf konnte sich ausrechnen, daß ich den Namen Viktoria von Vater bekommen hatte, Karl Viktor Pettersson, genannt ZehenPelle. Soviel dazu, aber dem Pastor hatte ich es natürlich nicht auf die Nase gebunden. Mir selbst übrigens auch nicht, denn ich brauchte etwas, das ich mir vor den anderen Kindern auf die Fahne schreiben konnte, auch wenn es nur ein Name war.

Wäre ich doch *geliebt* worden, aber nicht einmal das!

Doch, von Mutter natürlich und vielleicht von Gunnel ... Aber das war etwas anderes, das zählte nicht.

Nancy Einsamia ... Nancy Einsamata. Warum nicht? Das klang doch nonnenhaft und paßte zu mir.

13

Flink wie ein Wiesel schlüpfte das Gerücht in den Häuschen ein und aus: ZehenPelles Frida hat verkauft! Mensch, was sagst du da? An wen? Nein, ist das wahr? HeidePetrus hat zurückgekauft? Da mußte sie bestimmt ein bißchen mit den Knien zaubern … Ach was, so habe ich es nicht gemeint, aber es ist ja nicht leicht, mit HeidePetrus zu verhandeln. Man weiß schließlich, wie es ZehenPelle seinerzeit ergangen ist. Der wurde übern Tisch gezogen, der arme Teufel. Haha!

Ja doch, sie will in die Stadt ziehen! Wie gesagt. Am ersten Oktober. Hat Verwandte da, heißt es, die haben ihr geholfen, Wohnung und Arbeit zu finden. Und Nancy geht natürlich mit. Sie wird bei PostBerta aufhören, die kriegt was anderes, kann ich mir vorstellen, sie hat ja was gelernt! Na ja, ist immer ein bißchen eigenartig gewesen, eine richtig hochmütige Gans, wenn ich meine Meinung sagen darf. Aber Frida, die war tüchtig! Immer. Nicht von der Sorte, die auf den Höfen herumläuft und klatscht. Ein reeller Mensch! Da kann man sagen, was man will, aber in diesem Punkt muß man zustimmen.

Was wird denn nun aus dem Häuschen? Wieviel sie wohl dafür gekriegt hat? Heutzutage werden die alten Hütten ja wie verrückt als Brennholz verkauft. Um die dreihundert kriegt man dafür, habe ich gehört, mehr sind sie nicht wert.

Ach so? Es sollen Esten dort einziehen, sagst du? Oder waren es Finnen? Scheißegal im übrigen. Hier geht jedenfalls alles den Bach runter, das sieht man deutlich – keine Ordnung mehr!

ZehenPelle hätte sich doch im Grab umgedreht, wenn er gewußt hätte, daß Ausländer ... Pfui Teufel, ein Glück für ihn, den Ärmsten, daß ihm das erspart geblieben ist ...

Ich hörte nicht alles mit eigenen Ohren, natürlich nicht, aber ich kannte das Dorf. Noch einmal hatten wir ZehenPelles für eine Sensation gesorgt.

Am ersten Sonnabend nach dem Verkauf nahmen wir den Morgenbus in die Stadt, das heißt nach Uppsala. Mutter wollte, daß ich mitkam, und das wollte ich selbst, ich hatte um einen freien Tag gebeten. PostBerta wußte nun, daß ich meine Stelle aufgeben würde, und ich glaube, sie bedauerte es aufrichtig. Ich frage mich sogar, ob sie nicht mit dem Gedanken gespielt hatte, mich vollständig in die Schaltertätigkeit und die Abrechnung einzuweisen, damit ich zu gegebener Zeit ihre Nachfolgerin werden könnte, sie hatte nicht mehr viele Jahre bis zur Rente. Sie kniff den Mund zusammen, als ich sagte, daß Mutter und ich wegziehen würden.

»Ach ja«, sagte sie, »ist das denn gut überlegt? Man weiß, was man hat, aber nicht, was man bekommt. Sie hätten es gut hier haben können, Nancy! Ich habe Sie geschätzt.« Dann warf sie den Kopf in den Nacken und drehte sich um.

Ich war beinahe gerührt. Und auch ein bißchen schuldbewußt. Als ich mit Verzagtheit in der Stimme um einen freien Sonnabend bat, nickte sie nur: »Ja, das wird schon gehen!« Dann sprachen wir vorerst nicht mehr über die Sache.

Fragt sich, wie wir uns am kühlen Morgen dieses wichtigen Tages machten, als wir oben am Milchkannenständer auf den Bus warteten. Mit Hilfe ihrer üblichen Pfiffigkeit hatte Mutter in bezug auf ihr eigenes Aussehen ihr Bestes gegeben, ich hatte in dieser Hinsicht meine Schäfchen im Trockenen, weil ich mir schon im April einen Herbst- und Frühlingsmantel gekauft hatte, der kam mir nun gut gelegen. Mutter besaß noch immer nur einen einzigen Mantel, und der war schwarz und für den Winter gedacht, sie hatte ihn schon bei Doras Begräbnis getragen. Und nur mit Strickjacke konnte man nicht fahren.

»Man bräuchte einen geeigneten Mantel oder ein Kostüm, wenn man sich präsentieren will.« So hatte sie Anfang der Woche gesagt, aber hinzugefügt, daß es zu sehr eile, und im übrigen müsse sie ihre Kröten zusammenhalten. Der Vertrag mit Heide-Petrus war noch nicht unterschrieben, und folglich hatte sie ihre sechshundertfünfzig noch nicht erhalten.

»Hauptsache, unsere Kleider sind heil und sauber! Wir werden uns neu ausstatten müssen, wenn wir in die Stadt kommen, Nancy. Oder nicht? Dir steht ja auch noch etwas zu ...« Letzteres bezog sich auf den Pflichtteil, dieses Geld, das ich nicht annehmen wollte, als die von Lennart erzwungene Verteilung des väterlichen Erbes stattfand. Jedenfalls hatte Mutter doch noch einen Ausweg gefunden. Sie hatte sich einige Nächte bis in die frühen Morgenstunden hingesetzt, die Hose von Vaters altem Cheviotanzug aufgetrennt, den Stoff gebügelt und gewendet und die Teile zu einem Rock mit Reißverschluß an der Seite zusammengefügt. Der Schrittweite zuliebe hatte sie vorne und hinten unter tiefen Falten einen ganz ähnlichen Stoff eingepaßt. Dann hatte sie die Knopflöcher zugenäht, die Knöpfe des Jacketts von der rechten auf die linke Seite versetzt und neue Knopflöcher genäht.

»Na ja – ein bißchen stümperhaft ist es in der Eile geworden. Wenn man genau hinschaut, sieht man, daß unter den Falten ein anderer Stoff ist, und es bauscht sich ein bißchen am Bund, aber das merkt niemand, wenn ich die Jacke darüber trage. Oder was meinst du?«

Ich, die mit Müh und Not einen geraden Saum nähen konnte, fand sie wie immer bewundernswert. Und so hübsch! Wenn sie sich herausputzte, sah Mutter richtig gut aus. Sie hatte eine weiße Baskenmütze, die, wie sie fürchtete, zu hell für die Jahreszeit war, aber ich versicherte ihr aufrichtig, daß sie genau richtig sei, und ich durfte sie sogar ein bißchen zurechtstupsen, damit sie ein wenig schräg auf dem Kopf saß, das sah frecher aus. Das Jackett oder die Kostümjacke, wie es nun heißen sollte, saß am Rücken lässig, der Rock war weder zu lang noch zu kurz, und dazu trug sie eine geblümte Bluse, die sie im Katalog bestellt hatte. Für Mutter brauchte ich mich also nicht zu schämen, ihre Haare glänzten, und ihre Zähne waren weiß. Daß es sich bei letzteren um ein Gebiß handelte und daß man das beim Lachen sehen konnte, war keine Schande. Besser so, als schwarze Stümpfe im Mund.

Kaum zu glauben, aber meine Reisen in die Stadt Uppsala konnte man zu diesem Zeitpunkt, als ich fast neunzehn Jahre alt war, an den Fingern einer Hand abzählen. Für uns gab es ja den Ort. Mutters Erfahrungen waren wohl ein wenig umfassender, aber nun war es auf alle Fälle lange her, seit sie zum letzten Mal in der Stadt gewesen war. Es mußte im Frühjahr vor Doras Tod gewesen sein, damals, als sie zur Pfandleihe ging und Großmutters alte Goldringe versetzte, um sich eine Fahrkarte zu kaufen und auf Charlies Hilferuf hin nach Stockholm zu fahren. Vater machte sich solche Sorgen und wirkte so täppisch in seiner Hilflosigkeit ... Wie sie denn zurechtkommen wolle, hatte er gejammert, ein Frauenzimmer ganz allein! Aber sie hatte es getan, auch wenn sie hinterher vor Schuldgefühlen und Sorge krank wurde; als am großen Graben die Veilchen blühten, lag sie bleich wie ein Gespenst auf dem Sofa in der Kammer und mußte die Nesselsuppe essen, die Tante Olivia gekocht hatte. Wie lange war das jetzt her? Vier Jahre?

An der Straße standen Leute und warteten, der Busfahrer mußte dauernd hinausspringen und Körbe und Kartons in die Gepäckräume des Busses schieben.

»Ja, ja, heute ist Markttag«, flüsterte Mutter, »das merkt man. Nun fahren sie rein.«

Die sandigen Kiefernwälder und die Birkenhügel endeten allmählich, und zu beiden Seiten breitete sich die Ebene aus. Die Straße lief fast schnurgerade auf die Kirchturmspitzen zu, die am Horizont auftauchten, aus dem Schulbuch natürlich wohlbekannt. Ebenso das rosabraune Schloß, das mit seinen langen Fensterreihen und den üppigen runden Türmen an den Ecken auf dem Berg thronte. Wir kamen von Norden auf der Svartbäcksgatan in die Stadt.

»Hier in der Nähe soll Rut wohnen«, wisperte Mutter. »In der Repslagargatan, aber ich weiß die Hausnummer nicht.«

Der Bus fuhr nicht über die Kungsgatan direkt zum Busbahnhof. Da Markttag war, machte er einen Umweg über den Fyristorg, diesen Platz kannte Mutter, und da sollten wir aussteigen, von dort war es laut Elins geschäftigen Instruktionen nicht weit zu Tempo.

»Zu Tempo werde ich wohl noch finden, ich bin ja nicht auf den Kopf gefallen«, hatte Mutter geschnaubt.

Das Hinterteil des Busses schaukelte ein wenig, als wir über die Brückenwölbung fuhren, das Lenkrad wurde nach links gedreht, und sogleich hielt der Bus neben den aufgereihten Markthändlern, schnaufend öffneten sich die Türen, und hinten lärmte und klopfte das Generatorgasaggregat, während der Motor im Leerlauf tuckerte. Der Fahrer stieg aus, öffnete die hintere Klappe und reichte mit irrer Geschwindigkeit Zuckerkisten, Säcke, Körbe und Kartons mit allerhand Früchten und Gemüsesorten, Pilzen, Beeren und Blumen hinaus. Es gab ein ewiges Tohuwabohu, bis jeder seine Sachen hatte und sich einen Platz in einer der Reihen ergattern konnte, am besten so nah wie möglich an der Straße. Es herrschte bereits großes Gedränge. Ich beobachtete Mutter von der Seite und sah, wie sie sich grämte. Ach, hätte sie doch auch mit einer gut gefüllten Preiselbeerkiste hier stehen können! Dann hätte sie den vornehmen Damen aus der Stadt die Beeren mit der Untertasse abgefüllt und den Verdienst nach Hause gebracht, ohne diesen beschissenen Zwischenhändler. Ich konnte ihre Gedanken lesen, und sie bestätigte meine Wahrnehmung, indem sie sagte: »Tja, hier hätte man mitmischen sollen!«

Ich antwortete nicht, zog nur meinen Gürtel straffer und schielte zur Seite. In diesem Moment war mein einziger Wunsch, sie möge endlich mit ihrem ländlichen Dialekt aufhören. Oder wenigstens nicht so laut reden!

Als der Fahrer wieder in den Bus gestiegen war und seinen breiten Hosenboden auf dem Fahrersitz plaziert, die Türen schnaufend geschlossen und die tuckernde Maschine in Gang gesetzt hatte, blieben wir einen Moment auf der Bordsteinkante stehen. Der stechende Gasgeruch mischte sich mit all den Marktdüften, es roch nach Erde, Dill und Äpfeln, nach Pilzen und Urin und Pferdekot. Streifen von feinem und zartem Nelkenduft fingerten sich durch dicke herbe Schwaden von Ringelblumen und Kresse. Der ganze Markt dampfte und glühte vor Farben, Formen und Gerüchen.

Dieser Marktduft sollte für mich die Stadt werden. Sogar die Mauern der Häuser gegenüber dufteten und die Pflastersteine und das Wasser, das unter den Brücken mit den Eisengeländern vorbeirauschte, die ebenfalls auch dufteten: nach kaltem, säuerlichem Eisen. Und noch mehr Gerüche offenbarten sich, als Mutter flüsterte: »Am besten gehen wir aufs WC. Dann haben wir das hinter uns.«

Mutter ging vor, und ich folgte ihr, es war eng zwischen den Marktständen, die Vielfalt war groß und der Handel lebhaft. Außer den Waldbeeren und Pilzen, die ich gut kannte, sah ich braunrote Stielkirschen und pralle Stachelbeeren mit rosagrüner Schale, so ganz anders als die mit Mehltau bedeckten schrumpligen Exemplare, die bei uns zu Hause auf dem Erdkeller wuchsen. Saubohnen, eingelegt oder noch in ihren samtigen Hülsen, Felderbsen und Västeråsgurken kannte ich, ebenso Mohrrüben und Rote Bete, aber die Tomaten lachten mich mit ihrem frechen roten Glanz lüstern an, in diese Art von Haut hatte ich meine Zähne noch nie geschlagen. Wir hatten zwar zu Vaters Zeit über Tomatenpflanzen gesprochen, man solle sich doch ein paar anschaffen und an der Sonnenseite festbinden, wo die Bretter von der Mittagshitze ganz ausgeblichen waren, da müßte es gehen ... Aber es war nie etwas daraus geworden – genausowenig wie aus dem Wetterhahn aus Blech.

»Möchten Sie nicht einen Kaninchenbraten für Sonntag, meine Dame?«

Ein blauroter Kaninchenkörper wurde uns von einem frühreifen Kaufmann entgegengestreckt, viel jünger als ich, ein richtiges Bürschlein noch. Mutter schüttelte den Kopf, ohne sich auf den Handel einzulassen, und ich war froh darüber. Nach einigen Schritten murmelte sie: »Die gibt es ohne Karten, aber ein ganzes Kaninchen können wir doch nicht mit uns rumschleppen. Und außerdem ...«

Ich glaube, wir dachten in diesem Augenblick beide an Vater. So selten wir auch ein Stück Fleisch zu sehen bekamen, besonders jetzt in der Krisenzeit – Vater hatte nie Kaninchen züchten wollen, weil er sich nicht vorstellen konnte, ihnen den Kopf abzuschneiden. Die armen kleinen Würmer, sagte er. Ich empfand in diesem Fall Mitgefühl und Respekt vor seiner Haltung, aber Mutter, die jeden Tag, den Gott werden ließ, dafür sorgen mußte, daß etwas Eßbares auf den Tisch kam, hielt ihn möglicherweise für zimperlich.

Wir schlängelten uns zwischen den Kisten und Ständen hindurch in Richtung Fluß. Dort unter den Bäumen war das Pflaster von verfaultem Grünzeug und angebissenen Pflaumen glitschig geworden, und die Düfte waren schwerer. Tauben tippelten pickend vor unseren Füßen herum, und da ich von dem Elend mit dem Taubendreck noch keine Ahnung hatte, waren sie für mich Aschenputtels verzauberte Tauben, ihr Federkleid schimmerte märchenhaft in Silbergrau und Rosa und ein bißchen violett. Sie schienen genauso angstfrei wie die Spatzen, die flatterten und sausten oder auf irgendeiner Kiste saßen und die ganze Zeit tschilpten – tschilp, tschilp, tschilp! Wir waren von Leben umgeben, brodelndem Leben: Lachen und Gerede, Farbkaskaden, Sonnenreflexe auf glänzenden Litermaßen, den gelben Knöpfen und dem funkelnden Mützenabzeichen des Schutzmanns. Da war das Rauschen des Wassers, das Klappern der Hufe, und hinter allem das Bimmeln der Straßenbahn. Und ich war berauscht, der ganze Markplatz schien zu beben.

Es gab aus beiden Richtungen einen Treppenabgang, einen für HERREN und einen für DAMEN. Das Weiblein in der unterirdischen Welt hatte in einer Hand einen Lappen, in der anderen hielt sie einen Schlüssel mit einem riesigen Anhänger. Sie nahm unsere Zehn-Öremünzen entgegen, ohne eine Miene zu verziehen, öffnete die Türen zu zwei Kabinen mit je einem Klosett, wischte die Klobrillen ab und nickte uns zu. Ich hörte Mutter hinter der Wand kräftig strullen, während ich, so lautlos ich konnte, gegen die Innenseite der Schüssel pinkelte. Der ganze Hohlraum unter dem Markt war erfüllt von Geruch, es stank, aber nicht wie bei uns zu Hause auf dem Plumpsklo, nein, der Geruch kam stoßweise, und die Zusammensetzung war anders. Stickig und widerwärtig. Zehn Öre, das muß man sich mal vorstellen, dabei bestand das Toilettenpapier nur aus dünnen Bögen, bräunlich und so glatt, daß sie nicht das geringste aufsaugten! Ein Stück durchgeknautschtes Zeitungspapier taugte viel besser.

Als ich herauskam, stand Mutter schon mit ihrer weißen Baskenmütze an den Waschbecken und wusch sich unter dem Wasserhahn die Hände. Es sah fein und manierlich aus, das Zehnöreweiblein durfte gern da stehen und sie inspizieren. Ich reckte mich. Meine kleine Mama, sie würde in der Stadt gut zurechtkommen! Ich brauchte mir keine Sorgen zu machen. Andere Länder, andere Sitten, das war ja eine ihrer Redensarten, und wenn es wirklich darauf ankam, wußte sie offensichtlich, wie man sich zu benehmen hatte. Zu Hause war das mit dem Händewaschen ja nicht so wichtig gewesen. Wenn man hinausging und sich hinters Haus hockte, zog man bloß die Hose hoch und lief fix wieder hinein.

Als wir die unterirdische Welt hinter uns ließen und wieder im klaren Septemberlicht standen, war in mir bereits eine Veränderung vor sich gegangen. Die Verzauberung war aufgehoben, der Platz plötzlich überschaubar für mich, so furchtbar groß war er gar nicht! Ich ließ die Hand einige Augenblicke auf dem Geländer ruhen, während sich die Muskeln in Schultern und Nacken allmählich entspannten. Ich konnte den Blick jetzt auf einzelne Details heften, oder ihn über die ganze Breite schweifen lassen. Ich blinzelte zu den Türmen des Doms empor, sie schienen zu schwanken, was mich ein bißchen duselig machte, aber wenn ich die Füße auseinander stellte und den Gürtel festzog, stand ich trotzdem relativ fest, und im übrigen brauchte ich ja auch nicht ständig in die Wolken zu starren.

Ich drehte mich nach links, ich drehte mich nach rechts, sah den Gewölbebogen über der Straße, wo Menschen und Fahrzeuge sich tatsächlich mitten durch ein Haus bewegten. Ich sah die Brücken und Bäume, die große Pumpe, sah ein Stückchen entfernt meine Mutter, die in eine eifrige Unterhaltung mit einem Kerl verwickelt war, der aus einem Jutesack Kartoffeln verkaufte … Seine Hände waren erdig, und er maß die Kartoffeln in einem hölzernen Fünflitergefäß ab, in einem Eimer daneben standen buschige Dillsträußchen.

»Der da kommt aus Örsundsbro«, sagte Mutter, als wir wieder vereint waren. »Heißt Larsson, wenn ich mich recht entsinne. Kam mir so bekannt vor, und er hat mich auch wiedererkannt, sagte er. Die waren auch Tagelöhner – damals …«

Ich beteiligte mich nicht an dem Gespräch. Meine linke Hand ruhte lässig auf der Schultertasche, ich war vollauf damit beschäftigt, einen selbständigen und unbeschwerten Eindruck zu machen. Ich hatte ganz gewiß nicht vor, mit Glupschaugen herumzurennen wie ein kleines Kind, das in seinem Leben noch keine Leute gesehen hat. Während wir den Bürstenbinderstand und riesige Kübel passierten, in denen mehrere Armvoll weißer und gelbroter Gladiolen standen, und uns der Brücke näherten, die, wie ich später erfuhr, den Namen Nybro trug, schlenderte ich einige Schritte hinter Mutter, sorgsam den Abstand wahrend. Ich übte mich in städtischem Auftreten. Gleichgültig und gelangweilt, gerne auch ein wenig mürrisch, so mußte man anscheinend gucken, wenn man durch die Reihen ging und die Kisten mit den hoffnungsvoll feilgebotenen ländlichen Produkten musterte.

»Sieh mal nach, ob der Rock am Hintern richtig sitzt«, flüsterte Mutter, als wir das kurze Ende der Drottninggatan zum Stora Torget hinaufgingen.

14

Als Kind und auch später noch pflegte ich mit Gestalten und Dingen eine Art inneren Kontakt auf du und du und war der Auffassung, die Natur wäre beseelt. Nicht nur Tiere hatten eine Seele, sondern auch Bäume und Steine und Erde und Wasser und alles, was ihm entstammte. Wenn die armen Fliegen verzweifelt fiepten und surrten, weil ihre Flügel an der gelbbraunen Schmiere des Fliegenfängers klebten, der unter der Decke hing, litt ich furchtbar mit ihnen und bat Gott, uns unsere menschliche Grausamkeit zu verzeihen, gleichzeitig verabscheute ich Fliegen natürlich, wenn sie mich an der Nase kitzelten und in die Zuckerschale kackten. Ich weigerte mich zu glauben, daß allein der Mensch Gefühle empfinden konnte, von der Sache mit der Übertragung und der Projektion hatte ich noch nie gehört und hätte sowieso nicht daran geglaubt.

An diesem Septembertag, als Mutter und ich mit dem Nachmittagsbus aus Uppsala zurückkamen, sah ich deutlich, wie die Dinge lagen. Das Haus wußte Bescheid. Sein Gesicht war verschlossen, es schämte sich, uns anzusehen, es rollte die Schultern ein und senkte die Lider, ging auf Distanz wie eine verletzte Geliebte. Der Schlüssel hakte, als wir hinein wollten, die Katze schaute matt, und als Mutter, nachdem sie sich die Stadtkleider ausgezogen hatte, den Herd anzufeuern versuchte, wollte das Feuer nicht in Gang kommen, so sehr sie auch blies. Sie mußte ein Stück Papier anzünden und in die Luke stecken, und als auch das nichts half, mußte sie zur Pfuschmethode greifen, die darin bestand, die Kanne mit Petroleum aus dem Hausflur zu holen und etwas davon über die Holzscheite zu gießen.

»Es drückt vom Schornstein runter«, sagte sie. »Darum raucht es hier rein. Wenn nicht September wäre, könnte man glauben, ein Gewitter liegt in der Luft ...«

Aber ich verstand die Zusammenhänge, und das tat Mutter tief in ihrem Innern wohl auch. Als ich zum Keller ging, um die Milchkanne zu holen, merkte ich, daß der Kühlraum nach Erde und toten Ratten roch, er hatte bereits aufgegeben, und das Schindeldach wirkte so schütter und zahnlos ...

Während wir die Erlebnisse des Tages drehten und wendeten, bekamen Haus und Katze wohl oder übel einiges zu hören, wir konnten nicht anders, wir mußten die Dinge bekakeln. Zwischendurch saßen wir schweigend da, jede versank in ihren Gedanken, Mutter kaute und saugte abwechselnd an ihrer Unterlippe und klapperte mit den Lidern, um klarer zu sehen; ich saß einfach da und hatte den Bauch voller Widerwillen.

Die Stimmung sank auf ein gefährlich niedriges Niveau, und in dieser Situation spürte sie natürlich, daß es nun am besten war, sich aufzuraffen, und leierte den gewohnten Psalm zum Trost und zur Erbauung herunter: Es mag kommen, wie es will, jetzt ist es zu spät, es sich anders zu überlegen ... Jetzt muß man in den sauren Apfel beißen und versuchen, das Beste daraus zu machen! Es wird sicher alles gut! Oder meinst du nicht, Nancy? Wir werden uns wohl später nach etwas Besserem umsehen müssen – wenn wir uns erst ein bißchen zurechtgefunden haben ...

Cousine Elin hatte, wie besprochen, vor Tempo gestanden und auf uns gewartet. Wir nahmen den Eingang am Stora Torget und durchquerten das Warenhaus. Das Restaurant lag ganz hinten, man mußte zuerst durch die Fleischabteilung und dann durch eine Glastür. Die Theke war geformt wie ein Hufeisen, allerdings rechtwinklig und mit seitlichen Auswüchsen und einem länglichen Tresen am Fenster zur Straße. Davor standen hohe

Stühle, auf denen die Gäste sich festklammern mußten, aber an der Innenwand standen auch einige normale Tische mit normalen Stühlen. An einen solchen wurde ich gesetzt. Elin holte mir Kaffee und einen Haferkeks und sagte, ich solle warten, dann verschwanden sie und Mutter durch eine Luke in der Theke. Ich fühlte mich angestarrt (was hängt dieses Mädchen da rum?) und widmete mich mit weltgewandter Miene den Krümeln des längst verspeisten Kekses, um einen sichtbaren Grund zu haben, zu sitzen, wo ich saß.

Nach einer gewissen Zeit tauchten Mutter und Elin wieder auf, und da trug Elin auf einem Tablett Kaffeetassen für sich selbst und Mutter und einen Teller mit drei belegten Broten, Gott sei Dank war ich nicht vergessen worden, denn jetzt hatte ich Hunger. Elin näherte sich schwungvoll, sie wirkte stolz und geschäftig, die Schürze spannte über Bauch und Hüften, aber ich hörte, wie ihrer Brust ein angestrengtes Pfeifen entwich, als sie das Tablett abstellte. (Sie war ganz schön dick, meine Güte!) Mutters Mund und ihrer warmen Gesichtsfarbe war anzusehen, daß sie zufrieden war. Sie nickte mir aufmunternd zu: Nachher erzähle ich dir alles! Denn kurz darauf tauchte Rut auf, und es war Zeit, sich den Ort anzuschauen, an dem wir wohnen sollten.

Wir gingen eine Straße entlang, die Kungsängsgatan hieß. Es gelang mir nicht, auf dem Weg viele Eindrücke zu sammeln, weil ich vollauf damit beschäftigt war, im Kielwasser von Mutter und Rut mitzukommen, auf einem Bürgersteig konnte man schließlich nicht zu dritt nebeneinander hergehen! Rut, klein und gebeugt und mit schwingender Handtasche, flitzte mit erstaunlich hoher Geschwindigkeit voran. (So gingen übrigens alle, richteten den Blick starr geradeaus und wichen trotzdem geschmeidig nach rechts und links aus. Eilig, eilig! So sollte man gehen. Ungerührt und ohne zu zögern. Auf dem Weg zu einem Ort, den man bereits kannte.)

Als wir eine ziemlich breite Straße überquerten, die von Bäumen gesäumt war und direkt zum Bahnhof führte, drehte sie sich jedenfalls um und zeigte auf ein großes gelbgraues Haus, dessen

Eingang genau an der Ecke lag. Die Doppeltüren waren hoch und wahrscheinlich aus Eiche, darüber stand in goldenen Buchstaben SVERIGES RIKSBANK. Auf beiden Seiten waren tiefe Nischen wie ausgehöhlte Schneckengehäuse, in denen kleine Skulpturen standen. Es war sehr beeindruckend.

»Da drinnen ist die Hauptpost, Nancy! Da wirst du wohl später hingehen und dich erkundigen müssen!«

Stechendes Unbehagen überkam mich. Ich antwortete nicht. Das Haus mit seiner imponierenden Höhe und dem unbekannten Inneren flößte mir Angst ein. Ich hatte nicht die Absicht, da hineinzugehen! Und damit basta.

Nach einigen Häuserblocks bogen wir rechts ab in eine Gasse, die zunächst breit war, dann aber schnell schmaler wurde. Am Ende der Straße erkannte man eine Brücke und einen Hauch des baumbewachsenen Bergrückens, auf dem das Schloß lag. Rut blieb vor einem Bretterzaun mit hohen, aber einfachen Holzpforten stehen, die zum Hof hin weit offenstanden. Seitlich davon gab es eine kleinere, geschlossene Tür.

»Hier ist es«, sagte sie. »Hier habt ihr die Hausnummer 6. Nun wollen wir erst einmal zu Edla hineingehen, dann ...«

Ich bekam mit, daß sich an der Ecke ein Milch- und Brotladen befand, ich spürte den Duft und sah das Schild, das auf die Straße ragte, dann standen wir auf dem umbauten Hof und hatten den Schuppen und eine Reihe von Mülltonnen direkt im Blick. Es gab eine Hecke, ein paar Büsche und einen ziemlich großen Baum, an dessen Wurzeln Haufen von spiralförmig verdrehten gelbgrünen Blättern lagen. Rut war stehengeblieben, um ein Taschentuch aus ihrer großen schwarzen Handtasche zu nehmen und sich die Nase zu putzen, und ich ergriff die Gelegenheit, mich umzusehen. Irgendwo hier drinnen sollten wir also wohnen? Aber wo?

Rechts lag ein großes Gebäude mit der Längsseite zur Gasse, eine Villa, könnte man sagen, mit einer schönen Glasveranda, die ein wenig an den Pfarrhof bei uns erinnerte. Noch weiter rechts, quer über den Hof und im rechten Winkel zur Villa, erstreckte sich ein längliches Stadthaus mit mehreren Stockwerken und einem Tor in der Mitte. Das sah gar nicht schlecht aus! Vielleicht war es dort …

Natürlich nicht – das hätte ich mir ja vorher ausrechnen können! Links, gleich hinter dem hohen Baum, der eine Linde war, wie ich später feststellen konnte, gab es nämlich ein kleines, ziemlich verfallenes zweistöckiges Haus mit braungelbem abgeblättertem Verputz. An der kurzen Seite dieses Gebäudes, in einem flachen Anbau, war der Milchladen untergebracht, und natürlich sollten Mutter und ich dorthin, in das halbverfallene Gassenhaus. Wohin sonst?

Rut stand bereits auf der brüchigen Zementtreppe, aber Mutter ließ auf sich warten. Sie drehte den Kopf eine Viertelumdrehung über die Schulter … Zögernd? Suchend? Oder bloß schnuppernd, wie ich? Diese Düfte wieder, die Düfte der Stadt. Sie kamen von überall her, und die Mischung war kräftig. Hier drinnen auf dem Hof ließ einen der säuerlich süße Gestank der Mülleimer die Nase rümpfen, genau wie der blecherne Geruch aus den geleerten Fünfziglitermilchkannen, die an der Hintertür des Brotgeschäfts aufgereiht waren. Aus den Rissen im schwarzgrauen Asphalt stieg eine widerliche Ausdünstung auf, ländlich abgemildert durch moderndes Laub, Rinde und mit Sägespänen durchsetzte Kiesflecken, aber unzweifelhaft ein Stadtgeruch. Im unteren Hausflur des Gebäudes, hinter den Türen der Wohnungen, die uns nach und nach geöffnet werden sollten, atmeten die Wände einen beißenden Geruch von Muffigkeit und Lebensmitteln aus, vermischt mit einem neuen und mir gänzlich unbekannten Duft, der mir mehr als alle anderen in die Nase stach – es war der Geruch von Gas. Ich mochte ihn nicht.

»Ja, ja«, sagte Mutter, als wir wieder zu Hause waren und endlich die Speckpfanne rauchte und das halbe Blutbrot im Topf blubberte, »das hier wird sicher gut, Nancy! Der Chef war jedenfalls nett, er hat an den Umzug gedacht und gesagt, ich müsse nicht gleich am Ersten anfangen, sondern könne mir ein paar Tage Zeit lassen, um mich einzurichten, die ziehen ja erst am dreißigsten aus …«

Ja doch. Alle waren sehr freundlich gewesen, das war es nicht, was mich bekümmerte. Man hatte uns überall gut behandelt, sogar das sogenannte Fräulein, die Millionärin im Haus mit der Glasveranda, die mehrere Läden und offensichtlich auch einen Teil des Viertels besaß, war sehr freundlich gewesen, als wir bei ihr waren, um den Mietvertrag zu unterschreiben. Ich war übrigens überwältigt von der Vergoldung und der Pracht dort drinnen, besonders die bemalten Kachelöfen mit ihren ausladenden Aufsätzen waren die reinsten Wunderwerke, es schien mir gar nicht der Mühe wert, neidisch zu werden. Ihre und unsere, das waren zwei getrennte Welten, und der Versuch, auf den Mond zu krabbeln, lohnt die Anstrengung nicht.

Alles begann jedenfalls damit, daß Rut bei Janssons anklopfte, die unten rechts wohnten. Ihre Wohnungstür lag, genau wie die Tür zu unserer zukünftigen Wohnung, in einem kleinen Winkel, der von der seltsam feinen Treppe zum Obergeschoß abgetrennt war. Frau Jansson, Edla mit Vornamen, war eine Arbeitskollegin von Rut, sie schufteten in derselben Wäscherei. Frau Jansson war groß und bleich und sah triefäugig aus, sie war eine Witwe mit zwei Jungs, elf und dreizehn Jahre alt. Witwe, dachte ich. Hier schien wirklich der Treffpunkt der Witwen zu sein. Ganze vier waren auf einem Fleck versammelt: Mutter, Rut und Edla und dann die vierte, die sich unverzüglich einfand, nämlich die Tochter des alten Paares, das ins Heim ziehen und Platz für uns machen sollte. Sie hieß Lovisa, diese Tochter, hätte aber Milda heißen müssen, denn sie war durch und durch milde und hatte eine leicht gebogene Nase und straffe Gesichtshaut.

Es war unangenehm, in einer Absicht wie der unseren das Zuhause eines anderen zu betreten, das fand Mutter auch, glaube ich. Es war schließlich ein Eindringen in die Privatsphäre, und die beiden Alten, die da zwischen all ihrem Mobiliar und ihren Erinnerungen hockten, waren unseren Blicken hilflos ausgeliefert. Die milde Lovisa ging es so rücksichtsvoll wie möglich an: »Wir sind jetzt da, Vater«, sagte sie. »Erinnerst du dich, daß wir heute kommen wollten? Das hier ist Frida Pettersson aus Lunda, und das ist Nancy. Sie wollen sich nur ein bißchen umschauen, sie müssen gleich zu ihrem Bus!«

Der alte Mann saß mit den Händen im Schoß auf einem Stuhl. Er war weißhaarig, trug eine braunkarierte Strickjacke, und mir fiel auf, daß seine Augen vollkommen trüb waren. Er stand auf, als wir hereinkamen. Mit krummem Rücken stand er breitbeinig vor uns und reichte uns die Hand. Sein Handschlag war überraschend fest und bestimmt, genau wie sein Gesichtsausdruck. Er war über neunzig, erfuhr ich später, und seinerzeit ein richtig kräftiger Kerl, ein besonders treuer Diener des Fräuleins.

»Vater sieht fast nichts, und er hört schlecht«, flüsterte die milde Lovisa mit der Hand vor dem Mund. »Mutter kann nicht mehr lange aufrecht sitzen. Und offene Beine hat sie auch. Nun geht es also nicht mehr.«

Es war offensichtlich, woher Lovisa ihr Aussehen und ihre Milde hatte. Die aufgedunsene alte Frau, die in einem schwarzen Schaukelstuhl eingezwängt zwischen Tisch und Kommode saß, die Beine auf einem Hocker, hatte die gleichen sanften Züge. Auf der anderen Seite der weiß-blauen Wachstuchdecke stand ein glänzender brauner Lehnstuhl. Davor lagen eine aufgeschlagene Bibel und eine Lesebrille. Hier war der Sitzplatz des Mannes.

»Ich habe zwölf Kinder geboren«, sagte die Alte mit zufriedenem Lächeln, nachdem wir auch ihr die Hand gegeben hatten. Sie hatte keinen einzigen Zahn im Oberkiefer und unten kaum welche, ihre Stimme klang leierig. Ein ganzes Dutzend! »Aber zwei sind tot. Zehn sind mir geblieben, und ich kann sie alle in der richtigen Reihenfolge aufzählen!«

Lovisa lachte und drehte sich halb zu uns und zu ihrer Mutter um, stolz und entschuldigend zugleich.

»Das ist gut, Mama! Du bist wirklich tüchtig! Aber Petterssons haben es etwas eilig, verstehst du? Sie müssen es rechtzeitig zum Bus schaffen! Ich komme später wieder und kümmere mich um deine Beine, wie immer. Dann schauen wir uns die Fotografie an, und du zählst alle Namen auf.«

Ich war ihr aufrichtig dankbar, weil sie sagte, wir hätten es eilig. Ich wollte so schnell wie möglich der Muffigkeit entkommen, ich brauchte Luft! Mir war übel, ich mußte mich beinahe übergeben. Sollten wir wirklich hier wohnen? Ich konnte es mir nicht vorstellen. Hier drinnen stank es ja nach Alter und Tod, und es war braun, braun, braun!

Hinter dem Verschlag im Treppenhaus, wo sich auch die Hintertür des Milchladens befand, lag die Wohnungstür, die Lovisa uns geöffnet hatte. Zuerst betrat man einen dunklen kleinen Vorraum oder Windfang, wie ich es eher nennen würde, mit je einer Abstellkammer an beiden Seiten. Von dort aus gelangte man sofort ins Zimmer, das man durchqueren mußte, um die Küche zu erreichen, irgendwie verkehrt herum. Das Zimmer war groß, es gab zwei Fenster zur Straße und einen Kachelofen mit blauweißem und vergoldetem Aufsatz, der war zwar nicht mit den Kachelöfen in der Villa zu vergleichen, die ich ein Weilchen später zu sehen bekam, aber ich fand ihn trotzdem schön – er war das einzige Schöne in der Wohnung!

Die Küche lag ein bißchen tiefer als das Zimmer, man mußte eine Stufe hinuntersteigen, auch dort war ein Fenster zur Straße. Die Wände waren holzverkleidet und bis auf Brusthöhe grau gestrichen. Der Linoleumbelag war schlecht, an einigen Stellen sogar kaputt, und die Farbe an den Schranktüren bis aufs blanke Holz abgeblättert. Wenn man in die Küche kam, stand auf der linken Seite ein Herd und daneben über Eck eine kleine Zinkwanne mit Ausguß und Wasserhahn. Der Herd war kalt und tot, darauf stand nämlich ein anderer seltsamer Herd von einer Sorte, die ich noch nie gesehen hatte, das war »das Gas«, sagte die milde Lovisa, darauf wurde gekocht. Man mußte vorsichtig damit sein, es war tödlich giftig und leicht entzündlich, aber der Herd funktionierte schnell und gut und wärmte auch ein wenig. Sie zeigte uns, wie man Marken in einen Schlitz an einem plombierten Kasten steckte, die es im Milchgeschäft zu kaufen gab.

Und dann war da der Kloschlüssel. Er hing an einem großen Schlüsselanhänger am Haken neben dem Markenapparat.

Ich sah, daß Mutter sich auf die Lippe biß, als wir wieder in dem Windfang vor Janssons Tür standen, es war ganz anders, als wir es uns vorgestellt hatten. Aber das Häuschen war nun einmal verkauft, was nützte es also, sich Gedanken zu machen? Vielleicht hätten wir es in umgekehrter Reihenfolge angehen sollen …

»Man muß die Dinge aufzählen und sich klarmachen, was gut und was schlecht ist«, sagte sie am Abend, als wir dasaßen und die Erlebnisse des Tages Revue passieren ließen, während rings um uns die Wände wankten. »Man muß eins gegen das andere abwägen, so ist das mit allem im Leben. Man darf sich nicht nur an der einen Seite festhalten! Erst einmal habe ich jetzt eine ordentliche Arbeit, und die ist so anständig bezahlt, wie man es nur erwarten kann, wenn man nichts Richtiges gelernt hat. Hundertfünfundsiebzig soll ich für den Anfang bekommen, es könnte später mehr werden, sagte er. Die Wohnung ist nicht ganz das Wahre, das sehe ich genauso, aber es gibt einen Wasserhahn und elektrisches Licht, das allein ist viel für jemanden, der nicht gerade verwöhnt ist. Und außerdem bleibt uns das Schneeschippen erspart! Stell dir das mal vor, Nancy! Es gebe sogar einen Hausknecht, hat das Fräulein gesagt. An das Straßenbahngebimmel werden wir uns schon gewöhnen! Ist natürlich Pech, daß sie direkt vorm Fenster vorbeifährt, aber bald hören wir sie nicht mehr …«

So stellte sie ihre Plus- und Minusposten auf, sie hielt eine richtige Erbauungspredigt, während sie abwechselnd nervös und beruhigend mit dem Daumen die Wachsdecke knetete. Ich nickte zu allem: »Ja, Mutter, es wird bestimmt alles gut«, ich konnte doch schlecht sagen, daß mir jetzt schon alles zuwider war. Ich konnte Mutter nicht dafür verantwortlich machen, daß alles muffig und häßlich, das Linoleum kaputt und die Tapeten düster waren, daß allein die Erinnerung an den Geruch dort mir Übelkeit bereitete.

So nah, wie sie an der Straße lagen, würden die Fensterscheiben niemals sauber sein, und sicherlich gab es bei den Mülltonnen auch Ratten. Und das schlimmste: Man mußte jedesmal, wenn man mußte, mit diesem riesigen Kloschlüssel an der Hand den Hof überqueren, so daß die Leute einen von ihren Fenstern aus beobachten und sich Gott weiß was denken und vorstellen konnten. Igitt! Aber ich wagte nicht, das alles aus mir herausplatzen zu lassen und den Finger in die Wunde zu legen.

Ich wußte, wie enttäuscht und bekümmert Mutter wegen dieses verdammten *Brennholzes* war! Sie hatte nichts anderes im Kopf. Nie hätte sie geahnt, daß wir Brennholz brauchen würden, genau wie hier zu Hause. Es gab keine Wärmequelle außer dem Kachelofen, und der mußte natürlich mit Brennholz beheizt werden, aber woher sollten wir es nehmen? In diesen Zeiten war es ohnehin schwer, welches zu ergattern, und es war höllisch teuer! Das war ihr Kummer, die große Enttäuschung, die alles überschattete. Die Kaltmiete belief sich auf vierzig Kronen im Monat, darin waren der Hausknecht und Zugang zu Wasserklosett und Waschküche im Haus auf der anderen Hofseite inbegriffen. Aber was war mit der Heizung? Die brauchten wir, zumindest im Winterhalbjahr. Und wie kam man in der Stadt an Brennholz?

Nein, ich konnte das Schwere nicht noch schlimmer machen, indem ich vor Mutter alle anderen Punkte ausbreitete, die im Handumdrehen auf die Minusseite gehüpft wären. Vor vielem, was bislang selbstverständlich als Plus gegolten hatte, stand jetzt ein kleines Minuszeichen. Minus Kartoffelacker und Schnittlauch im Garten, minus Preiselbeerstellen und gelbe Rosen, minus Saubohnen und Dahlienknollen, minus Bachstelze und Veilchen im Graben, minus Kraniche auf der Lichtung und kleine Weihnachtstannen, die der Förster am Tag vor Heiligabend anschleppte. Minus alles, was lange Zeit im Herzen schmerzen würde. Was hatte sie eigentlich getan? Wußte sie es selbst?

15

Betty weinte. Ich glaube, sie hatte mir noch nie so leid getan wie in diesem Moment, als sie mitten in der Kammer stand, sich umsah und heulte.

Mutter hatte ihren letzten Satz Hemdsärmel fertiggestellt, wie immer Ågrens Fahrradanhänger ausgeliehen und die Kartons zum Milchkannenständer gezogen. In dem rot-weißen Kreuzstichbeutel lag ein Umschlag mit einem Fünfkronenschein. Mit dem Anilinstift hatte sie auf das Kuvert geschrieben: *Ich bedanke mich sehr für die Hilfe. Wir ziehen jetzt in die Stadt, also wird es keine weiteren Sendungen geben.* Zu herzlichen Grüßen hatte sie sich nicht herabgelassen, und sie hatte es sich auch nicht einfallen lassen, MilchAlbin zu bitten, ihr beim Ziehen der Umzugskarre behilflich zu sein, lieber hätte sie ihre Möbel auf dem Rücken geschleppt! Mutter hatte sich wieder eingekriegt. Nach der Stadtenttäuschung.

Am Tag nach der Ablieferung nahm sie den Bus in den Ort, und nachdem sie im Fabrikbüro abgerechnet und ihren letzten Lohn bekommen hatte, brachte sie ein großes Gepäckstück mit nach Hause, das aus zusammengefalteten und gebündelten Pappkartons bestand. Hemdsärmelkartons.

»Irgendwas konnten die mir nach all der Schufterei ruhig schenken! Ich habe die Gelegenheit genutzt und gefragt, ob ich welche für den Umzug kriegen könnte, und sie hatten nichts dagegen. Aber es war eine ganz schöne Schlepperei.«

Sie war auch bei Betty gewesen und hatte ihr mitgeteilt, wie es stand und daß wir nun aus Dalängen fortziehen würden. Zum ersten Oktober seien wir weg.

Ich merkte ihr an, daß es ein harter Schlag für Betty gewesen war, aber glücklicherweise war Åke zu Hause, er war bis auf weiteres – wie lange, wußte man in diesen Zeiten nie – vom Bereitschaftsdienst beurlaubt, und auch wenn Mutter mir den Besuch nicht im Detail schilderte, begriff ich, daß Åke sie unterstützt hatte.

»Ein Glück, daß wir Åke haben«, sagte sie. »Einen netteren Kerl muß man erst mal finden. Betty weiß gar nicht, was sie an ihm hat, sonst würde sie freundlicher zu ihm sein. Ja, Åke hat sogar gesagt, er hilft mir, einen Lastwagen für den Umzug zu organisieren. Will mit seinem Bruder reden, dann können sie beide kommen. Das wäre ja ein Segen. Ich habe nämlich nicht vor, Albin noch mal zu treffen, ganz gewiß nicht, so weit gehe ich nicht in die Knie, nie im Leben!«

Nein, das hatte ich jetzt oft genug gehört! Und ich konnte sie verstehen.

Einige Tage später tauchte Betty mit ihren drei Kleinen am Gartentor auf, mit Gwendolyn, Dorothy und LüttErik. Es wurde schlimm für uns alle, Betty war nicht der Typ, der mit seinen Gedanken und Gefühlen hinterm Berg hielt, in dieser Hinsicht war sie anders. Die Kinder standen da und starrten sie erschrocken an, während sie abwechselnd schimpfte und weinte.

»Nun hat man also kein Zuhause mehr! Was soll denn jetzt aus mir werden? Da weiß man gar nicht, wo man hin soll. Aber das kümmert ja keinen! Ihr macht, was ihr wollt. Es hat sich ja nie einer darum geschert, was ich finde und denke! Ja, Vater natürlich, nur er ...« (Neue Heulattacke.) »Und was wird eigentlich aus ihm? Wer soll das Grab pflegen? Soll ich mich etwa in den Bus setzen und vom Ort hier rausfahren?«

Arme Mutter. Es nützte nichts, daß sie mit flehender Stimme sagte: »Aber Betty, du hast doch dein eigenes Leben! Du wohnst schon seit Jahren nicht mehr zu Hause. Und so oft bist du auch nicht zu Besuch gekommen, insofern ...«

Letzteres gab Anlaß zu einem weiteren Ausbruch.

»Wie sollte ich mir das denn leisten, andauernd mit dem Bus zu fahren, hä? Und außerdem drei Kinder mitschleppen! Du hättest doch auch in den Ort ziehen können, wenn der Umzug unbedingt nötig war! Da hättest du wenigstens bei den Kindern mithelfen können, wie andere Großmütter es tun! Aber du nicht, nee. Aber wahrscheinlich ist Nancy schuld an dieser Entscheidung, das ist mir klar, sie will wohl in die Stadt. Und Vater ... der sich hier so abgerackert hat ... mit dem neuen Kartoffelacker und allem ... Was würde Vater ... sagen ... wenn er das ... wüßte!«

Ich hatte LüttErik auf den Arm genommen. Das alles war so bedrückend, daß allein der Versuch, sie zu trösten, sinnlos gewesen wäre. Ich litt mit Betty, der armen, runden, zerzausten Betty! Ich empfand ja genauso. Kein Zuhause mehr. Nie wieder. Etwas ging zu Ende, unwiderruflich.

BiegenArvid kam eines Tages gegen Abend zu uns herunter. Wir waren gerade dabei, den Keller auszuräumen, und er wanderte ein bißchen herum, guckte unter anderem in den Holzschuppen. Dann kam er zu uns und räusperte sich mehrmals: »Hrm! Hmh! Ach ja ... Wie gesagt ... Und was wird aus dem Brennholz hier? Wolltest du das vielleicht den Leuten überlassen, die nach euch kommen? Falls jemand kommt. Vielleicht reißt er den Schuppen ja auch ab ...«

Mit halbersticktem Gestammel kannten wir uns aus. Es war deutlich zu verstehen, was Arvid wollte, aber es war ebenso offensichtlich, wie stolz und dickköpfig Mutter war. Denn wie sehr die Brennholzfrage im Winter sie auch bekümmerte, sie hätte doch niemanden hier in der Gegend wissen lassen, wie betrüblich einiges dort in der Stadt war. Deshalb sagte sie mit erhobenem Kinn: »Tja – da in der Wohnung gibt es ja einen schicken Kachelofen, das Birkenholz werde ich also in Säcken mitnehmen – was noch da ist, meine ich, ist ja nicht viel übrig.«

»Man kann sagen, was man will, aber mit dem Brennholz nahm Pettersson es genau«, flocht BiegenArvid ehrfürchtig ein, spuckte nach links, nickte einige Male mit gebührendem Ernst und blickte zu Boden. »Wie gesagt. Damit hat er wahrlich nicht geschludert! Und richtiges Birkenholz mußte es sein, von der besten Sorte.«

Mutter schwieg, während sie ein paar erdige alte Jutesäcke und eine kaputte Steppdecke begutachtete, aus der die Watte herausquoll – die hatten wir verwendet, um die Kartoffelkiste abzudecken und gegen die Kälte zu schützen. Sie konnte sich nicht entscheiden, ob sie den Lumpen sofort wegschmeißen oder noch etwas warten sollte. Für alle Fälle ... Vorerst klopfte sie jedenfalls den Staub von den Säcken und faltete sie zu einem kleinen Stapel zusammen, die Decke warf sie zur Seite, bevor sie sagte, was von ihr erwartet wurde: »Das restliche Gerümpelholz kannst du mitnehmen, Arvid. Falls du es haben willst. Und die Stichsäge, die in der Ecke hängt, kannst du auch haben, und die Keile, die oben auf der Kante liegen. Für so was habe ich ja keine Verwendung mehr. Vielleicht sind da noch andere Dinge. Wie du meinst. In dem Fall könntest du mir vielleicht in den nächsten Tagen mit den Kartoffeln helfen. Die müssen schließlich auch aus der Erde ...«

Nachdem die Tür einen Spalt offenstand und die Kartoffeln so passend zur Sprache gekommen waren, nutzte BiegenArvid die Gelegenheit, sich nach dem Holzpflug zu erkundigen. Seiner sei so schlecht, und wenn sie ihren in Zukunft nicht mehr bräuchte ... Was sie natürlich nicht tat. Dummkopf! Nie wieder würden wir Kartoffelackerfurchen ziehen.

»Nimm den Holzpflug«, sagte Mutter. »Und die Eimer kannst du auch mitnehmen! Du kannst mir dann ja ein bißchen zur Hand gehen, wenn es soweit ist. Falls nötig.«

»Sieh an«, sagte Mutter, als Arvid glücklich und zufrieden durch das Gartentor wackelte und auf dem Hügel verschwand. »Reich ihm den kleinen Finger, und er nimmt die ganze Hand! Aber was soll's. So ein Gerümpelholz hätte ich sowieso nie in die Stadt geschleppt, da muß man sich ja schämen!«

Tante Laberg, zahnlos und krumm, kam eines Tages zu uns

und drehte in sorgfältig verhüllter, aber leicht zu durchschauender Schatzsucherabsicht ihre Runde ums Haus. Und dagegen war auch nichts einzuwenden, es war verständlich. In den Häusern am Rande des Bergrückens herrschte bei niemandem Überfluß, der geringste Zuschuß war willkommen. Sie war überglücklich, als Mutter fragte, ob sie vielleicht den schwarzen Dreifußtopf haben wolle, der neben dem Brunnen stand, denn für uns würde es von nun an keine große Wäsche im Freien mehr geben, wir würden jetzt eine Waschküche bekommen. Natürlich war es ein erhebendes und wärmendes Gefühl, sich ausnahmsweise einmal Großzügigkeit leisten zu können.

»Wie gesagt, leih dir den Fahrradanhänger von Ågren aus, dann kannst du den Waschzuber auch gleich mitschleppen! Die Wanne ist allerdings immer etwas undicht gewesen, denk also dran, daß unten immer ein bißchen Wasser steht.«

Tante Hugosson war ganz außer sich, als sie hörte, daß es bei ZehenPelles unten was geschenkt gab, also setzte auch sie sich augenblicklich in Bewegung. Nun war es der Karton mit den Teppichflicken, der eine neue Besitzerin fand. Den Webstuhl wollte Mutter nicht hergeben, der war ihr lieb und teuer, sie wollte versuchen, ihn irgendwo unterzubringen. Aus der Weberei würde wohl vorerst nichts werden, es gab ja keine Dachkammer …

Zu gefühlsseligen Abschiedsszenen kam es nicht, davor hüteten wir uns. Sogar mit Handschlägen mußte man vorsichtig sein, damit sie nichts Unerwünschtes in Gang setzten. Aber alle waren freundlich zu uns, und die Freundlichkeit wirkte aufrichtig. Als der Abschied näher rückte, kamen viele mit kleinen Geschenken vorbei: frisch gebackene Brote aus besonders feinem Mehl, eine Dose Zwieback (allerdings durften wir die Dose nicht behalten, wir mußten den Zwieback in eine von unseren eigenen Dosen umfüllen), zwei selbstgehäkelte Topflappen mit roter Borte, ein frisch eingepflanzter Setzling von einer Königsbegonie. Und C. G. Perssons, das muß man sich mal vorstellen, C. G. Perssons Gemischtwaren schenkten uns ein halbes Dutzend blaue

Kaffeetassen mit passenden Tellern. Da fragte ich mich doch, ob ich – nein wir – ob wir ZehenPelles uns nicht gewisser Fehlurteile schuldig gemacht hatten.

Eines war in diesen Wochen, während wir unseren Wegzug aus Dalängen vorbereiteten, wichtiger als alles andere. Wir mußten Widerstand leisten. Durften nicht nachgeben und keinen Raum lassen. Durften niemals sagen: Erinnerst du dich? Durften nicht innehalten. Betty hatte für uns alle geweint, das mußte reichen. Zur eigenen Entschuldigung und Erbauung leierte Mutter natürlich immer wieder ihren alten Psalm herunter: »Das wird sicher gut werden. Wenn wir nur erst unterwegs sind. Außerdem hatten wir kaum eine Wahl – oder was meinst du, Nancy? Hier können wir schließlich nicht hocken bleiben ... Nicht noch einen Winter.«

Ich nickte weiterhin zustimmend und aufmunternd. Und sie hatte ja recht, in Gottes Namen. Hier konnten wir nicht bleiben, jedenfalls ich nicht. Nicht noch einen Winter. Und was wäre aus ihr geworden? Allein. Dem einen oder anderen Kerl ausgeliefert.

Doch auch in mir sang ein Psalm, besonders in der Dämmerung, wenn ich auf dem Fahrrad den Weg zu unserem Grundstück hinunterschlingerte. Dann war er wie ein starkes und wehmütiges Rauschen, wie wenn der Wind durch die Kiefern auf dem Hügel streicht, daß sie wanken und schwanken und die Zweige sich wimmernd aneinander reiben. Dann flaut es plötzlich ab und wird ganz still, die Holzschuppentür jault in ihrem Scharnier, wenn man sie zu sich heranzieht, und der feuchte Geruch von Sägespänen erwacht, wie alter Schweiß. Wenn man das Fahrrad an die gewohnte Stelle gelehnt und die klapprige Tür mit Hilfe des rechten Knies ein bißchen angehoben hat, damit der Haken wieder in die Öse fallen kann, ist der Himmel grau geworden und ins Gras hinabgesunken. Wenn man sich dann umdreht, ist es wie ein Weinen. Und die Kindheit sitzt im Schneebeerenbusch, eine blanke Knallerbse, die man – puff! – zwischen Daumen und Zeigefinger zerquetschen kann. Dann bricht das Orgelrauschen ab und verklingt weit entfernt auf der

Waldlichtung wie der langgezogene Ton der alten Trillerpfeife. Jetzt geht es nur noch darum, Widerstand zu leisten und nicht innezuhalten.

Ich stieg die Dachbodentreppe rauf und runter, immer wieder. Rief Mutter zu: »Was sollen wir hiermit machen? Und damit?« Kartons wurden gefüllt. Auf der alten Feuerstelle des Pavillons schwelte ein schwarzes Abfallfeuer, das mit Lumpen gefüttert wurde. Die Strohmatratzen in den abgenutzten blaugrauen Sternüberzügen, mit Halmen gefüllte Kopfkissen, an den Ecken von Ratten angenagt, kaputte Schuhe, die vielleicht, möglicherweise noch einmal hätten besohlt werden können, falls Vater ... All das wurde aus dem länglichen Verschlag hinter dem Schornstein gezerrt. Das Schuhmacherwerkzeug hatte Onkel Ågren bekommen.

Das Häuschen stand glotzend da mit seinem weißgekalkten Herdsockel und dem rußigen Schlund, das Schrankpapier rings um die Kante des Rauchabzugs hatten wir abgerissen. Die Fremdheit wuchs von Tag zu Tag. Wir wurden wie ein ehemaliges Liebespaar, dessen einer Teil den anderen wegen einer neuen Liebe im Stich gelassen hat und sich rechtfertigen muß, indem er alle erdenklichen Fehler an der alten findet.

»Meine Güte, wie die Kammertapeten aussehen! Voller Fliegenschisse und Blasen. Und sieh mal die Flecken auf der Dachpappe! Haben wir wirklich so gelebt? Und die Veranda – die steht ja kurz vorm Zusammenbruch. Noch einen Winter hätte die nicht mitgemacht. Kein Wunder übrigens, daß es drinnen kalt war, die Ritzen zwischen den Balken sind so breit, daß man einen Finger durchstecken könnte! Und keine Innenfenster! Unmenschlich, daß Leute so leben müssen! Hast du das Schindeldach auf dem Keller gesehen? Erstaunlich, daß man Kartoffeln darin aufbewahren konnte. Wir hätten es neu decken müssen, wenn wir weiter hier gewohnt hätten. Nee, die Leute tun mir leid, die hier leben wollen – wenn überhaupt welche kommen ... So eine alte Baracke kann man auch abreißen!«

So redeten wir, und wir konnten gar nicht anders, denn sonst wären wir vor Liebe und Trauer gestorben.

An einem der letzten Tage, als Mutter den Aschehaufen vor den Kriechenbäumen verteilte und ich allein im Haus war, blieb ich vor dem Eingang zum Dachboden sitzen, umklammerte meine Knie und ließ die Füße auf der obersten Stufe ruhen. Keine Geräusche von draußen. Unter dem Dachfirst Leere, und im blassen Septemberlicht, das rautenförmig im Hausflur lag, tanzte der Staub seinen lautlosen Walzer. Ein drückendes Gefühl von Enttäuschung, beinahe Angst hatte mich überkommen. Nun war die Kindheit endgültig ein abgeschlossenes Kapitel, und ein großer Teil meiner Jugend war mir auch abhanden gekommen. Und wer war ich? Wer war ich in der Zeit gewesen, die ich schon gehabt hatte? War ich beispielsweise jemals richtig froh gewesen? Richtig sorglos und sprühend vor Lebensfreude und Keckheit, wie Dora es sein konnte. War ich gehopst und hatte ich gelacht und gekichert und herumgelästert und Bildchen von Filmstars getauscht wie andere kleine Mädchen? Doch, letzteres hatte ich wohl getan … Als ich klein war, verkleidete ich mich mit Barbro und Kerstin, wir spielten Theater, und Mutter machte bei unserem Unsinn mit und legte uns die Karten wie eine geborene Wahrsagerin – da war ich so wie andere. Aber später?

Oh, dieses Beobachten, dieses Drehen und Wenden von allem! Diese Sorgenseele und dieser innere Hochmut, den ich einfach nicht verleugnen konnte. Sie ist »ein bißchen eigen«, die Nancy! Glaubt sie etwa, sie wäre was Besonderes? Nein, danke! Man muß sich für dich schämen, du bist nicht ganz richtig im Koppe! So schrie Betty. Sie ging anders an das Leben heran, später kam es allerdings, wie es kam …

Lars hätte mich befreien können. Das glaube ich. Oder vielleicht will ich es auch nur glauben. Aber in diesen lächerlich wenigen Tagen, die ich niemals vergessen kann, war ich wirklich glücklich und wahnsinnig und jubelnd vor Freude und ganz normal an Körper und Sinnen. Doch das … Halleluja! Damals wurde ich auf meinen Platz verwiesen. Ich taugte nicht. War nicht die Richtige. Bloß eine heitere, etwas anrührende Studentenzerstreuung.

Ach, Gunnel! Hätten wir doch beste Freundinnen bleiben und über all das reden können! Du hättest schon verstanden, du hättest mir bestimmt helfen können, mich selbst auf eine andere Weise zu sehen. Doch nicht einmal dich durfte ich behalten. Vielleicht auch besser so. Du liebtest mich – liebtest mich – liebtest mich? Für dich wäre ich sicher auch nicht die Richtige gewesen, ebensowenig wie für Lars. Und nun war ich wieder bloß Nancy, das Anhängsel. LüttNancy. Die ihrer Mama folgte. Obwohl ich vor einigen Tagen den Sandkuchen für meinen neunzehnten Geburtstag zusammengerührt hatte.

Als ich ihre Stimme unten im Hausflur hörte, kehrte sich meine Stimmung um.

»Wo bist du, Nancy? Was machst du?«

Keine Antwort, denn ich wollte nicht antworten. Aber ich stand mit einem Ruck auf. Stand mit geballten Fäusten mucksmäuschenstill da, während ich hörte, wie sie unten in der Kammer nach mir rief: »Nancy, bist du da?« und wieder nach draußen verschwand. Die Verandaplanken knarrten. Da bückte ich mich und packte den Seitengriff der großen schweren Holzkiste mit dem blankgeriebenen Deckel, die unter der Fensterluke stand, Vaters alte Gesindekiste, und ich zog sie vor bis zur Treppe, die eigentlich kaum mehr war als eine Leiter mit einer abgenutzten Stange als Geländer, und ging rückwärts hinunter. Ich verzog das Gesicht, aber leistete Widerstand und zerrte die Kiste ruckweise Stufe für Stufe hinunter, und Mutter hörte das Rumsen und kam wieder hereingeschossen: »Bist du verrückt, Mädchen, du kannst dir ja den Hals brechen!« Aber getan ist getan, und es war genau, was ich brauchte. Denn es ging darum, Widerstand zu leisten.

»Vielleicht solltest du sie auswischen, Nancy«, sagte Mutter, als die Kiste wohlbehalten unten auf dem Boden stand und wir den Inhalt durchwühlt und ausrangiert hatten, der aus alten Zeitungen, kaputten Handtaschen und anderem Müll bestand. »Du könntest deine Sachen hineintun ... Bücher und so was ... Da ist auch ein Henkel dran.«

Und so wurde es gemacht. Denn Mutter dachte praktisch und wußte immer alles am besten. Ich packte die Rosenschachtel, Gunnels Abschiedsgeschenk in der Strumpfrolle und mein Studienmaterial in Vaters alte Gesindekiste. Obendrauf legte ich die gerahmten Fotografien von der Kommode: das Filmstarporträt von Dora – das einst dieser durchtriebene Nähmaschinenvertreter hinten beim Plumpsklo gemacht hatte –, Papa mit den Ardennerpferden Disa und Freja, den Schneckenhausrahmen mit dem kleinen Matrosen Tore. Der braun angemalte Gipshund auf seinem grün angemalten Gipshügel hatte genug Platz daneben, ebenso die kleine Petroleumlampe, meine »Studierlampe«, die auf meinem Tischchen stand, obwohl sie eigentlich dafür gemacht war, an die Wand gehängt zu werden, der Lampenschirm war geformt wie eine Muschel. Ich würde sie nicht brauchen, denn wir würden jetzt elektrisches Licht bekommen, das wußte ich, aber ich wollte sie auf jeden Fall mitnehmen.

Die Kammer und ich, wir beide hatten unsere Bekanntschaft aufgelöst, ich betrachtete die Wände gleichgültig. Die Wände ihrerseits sahen mich eiskalt an – mit den Flecken, die die abgenommenen Bilder hinterlassen hatten.

PostBerta, Fräulein Hansson, schrieb mir ein schönes Zeugnis, das ich in Uppsala als Empfehlungsschreiben nutzen könnte. *Fräulein Nancy Pettersson, die in der Zeit vom 1. Februar 1941 bis zum 24. September 1942 vorübergehend als Postbotin und Landbriefträgerin in Vertretung beim Postamt Lunda angestellt war und die nun aufgrund des Wegzugs aus dem Ort und auf eigenen Wunsch entlassen wird, hat ihre Aufgaben auf vorbildliche Weise erledigt. Fräulein Pettersson war fleißig, pünktlich, lernwillig und bereit, verschiedenste Aufgaben zu übernehmen. Fräulein Pettersson ist Kunden und Arbeitskollegen gegenüber immer höflich aufgetreten und erhält daher die besten Empfehlungen. Lunda, den 24. September 1942. Berta Hansson. Postamtsvorsteherin. (Stempel)*

Daß ich auch eine grimassenschneidende Muffelliese gewesen war, daß ich täglich mit Kujo hinausgegangen war, alle zwei Wochen den Boden in PostBertas Wohnung geschrubbt und mich in einem Tobsuchtsanfall auf BadehausMina gestürzt hatte, stand da nicht, ich vermutete, das eine wog schwerer als das andere. Ich las das Zeugnis erst zu Hause, nahm den braunen Umschlag bloß entgegen, bedankte mich und nickte. Als ich zum letzten Mal die Pfarrhofallee hinunterradelte, hatte ich trotz allem ein Gefühl von Verlust. Nazi hin oder her, PostBerta war in Ordnung gewesen. Mir gegenüber. Nicht liebenswert, aber in Ordnung.

»Meine Güte«, sagte Mutter. »Das hätte Vater sehen sollen! Du bist tüchtig, Nancy, aber das bist du ja immer gewesen!«

Ausnahmsweise erwähnte sie Vater, ansonsten wichen wir ihm aus, besonders jetzt, da wir alles niederrissen und uns davonmachten. Eines Abends radelten wir allerdings zum Friedhof. Vater lag ja auf dem allgemeinen Gelände, von einem Grabstein war nie die Rede gewesen, aber Mutter hatte erwähnt, daß sie ein Schmiedekreuz bestellen wollte. Nun mußte vorerst alles bleiben, wie es war, schon im Herbst hatten wir in einer Kiesgrube auf dem Bergrücken kleine runde, graurote Steine gesammelt, zu einem Viereck ausgelegt und Sand hineingestreut. Aber der Sand war nach und nach in der Erde versunken, nun hatten wir in einer Holzkiste eine neue Ladung mitgebracht, die schütteten wir obendrauf und strichen sie glatt, dann zeichneten wir mit einem Stöckchen ein feines Streifenmuster mit Rundbögen in den Ecken hinein, genau wie bei den von Eisengittern eingefriedeten Gräbern der Pröpste und Amtsgerichtsdirektoren gegenüber der Kirchentür.

Die Blütezeit war vorbei, aber ich hatte zumindest einen kleinen Strauß mit Kamille und einigen zarten Stengeln der Rundblättrigen Glockenblume (*Campanula rotundifolia*) zusammengekriegt, die trockensten Blüten hatte ich abgeknipst. Ich sagte nichts zu Vater, als ich den Strauß ablegte, und ich spürte keinen Kloß im Hals. Auch von Mutters Seite kamen keine Tränen, aber sie seufzte wie erwartet: »So ist es nun mal. Und es ist nichts dagegen zu machen. Das ist der Lauf der Dinge. Immerhin ist es schön geworden! Was meinst du? Sieht richtig hübsch aus. Mal sehen, wann wir das nächste Mal hierherkommen …«

Dann fuhren wir nach Hause zu unseren Kisten und Kartons. Die Ebene lag wie ein Gemälde unterm Himmel. Und wir radelten mitten hindurch.

16

Am letzten Abend grub Mutter den gelben Rosenbusch aus, steckte den Wurzelballen in einen der Säcke, die immer noch vor dem Kühlkeller lagen, band ihn hinten auf dem Fahrrad fest und zog los zu Tante Olivia.

»Hoffentlich hast du Glück mit Kohlchen, Nancy«, sagte sie, bevor sie ging. »Tröste dich damit, daß sie es da im Kuhstall viel besser haben wird als in der Stadt! Außerdem wäre es ja gar nicht gegangen ... Also ... Nun ja ... So ist es eben! Sowieso. Ist die beste Lösung. Daran mußt du denken.«

Ich antwortete nicht. Was mir bevorstand, war schwerer als schwer, und das wußte Mutter, auch wenn sie es wie üblich mit ihre neunmalklugen Art überzuckerte. Im übrigen fiel es ihr auch schwer, das merkte ich wohl. Sie verschwand eilig durch das Gartentor und winkte mir auch nicht vom Hügel aus zu, wie man es sonst immer tat, wenn jemand auf der Veranda stehenblieb.

Ich holte Großmutters Wollkorb hervor, der speziell für diesen Zweck beiseite gestellt worden war. Der Henkel war mit dünnen Streifen von gesplissenem und aufgeweichtem Sohlenleder geflickt, das war Vaters Werk.

Sie miaute und kratzte, als ich den Deckel hinunterklappte und das Verschlußstöckchen in die Öse aus Wurzelholz steckte, aber ich kniff die Lippen zusammen und blieb hart. Den ganzen Nachmittag hatte ich mich davon abgehalten, sie auf den Arm zu nehmen und zu liebkosen, ich hatte nicht danke gesagt und auch nicht die geringste Erklärung in das empfindliche und haarige grau-rosafarbene Ohr geflüstert.

Ein Tier ist ein Tier ist ein Tier, Nancy! Denk daran!

Aber so war es nicht. Nicht für mich.

Wenn wir ZehenPelles bei Bergströms Kuhstall Milch holten, gingen wir nie bis zum Milchkannenständer hinauf und liefen den Fahrweg hinunter, das wäre ein unnötiger Umweg gewesen. Statt dessen stiefelten wir einfach ein Stück am Zaun entlang und dann quer über den Hügel, dort gab es einen Trampelpfad, der an dem mit Ebereschen bewachsenen Steinhaufen vorbeiführte, wo LüttOskar vor langer Zeit gestanden und mit seinem Ding gewippt hatte. Diesen Weg ging ich nun.

Als ich kam, waren sie mit der abendlichen Arbeit fertig, und Tante Bergström, die Mitglied im Hausfrauenverband war und zu Mittsommer immer eine Haube mit gekräuselter Kante und ein blau-weiß gestreiftes Kleid trug, trat auf die Veranda heraus, als ich da mit meinem Korb stand. Sie wußte, worum es ging, es war alles abgesprochen.

»Aha, ist es jetzt also soweit? Ja, laß die Katze einfach raus, dann kannst du in deinem Korb ein paar Åkeröäpfel mitnehmen! So habt ihr während der Reise wenigstens etwas zu knabbern.«

Ich drehte mich nicht um, als ich auf dem Rückweg am Kuhstall vorbeikam, ich ging mit kerzengeradem Rücken und vollkommen steif dahin. Aber die Tränen brannten.

Als ich unten beim Zaun ankam, saß Kohlchen auf einem Baumstumpf und erwartete mich.

Ich schüttete die Äpfel neben dem Weg aus, beugte mich mit ausgestreckter Handfläche hinunter und lockte sie: miez miez miez! So flehentlich und falsch, daß ich für die Falschheit einen Preis hätte bekommen müssen. Trotz maunzender Proteste steckte ich sie zum zweiten Mal in den Korb und ging mit entschlossenen Schritten zurück.

Eine Katze ist eine Katze ist eine Katze, Nancy! Ein unbeseeltes Tier. Sonst nichts.

Pah! Das mag glauben, wer will. Doch was hatte ich für eine Wahl – nachdem Mutter uns das eingebrockt hatte!

An der Milchkammertür, wo ich zuvor einen Blick auf einige von Bergströms Kuhstallkatzen erhascht hatte, kippte ich sie ohne Umstände aus dem Korb, ich sah nur den Grünschnabel von Knecht, den ich nie hatte leiden können, an der Stalltür lehnen und grinsen, bevor ich mich jäh umdrehte und zum Weg hinunterrannte. Ich war nicht einmal bis zum Steinhaufen gekommen, als sie mich einholte.

Einen dritten Versuch machte ich nicht. Denn jetzt sah ich ein, was ich von Anfang an hätte begreifen sollen, und Mutter natürlich auch, wenn nur eine von uns den Gedanken zu Ende gedacht hätte: Kohlchen würde nach Hause zurücklaufen. Sie würde auf vier Pfoten nach Hause flitzen, tippeditipp und hoppeldihopp, so schnell sie konnte. Sie würde auf der Bank in der Veranda sitzen und auf uns warten, bis sie vor Trauer starb. Können Katzen vor Trauer sterben? Es schien mir gut möglich.

Außerdem, wer konnte diesem Knecht schon trauen? Ich war mir fast sicher, daß er einer von denen war, die am Mittsommerabend des vergangenen Jahres auf der Festwiese sabbernd herumgestanden und gegrinst hatten, als GroßFriedrichs Hugo versuchte, mich zu vergewaltigen – ich hatte die Stimme wiedererkannt ... Vermutlich sah man die Verachtung in meinen Augen, und er hatte bestimmt gemerkt, daß ich wußte, was für ein Feigling er war. Deshalb schämte er sich und war gleichzeitig wütend auf mich. Das könnte er nun an Kohlchen auslassen. Vielleicht würde er sie mit den scharfen Zinken der Heugabel wegstoßen, wenn die Katzen die Milchreste eingegossen bekamen, oder sie sogar treten!

Die Åkeröäpfel mußten auf dem Hügel liegenbleiben. Der Entschluß war gefaßt. Eine Möglichkeit blieb noch offen.

Ich holte das Fahrrad aus dem Holzschuppen, das noch immer an seinem angestammten Platz des morgigen Tages harrte, hängte den Wollkorb an den Lenker und schlingerte los, mein Knie stieß mit jedem Tritt an den Korb. Oben auf der sandigen Ebene begegnete ich Mutter, sie war auf dem Heimweg.

»Was ist los, Nancy? Hat es nicht geklappt?«

Da brach es natürlich aus mir heraus. Der Korb schaukelte mit seinem zu Tode erschrockenen Inhalt am Lenker, schluchzend und vor Rotz triefend versuchte ich, alles zu erklären, und Mutter mit ihrem mitleidigen: »LüttNancy, LüttNancy, du Arme!« schrumpfte mich zusammen, bis ich ungefähr sieben war, und das machte nichts, denn genau das war ich. Ich war ein Kind in meiner Katzentrauer, die nicht nur eine Katzentrauer war, sondern viel, viel mehr.

Genau wie damals der Anblick des jämmerlichen, verwelkten gekauften Blumenstraußes auf LüttOskars schwarzer Sargkiste die große Trauer nach Doras Tod ausgelöst und mich dazu gebracht hatte, mich in der alten Scheune ins Heu zu wühlen und zu weinen, und genau wie die unerwartete Freundlichkeit des Busfahrers an jenem Morgen nach Vaters Totenwache den Krampf in meinem Innern gelöst hatte, genauso war es jetzt: die kleine schwarze Katze befreite meine Trauer. Sie wurde die Stellvertreterin. Die Platzhalterin. Ich durfte über sie weinen und über mich selbst, ich durfte den Verlust meiner gesamten Kindheit mit allem, was dazugehörte, hinausheulen. Und Mutter durfte trösten, brauchte keine Schuld zu empfinden, jedenfalls nicht so *besonders* große Schuld, denn ich trauerte ja bloß um das arme Kätzchen! Mutter und ich, wir versteckten uns beide hinter ihm.

Ich brauchte nicht mit zu Tante Olivia hineinzugehen.

»Besser, du wartest hier, Nancy, damit es nicht noch einmal so schwer für dich wird! Ich werde sie von dir grüßen und ihr alles erklären ...«

Ich blieb hinter der Steinmauer stehen. Sie war grau und bemoost und mit Espenlaub gesprenkelt. Das Wäldchen dahinter mit dem gelbgrün gefleckten Haselnußgestrüpp und dem unsichtbar gewordenen Seidelbast befand sich in einem Zustand von nasser Traurigkeit, ganz im Einklang mit meinem eigenen.

Mutter kam mit leeren Händen zurück. Während sie ihr Fahrrad nahm, das an der Steinmauer gelehnt hatte, und es Richtung Heimat (Heimat?) drehte, sagte sie, ohne mich anzublicken: »Ich habe ihr den Korb dagelassen, dann hat sie noch eine Erinnerung außer dem gelben Rosenbusch! Ich soll dich ganz lieb grüßen und dir sagen, daß du dir keine Sorgen machen brauchst! Sie will sie einige Tage drinnen behalten, damit sie sich ein wenig aneinander gewöhnen, und nachts darf sie auf dem Dachboden sein. Und später dann ... Es wird schon alles gutgehen. Blöd, daß wir nicht von Anfang an daran gedacht haben, Olivia zu fragen! Dann hättest du dir das ganze Elend erspart.«

In der Nacht – oder es war wohl eher gegen Morgen, denn drinnen war es gräulich hell – träumte ich so deutlich, daß ich mich noch immer frage, ob es ein Traum oder etwas anderes sehr Wichtiges war, was im Häuschen vor sich ging. Ich lag vor dem Herd auf dem Ausziehbett (es war keineswegs zerhackt und auf dem Aschehaufen vor den Kriechenbäumen verbrannt), und Kohlchen lag zusammengerollt auf der Steinplatte, wie sie es immer zu tun pflegte. Sie war eine Katze und doch keine Katze, sie war auch etwas anderes, was dumpf und ernst zu mir sprach und mich fragte, warum ich so traurig war. Ich versuchte zu antworten, aber die Lippen waren steif und die Zunge im Mund so dick und schwerfällig, daß ich kein verständliches Wort herausbrachte.

Plötzlich stand ein Hahn in dem Winkel vor der Backofenluke und plusterte sich auf. Er hatte glänzende rote Brustfedern und war offensichtlich zornig, denn er flatterte auf und ab und schlug mit den Flügeln. Dann flog er auf mich zu und hackte mir ins Gesicht, ich versuchte zu schreien, und ich glaube, das tat ich auch, aber vielleicht war auch von dieser Anstrengung nichts zu hören. Der Hahn verschwand jedenfalls, und Kohlchen kehrte majestätisch zurück. Kohlrabenschwarz saß sie da und starrte mich mit unbeweglichen Pupillen an, bis sie nach und nach in diesem anderen versank, von dem ich nicht wußte, was es war.

Es saß wie ein formloser Schatten auf der Vorderkante der Herdplatte, so weit erkennbar, daß es Beine oder eine Art Rock hatte, der vorne am Herd hinunterhing. Wieder hörte ich Fragen, aufgesagt von dieser dumpfen Stimme, die von weit her zu kommen schien, und ich hörte, wie mein Name, *Nancy, Nancy,* mehrmals wiederholt wurde. Aber ich konnte nicht antworten, die Zunge lag wie ein steifer und stämmiger Fisch in meinem Mund. Da sah ich, wie der Schatten vom Herdsockel glitt. Zuerst ähnelte er einem dünnen, grauen Stoff, doch dann, in der Bewegung, wechselte er die Farbe und wurde schimmernd blau. Vor meinen Augen hob er ab und schwebte über mir in einem wogenden Blau, dessen Nuancen ich nicht beschreiben kann. Möglicherweise das frische Blau in einer soeben aufgegangenen Leberblümchenknospe. Oder eines Veilchens. Oder das Blau des Himmels? Oder vielleicht des Kornblumenackers!

Es war all das und trotzdem viel mehr, und ich lag da und freute mich, ich freute mich so sehr! Dann hörte ich das wohlbekannte Quietschen, das der Deckel von Vaters Gesindekiste von sich gab, wenn man ihn einen Spalt öffnete, und obwohl ich keinen Mucks von mir geben konnte, war ich doch da mit meinen Augen und sah, wie dieses leuchtend blaue Etwas durch den Spalt rann und der Deckel heruntergeklappt und zurechtgerückt wurde. Von innen. Dieser Deckel hing ein wenig windschief in den Scharnieren, und man mußte ihn stets einen Tick zur Seite rucken, damit der Zapfen richtig ins Schloß traf. Als er das tat, war ein Knacken zu hören, und da wachte ich auf, ich hatte das Geräusch ganz deutlich im Ohr.

Der Wecker hatte noch nicht geklingelt. Mutter schlief oder lag genauso still und unbeweglich da wie ich und wartete auf das Klingeln, bereit, den Wecker abzuschalten. Die Decke in der Kammer hatte keine Balken, die Fläche war so klein, die Dachpappe lag frei und saugte das Dämmerlicht von dem einzigen Fenster weg, jetzt gardinenlos und leer. Die Wände waren kahl. Wenn ich die Augen schloß, sah ich dieses Blau, verblaßt zwar und entfernter und in Auflösung begriffen, aber das machte nichts, ich hatte es noch immer in mir, wie ein Lächeln. Ich ruhte darin wie in einer Wiege aus Trost. Und als der Wecker in der Küche endlich schepperte, empfand ich zum ersten Mal in dieser unschlüssigen Aufbruchszeit ein kleines tanzendes Kribbeln der Erwartung.

17

Mutter schrubbte uns Zentimeter für Zentimeter aus dem Häuschen hinaus.

Als Åkes älterer Bruder Knut wie versprochen gegen zehn Uhr mit dem Lastwagen eintraf, wurde er beauftragt, mit den Kammermöbeln zu beginnen. Da war Arvid in der Biege schon an seinem Platz, gefolgt von seiner dicken Maja, die zwischen Hausflur und Ladefläche hin und her watschelte und bei jedem Stuhlbein warnte: »Um Himmels willen, was ist das Ding schwer! Trag nicht zu viel, Arvid! Denk an deine Lungen, daß du mir nicht anfängst zu husten!«

»Wenn sie sich doch nur fernhalten würde, die steht bloß im Weg«, brummte Mutter. Sie hatte alle Hände voll zu tun, damit alles nach Plan lief, und außerdem mußte sie ja auch fröhlich wirken und immer wieder ihre Dankbarkeit zum Ausdruck bringen.

Als die Kammer leer war, begann das Putzen, wie geplant. Mutter kniete, den Hintern in der Luft, auf dem Boden, und Arvid stand auf der Türschwelle und gab Kommentare ab: »Mensch, du brauchst doch nicht so zu schrubben! Wer weiß, vielleicht reißt er den ganzen Scheiß ab! Der braucht bloß den Kuhfuß ansetzen und ein bißchen ruckeln, um die Sache hier zum Einstürzen zu bringen. Das ist schnell erledigt, bei so einer alten ... äh ...«

Bruchbude, hatte er sicherlich hinzufügen wollen, aber dann war ihm wohl eingefallen, daß er selbst auch nicht pompöser wohnte, oder vielleicht spürte er auch, daß dieser Augenblick eine Art von Respekt erforderte.

»Es mag kommen, wie es will«, sagte Mutter, während sie mit der Scheuerbürste zwischen Eimer und Kernseife herumfuhrwerkte. »Ich habe jedenfalls nicht vor, Dreck zu hinterlassen!«

Ein grüner Klecks wurde auf die feuchte Fläche vor ihren Knien geklatscht. Die Bürste witscherte hin und her und im Kreis herum, der Schaum floß in grauweißen Wirbeln, plumps in den Eimer und her mit dem Unterhosenlappen. Es lief wie im Takt: auswringen und spülen, aufwischen und wringen und dann die Bürste wieder und wieder in die Seife. Der Seifengeruch erfrischte, aus den Ritzen im Kammerboden stieg ein feuchter Feiertagsduft. Natürlich würde ZehenPelles Frida alles sauber hinterlassen!

Wir hatten auch diesen Morgen mit Kaffee und Weißbrotscheiben begonnen, aber gegen neun Uhr nahm sie die kleine schwarze Pfanne aus dem Backofen und briet ein paar Speckscheiben, dann schälte sie drei, vier gekochte Kartoffeln und legte sie in das Fett, ließ sie langsam braten, bis sie außen hart und gelbbraun waren, salzte sie und streute ein bißchen Zucker darüber. Das war ihre Methode der Verfeinerung.

»Komm jetzt und setz dich, Nancy! Nimm dir ein Butterbrot und trink den letzten Schluck Milch aus, den können wir sowieso nicht mitschleppen. Besser, wir essen ordentlich – wer weiß, wann wir wieder was kriegen?«

Als ich abgewaschen und abgetrocknet hatte, wickelte ich die Teller und Gläser in Zeitungspapier und stellte sie in den Geschirrkarton, der aufgeklappt vor der Brennholzkiste stand. Daneben stand der Karton mit den Küchengeräten, und dorthinein legte ich nun die sorgfältig ausgewischte und umwickelte Bratpfanne, oben auf die Bestecklade und die Spritztüte. Auch der Kaffeepott wurde vom Herd genommen und mit umgedrehtem Deckel in die Kiste gelegt. Gegen elf würde es zwar einen Umzugskaffee geben, aber zu Mutters aufrichtiger Freude hatte Tante Ågren dazu eingeladen, sie würde mit Tassen und allem vorbeikommen, falls Frida nichts dagegen hatte? Vielleicht wäre es schön, sich bei allem anderen Aufwand diese Mühe nicht machen zu müssen?

»Helga Ågren ist immer ein reeller Mensch gewesen. Ein bißchen zurückhaltend, aber reell! Bessere Nachbarn hätte man sich gar nicht wünschen können.« Diese Worte waren als Tante Ågrens Abschlußzeugnis zu verstehen.

In der ZehenPelle-Hütte gab es kein Kupferreservoir am Herd, aus dessen Hahn man warmes Wasser entnehmen konnte. Wir waren gewohnt, das Wasser nach und nach zu erhitzen. Nun standen unsere größten Töpfe randvoll auf dem Herd und dampften, bereit für die abschließende Reinigung von Küchenboden und Hausflur. Die Veranda würden wir nur ausfegen, die Bänke dort waren schon gescheuert, ebenso die Bodentreppe und der Sitzbalken auf dem Plumpsklo.

»Jetzt muß es nur noch runterbrennen und ein bißchen abkühlen, dann kann ich mit einem Klecks Herdschwärze drüberwischen. Dann glänzt es so richtig«, sagte Mutter, und lag da nicht ein Hauch von trotzigem Weinen in ihrer Stimme? Der schwarze Herd war immer ihr ein und alles gewesen.

Der eingebaute Küchenschrank glotzte uns leer an. In den Löchern in den Ecken hatten die Ratten nun wieder freie Bahn, die Glasscherben, die als Hürde dienen sollten, hatten wir wieder herausgepult, weil sie einen unnötig grausamen Eindruck auf denjenigen machen konnten, der den Umgang mit Ratten nicht gewohnt war. Die Brennholzkiste war ausgefegt. Den Herdsockel und den Rauchabzug hatten wir abgewischt, aber einen neuen weißen Anstrich hatten wir uns nicht geleistet.

»Das muß reichen, wer immer nach uns kommt. Besser kann es in einer alten Hütte nicht werden.«

Åke würde erst zwischen zwölf und eins auftauchen, er mußte zuerst das Brot ausfahren. Als er kam, war das meiste aufgeladen, und wir hatten auch schon den gesegneten Umzugskaffee getrunken und Käsebrote und Sandkuchen dazu gegessen. Mutter hatte immer ein besonderes Herz für Åke gehabt, er stand ihr näher als ihre eigenen Söhne. Keiner war wie Åke, das hob sie ständig hervor, und natürlich hatte sie für ihn in Vaters alter Thermosflasche einen Schluck Kaffee beiseite geschafft, und auch ein paar belegte Brote. Als die Fahrräder auf der Ladefläche standen und als letztes die Säcke mit dem restlichen Birkenholz hinaufgehievt worden waren, schloß Knut die Klappe und bereitete die Abfahrt vor, indem er im Generatorgasaggregat herumstocherte und den Ruß entfernte.

Da saß Åke auf der wackeligen grauen Verandabank und trank seinen Kaffee aus der Verschlußkappe der mit Isolierband geflickten Thermoskanne. Wir hatten Sonne an diesem Tag, eine blaßgelbe Herbstsonne, die nicht wärmte, aber die Haut mit einer gewissen Freundlichkeit streichelte, es prasselte sachte im letzten Espenlaub, das bereits vom Frost angefressen war, und das Dorf war weit weg, in Wirklichkeit existierte es gar nicht mehr.

Arvid und Maja hatten sich verabschiedet. Tante Ågren war schon vor einer Weile mit ihrem Kaffeekorb am Zaun entlang nach Hause getippelt. Mutter scheuerte sich hinaus, Bohle für Bohle und Ecke um Ecke. Die leeren Kupfertöpfe mit den rußigen Unterseiten standen auf der Veranda neben ihren Schuhen und den Gummistiefeln mit den abgeschnitten Schäften.

Ich, Nancy, Mamas Anhängsel, war schon fertig angezogen und saß Åke gegenüber auf der Bank.

»Wie geht es denn Betty?« fragte ich, vor allem um das Schweigen zu brechen, Åke sagte ja nie viel.

»Doch, danke – es geht wohl ganz gut. Sie hat gesagt, ich soll Grüße bestellen.«

Sicher. Das verstand ich gut. Grüße hin und her gehörten dazu. So machte man es eben. Es war magisch. Genauso wie man sich auf dem Hügel umdrehte und winkte.

»Grüß sie zurück.«

»Danke.«

»Und wie geht es den Kindern? Die habe ich eine ganze Weile nicht gesehen.«

»Tja, denen geht es auch gut … Ein bißchen erkältet, aber …«

Gesprächig war er nicht gerade! Ich sah ihn an, nicht direkt und in die Augen, sondern verstohlen von der Seite. Ich sah, daß er abgenommen und dünneres Haar bekommen hatte, obwohl er erst fünfundzwanzig oder sechsundzwanzig war. Das Bereitschaftsleben natürlich, diese ständigen Einberufungen. Wer wußte schon, was für Strapazen er ausgesetzt gewesen war in der Lappenhölle, wie man jenes abgelegene Barrasnorrland nannte. Und zu Hause gleich wieder arbeiten und in aller Herrgottsfrühe raus, genau wie ich bei meiner alten Postarbeit! Aber es war wohl nicht nur das. Wie es ihm wohl mit Betty erging … Liebe? Bekam Åke Liebe? Ich zweifelte daran. Insofern waren er und ich ebenbürtig.

Auf der Veranda kniend, schrubbte Mutter die Türschwelle, spülte und wischte und schüttete schließlich das Scheuerwasser auf den verwelkten Blumenkasten.

»So, und jetzt ist auch das erledigt!«

Sie steckte die Füße in die Stiefel und ging zum Brunnen hinunter, dort wusch sie den Feudel und die Bürste aus, kam mit dem Eimer zurück und sagte: »Am besten stellst du den auch hinein, vielleicht muß man zu Beginn gleich saubermachen, so was erlebt man nicht zum ersten Mal.«

Die Kartons mit Glas und Geschirr, Küchengeräten und Kleidungsstücken hatten wir bereits in den Schrank des Brotwagens gestellt. Die Topfpflanzen, das heißt die Geranien, den Glücksklee, die Zimmerbirke und das Nollimötanger (Nolimetangere), das wir von Tante Olivia bekommen hatten, standen in einer leeren Zuckerkiste. Die frisch gepflanzte Königsbegonie dagegen sollte ich auf dem Lastwagenboden zwischen den Füßen halten, denn ihre Blätter knickten leicht ab, und sie durfte nicht umkippen. Der große Spiegel, der zur Kommode in der Kammer gehörte, war aus seinem Kipprahmen geschraubt worden und stand, in eine Decke gewickelt, ebenfalls im Bäckerauto. Nun stopfte Åke noch den Scheuereimer hinein.

»Die Frage ist, was wir mit den Kupfertöpfen machen«, sagte Mutter. »Für die werden wir wohl auf diesem Gasherd keine

Verwendung haben. Ach, ich weiß es nicht … Oder doch! Wir scheuern unten den Ruß ab, reiben sie mit etwas Kupferpolitur ein und hängen sie an die Wand! Zur Verzierung. Wie die feinen Leute. Was meinst du, Nancy?«

Die Kochtöpfe wurden ineinander und anschließend in den Eimer gesteckt, doch dann kam die alte Thermosflasche zur Sprache, die noch auf der Verandabank stand. Die konnte man doch nicht gebrauchen! Gewiß nicht. Was sollten wir damit? Der Korken war muffig und der Deckel mit Isolierband geflickt, das an den Rändern ganz schwarz und ausgefranst war.

Vaters alte Kaffeeflasche. Und Mutters Urteil. Es versetzte mir einen Stich. Im ganzen Körper verhärteten sich meine Muskeln. Plötzlich sagte Åke: »Ich nehme sie. Wenn sie keiner haben will.«

Danke! Danke, Åke. Aber wozu, dachte ich. Was willst du damit? Machst du es Betty zuliebe, soll es eine Erinnerung an ihren Vater sein? Oder ist es dein eigenes Gefühl? Eigentlich war er nicht besonders nett zu dir. Einen Waschlappen nannte er dich. Noch grün hinter den Ohren. Kein Kerl, mit dem man einen heben kann! Und trotzdem bist du derjenige, der …

Ich sollte mit Knut fahren und Mutter mit Åke, so war es abgemacht. Als sie in Kleid und »Kostümjacke« herauskam, den Putzkittel hatte sie in die Lederflickentasche gestopft, die Stiefel hielt sie in der Hand, brauchten wir nur noch abzuschließen. Knut stand vor dem Lastwagen und rauchte (zum Dank hatte er übrigens unsere Tabakkarten erhalten, die kamen sehr gelegen!), Åke und ich warteten beim Brotauto. Mutter, ZehenPelles Frida, drehte zum letzten Mal den großen, schiefen Schlüssel herum, dann schaute sie sich unschlüssig um. Ich merkte es und verstand, wonach sie suchte: nach einem Platz, an den sie den Schlüssel legen konnte. Es gab ja nun keine Fußmatte mehr, die das Loch zwischen den Bohlen des Verandabodens verbarg, unser gewohntes Versteck. Und außerdem – verstecken? Vor wem?

Ein Zögern von wenigen Sekunden. Die Augen suchten einen Nagel und fanden ihn.

18

An den ersten Abenden tappten wir in der stickigen Wohnung herum wie zwei Mäuse, die zur Untermiete logieren, meist flüsternd und ständig auf die Geräusche rings um uns lauschend. Die Straßenbahn bimmelte, wenn sie um die Ecke bog; aus der mysteriösen Wohnung über uns waren Gelächter und Jazzmusik zu hören, offenbar aus einem Radiogrammophon, und die Dielen knarrten, als würde dort oben getanzt. Dicht unter unserem Fenster lag der Bürgersteig, und wenn Leute vorbeigingen, prasselten die Stimmen wie Hagelkörner gegen die Glasscheiben. Mitunter kamen aus Janssons Wohnung seltsame und heisere Laute, aus dem inneren Zimmer, das an unsere Küche grenzte, in der Mutters Bank stand. Es klang, als ob sie sich stritten oder sich gar prügelten?

»Man gewöhnt sich dran«, sagte Mutter. »Man darf sich nicht darum scheren. Man wird wohl allmählich hineinwachsen.«

Was sollte ich darauf antworten? Jetzt waren wir schließlich hier. Nun konnten wir nichts anderes tun, als den obersten Knopf aufzumachen und nach Luft zu ringen. Aber auch die Atemzüge hatten sich verändert, viel schneller und flacher als zu Hause am Waldrand.

Doch. Die Stadt veränderte uns. Nach und nach lehrte sie uns die Kunst der Anpassung, aber sie selbst war nicht beeinflußbar, jedenfalls nicht von solchen wie Mutter und mir. Wir hatten auch keine Absichten in dieser Richtung. Wir hatten unseren Platz und wußten um die selbstverständliche Begrenzung unserer Möglichkeiten. Aus Sicht der städtischen Gemeinschaft völlig unbemerkt, zogen wir mit Sack und Pack in die Gasse, und die Stadt als Lebewesen, groß und lärmend, bimmelnd und scheppernd, dampfend, duftend, ständig in Bewegung und unüberschaubar, hob anläßlich unserer Ankunft nicht einmal die Augenbrauen, ebensogut hätte eine Katze über die Straße schlüpfen können. Die Stadt war, was sie war, und lag, wo sie lag, mit ihrer Vielfalt von Häusern, mit Straßen und Ecken, Gassen und Plätzen, Cafés und Kneipen, Baustellen mit pochenden Rammaschinen, Geschäften und Büros aller Art – Rechtsanwaltskanzleien, Arztpraxen, Sattler, Friseure und Revisoren in einer bunten Mischung, von letzteren hatte ich nur eine vage Vorstellung.

Lange Holzstapel lagen am Kai unter der Islandbrücke, Kutter und Schleppkähne schaukelten unterhalb des Zollhauses auf und ab, und Säcke mit Koks und Holzkohle türmten sich zu rußigen Pyramiden auf, es mußte wahrhaftig auch in der Stadt geheizt werden! Das war ja immerhin etwas. Von der Gassenmündung konnte man jetzt im Oktober, da kein Laub den Blick verschattete, hinter dem Gitter, das den Svandammen umgab, blaßgrün und nackt das Restaurant Flustret und daneben ein hohes, gleichsam doppelt gewölbtes Gebäude sehen, von dem ich immer noch nicht wußte, wozu es diente. Verborgen hinter diesem Haus lagen die Tore und der gekrümmte Weg zu der Anhäufung verschieden hoher Gebäude, die zum Akademiska Sjukhuset, dem Universitätskrankenhaus gehörten.

»Wenigstens hat man es nicht weit zum Krankenhaus«, lautete Mutters Kommentar. »Im schlimmsten Fall kann man hinkriechen.«

Rechts vom Pförtnerhäuschen des Krankenhauses und auch ein Stück höher auf dem Berg, aber trotzdem so nah, daß man die Schwere drückend spürte, lag der bullige langgestreckte Körper des Schlosses, schweinchenrosa oder graurot, je nach Wetter und Tageszeit. Weiter weg und in entgegengesetzter Richtung erhoben sich die spitzen schwarzen Kirchtürme des Doms, die Schlafplätze der Dohlen. Wenn sie abends in der Dämmerung von ihren Tagesplätzen heranströmten, wurde der Himmel ganz streifig von ihrem Gewimmel, grauschwarz wie rußige Papierfetzen schwirrten sie umher und krakeelten eine Art verlassene und nörgelige Unentschlossenheit heraus, die ihre Entsprechung in meinem Innern fand und die ich schaudernd auf mich bezog.

Das ganze Gebiet rings um den Dom begriff ich instinktiv als nicht zu mir gehörig, gleichzeitig zog es mich an; es dauerte jedenfalls eine ganze Weile, bis ich mich vorwagte und mit nach oben gerichtetem Blick durch das Gewölbe schritt, um mit Ehrfurcht und einem deutlichen Gefühl von Fremdheit auch diesen Teil meiner neuen Nachbarschaft zu erforschen.

An einem windigen Oktobertag stand ich zum ersten Mal unten an der Treppe und begaffte die Universität. Die Sonne schien lau und diesig und ließ den Wahlspruch mit seinen Goldbuchstuben über dem Eingangstor in vollem Glanz erstrahlen: UNIVERSITAS REGIA UPSALIENSIS. Ich begriff, daß das Latein war, und es gelang mir auch, herauszubekommen, daß es irgend etwas Königliches oder Königinnenhaftes bedeuten mußte. Eine Königliche Universität. Uppsalas Königliche. Breitbeinig stand ich mit in den Taschen vergrabenen Händen im Kies, las und schaute. Rücken an Rücken mit mir stand Erik Gustaf Geijer, das heißt, er stand breitbeinig und kraftvoll mit den Händen auf dem Rücken auf seinem hohen Sockel und überblickte die Stadt mit seinen grünspanblinden Augen, die ich mir vorstellen mußte, weil sie so weit oben saßen, daß ich nur die Augenbrauen erkennen konnte.

Auf dem kleinen grünen Pfad ist mir nicht bang,
Wo ich einsam wandere im Wald;
Doch die Kiefern stehen düster am Hang;
Und die Berge werfen Schatten so lang:
Es ist so dunkel tief, tief im Wald.

Das hatte er geschrieben! *Der kleine Köhlerjunge.* Das Gedicht, das Mutter so liebte, wenn ich es zu Hause in der Hütte laut vorlas, alle zehn Verse mit ausgefeilter Betonung.

Die Nacht stieg herab, und spät ward die Stund,
Wild und wilder ward der Wegesrand.
Es rasselt, es raschelt über den rauhen Grund –
Der Kleine flieht hinaus aufs Heideland.
Es ist so dunkel tief, tief im Wald.

Manchmal weinte sie dann, meine kleine Mama.

Aber daß der Köhlerjunge, der seinem Vater Essen brachte, etwas mit diesem gebieterischen Kerl aus Bronze zu tun haben konnte, war schwer vorstellbar. Es paßte nicht zusammen. Es waren zwei unterschiedliche Welten. Eine barfüßige Köhlerjungenwelt und eine großzügige, breite Professorenwelt – in welcher war eigentlich er, dieser Geijer, zu Hause? Ich wußte, zu welcher ich gehörte und gehören *wollte*. Trotzdem muß ich zugeben, daß sich eine Art von zornigem, trotzigem Verlangen in mir ausbreitete, als ich da in dieser herbstlichen Stimmung auf dem Universitätshügel stand. Oder war es vielleicht Neid? Doch sicher, das auch. Nicht weil ich mit im Rücken verschränkten Händen auf einem Steinsockel stehen wollte – und das Mädchen mit der Harfe wollte ich auch nicht sein, das zu seinen Füßen dasaß und so sehnsüchtig guckte (daß sie den *Gedanken* darstellte, wußte ich damals nicht), aber Sehnsucht empfand ich – genau wie in den himmelblauen Lerchentagen daheim in Dalängen.

Doch hier, vor Uppsalas Universität, spürte ich den Windzug eines andersgearteten Flügelschlags in den Weltraum aufsteigen, etwas undefinierbar »Historisches« schwebte professorenschwarz mit flatternden Schößen vorbei, ohne den Boden zu berühren, und ich wollte mitfliegen, Luft unter den Flügeln spüren, einen Überblick und Wissen über alles gewinnen, was je existiert hatte, von früheren Zeiten bis heute … Es war nur so, daß ich nicht dorthin gehörte. Nein – dieser Erik Gustaf Geijer, der stammte wohl kaum von der Köhlerjungenwelt ab. Sonst hätte er nicht dort gestanden, wo er stand.

»Mensch, daß ihr Stadtbewohner werdet«, plapperte Maja in der Biege an dem Tag, als sie uns beim Umzug »half«, das heißt, als sie Arvid bewachte. »Ach ja, nun werdet ihr wohl feine Leute …«

»Ja, ja, da habt ihr jetzt wohl andere Aussichten als zu Hause in der Scheiße«, fügte Arvid hinzu und spuckte seinen Kautabak aus.

Das mochte man glauben, wenn man keine Ahnung hatte. In Wirklichkeit zog die ZehenPelle-Welt mit uns um und wurde nur in eine größere verpflanzt. Und von Aussichten konnte keine Rede sein. Der Überblick und die Kenntnisse, die Mutter und ich über die Funktionen des städtischen Apparats und die Geographie der Stadt besaßen, ebenso wie über ihre sichtbaren oder vielmehr unsichtbaren Planquadrate und Grenzlinien, hätten ohne weiteres auf dem Nagel eines kleinen Fingers Platz gehabt, ja, die Hälfte dieser Fläche hätte gereicht. Wir wußten nichts über das akademische Leben jenseits des Flusses, und über das bischöfliche auch nicht, keines von beiden war Teil unserer Vorstellungswelt. Unsere Wirklichkeit war eine ganz andere.

Mit Brotauto beziehungsweise Lastwagen hatten Åke und Knut uns rückwärts durch die Holzpforte in die Gasse nahe der Islandbrücke gefahren, und nach dem, was Mutter zu verstehen gegeben hatte, gab es von ihrer Seite drei Gründe für den Umzug:

1. Kein Schnee mehr. *Nicht noch so ein Winter!*
2. Keine erniedrigenden »Angebote« mehr. *Diese Hurenböcke!*
3. Keine Hemdsärmelkartons mehr.

Ob es weitere Dinge gab, um die sie herumkommen oder die sie möglicherweise zu gewinnen hoffte, außer einer einigermaßen gesicherten Versorgung, weiß ich nicht.

Zunächst ging es für uns beide in erster Linie darum – nachdem wir die Gardinen aufgehängt hatten –, zu lernen, wie man so schnell wie möglich in das neue Dasein hineinwuchs. Nicht auffallen, keinen Anlaß zur Verärgerung geben (mach die Tür vorsichtig zu, feg den Hausflur, sprich nicht so laut!), sich nicht dumm anstellen (ein Maß Kaffeesahne, bitte! Und zwei Franzbrötchen). Sich nicht durch die Redeweise zu erkennen geben, keinen Dialekt. (Aber in diesem Punkt war Mutter natürlich unverbesserlich.) Freundlich halbinteressiert, so sollte man sich geben. Höflich und manierlich. Angemessen dankbar, mit angemessen geradem Rücken, alles angemessen! Und immer aufmerksam.

Für Mutter, ehemals ZehenPelles Frida, verlief die Anpassung geradezu verblüffend gut. Sie machte es sich nicht unnötig schwer. Sie hatte sich ihre Ziele klar gesteckt, sie mußte arbeiten und Zeiten einhalten, mehr war nicht dabei! Schon am Morgen des vierten Tages machte sie sich mit ihrer Lederflickentasche auf den Weg zu Tempo, etwas rotfleckig im Gesicht, aber guten Mutes. Sie hatte schließlich Elin, die ihr Sicherheit gab.

»Was man sich eingebrockt hat, muß man auch auslöffeln«, sagte sie. »Im übrigen ist man wohl nicht schlechter als andere! Es wird schon gehen.«

Auf dem Hof und in der Gasse wurde sie Frau Pettersson, Frau Pettersson aus der Sechs. Man grüßte sie mit einem kleinen abwartenden, aber doch deutlich anerkennenden Nicken. Sie sah auch respektabel aus, angemessen freundlich und angemessen zurückhaltend. Rut aus der Repslagargatan, die schlechter gestellt war als Elin und gelernt hatte, andere Lösungen zu finden, hatte uns ein Bekleidungsgeschäft in der Querstraße neben der Universität empfohlen. Genau am unteren Ende des Berghöckers lag dieses Geschäft, das Härold hieß, und dort konnte man zu günstigen Bedingungen Mäntel auf Raten kaufen. Ich war so weit ausgerüstet, daß ich vorerst zurechtkam, aber Mutter erwarb einen gerade geschnittenen grauen Gabardinemantel mit verdeckter Knopfleiste für zehn Kronen im Monat, ich fand, daß er ziemlich fade aussah, aber sie peppte ihn mit einem bunten Halstuch auf, und wenn sie sich dann die Baskenmütze leicht schräg auf die Nackenrolle setzte (die den Knoten nun auch im

Alltag ersetzte), sah sie aus wie eine, die wußte, wohin sie wollte. Zu allen freundlich, aber vor niemandem kriechen, so stand es schließlich im ungeschriebenen Buch der weisen Sprüche.

Was mich anbelangt, so war meine Perspektive verschwommener, ich war ja bloß mitgekommen. Ich war AnhängselNancy, zumindest vor mir selbst. Für die anderen war ich die Tochter. Tochter Nancy, aber meistens doch mit Fräulein Pettersson bezeichnet. Ohne Attribut. Nicht ZehenPelles Mädchen. Nicht die, die »studiert« – Gott bewahre! Nicht einmal die, die ein bißchen »eigen« ist, sondern einfach Fräulein Pettersson. Fräulein Anonym. Mich stellte das nicht ganz zufrieden.

»Was machen Sie denn beruflich, junges Fräulein?« fragte die weißgekleidete Inhaberin des Milchladens, während sie mir die Tüte mit den frischen Franzbrötchen herüberreichte.

»Ich bereite mich auf meine Prüfung vor«, sagte ich, angemessen zurückhaltend, und versetzte mich augenblicklich selbst in Erstaunen. Was sagte ich da eigentlich? Woher hatte ich die Worte? Es war, als hätten sie auf der Zunge bereitgelegen und wären mir ohne eigenes Zutun aus dem Mund gehüpft. Ich verdrückte mich, so schnell ich konnte, die Brottüte an die Brust gepreßt, brennende Röte, als ich die Tür hinter mir schloß. Das klang nach etwas! Aber nun war es gesagt, gelogen oder nicht.

Ich muß zugeben, daß in dieser ersten Zeit in Uppsala das vorherrschende Gefühl in meinem Innern Gehässigkeit war, oder jedenfalls ein erstickender Widerwillen. Ich wurde verächtlich und reizbar, nicht zuletzt Mutter gegenüber, und die Erinnerung an den blauen Traum half mir nicht, er lag in der Kiste unter dem Fenster zur Straße, nicht einmal im Schlaf war der Helfer zur Hand. Am liebsten wäre ich im Bett geblieben, wenn Mutter morgens losging.

»Ruh dich ein bißchen aus, Nancy«, sagte sie, wenn sie den Gabardinemantel zuknöpfte. »Hauptsache, du fängst mit der Lernerei wieder an, wir werden bald versuchen, dir einen vernünftigen Tisch zu besorgen, damit du ordentlich Platz hast! Jetzt bekomme ich ja jeden Monat meinen Lohn …«

Ich antwortete nicht. Es war so erniedrigend! Mutters Optimismus und ihre nie versiegende Geduld und Anpassungsfähigkeit trieben mich zur Weißglut. Es war, als hätte das Leben vor Tempo und der Gasse nie existiert. Es war, als sähe sie mich nicht mehr, als wollte sie mich nicht mehr sehen, als wollte sie nicht verstehen, wie elend ich mich fühlte! Schließlich war alles ihre Schuld. Sie war mir nichts, dir nichts losgeprescht und in die Stadt gezogen.

Ich kann nicht behaupten, daß ich Heimweh hatte, nicht wirklich. Ich lag nicht abends wach und weinte dem Holzschuppen und dem Bretterzaun und den Schneebeerbüschen hinterher, das gestattete ich mir nicht, denn wonach sollte ich mich sehnen? Die Hütte war verkauft, vielleicht sogar abgerissen, zerhackt und abtransportiert. Oder von anderen bewohnt. Manchmal sah ich sie vor mir, aber in unendlicher Entfernung, wie durch ein umgedrehtes Fernglas. Einmal, als ich ein Kind war, hatte ich durch eines gucken dürfen, das Lennart ausgeliehen und mitgebracht hatte. Am lustigsten fand ich diese Verkleinerung, wenn alles so winzig und weit, weit weg war wie in einer Märchenwelt. So war es nun mit der Hütte, und ich wagte nicht, das Fernglas umzudrehen und das Bild näherkommen zu lassen.

Unsere Wohnung hatten wir so eingerichtet, daß unser alter Plüschdiwan einsam und majestätisch an der kurzen Wand links in dem Zimmer stand, das man zuerst betrat, und dort hatte ich meinen Schlafplatz. Vor dem Sofa stand der viereckige kleine Tisch mit den hochklappbaren Seitenteilen, und an jeder Seite des Tischs, leicht schräg und in angemessen luftigem Abstand, einer unserer beiden Kammerstühle aus Eiche. Zwischen den Fenstern war die Spiegelkommode passend plaziert worden (sie machte sich dort tatsächlich besser als zu Hause, das mußte ich zugeben), und zwischen der Fensterwand und der Tür hatte das Küchenbüfett mit dem Gipshund und den Fotografien seinen selbstverständlichen Platz gefunden. Vor dem Fenster, das näher zur Sofawand lag, stand ein Piedestal mit einem Blumentopf darauf (die Königsbegonie, die sich zu erholen schien), und unter das andere hatten wir die Gesindekiste gestellt und mit einem Deckchen und Großmutters alten Nickelkerzenständern geschmückt.

Das Schönste im Zimmer war jedoch der Kachelofen, er füllte eine ganze Ecke aus, blau-weiß und glänzend mit blanken Messingtürchen und einer Ofenklappe mit Knauf. Zwischen dem Kachelofen und der Küchentür blieb ein Stück Wand leer, gerade lang genug, vielleicht eineinhalb Meter. In den ersten Tagen, als ich von all dem Ordnen und Einrichten noch ein wenig abgelenkt war und mit Mutter Gardinen aufhängte und Teppiche ausbreitete – und ja, kurz gesagt alles »fein« machte –, hatte ich mir vorgestellt, daß ich dorthin, genau an diese Wand, ein Bücherregal stellen könnte! Und eine Stehlampe mit Schirm … und vielleicht (vielleicht!) einen Sessel … Ein Traum! Aber er wärmte mir einen Augenblick lang das Herz. Nun pfiff ich drauf.

Mutter machte sich kurz nach acht auf den Weg, ich blieb liegen und starrte an die Decke. Die schnellen und verhältnismäßig leichten Schritte aus der Herrschaftswohnung über uns waren verklungen und auf dem Bürgersteig davongeklackert, das Trampeln und das Geblöke im Wohnungsflur von Janssons ebenfalls. Abgesehen vom Straßenbahngebimmel waren von der Gasse nur hier und da Fahrradgeräusche zu hören, aber jetzt in der morgendlichen Hast nicht viele Stimmen, bloß Schwaden von wolligem Gemurmel, das in die Höhe wuchs wie Schimmel und wieder zurücksank.

Die Milchfrau wuchtete natürlich ihre Kannen herein, und vielleicht bildete ich es mir ein, aber wenn ich die Luft tief genug in die Nase zog, spürte ich dann nicht einen ganz, ganz schwachen Duft von frischem Weizenbrot durch die Wand sickern? Er ließ mir das Wasser im Mund zusammenlaufen. Wir backten nicht mehr selbst, hatten es jedenfalls noch nicht gemacht, weil Mutter sich scheute, den Gasherd wegzuräumen, der auf dem normalen Herd stand, sie hatte Angst vor diesen Schläuchen und Hähnen, fürchtete, sie könnten nicht zugedreht oder undicht sein. Vielleicht würde die ganze Küche explodieren, wenn sie Feuer machte!

»Hier ist Kaffee, den du dir aufwärmen kannst, Nancy«, hatte sie gesagt, als sie abmarschbereit war. »Und ich habe ein Ei gekocht. Geh und kauf dir ein Franzbrötchen oder ein Feinbrot, dann kommst du zurecht. Ich schaue mittags kurz rein, dann bringe ich etwas mit. Zum Glück hat man es nicht weit.«

Natürlich sah sie, daß es mir nicht gut ging, blind war sie schließlich nicht, aber sie wagte nicht zu fragen, wollte die Eiterbeule nicht antippen, damit sie nicht platzte. Ihre Philosophie war dieselbe wie immer: Die Zeit heilt alle Wunden. Das wird schon wieder. Wenn wir nur erst ein bißchen vorankommen …

Wenn nur erst dies, wenn nur erst das …

Einmal war ich einem bodenlosen Loch gefährlich nah gewesen. Es war an einem frühen Vorsommermorgen, als ich voller Verzweiflung von Betty nach Hause radelte und die Schreie in meinem Kopf widerhallten: *Du bist nicht normal! Du bist nicht ganz dicht! Niemand will dich haben, kapierst du das?* Damals hatte ich das Fahrrad an die Birken am Wegesrand gelehnt und war blindlings zum Fluß hinuntergerannt, plötzlich stand ich bis zum Kinn im kühlen Wasser, splitternackt, der einsamste Mensch auf Erden – ohne schwimmen zu können! Ein einziger Schritt, der entscheidende, kitzelte und zog an meinem rechten Fuß, aber ich machte den Schritt in die Tiefe nicht, damals nicht … Jetzt spürte ich den gleichen dunklen Sog, die gleiche drohende Panik.

An dem Junimorgen damals hatte Vater auf dem Kartoffelacker gestanden, und Mutter war mit einer Schürze vorm Herd herumgelaufen, es war alles, wie es sein sollte. Nun war diese Sicherheit ausradiert, nun saß ich hier in diesem verfluchten Loch, hatte Gasgeruch in der Nase, und die Fenster waren schmutzig vom Ruß und vom Staub der Gasse.

Ich klatschte das Kissen auf den Fußboden, setzte mich auf die Sofakante, kratzte mich mit den Nägeln an der Kopfhaut, bis es brannte (die Haare fühlten sich fettig an), tapste zum Kachelofen, der vom Vorabend noch lauwarm war, stand eine Weile da und drückte Rücken und Hintern dagegen. Dann ging ich in die Küche, schnippte den Gasanzünder an und wärmte den Kaffee auf. Anschließend füllte ich Wasser in die gelb emaillierte Waschschüssel mit dem grünen Rand, die wir von zu Hause mitgebracht hatten. Während der ganzen Zeit betete ich und rief zu Gott. Ich glaubte nicht und rief trotzdem. Hilf mir, hilf mir, hilf! Ich konnte ja nicht wie ein Kleinkind zu Tempo rennen.

Während ich mein Bett machte und mich anzog, die Königsbegonie goß und die Stühle zurechtrückte, vermied ich es sorgsam, das Stück Wand anzusehen, wo ich in Erwartung des erträumten Bücherregals zwei Zuckerkisten mit einem gefältelten Vorhang davor übereinandergestellt hatte. Dahinter befanden sich die Bücher und die Kursbriefe, ihren Anblick ertrug ich nicht, allein der Gedanke, sie zu öffnen, bereitete mir Übelkeit.

19

In dieser Anfangszeit, während ich planlos und grüblerisch durch die Straßen streifte und mich in den Schaufenstern spiegelte, kam ich täglich an einer Buchhandlung vorbei, die in einem älteren Haus untergebracht war. Es war nicht weit entfernt von der Ecke zu unserer Gasse, und ich blieb oft stehen und guckte in die Auslage. Dort war unter anderem eine Reihe von Gedichtbänden aufgestellt, Fröding, Boye, Karlfeldt und Bo Bergman, alle im gleichen dunkelblauen Leineneinband mit Sternendekoration in Gold, und natürlich überkamen mich Erinnerungen, ich dachte an Gunnel und empfand eine reißende Leere und Verlassenheit.

Eines Tages faßte ich mir ein Herz und betrat den Buchladen mit dem leicht abschüssigen Fußboden und der niedrigen Decke. In der Hoffnung, weder angesprochen zu werden noch aufzufallen, versuchte ich, eine flüchtig interessierte Kennermine aufzusetzen, während ich herumging und die Reihen der Buchrücken begutachtete, ich hatte keineswegs vor, etwas zu kaufen. Trotzdem tat ich es, unüberlegt und ohne mich von dem Gedanken an meine schlechte wirtschaftliche Lage bremsen zu lassen, aber es war weder eine Gedichtsammlung noch ein Lehrbuch, sondern ein Tagebuch. Ich kann es nur so erklären, daß ich mich ganz einfach in den glatten weichen Kalbslederumschlag verliebte, es war so schön, mit den Fingern der rechten Hand darüber zu streichen. Die cremefarbenen Blätter schienen trotz ihrer Leere bereits voller Zeichen zu sein, die nach und nach hervortreten würden ... Das Buch war braun, und auf dem Umschlag stand in Golddruck mit geraden Buchstaben TAGEBUCH, sonst nichts.

Mehr wurde es auch nicht, abgesehen von meinem Namen auf dem Vorsatzblatt. Nancy Viktoria Pettersson. Sonst nichts. Kein Wort. Keine Silbe.

Warum? Ich saß doch viele Abende, bevor es Zeit war, ins Bett zu gehen, an dem Klapptisch vor meinem Schlafsofa, das Tagebuch ruhte vor mir, ich saß und strich über den Umschlag, manchmal mit den Fingerspitzen, manchmal mit dem Handrücken, ich drehte und wendete es. Mein Kopf surrte vor Eindrücken und Überlegungen, und das sogenannte Herz war übervoll mit Gefühlen, aber ich schlug nie das Buch auf, berührte nie den Stift. Ich wagte es nicht. Die sahnefarbenen Seiten waren viel zu wertvoll für gewöhnliche Alltagsereignisse wie zum Beispiel: »Habe bei Oscaria Straßenschuhe gekauft. Braun. 27,50.« Oder: »Heute hat Mutter kartenfreie Gemüsesteaks mitgebracht. Ganz lecker.« Später, als ich schließlich doch ein Stück aus der Grube herausgekrochen war, hätte ich schreiben können: »War mit Solan beim Liederabend, danach über den Ströget gebummelt.« Oder: »Spaziergang nach Odinsborg mit H, B und Solan. Heiße Schokolade und Schlagsahne.«

Aber nein, es war nicht diese Art von Zeichen, die ich wie eine unsichtbare Schrift geahnt hatte und die wie von Zauberhand hervortreten sollten ... Andererseits: Als die entscheidenderen Ereignisse eintraten, die mein Leben und auch mich selbst veränderten, den Menschen Nancy, da wurde es zu schwierig und in gewissen Fällen auch zu heikel für mich, sie mit Worten bloßzustellen. So blieb das Tagebuch ungeschrieben. Schön und unberührt geriet es in der Kiste neben der Rosenschachtel und der Strumpfrolle mit Gunnels Abschiedszeichnung allmählich in Vergessenheit.

Mutter meinte es gut, aber sie verstand mich nicht. Als sie Hals über Kopf, aber aus nachvollziehbaren Gründen, die Hütte verkaufte und in die Stadt zog, hatte sie, daran zweifelte ich nicht einen Moment, nur mein Bestes im Sinn, ihre guten Absichten halfen ihr sicherlich auch, sich vor sich selbst zu rechtfertigen, falls sie ihre Entscheidung bisweilen in Zweifel zog. Nancy würde in der Stadt schließlich bessere *Aussichten* haben. Dort gab es alle möglichen Schulen, deren Ausrichtungen ihr zwar diffus erschienen, mir übrigens auch, aber immerhin gab es Schulen ... Und als sie, Frida Pettersson, nun eine feste Stelle mit monatlichem Lohn hatte, mußte uns auch die Frage nach dem Geld keine größeren Sorgen bereiten. Wenn ich dann die Prüfung abgelegt hätte (das sollte doch schnell erledigt sein, wenn ich mich in aller Ruhe der Lernerei widmen konnte!), ja, dann würde ich eine »gute Stelle« finden, und dann ... dann wäre das Ziel erreicht und Vater zufrieden.

Es war nur nicht ganz so einfach. Nicht für eine, die so haltlos war wie ich.

Einige Wochen nach dem Einzug, an einem Morgen, als Mutter zu Tempo losgetrabt war und ich noch im Echo ihrer Energie verharrte, entschloß ich mich zumindest zu einer ersten Erkundung. Ich wollte die große Lehranstalt aufsuchen, von der ich gehörte hatte, als Frau Burvall und PostBerta auf je einer Seite der geöffneten Postluke standen und einander mit Liebenswürdigkeit überhäuften.

»Ja doch, die Höhere Allgemeine natürlich«, hatte Frau Burvall damals gesagt. »Die hat ja der Vater meiner Kinder seinerzeit besucht! Er hat seine Abiturprüfung abgelegt! Feine alte Schule mit Tradition. Und ein *ausgezeichnetes* Lehrerkollegium.«

PostBerta trug natürlich mit wohlmeinendem Nicken zu dem Gespräch bei und gab angemessen bewundernde und zustimmende Kommentare zu den Studiengängen der Burvallschen Söhne ab, während ich wummernd am Stempeltisch stand und sie aus der Tiefe meines Neids nachäffte: »Tradition«, wumm wumm, und »seine Abiturprüfung abgelegt«, wumm wumm! Immerhin hatte ich mir den Namen gemerkt. Die Höhere Allgemeine Lehranstalt.

Ich hatte keinen Stadtplan, war aber nicht zu blöd, um zum Telegrafenamt zu gehen und ins Telefonbuch zu gucken. Auf diese

Weise arbeitete ich mich vor bis zur Skolgatan, ziemlich stolz auf meinen Orientierungssinn, und mußte dann von der Sysslomansgatan nur noch links abbiegen und die flache Steigung hinaufmarschieren. Nun kam ich zufällig genau zu dem Zeitpunkt an, als die Schüler Frühstückspause machten, ich hatte mich gegenüber auf den Gehsteig gestellt, um das Gebäude vorsichtig in Augenschein zu nehmen und mir vorzustellen, daß ich hier vielleicht ... *vielleicht* ... zu gegebener Zeit ... Da schrillte irgendwo in dem Gebäude eine Glocke. Der Laut verscheuchte die Stille von dem leeren Kiesplatz wie einen Spatzenschwarm und veränderte innerhalb weniger Augenblicke die Szenerie: die Pforten wurden geöffnet, die Schüler quollen heraus und die Steintreppe herunter, nicht wie Schafe – das wäre gemein –, aber wie ein freigelassenes Rudel. Das Verhalten der jüngeren ähnelte in gewisser Weise auch dem von Kälbern und Lämmern, sie hopsten und sprangen und knufften sich gegenseitig, während die älteren auf dem Treppenabsatz stehenblieben und sich mit müder Würde umsahen, bevor sie bedächtig losschlenderten. In ihrem Kielwasser folgten ein paar ältere Herren, wahrscheinlich Lehrer, sie hatten Mäntel an und trugen Aktentaschen, zwei von ihnen zogen voreinander den Hut.

Das gab den Ausschlag. Plötzlich wußte ich, daß ich es niemals wagen würde! Gott im Himmel! Ich mit meinen selbstgestrickten Ausspracheübungen, meinen lächerlichen Versuchen, mit erhobener Nase und steifem Nacken zu klingen, wie meiner Ansicht nach eine englische Oberklassendame klingen sollte, und dann mein deutsches Geknatter, vor dem Radio nach schlimmster kriegerischer Vorlage einstudiert! Sie würden mich auslachen, und ich würde vollkommen verstummen, mein Hirn leer und ausgeleiert wie der Euter einer trockengestellten Kuh.

Ich steckte die Hände tief in die Taschen, machte auf dem Absatz kehrt und flüchtete. Die Schüler hatten so natürlich gewirkt, so beheimatet. Es bildeten sich Grüppchen, Zusammengehörigkeiten, redend und lachend, Jüngere und Ältere, Jungen und Mädchen mit schwarzen Schulmützen und blauen oder grauen

Trenchcoats, eng geschnürte Ledergürtel, im Arm Aktentaschen oder zusammengeknotete Bücherstapel. Falls, was wahrscheinlich war, mancher allein dastand und den Blick zu Boden richtete, so bemerkte ich es nicht. Ich dachte nur an meine eigene Angst und mein eigenes Außenseitertum.

Wer oder was hatte mir eigentlich diese Grille in den Kopf gesetzt, daß ich lernen sollte? Ich, ZehenPelles Nancy. Lag es daran, daß ich in der Schule gut durchgekommen war, daß ich bei der Abschlußprüfung neben dem Katheder stehen und Verse deklamieren durfte und daß Dora in dem Brief geschrieben hatte: *Du bist so tüchtig, Nancy, du mußt was lernen, vielleicht Abitur machen!* Oder war es der Pastor mit seinen Gedichten und seinem Nancy Viktoria? Fräulein Vigren hatte mich im Fortsetzungskurs wohl auch beeinflußt, indem sie über die Rechte der Frau sprach und eifrig Broschüren der Heimvolkshochschulen hervorkramte. Vaters Stolz (der sich in einem zuckenden Mundwinkel oder einer Kopfbewegung offenbarte) und seine unausgesprochenen Erwartungen hatten mich ebenfalls angefeuert. Fahnenträgerin Nancy, das war ich, ich sollte beweisen, daß wir ZehenPelles über ungeahnte Ressourcen verfügten.

Aber mein eigener Wille, wo blieb denn der in diesem Zusammenhang? Wollte ich es wirklich selbst? Doch, das wollte ich. Kein Zweifel. Ich wollte lesen, ich wollte lernen, ich wollte suchen. Nicht um des Glanzes willen – ich träumte zum Beispiel nicht davon, im Dorf herumzuspazieren und mich mit einer Studentenmütze zu zeigen –, nein, es ging mir um den Weg des Wissens selbst, auf dem wollte ich reisen.

Mit Gunnel hatte ich nicht viel über meine Studien und Zukunftsgedanken gesprochen, das war dumm gewesen, ich hätte die Gelegenheit nutzen sollen. Ein einziges Mal waren wir auf das Thema zu sprechen gekommen, und da hatte Gunnel gesagt, sie kenne in ihrer västmanländischen Heimat einige Arbeiterjungen, die in einem Fernkurs den Realschulabschluß gemacht hätten, allerdings mußten die nach Malmö fahren und einen mehrmonatigen Kurs besuchen, bevor sie die Prüfung ablegen konnten. Vor solchen irritierenden Bemerkungen hatte ich die Ohren verschlossen, genau wie ich mich geweigert hatte, den Rat aus der Informationsbroschüre des Instituts anzunehmen, wo man dasselbe empfahl. Doch dort stand auch, daß man sich in jeder Oberschule zur Prüfung anmelden konnte! Daran hatte ich mich festgehalten, das schien mir durchführbar. Und nun hatte ich vor der Höheren Allgemeinen Lehranstalt in Uppsala gestanden, und mein Mut war gesunken wie ein Stein. Ich würde es niemals wagen, über diesen Hof und diese Treppe hinauf und durch diese Türen zu gehen. Mich zur Prüfung anmelden, was bedeutete das? Die hutlüpfenden Herren ... Nein, ich würde es niemals wagen! Jedenfalls nicht dieses Frühjahr. Vielleicht nächsten Herbst, möglicherweise ... Oder im Frühling darauf! Wenn ich mir etwas mehr Zeit ließe, dann ... Wenn ich nur erst ein bißchen Fuß fassen könnte. Aber bis dahin?

Ich betrat den überwältigenden, hallenden Dom und setzte mich in eine der hinteren Bänke. Klein wie eine Maus. Mama, kleine Mama, die einzige, die mir half und mich stützte – was hätte sie tun können, wenn sie wirklich gewußt hätte, wie ich innerlich kämpfte? »Wir werden einen richtigen Tisch anschaffen, damit du Platz für deine Bücher hast. Und vielleicht eine neue Lampe. Wenn du nur erst mit der Lernerei in Gang kommst ...«

»Nancy, tu niemals etwas, was du nicht selber willst – versprich mir das!«

So hatte meine zum Engel erklärte Schwester Dora zu mir gesagt, als wir halbnackt über der Lagune bei Forshällan standen und uns so nah waren, wie zwei Schwestern es sein können. Sie hielt in diesem Augenblick meine Schultern fest umklammert, die tropfnassen Haare hingen ihr ums Gesicht, und auch die Augen waren feucht von Tränen, als sie mit verzweifeltem Ernst in meine schaute. Ich hatte mir diese Worte zu Herzen genommen und sie als eine Art Richtschnur aufgefaßt, aber natürlich hatte ich ziemlich bald entdeckt, daß es nicht ganz so einfach war, sich daran zu halten.

Später, als Dora für immer fort war und die Zusammenhänge ihres Lebens und ihres furchtbaren, sinnlosen Todes mir klarer geworden waren, begriff ich, daß sie es auch nicht so eindeutig gemeint hatte. Worauf sie anspielte – was ich nicht wissen konnte, obwohl ich spürte, daß ernsthaft etwas schiefgelaufen war –, war in Wirklichkeit die große Wahl zwischen Leben und Tod, zwischen einem absoluten Nein und einem Ja, das eigentlich kein Ja war, sondern sich durch die Umstände zu einer Art »Muß« entwickelt hatte. Dora hatte getan, was sie nicht wollte, war aus Gründen, die ich nicht kannte, dazu gezwungen gewesen, und sie wünschte mir, ihrer kleinen Schwester, um alles in der Welt kein Schicksal wie ihres, deshalb hatte sie mich mit diesen Worten gewarnt.

Auf keinen Fall wollte ich zur Hauptpost gehen und mich um eine Stelle bewerben, aber was hatte ich für eine Wahl, wenn es hart auf hart kam? Ich mußte aus dem Loch herauskommen, bevor ich mich ganz in den Boden gebohrt hatte! Außerdem konnte ich doch sowieso nicht lernen. Ich hatte den Anschluß verloren. Wenn ich nicht mehr an mich glaubte, wenn ich nicht einmal wagte, an die Prüfung zu denken und wenn ich an diesen dunklen, stillstehenden Vormittagen beinahe Atemnot bekam und die Decke wie ein heruntergeklappter Deckel auf mir lastete – was sollte ich tun? Was hatte ich für eine Wahl, Dora?

Das imposante steinerne Gebäude, auf das Rut gezeigt hatte und an dem ich bereits unzählige Male vorbeigegangen war (zunächst mit lässiger Haltung und nach vorne gerichtetem Blick, später immer öfter mit einem vorsichtigen und verstohlenen Seitenblick), hieß nicht nur SVERIGES RIKSBANK, sondern hoch oben unterm Dach stand in ausgeblichenen Buchstaben auch POST und TELEGRAF. Hinter den hohen Eichentüren an der Ecke befanden sich eine tosende Halle mit einem Eingang zur Kassenabteilung auf der rechten und zur Paketabteilung auf der linken Seite, aber auch ein weißes Emailleschild mit der Aufschrift: BÜRO DES POSTAMTDIREKTORS 1. OG.

Ein einziges Mal hatte ich diese Kassenabteilung betreten, und das war mit Mutter, ich sollte ihr mit Rat und Tat zur Seite stehen, denn mit dem, was sie plante, hatte ich Erfahrung: Sie wollte ein Postsparbuch eröffnen. Das war nicht irgendein Ereignis, nein, der Moment war groß und feierlich und der Beschluß schicksalsschwer. Mutters Hand zitterte, als sie das Formular ausfüllte. Es verhielt sich nämlich so, daß das Geld für die Hütte – die sechshundertfünfzig, die HeidePetrus nach einigem Stöhnen ausgezahlt hatte, nach Abzug meines unabweisbaren Erbteils eine glatte Summe von fünfhundert – *auf keinen Fall angerührt werden durfte*. Absolut nicht! Das Geld sei heilig, unantastbar, es sei Vaters Geld, behauptete sie. Das Amerikageld. Es sollte eingezahlt und gespart werden und später einmal uns Kindern zufallen. Soviel dazu. Schluß aus und basta.

»Im schlimmsten Fall müßt ihr es eines Tages für meine Beerdigung nehmen, wenn ich bis dahin nichts zusammengekriegt habe«, sagte sie. »Aber ansonsten … Glaubst du, ich will die Hütte aufessen?«

So sprach sie verdrießlich, als ich fröhlich vorschlug, daß sie sich ja nun mal etwas gönnen könne. Sich etwas Neues leisten! (Um ehrlich zu sein, hatte ich wohl einen Lesesessel und ein Bücherregal im Hinterkopf.) Aber Mutter war unmöglich. Stur wie ein Esel. Lieber zahlte sie in Raten, als das Geld für das Häuschen anzurühren. Das existierte gar nicht. Außer auf dem Postsparbuch in der Kommodenschublade.

An diesem Novembertag wollte ich nun zum BÜRO DES POSTAMTDIREKTORS 1. OG, und es war an mir, zittrige Hände zu bekommen. Beim ersten Versuch stieg ich die geschwungene Treppe bis zur Hälfte hinauf, beim zweiten Mal schaffte ich es bis zur Klingel, aber beide Male drehte ich um, rannte hinunter und ging ein paar Runden um den Block. Beim dritten Mal klingelte ich.

Ich wurde hineingeführt und bekam einen Platz vor einem Schreibtisch angewiesen, ich setzte mich auf die Stuhlkante, mit geradem Rücken, aber schweißnassen Händen. Mir gegenüber saß ein graumagerer älterer Herr mit graudünnem Haar und graugestreiftem Anzug. Über seine randlose Brille hinweg sah er mich forschend an. Mein Zeugnis aus der sechsten Klasse Volksschule und das Empfehlungsschreiben der Postamtsvorsteherin in Lunda, Fräulein Berta Hansson, hielt er zwischen den Fingerspitzen, halb auf die Tischplatte gesenkt. Er betrachtete abwechselnd die Papiere und mich. Nachdem er seine Kehle mit einer bestimmten Anzahl trockener Hüstler gereinigt hatte, erklärte er, daß von einer festen Anstellung momentan keine Rede sein könne, aber falls ich bereit wäre, bei Bedarf und möglicherweise kurzfristig einzuspringen, gäbe es eventuell eine Möglichkeit. Er schaute noch einmal auf die Papiere, räusperte sich weitere Male und sagte: »Ah, ja … hm … Sie haben ja gute Empfehlungen, sehe ich. Und Sie wohnen in der Nähe. Das ist immer von Vorteil. Wenn Sie also bereit wären, schon am … mal sehen … Montag um fünf Uhr fünfundvierzig anzufangen? In der Avisierung? Ginge das, Fräulein Pettersson?«

Ich nickte bereitwillig: »Ja, danke! Das geht.«

»Dann machen wir es so. Frau Einarsson begleitet Sie nach unten, spricht mit dem Versandvorsteher und informiert Sie über die Sicherheitsvorschriften. Sie wird später auch einen Nachweis über die vorläufige Anstellung ausfüllen, den Sie unterschreiben müssen, Fräulein Pettersson.«

Mutter sagte nicht viel, aber sie zuckte zusammen und warf mir über die Schulter einen kurzen verwunderten Blick zu, als ich ihr am Abend davon berichtete. Falls sie enttäuscht war, zeigte sie es nicht, sondern hielt sich schnell an der positiven Seite fest. Oder war sie einfach froh?

»Ja, da hast du es zumindest nicht weit, Nancy! Das ist besser, als morgens bis zu den Knien im Schnee zu versinken. Lernen kannst du ja tagsüber … Wenn du ein Weilchen Ruhe hast …«

Diese Frau! Sie gab nie auf.

An diesem Tag kaufte ich mir auf dem Heimweg vom Postdirektorenbüro auf Anraten von Frau Einarsson einen graugrünen

Kalender von der gleichen Art, wie ihn Vater immer an einen Nagel neben dem Fenster gehängt und in den er mit angefeuchteter Anilinspitze seine Notizen über den jährlichen Verbrauch an Birkenholz und seine Verwendung eingetragen hatte. Ich besorgte den Kalender im selben Buchladen, in dem ich zuvor das Tagebuch gekauft hatte, und die Bedienung machte ein leicht erstauntes Gesicht, als ich meinen Wunsch vortrug.

»Sie meinen wohl einen Kalender für nächstes Jahr, für 1943? Dieses Jahr ist ja bald zu Ende! Und die neuen sind schon hereingekommen, ich habe sie gerade in dieses Regal gelegt.«

»Danke, dann nehme ich einen alten und einen neuen!«

In dieses Heft, den Kalender für 1942, trage ich für Montag, den 26. Oktober folgendes ein: *Avisierung. 6–8 Uhr = 2 St.*

Am 27., 28., 29. und so weiter, Tag für Tag bis zum Jahresende, mit Ausnahme der Weihnachtstage und weniger Sonntage, stehen ähnliche Eintragungen im Kalender. Die Anzahl der Stunden variiert, die morgendliche Arbeitszeit ist meistens die gleiche, aber ziemlich bald kommen auch Abendstunden hinzu, zum Beispiel *18.30–20 Uhr = 1,5 St.* Im Weihnachtsrummel handelt es sich meistens um richtige Arbeitstage mit voller Stundenzahl, manchmal mehr als das. Dann steht *Pak.* vor der Zeitangabe.

Was das Leben im übrigen betrifft, machte ich noch immer keine Ansätze zur Dokumentation; weder alltägliche noch bemerkenswerte Ereignisse wurden notiert, mit einigen wenigen Ausnahmen. Am 7. November steht zum Beispiel: *Knut und Åke kommen mit einer Fuhre Brennholz. Ofenfertig!* Das war ein Sonnabend. Vier Wochen später, am Samstag, dem 19. Dezember, schrieb ich, offensichtlich zu meiner eigenen Erinnerung: *Weihnachtsbaum am Bus abholen!* Da steht nicht, wer ihn uns geschickt hat, aber ich weiß, es war der Förster zu Hause in Lunda. Er hatte die Adresse herausgefunden, vermutlich über PostBerta, und zuerst kam eine Karte mit einem Gruß und dem Bescheid, wir sollten an einem bestimmten Tag den Bus abpassen. Vater hatte also mit seiner Ansicht über den Förster recht gehabt, er war ein netter Kerl! Die Weihnachtsbaumsendung ging im übrigen noch einige Jahre so weiter, bis Mutter es redlicher fand, ihm zu schreiben und mit Dankbarkeit mitzuteilen, es sei nicht mehr nötig …

Wenn ich den preiselbeerumkränzten Kalender des Jahres 1943 heranziehe, kann von ausführlicheren Aufzeichnungen oder Betrachtungen ebenfalls nicht die Rede sein. Zumindest am Anfang handelt es sich nur um diese Stundenangaben, die ich festhalten mußte, um die Entlohnung selbst kontrollieren zu können. Vom Montag, dem ersten März an taucht allerdings ein neues Wort auf, ganz unten rechts in das betreffende Kästchen eingetragen. Das Wort ist »Kurs« und wiederholt sich das ganze Frühjahr hindurch zweimal in der Woche. Beim ersten Mal habe ich auch eine Preisangabe hinzugefügt: 55 Kronen.

20

Mir gegenüber in der Avisierungsbox saß die Feuergefahr. Alle Kerle in der Abteilung für ausgehende Post nannten sie so (Hallo, Feuergefahr!), aber eigentlich hieß sie Solveig Båfvander oder Solan, das war der Name, den wir Mädchen in der Bearbeitung verwendeten, die Vorgesetzten sagten natürlich Fräulein Båfvander.

Sie saß mir nicht nur gegenüber, sondern sie war auch mein absoluter Gegensatz, sowohl im Aussehen als auch in der Art, und ich konnte nicht fassen, daß sie ausgerechnet mich zur Freundin wählte. Ich war ja nicht gerade von der ungezwungenen Sorte, sondern ging die Dinge mit starrem Ernst an und wirkte sicherlich steif und unzugänglich, obwohl ich in Wirklichkeit furchtbar schüchtern und unsicher war. Ich war zwar zu Hause in Lunda Postbotin gewesen, doch hier ging mir die Luft aus angesichts der unüberschaubaren Anhäufung von Postbündeln und -säcken, Zeitungsstapeln und Transportkarren, Sackständern, Sortierfächern, Kisten und Taschen (unversiegelten und versiegelten), Wertmarken, Zeittabellen, Siegellackstangen, Stempeln und Adreßfähnchen – und vor allem einer großen Anzahl von Kerlen, die mit Witzen um sich warfen, die ich nicht verstand.

Ich genierte mich einfach, und zum Schutz setzte ich eine Miene auf, die überlegenes Desinteresse ausdrücken sollte, was natürlich nicht bedeute, daß ich nicht interessiert war. Im Gegenteil, ich beobachtete alles, ich war ja die geborene Beobachterin. Zum Beispiel erkannte ich schnell, daß diejenigen, die im

Innendienst arbeiteten, kurze graue Jacken oder lange blaue Kittel mit Gürtel trugen und daß die Grauen offensichtlich etwas mehr zu sagen hatten als die Blauen. Und daß alle, die durch die Schwingtüren aus und ein gingen, scheppernde Wagen und Kästen schoben und eisige Windstöße vom verschneiten Asphalt auf dem Hof mit sich zogen, Uniformmützen auf dem Kopf hatten.

Die waren ganz unterschiedlich: Manche hatten Schirme, andere ähnelten Schiffchen, es gab welche mit grauem Pelzbesatz und Ohrenklappen, letztere wurden auch in Kombination mit halblangen schwarzen Lederjacken getragen und erinnerten mich an den alten rotschuppigen Ruben Karlsson zu Hause in Lunda. Er war an den bitterkalten Wintermorgen so gekleidet, wenn die Atemzüge ihm wie eine Wolke unterm Schnurrbart standen und er die Kälte verfluchte, während er mit den Stiefeln trampelte und sich die Arme um den Leib schlang. Vielleicht waren diese Kerle auch Landbriefträger? Wenn es solche in der Stadt überhaupt gab, was ich nicht wußte.

Die große Ankunftshalle brodelte frühmorgens vor Aktivität, wenn die großen Laster die Bangårdsgatan entlangfuhren, beladen mit Bergen von Säcken aus den Postwaggons. Die Transporteure wedelten mit Wertkarten und Beförderungsscheinen und teilten schreiend ihre Ankunft mit: Zwo-Einundfünfzig! Neun hier! Achtung, der Zwo-Vierer! Der VV brüllte (er sah chronisch wütend aus, dieser Versandvorsteher), und die Wertsäcke wurden mit rasender Geschwindigkeit über den Boden geschleift; es herrschten ein Geräuschpegel und eine Hektik, die mir in der kurzen Zeit, die ich dort blieb, tatsächlich zu gefallen begannen, denn sie waren der Rhythmus und der Puls der Post. Der schmalbrüstige Innenaufseher (der, wie ich später erfuhr, Experte für einheimische Orchideen war) spazierte vollkommen unangefochten mit seiner Kiste voller frisch eingefärbter Stempel herum und pfiff vor sich hin. Sein Spitzname war Nibe, warum, wußte ich nicht.

Verglichen mit diesem blubbernden Topf voller Düfte von schneenassem Leinen- und Hanfgewebe, Druckerschwärze, regenblanken Lederjacken, Stempelfarbe und Staub, vermischt mit den benzinsüßen kalten Schwaden, die sich einschlichen, wenn die Türen sich sperrangelweit zu den Laderampen auf dem Hof öffneten, war das Postamt in Lunda ein Schüsselchen voll stichfester Dickmilch gewesen.

Es dauerte eine ganze Weile, bis ich mich hineinfand, bis ich die Gesichter unterscheiden konnte und einen Begriff davon bekam, wer wer war, ganz zu schweigen vom Vokabular, das heißt der internen Postsprache. Den Jargon, in dem sich die Leute untereinander verständigten, lernte ich nie, es fiel mir schwer, zwischen Scherz und Ernst zu unterscheiden, und ich war nicht schlagfertig.

Aber die Feuergefahr war es. Sie verhielt sich wie der Fisch im Wasser, und wer sie neckte, mußte mit einer gepfefferten Retourkutsche rechnen.

Schon vom ersten Morgen an war es meine Aufgabe, »die Filialen zu avisieren«. Ich wurde an einen Tisch in dem länglichen Wertsendungskäfig gesetzt, und vor mir erhob sich ein meterhohes Regal, das einmal braun gewesen, jetzt aber bis aufs nackte Holz abgenutzt war. Rechts in jedem dieser tiefen Fächer lag ein Stapel unbeschriebener, aber bereits numerierter Benachrichtigungsscheine, daneben ein Paginierstempel mit hohem Schaft, eine kleine Blechdose mit anilingefärbtem Kissen und ein sogenannter Verteilerstempel; links davon im selben Fach lagen dicke Stöße von Briefen unterschiedlichsten Formats, alle mit rot-weißem Etikett versehen: Einschreiben. Meine Aufgabe war nicht sonderlich anspruchsvoll, ich mußte lediglich einen Briefstapel nach dem anderen herunterholen, nach der Größe ordnen (die größten Briefe nach unten), die Briefe mit der Rückseite nach oben hinlegen, stempeln, darauf achten, daß die Nummern mit den Nummern der Benachrichtigungsscheine übereinstimmten, die Briefe nach und nach umdrehen, durchsehen, mit feuchter Anilinfarbe »Abholstelle« draufstempeln und dann mit dem nächsten Fach und der nächsten Filiale anfangen. Nein, es war nicht schwer, und ich hatte so etwas ja schon gemacht, ich wußte, wie es lief, aber die Menge der Sendungen war beeindruckend, und es mußte schnell gehen.

»Jetzt aber fix! Schnell und sorgfältig, kleines Fräulein! Und richtig, bitteschön. Wenn auf dem Einschreiben der Titel angegeben ist, muß er auch auf dem Benachrichtigungsschein stehen, *Dr. phil. Adrian Brünge* oder *Frau Majorin Vera Appelgren*, einfach Herr, Frau oder Fräulein schreiben wir hier nicht!«

Mitten in dem Regal befand sich eine fünfzig Zentimeter breite viereckige Öffnung zur Box gegenüber. Dort saß also Postassistentin Solveig Båfvander und avisierte »die Eins«, das heißt, sie bearbeitete die Einschreiben für die Adressen in den zentralen Teilen der Stadt, für die das Hauptpostamt die Abholstelle war. Schon am ersten Morgen beugte sie sich durch das Loch zu mir herüber und schnitt vertrauliche Grimassen, als der VV wie verrückt herumbrüllte und schrie. Sie hatte fröhliche blaue Augen und massenhaft Sommersprossen im Gesicht, später sah ich, daß sie auch stämmige Beine und ein recht ausladendes Hinterteil hatte, aber ihre Haare waren absolut phantastisch: voll, rot und lockig, daher der Name Feuergefahr. Wenn jemand mein Leben beeinflussen konnte, dann sie.

Zwischen den normalen Stockwerken des Gebäudes gab es eine zusammengequetschte Ebene, in der unter anderem die Personalräume lagen. Von der Ankunftshalle führte eine schmale Wendeltreppe aus Eisen hinauf. Wenn die Avisierung abgeschlossen und der Sortiervorsteher mit dem Fahrstuhl heruntergefahren war und sein Ruf: DER LETZTE BRIEF GEHT RAUS! ertönt war, durften wir die Stifte niederlegen und diese Treppe zur Garderobe hochgehen, wo unsere Jacken hingen. Es gab dort nur einen einzigen Stuhl, der vor dem niedrigen Fenster stand, von dessen Nische aus man die gesamte Ankunftshalle überblicken konnte.

Solan pflegte sich auf dem Schuhregal unter den Mänteln niederzulassen und ihre mitgebrachten Butterbrote zu essen. Gleich nach der Morgenavisierung mußte sie sich auf den Weg zu ihrer Schule machen, sie absolvierte eine Büroausbildung. In erster

Linie Maschineschreiben und Buchführung, aber man mußte auch lernen, wie man Geschäftsbriefe aufsetzte, sagte sie. Auf schwedisch. Englisch hatte sie nicht gelernt. Leider. Aber das war auch nicht notwendig, es wartete bereits eine Anstellung bei einem Onkel in Stockholm auf sie, der hatte eine Großhandelsfirma, er kaufte und verkaufte Spielsachen. Spielsachen? Doch, tatsächlich!

Spielsachen.

»Brumm, brumm, brumm«, machte sie zur Erklärung und tat, als würde sie ein Spielauto über das Schuhregal schieben.

Gunnel mit dem krummen Rücken und den forschenden Augen war meine liebste Freundin und Seelenverwandte gewesen. Meine Gedanken umfingen sie mit derselben Achtsamkeit, mit der sich Hände um einen Schmetterling schließen, den man fängt und aus der Gardinenfalte in die Freiheit entläßt. Der Staub auf den Flügeln darf nicht berührt werden, sonst wird er nie wieder fliegen können, so hatte ich es gelernt. Vielleicht ist es nur ein Märchen, vermutlich verfügen Schmetterlinge über bedeutend mehr Lebenskraft. Genauso war es mit Gunnel. In vielerlei Hinsicht war sie die Stärkere von uns beiden, trotzdem fühlte ich mich wie ihr Beschützer und Ritter, bis unter die Zähne bewaffnet, falls es nötig wäre.

Mit Solveig Båfvander, der Feuergefahr, war es umgekehrt. Sie nahm mich unter ihre schützenden Fittiche. Sie erläuterte mir das hierarchische Sammelsurium, das heißt die Rangordnung unter den Beamten und die dazugehörigen Titel, lehrte mich sowohl die ausgeschriebenen Formen als auch die Abkürzungen (zum Beispiel Oberpostexpedient = OPX, Postassistent = PASS). Sie brachte mir bei, mich einigermaßen auf den verwirrenden Hintertreppen, in den Korridoren und Gängen des großen Gebäudes zurechtzufinden. Und sie war diejenige, die mir meine Position in der bunten Truppe von Postangestellten (alle weiblich) erklärte, die zwar die niedrigste war (abgesehen von den Putzfrauen), aber doch, durch die frischgebügelte Rock-und-Blusen-Kleidung und den Vorteil, hauptsächlich mit dem Stift zu arbeiten, einen winzigen Hauch über die entsprechende Gruppe von Briefträgerinnen erhaben war. Nicht einmal zwischen diesen beiden Kategorien war es üblich, sich zu duzen.

Zu Beginn verhielt ich mich Feuergefahrs eifriger und fröhlicher Fürsorge gegenüber etwas abwartend. Ich wagte nicht recht, auf ihre Echtheit und Dauerhaftigkeit zu vertrauen, zum Teil hatte ich das Mißtrauen geerbt, zum Teil schleppte ich tief in meinem Gedächtnis einige schmerzhafte Erfahrungen aus meiner Schulzeit in Lunda mit mir herum, besonders was Mädchen anbelangte. Zuerst gehörte man dazu, und dann standen sie plötzlich eines schönen Morgens im Kreis, wendeten einem den Rücken zu und zischelten und tuschelten und warfen schräge Blicke über die Schultern. Und dann war man wieder alleine und wußte nicht, warum. Das hatte ich zur Genüge erlebt. Und als es nun um diese Solan ging, konnte ich, wie gesagt, nicht verstehen, warum sie sich in diesem Maße um mich kümmerte. Sie mit ihrem sprudelnden Humor, ihre Schlagfertigkeit und ihrer souveränen Unerschrockenheit in jeder Lage dürfte wohl keine Schwierigkeiten haben, Freunde zu finden. Was also sollte sie mit mir? Hatte sie irgendwelche Hintergedanken? Besser, ich war auf der Hut.

Als Mitte Dezember der Weihnachtstrubel begann, wurden Solan und ich zum Nachmittagsdienst in der Paketabteilung beordert. In der Woche vor Weihnachten, als sich am meisten anhäufte, hatten wir nach dem Morgen im »Käfig« nur wenige Stunden frei, bis es Zeit wurde, die Postsäcke zu leeren und die tiefen Regalfächer mit Unmengen von Paketen jeder modischen Couleur, aber in strenger Nummernreihenfolge zu füllen. Anschließend mußten sie in rasender Geschwindigkeit herausgeholt und im Austausch gegen die quittierten Adreßkarten über den Tresen gereicht werden, hinter dem sich die Schlangen bis zum Ausgang hinzogen.

Das Semester in Solans Bürokurs war beendet, und in dieser Zeit begannen wir, uns auch außerhalb des hallenden Postgebäudes zu treffen. Ich wollte zwar noch immer niemanden an mich heranlassen und schon gar niemandem einen Einblick in Mutters und meine Privatsphäre gewähren, aber was sollte ich machen? Ich konnte schlecht ablehnen, als Solan vorschlug, daß sie doch mit zu mir nach Hause kommen könnte, bis wir in wenigen Stunden wieder anfangen müßten, schließlich wohnte ich so nah.

Als sie das zum ersten Mal sagte, saugte ich mir schnell eine Ausrede aus den Fingern, aber Solan war nicht der Typ, der zwischen den Zeilen las, und brachte die Idee am nächsten Tag frohgemut noch einmal zur Sprache, und nun kam ich nicht davon, aber ich war keineswegs entzückt. Ich schämte mich für unsere Wohnung in der Gasse. Das Linoleum unter den Türschwellen und vor der Zinkspüle war abgeschabt, und der Fußboden in der Küche war zur Zimmerecke hin so abschüssig, daß die Schranktüren immer einen Spalt offenstanden, wir mußten oben einen Topflappen einklemmen, damit sie schlossen. Was, wenn sie zum Beispiel aufs Klo müßte! Dann mußte sie sich diesen Schlüssel mit dem riesigen Schlüsselanhänger schnappen und über den Innenhof stiefeln, ich konnte ihr ja schließlich nicht den Pißpott anbieten!

Aber Solan achtete überhaupt nicht auf solche Kinkerlitzchen, das merkte ich schnell. Im Gegenteil, sie sagte, sie fände es gemütlich bei uns, und ich glaube, sie meinte es auch so.

Morgens war der Kachelofen noch lauwarm, sie stellte sich davor und preßte ihre Handflächen dagegen, während ich die Gasflamme entzündete und Kaffee aufsetzte. Sie war ungewöhnlich schweigsam da drüben in dem anderen Zimmer, das paßte nicht zu ihr, und ich fragte mich ängstlich, ob sie sich langweilte, aber als ich durch den Türspalt guckte, sah ich, daß sie auch die Stirn an die warme Kachelofenrundung gelehnt hatte und vornübergebeugt so dastand, ganz still.

Während dieser Vormittagsstunden kurz vor Weihnachten wurde der Grundstein zu unserer langen Freundschaft gelegt. Damals begriff ich allmählich, daß Solan mich tatsächlich auserwählt hatte, weil ich so war, wie ich war, und das gab mir viel Kraft. Sie brauchte meinen Ernst – den ich so oft verflucht hatte. Natürlich beschnupperten wir uns zu Beginn ein wenig, unsere Gespräche drehten sich vor allem um die Arbeit und die Kollegen.

Erst am Tag vor Heiligabend brach es aus Solan heraus, und ich durfte an dem teilhaben, was hinter der munteren und selbstsicheren Haltung so schwer auf ihr lastete. Natürlich trug das Weihnachtsfest in gewisser Weise dazu bei, in dieser Zeit pflegen sich ja alle festverschnürten Gefühle zu befreien und bekommen eine Daseinsberechtigung. Ich hatte den Weihnachtsbaum am Busbahnhof abgeholt, und wir hatten ihn geschmückt und vor das Zuckerkistenregal gestellt, das Zimmer war groß und bot genug Platz. Mutter hatte Weihnachtsdeckchen aufgelegt, und unsere rot-grünen Ziehharmonikagirlanden hatten wir unter die Decke gehängt. Doch, es war hübsch. Nicht wie zu Hause in Dalängen, aber es taugte. Wir saßen da und tranken Kaffee und aßen Safranteilchen, und ich machte Scherze über Mutters Angst vor dem Gas; bevor sie es gewagt hatte, den Herd anzuzünden und den Ofen zum Backen zu heizen, mußte Tante Jansson vorbeikommen, alle Hähne befühlen und sich vergewissern, daß sie richtig dicht waren.

»Und ich durfte nicht in der Nähe sein, verstehst du«, lachte ich. »Ich mußte mich in eine Ecke hinter der geschlossenen Küchentür stellen – falls es zu einer Explosion käme!«

Während ich das sagte, begann Solan zu weinen, und dann platzte alles aus ihr heraus. Die Mutterliebe, die ich so ahnungslos geschildert hatte, mochte alles ausgelöst haben.

Bis zu ihrem sechsten Lebensjahr hatte Solan mit ihren Eltern auf einem Bauernhof irgendwo zwischen Enköping und Uppsala gewohnt, und das war natürlich ihr Zuhause gewesen. Sie lebte dort mit Geschwistern und Hühnern und Pferden wie ein ganz normales Kind. Doch sie hatte keine Ahnung, daß die zwei, die sie so selbstverständlich Mama und Papa nannte, in Wirklichkeit ihre Tante und ihr Onkel und die Geschwister ihre Cousinen und Cousins waren. Erst als sie sieben Jahre alt war, erfuhr sie, wie alles zusammenhing, denn da wurde holterdiepolter über ihren Kopf hinweg beschlossen, daß sie in die Stadt ziehen sollte, zu einem Paar, das bis dahin nur irgendein Onkel und irgendeine Tante für sie gewesen war. Sie hatten eine Wohnung in der Börjegatan, weit draußen Richtung Börje Tull, und dort lebte sie nun.

»Du kannst es dir ja vorstellen! Ich hatte keine Ahnung! Begriff überhaupt nichts. Wie sollte eine Siebenjährige das verstehen? Mein ganzes Leben wurde auf den Kopf gestellt. Und es nützte nichts, daß ich weinte und schrie und mich im Wald versteckte. Es sei einfach zu meinem Besten so beschlossen worden, sagten sie. Ich wurde nicht gefragt. Stell dir mal vor, wie man mit Kindern umspringen kann, was? Man sagte mir nur, daß meine Mutter tot und mein Vater nach Amerika gegangen sei. Punkt aus.«

Da Onkel Evert und Tante Aina, die beiden in der Börjegatan, im Gegensatz zur Bauerntante und dem Bauernonkel keine leiblichen Kinder hatten, wurde entschieden, daß sie Solan als ihr eigenes Kind annehmen sollten, und dann war es am besten, wenn sie so schnell wie möglich zu ihnen zog, so konnte sie sich einleben, bevor sie in die erste Klasse kam.

Ihr Onkelvater in der Stadt, einer der beiden Brüder der Mutter, war Vorsteher in der Fabrik Upsala Ekeby. Da hatte Solan früher auch gearbeitet, und zwar in der »Packe«, wo man Porzellan und Keramik in Papier einwickelte und in Holzkisten legte. Vier Jahre lang war sie dort gewesen, vom Ende der Volksschule bis vor einem Jahr. Obwohl sie nicht adoptiert war, mußte sie Mama und Papa sagen! Also Papa und Mama Nummer zwei! Und das nur für die Leute, sagte sie, aus keinem anderen Grund. Doch nun würde sie bald entkommen. Zum Glück gab es in der Familie noch mehr Onkel und Tanten, und nun hatte sich dieser angeheiratete Großhändleronkel ihrer erbarmt und angeboten, die Kosten einer zweijährigen Büroausbildung zu tragen, später konnte sie eine Stelle in seiner Firma in Stockholm erhalten. Falls alles so kommen würde wie geplant. In zwei Jahren war sie ohnehin volljährig, und dann …

»Dann mache ich, was ich will«, sagte sie. »Dann gehöre ich mir.«

Während wir uns am Küchentisch gegenübersaßen, in unseren Kaffeetassen rührten und die Safranteilchen einstippten (mit nur wenig echtem Safran gewürzt, der Rest war gelbe Lebensmittelfarbe), lauschte ich dem, was sie erzählte, aufmerksam und nicht wenig erschrocken, aber ich unterbrach sie weder mit Kommentaren noch mit Fragen, brummte nur hin und wieder verständnisvoll und nickte, um ihr zu signalisieren, daß ich folgte. Die ganze Zeit standen die Fragen in meinem Kopf natürlich Schlange, und zum Schluß wurde es unmöglich, sie zurückhalten. Ich begann, sehr vorsichtig, mit den selbstverständlichen. Konnte nicht ahnen, wohin sie führen würden.

»Aber … äh … War es denn schwer für dich hier in der Stadt? Ich meine … als du dich eingewöhnt hattest. Waren sie fies zu dir?«

Sie schüttelte den Kopf.

»Nein, nein! Nicht direkt fies. Sie tun wohl, was sie können. Obwohl sie geizig sind. Und so religiös, daß es einem hochkommt! Jedenfalls Mama, ja, also Tante … Nein, das ist es nicht, es sind andere Dinge, die ich ihnen nicht verzeihen kann.«

Ich schwieg einige Augenblicke, wußte nicht recht, was ich sagen sollte, ob ich mich weiter vortasten sollte. Gleichzeitig machte mich das, was sie mich hatte erahnen lassen, neugierig. Es wäre natürlich gewesen, zu fragen: Was denn? Was kannst du ihnen nicht verzeihen? Doch es erschien mir allzu aufdringlich, also fragte ich statt dessen: »Aber … dein Papa … läßt der denn nie von sich hören?«

Solan zuckte die Achseln und machte eine erschöpfte Geste.

»Pah! Von einem Vater habe ich nie etwas gehört. Weiß nicht, wer das ist! Das weiß wohl auch sonst niemand. Aber Mama …« Hier machte sie eine lange Pause, während sie an ihrer Unterlippe nagte und saugte, vielleicht um die Tränen in Schach zu halten. Dann sah sie mir direkt ins Gesicht.

»Hast du jemals von Ulleråker gehört? Weißt du, was das für ein Ort ist? Ja, da sind die Geisteskranken, verstehst du! Ein Irrenhaus. Dort ist meine Mutter. Sie ist überhaupt nicht tot! Sie sitzt da, seit sie mich bekommen hat. Fast achtzehn Jahre. Vielleicht ist es sogar meine Schuld! Sie wurde verrückt, nachdem sie mich geboren hatte! Oder vielleicht lag es an diesem Kerl, der sie sitzengelassen hat … mein sogenannter Vater.«

Natürlich hatte ich von Ulleråker gehört, klar doch, aber ich hätte nicht laut sagen können, in welchem Zusammenhang. Denn wir zu Hause in Lunda verwendeten den Namen als schlimmstes Dreckschleuderwort und grinsten, wenn man sagte: »Der da! Der ist reif für Ulleråker!« Oder: »Du bist ja nicht ganz dicht, nach Ulleråker gehörst du!«

Und die weißhaarige Edla aus Sandslätt mit den wilden Augen, die wirklich einmal dort gewesen war und herumlief und putt, putt, putt vor sich hin murmelte, während sie den Hühnern Körner aus einer Schürzentasche hinstreute, die nichts außer Luft enthielt – die Hühner existierten übrigens auch nicht –, mit der jagte man den Kindern einen Schrecken ein: »Paßt auf, sonst kommt die verrückte Edla und schnappt euch! Die hat in Ulleråker gesessen!«

Was sollte ich also sagen? Ich saß mit großen Augen stumm und wirklich erschüttert da.

Solan, genannt Feuergefahr, war nicht der Typ, auf den man zustürmte, um ihn zu umarmen, das spürte ich instinktiv. So streckte ich nur die Hand über den Tisch und griff nach ihrer, das mußte reichen, vielleicht war es sogar zuviel, denn sie fing wieder an zu weinen.

»Sie schämen sich für sie, verstehst du, es darf sie nicht geben! Deswegen muß ich Mama und Papa zu Tante und Onkel sagen, damit die Nachbarn keine Fragen stellen! In der Schule war es genauso. Ich mußte mich die ganze Zeit verstellen und meine eigene Mutter verleugnen! Verrücktsein ist offensichtlich das Schlimmste, was es gibt, schlimmer, als im Gefängnis zu sitzen. Aber nun weißt du, wie es ist, Nancy – ich bin nicht so verdammt glücklich, wie ich aussehe!«

Solan hatte nicht lockergelassen, bis sie die Wahrheit herausgezwungen hatte. Zuerst hatte sie geglaubt, was man ihr sagte:

Aha, meine Mama ist tot, ach so! Deshalb muß ich also umziehen. Aber später begann sie nachzudenken und zu phantasieren und wollte eine Menge Dinge über ihre Mutter wissen: Wie war sie? Wie sah sie aus? Wann starb sie und warum? Was für eine Krankheit hatte sie, und wo ist sie begraben? Und, das Wichtigste: Mochte sie mich? Doch da merkte sie, daß sie so merkwürdige Grimassen schnitten und ausweichende oder gar keine Antworten gaben. Damals begann sie zu ahnen, daß etwas dahintersteckte. Sie lauschte an Türen und schnappte ein Wort hier und ein Wort da auf, wenn bei Familientreffen die Tanten mit Geschirrtüchern in der Küche standen und flüsternd abtrockneten. Sie hatte geheimnisvolle Straßenbahnfahrten miterlebt, bei denen sie und ihr Onkelvater in einem Park mit großen, dichtbelaubten Bäumen herumspazierten, während die Tantenmutter mit einer Konditoreischachtel in der Hand hinter hohen Gittern verschwand. Wer sollte zu Gebäck eingeladen werden?

Sie war elf Jahre alt, als sie zum ersten Mal mitkommen und ihre Mutter besuchen durfte – *gegen ihr heiliges Versprechen, es absolut niemals irgend jemandem zu erzählen!* Sonst gäbe es bloß Gerede. Seit sie vierzehn war, fuhr sie allein dorthin, mehrmals im Monat, sie brachte jedesmal Kekse oder Zimtschnecken mit, denn die mochte ihre Mutter. Sprechen konnte man nicht mit ihr, doch, hin und wieder sagte sie ein paar unbegreifliche Worte, ansonsten saß sie einfach in einem langen Korridor auf einem Stuhl, in einer Reihe mit genauso hoffnungslosen Existenzen. Einige schlurften die ganze Zeit herum, brüllten und schrieen und hämmerten gegen die Wände. Solans Mutter hielt immer einen Stoffball zwischen den Händen, an dem sie rupfte, bis er ganz ausgefranst war, dann bekam sie einen neuen. Sie saß in einer geschlossenen Abteilung, denn manchmal hatte sie Anfälle, und dann konnte sie sich urplötzlich auf jemanden stürzen, der in der Nähe stand, und ihm das Gesicht zerkratzen. Diese Angriffe waren nicht ganz ungefährlich, so daß immer Pfleger in der Nähe blieben.

»Ja, jetzt weißt du es jedenfalls«, sagte Solan. »Du bist die einzige in der Post, die Bescheid weiß. Also kann ich eigentlich nicht viel dagegen sagen, ich bin selber feige. Ich will nicht, daß man darüber redet. Daß einer sagt, die Mutter von Feuergefahr, die ist verrückt! Dann gucken sie mich an und überlegen, ob ... Es könnte ja erblich sein, weißt du!«

Ich nickte ernst. In diesem Augenblick wußten wir ganz genau, was wir aneinander hatten.

Später dachte ich viel an diese Mutter. Die Geisteskrankheit faszinierte mich, ich hätte gern mehr darüber gewußt. Woran dachte sie wohl? Wie sahen die Bilder in ihrer unerreichbaren, anderen Welt aus? Oft sah ich sie in meiner Phantasie, in einem weißen Korridor sitzend, ganz aufrecht auf einem Stuhl, einen Stoffball in den Händen. Und die Frage, die mir zuerst in den Sinn kam, war so lächerlich, daß ich sie Solan niemals hätte stellen können.

»Hat sie auch so phantastische rote Haare wie du?«

21

Als die Feiertage vorüber waren, holte ich widerwillig mein Kursmaterial hervor, da ich einen Brief vom Hermods Korrespondenzinstitut erhalten hatte, wo aufgefallen war, daß sich mein Studientempo verringert hatte. Man ermahnte mich nun, zukünftig mindestens zwei, drei Briefe in der Woche zu schaffen. Meine Ergebnisse seien ja bislang sehr gut gewesen, und mit genügend Fleiß sollte es nicht unmöglich sein, am Ende dieses Studienjahrs zur Prüfung anzutreten, allerdings spätestens im darauffolgenden Semester. Es war eine Broschüre mit Informationen über den Vorbereitungskurs in Malmö beigefügt.

Sobald ich den Brief in dem charakteristischen Umschlag durch das Sichtfenster des braunen Briefkastens neben der Tür blitzen sah, spürte ich Übelkeit in meinem Magen wühlen. Zuerst wollte ich Brief und Broschüre mit einer Fuhre Übungshefte und korrigierten Hausarbeiten in den Kachelofen werfen, alles in gut brennbare Streifen gerissen, aber natürlich besann ich mich, und die Messingluken blieben geschlossen. Die Entscheidung war zu groß, es wäre so gewesen, als hätte ich einen Teil von mir selbst verbrannt, von dem, was Nancy war – nicht unbedingt Nancy Viktoria, aber dennoch Nancy. Ich.

Kalle, der Mann von Cousine Elin, der uniformierte Straßenbahnfahrer, hatte sich trotz seiner vermeintlichen Angeberei als richtig netter Kerl erwiesen. Von Elin hatte er gehört, daß Mutter sich einen reellen Tisch für das Zimmer wünschte, und da er sonnabends, wenn er von der Straßenbahn frei hatte, mit Vorliebe das Auktionshaus besuchte, hatte er sich mit Entzücken der Aufgabe angenommen, einen Tisch zu besorgen. Es war ihm in einer Weise gelungen, die alle Erwartungen übertraf, und mitten im Zimmer, unter der elektrischen Deckenlampe, stand nun ein ausziehbarer Eichentisch mit vier passenden Stühlen, eigentlich hätten es sechs sein müssen, aber zwei waren abhanden gekommen, weil dieser verknöcherte Ausrufer den Überblick verloren hatte!

»Mach dir nichts draus«, sagte Mutter, »es ist trotzdem wunderbar! Könnte nicht besser sein. Und wir haben ja noch zwei, die sehen fast genauso aus. Mensch, daß man richtige Möbel für ein paar Zehner bekommt! Du hast ein großes Dankeschön verdient, Kalle! Ohne dich …« Ihr Entzücken war überzeugend (und vorsorglich leicht übertrieben, falls wieder einmal Bedarf war). Kalle zwirbelte seinen Schnurrbart und brummte, das sei schon in Ordnung …

Auf diesem Tisch breitete ich nun vor Mutters Augen meine Hefte aus und fing widerwillig an, den Geometriekurs zu wiederholen. Zeit hatte ich genug, ich mußte nur morgens zusammen mit Solan in die Avisierung, manchmal auch in den Abendstunden, aber dann mit einer richtigen Schmolltante, die mir gegenüber in der »Eins« saß. Das war nicht gerade aufheiternd, ich vermißte Solans pfiffige Grimassen, die sie mir durch das Loch zuwarf. Einige Male in der Woche huschte sie jedenfalls nach dem Bürokurs zu uns in die Gasse, dann tranken wir Kaffee, und obwohl ich immer zu schüchtern gewesen war, über mich und meine Angelegenheiten zu sprechen, bekam sie doch mit, daß es mir nicht besonders gut ging und daß das an der Sache mit diesen Studien lag. Ich hatte den Anschluß verloren und würde es wohl niemals wagen, mich zur Prüfung anzumelden. Vor allem vor den Sprachen hatte ich Angst, Englisch und Deutsch.

Solan war wirklich aufmunternd und sagte: »Natürlich schaffst du das!«, aber da sie selbst nur die Volksschule besucht hatte und kein Wort Deutsch verstand und ihr Englisch sich auf »Hällo daaling!« und »Jes bois olreit!« beschränkte, konnte sie meine diesbezüglichen Fähigkeiten nicht beurteilen. Aber sie kannte jemanden, der das konnte. Genau den richtigen Mann.

In dem Gewimmel von Tanten und Onkeln, Cousins und Cousinen gab es eine Menge Auswahl, unter anderem einen Cousin, der beim Zoll angestellt war und tatsächlich sowohl den Realschulabschluß als auch das Abitur per Korrespondenzkurs gemacht hatte. Er war zwar an und für sich ein richtiger Langweiler und ein bißchen wichtigtuerisch, aber im Grunde nett. Zu ihm wollten wir gehen. Er hielt sich im Zollhaus unten am Hafenkai auf, sie würde zuerst mit ihm sprechen und eine Zeit ausmachen, dann könnten wir zu ihm gehen, oder, noch besser, er könnte hierher in die Sechs kommen, die lag ja so nah.

Es war wie üblich mit mir – ich zog mich in mein Schneckenhaus zurück, sträubte mich und fand alle möglichen Gründe, warum es mir gerade nicht paßte. Nicht jetzt. Ich mußte mir die Sache erst überlegen! Und so weiter.

Aber Solan war nicht der Typ, der aufgab.

»Jetzt machen wir es so, wie ich sage! Du brauchst doch jemanden, mit dem du reden kannst, weißt du, jemanden, der sich auskennt. Und Gerhard, der ist gut, stur wie ein Schaf, dreißig Jahre alt und frisch verheiratet – du brauchst also keine Angst zu haben, daß er sich an dich ranmacht!«

An einem bitterkalten Nachmittag Ende Januar stiefelten wir zum Hafen hinunter. Die Islandfälle plätscherten spärlich mit bräunlichweißer Gischt, und in der offenen Rinne in der Mitte schuckelte ein Schwarm Wildenten, andere kauerten auf der brüchigen Eiskante. Am Kai war kaum Betrieb, die Kutter sahen verlassen und verfroren aus, nur ein paar alte Männer beluden ein Pferdefuhrwerk. Der Zollbeamte, Solans Cousin, trat exakt zum vereinbarten Zeitpunkt aus der Tür, das heißt, als die nackten Zeiger an der Außenwand des Zollhauses auf fünf nach vier zeigten, und falls ich, die nur über geringe Erfahrungen mit Abiturienten verfügte, einen schwungvollen und nonchalanten, leicht überheblichen Typen à la Burvallssöhne (oder warum nicht gleich Lars?) erwartet hatte, so wurde diese Erwartung nicht bestätigt. Cousin Gerhard, gekleidet in den blauen Uniformmantel des Zollamts, eine Pelzmütze auf dem Kopf, war ein ganz eigener Typ. Er hatte nicht die geringste Ähnlichkeit mit den Burvallssöhnen und auch nicht mit Solan, er war groß und etwas krumm, hatte einen verbissenen Zug um den Mund, höflich, mehr nicht. Er sagte nicht viel, während wir mit knarrenden Schritten zurück zur Sechs gingen. Wie soll ich mit diesem Holzbock reden, fragte ich mich und bereute das ganze Vorhaben schon wieder.

Gerhard legte seine Mütze auf dem Eichentisch ab, zog aber nicht den Mantel aus. Er setzte sich auf einen Stuhl und besah sich mein Studienmaterial – den Kursplan, die Hausarbeiten und das Notizbuch, in das ich meine Ergebnisse eingetragen hatte. Nickte wiedererkennend. Solan und ich beobachteten ihn ängstlich.

»Ah, ja«, sagte er nach einer Weile, »das hier sieht ja nicht übel aus, du hast ja das meiste geschafft, sehe ich. Es könnte also allmählich an der Zeit sein. An und für sich. Aber ich habe von Solan gehört, daß du dir Sorgen wegen der Sprachen machst. Oder wie? Und daß du vorhast, die Prüfungen hier in der Stadt abzulegen?«

Ich beantworte beide Fragen mit einem Nicken.

Er wühlte ein wenig in den herumliegenden Büchern, griff nach einem deutschen und einem englischen Lesebuch, wies mir mit einer Kopfbewegung den Stuhl gegenüber an und sagte: »Setz dich und lies vor! Aus jedem ein Stück.«

Das war einfach schrecklich! Ich kam mir lächerlich vor. Es war das erste Mal überhaupt, daß jemand, der wußte, wie es klingen mußte, mich vorlesen hörte. Bis jetzt war es nur meine arme unwissende Mutter gewesen, die auf Zehenspitzen herumgetapst war und mit rücksichtsvollem Respekt und zumindest einem halben Ohr den fremden Sprachlauten zu Hause in der Kammer hatte lauschen können. Ich war also vollkommen ungeübt und furchtbar angespannt, und ich hörte selbst, daß es nicht gut klang. In Gerhards Ohren tat es das auch nicht.

Er schnappte bald seine Uniformmütze, stülpte sie sich mit beiden Händen über und verabschiedete sich hastig. Als wir, kurz nachdem die Tür hinter ihm ins Schloß gefallen und sein Mützenkopf unter dem Fenster von dannen gehüpft war, uns endlich einander zuwendeten, ich mit verkniffenen Lippen und starrsinnig zur Seite gerichtetem Blick, fragte Solan: »Bist du böse auf mich, Nancy? War es dumm von mir, ihn herzuholen?«

Ich schüttelte energisch den Kopf. Geh weg! fauchte ich innerlich. Verschwinde! Die Tränen brannten, und ich mußte allein sein. Ich schämte mich. Ich war gewogen und zu leicht befunden worden. Und auch wenn es nur ein Zollbeamter war, fast so ein Autodidakt wie ich selbst, bezweifelte ich nicht, daß er recht hatte. Und es war zehnmal besser, das von ihm zu hören als von einem dieser Hutlüpferherren an der Höheren Allgemeinen Lehranstalt. Ich war also nicht böse auf Solan, im Gegenteil, aber ich wollte allein sein! Ich brauchte Zeit, um meinen Mißerfolg zu verdauen, bevor Mutter nach Hause kam. Sie zu enttäuschen hätte ich nicht auch noch ertragen.

Solan ging, beklommen und verwirrt von meinem verbissenen Schweigen. Ich ließ die Bücher aufgeschlagen auf dem Tisch liegen, stopfte eilig Brennholz und Papierknäuel in den Kachelofen, öffnete die Ofenklappe und entfachte ein Feuer. Ich stieß auch die Lüftungsklappen ganz oben an den Fenstern auf, damit der schwache Tabakduft, der von dem Uniformmantel ausgegangen war, auslüften konnte. Als sie endlich kam, fröhlich und mit einem Paket Spezialsandwiches vom Restaurant in den Händen, billigste Sorte – das heißt Weißbrotscheiben mit Fischpaste und gehackten rohen Zwiebeln –, deutete nichts mehr darauf hin, daß an diesem Nachmittag Besuch in unserem Zimmer gewesen war.

Später, als das Licht gelöscht war und ich hellwach auf dem Sofa lag, abgeschirmt von den tief heruntergezogenen Verdunklungsgardinen, weit entfernt von Straßenbahngebimmel und den frostigen Knisterlauten der Leitungen, ging ich das Ganze noch einmal durch. Meine englische Aussprache war ungenügend, die Satzmelodie falsch, es gab zwei Arten von Lispellauten, die ich schwer unterscheiden konnte, und da waren noch andere Dinge, die nicht funktionierten. Mein Deutsch war wohl besser, aber keineswegs gut. Wie stand es übrigens mit meinem Hörverständnis? Würde ich beispielsweise eine mündliche Prüfung in Grammatik und Sprachlehre bewältigen, wenn der Lehrer nur deutsch oder englisch sprach? Würde ich eine mündliche Prüfung in Geschichte schaffen? In Geographie? Würde ich eine Mathematikprüfung unter Zeitdruck bewältigen, mit einem Aufseher, der mit der Stoppuhr daneben saß? Oder noch schlimmer: Könnte ich an der Tafel stehen und zeichnen und Geometriesätze beweisen? Plötzlich hatte ich das Gefühl, daß ich überhaupt nichts schaffen würde. Heiße Ströme rauschten durch meinen Körper, und es war, als hätte ich keinen Kontakt zu meinem eigenen Kopf, er war völlig betäubt. War das Gerhards Absicht gewesen? Wollte er mich dem aussetzen, um mir zu zeigen, wie unbarmherzig alles sein konnte?

Zum Schluß hatte er gesagt, daß ich möglicherweise in einer anderen Stadt eine Chance hätte, aber nicht hier. In dieser Universitätsstadt mit ihrem versnobten akademischen Klima seien die Studienräte bekannt für ihre Ungerechtigkeit gegenüber Externen. Sie würden wie Unkraut behandelt, war seine Erfahrung, er hatte es selbst versucht.

»Schließ alle Fächer ab«, sagte er. »Wiederhole alles und melde dich zum Vorbereitungskurs in Malmö an. Dann müßte es klappen. Das ist mein Rat. Viel Glück!«

Nach diesen Worten hatte er seine Mütze genommen und war gegangen.

Am Tag nach Gerhards Besuch erledigte ich drei wichtige Dinge, auch wenn keins im Preiselbeerkalender des Jahres 1943 notiert wurde.

Ob die Tatkraft, die mich plötzlich überkam, ihren Ursprung in den nächtlichen Träumen hatte, weiß ich nicht. Aber ich weiß, daß ich mich in einem seltsamen alten Haus befand, in dem ich noch nie gewesen war. Die Räume waren klein und niedrig, und es gab schmale Treppen und Winkel, in denen es auch tagsüber dämmrig war. An den Wänden standen Schränke mit weit geöffneten Türen, und die Bretter waren voller schöner Gegenstände: Porzellanfiguren und mechanisches Spielzeug, bauchige Kästchen mit Gravuren auf dem Deckel, Kaffeekannen, von blauem Vergißmeinnicht umkränzt, durchbrochene Obstteller, Stapel von Taschentüchern mit Spitzenkante. Auf den Tischen Kerzenständer, es blinkte und glitzerte vor lauter Silber und Spiegeln, und im Dunkeln saßen Puppen mit aufgerissenen Augen und dunkelblauen oder kirschroten Samtkleidern. Besonders verwundert war ich über eine kleine bestickte Tasche, die auf einem Tisch lag; auf der samtschwarzen Verschlußklappe lag ein duftender Veilchenstrauß, so frisch, daß die Feuchtigkeit an den Stengeln noch nicht getrocknet war. Es schien, als würde er sprechen. Jemand hatte gesprochen, aber es war niemand dort. Allein und schwindelig vor Glück ging ich herum, denn all das gehörte mir! Ich durfte mitnehmen, was ich wollte, alles gehörte mir. Ob ich es geerbt hatte oder wie es sonst gekommen war …

Später sollte ich in weiteren Träumen zu diesem Haus zurückkehren und immer wieder das erstaunliche Glücksgefühl spüren, aber dieser Besuch war der erste und deutlichste.

Als ich am Morgen nach dem Traum um kurz nach acht von der Avisierung nach Hause kam, war der Entschluß gefaßt, ohne daß ich genau wußte, wie es dazu gekommen war. Ohne zu zögern setzte ich mich an den Eichentisch und verfaßte meinen ersten Lügenbrief, oder sagen wir halbwahren Brief, weitere würden folgen. Ich schrieb ans Korrespondenzinstitut und erklärte, mein Vater sei kürzlich verstorben, meine Mutter und ich hätten umziehen müssen, und ich sei nun gezwungen, für mich selbst zu sorgen, und müsse auch zum Unterhalt meiner Mutter beitragen. Aus diesem Grund hätten sich meine Möglichkeiten, mich den Studien zu widmen, beträchtlich verschlechtert. Ich bat deshalb höflich darum, den Realschulkurs bis auf weiteres unterbrechen zu dürfen, unterstrich aber, daß ich meinen Platz behalten wolle, da ich hoffte, meine Studien vielleicht im Herbst oder spätestens zum nächsten Frühjahrssemester wieder aufnehmen zu können. Mit besten Grüßen und so weiter.

Kurz vor zwei am Nachmittag war es Zeit für Kraftakt Nummer zwei. Da machte ich mich mit geschrubbtem Gesicht, frischgeputzter Brille und glattgebürstetem Haar auf den Weg zum großen Postgebäude. Ich ging nicht um die Ecke zum Personaleingang, sondern nahm die große Treppe hinauf zum BÜRO DES POSTAMTDIREKTORS. Genau wie beim ersten Mal klingelte ich und wurde von Frau Einarsson hereingelassen. Sie guckte erstaunt, als ich darum bat, mit Herrn Oberaufseher Bergman sprechen zu dürfen (der Graugestreifte war nämlich keineswegs der Postamtdirektor gewesen, wie ich zunächst geglaubt hatte).

»Ah, ja, hm, – und was mag das kleine Fräulein wollen?«

Als ich da mit meinem ernsten und wichtigen Anliegen auf der Stuhlkante saß, glaubte ich plötzlich, die leicht zurückgelehnte Überlegenheit seines geraden Oberkörpers und ein kühles Lächeln hinter den Brillengläsern zu ahnen. Da wurde mir heiß. Kleines Fräulein? Er saß da und machte sich lustig über mich! Drecksack! Das ertrug ich nicht, mein überempfindliches ZehenPelle-Ich stellte unverzüglich die Stacheln auf. Ich reckte mich und ging ohne überflüssige Demut zum Angriff über. In ganz anderen Worten als denen, die ich zuvor auf der Treppe geübt hatte, sagte ich, daß ich, da mein Vater tot sei und meine Mutter keine Möglichkeit habe, für meinen Lebensunterhalt zu sorgen, mehr Arbeit brauche als die paar Stunden in der Avisierung. Andernfalls müßte ich mich leider woanders nach einer etwas festeren Anstellung umsehen. Auch wenn ich mich wohlgefühlt und gerne weitergemacht hätte ... (Mit diesem Zusatz lockerte ich ein wenig die Leine, denn in Wirklichkeit hatte ich überhaupt nicht im Sinn gehabt, aufzuhören.)

Keine Ahnung, ob meine plötzliche Keckheit ihm imponierte oder ob ich zufällig den richtigen Augenblick erwischt hatte, aber es endete damit, daß ich Hals über Kopf als SKA angestellt wurde, was Schreibkraftaspirantin bedeutete – unter der Voraussetzung, daß ich Maschineschreiben lernte und bereitwillig Teile der Postvorschriften studierte.

Die dritte notwendige Sache, nicht gerade die leichteste, die ich an diesem Tag zu erledigen hatte, bestand darin, Mutter von den Vorkehrungen zu erzählen, die ich für die nächste Zukunft getroffen hatte. Auch in diesem Fall schwindelte ich ein wenig an der Wahrheit herum. Ich sagte, mir wäre eine Vollzeitanstellung bei der Post *angeboten worden* und ich könne dort eine kostenfreie Ausbildung durchlaufen. Doch, sicher, man sei auf mich zugekommen und habe mich gefragt! Und ich könne ja nicht zwei Kurse gleichzeitig schaffen und nebenbei Vollzeit arbeiten, also müsse ich die Hermodsbriefe bis auf weiteres auf Eis legen. Bedauerlicherweise. Aber es wäre ja auch gut, mehr Geld zu verdienen, oder nicht? Und etwas zurückzulegen!

Ich weiß nicht, ob Mutter das Wort Schreibkraftaspirantin imponierte oder ob sie die Geschichte mit dem Realschulabschluß nie richtig ernstgenommen hatte. Sie wußte wohl nicht, wohin das führen sollte – das wußte ich schließlich selbst nicht. Jedenfalls nahm sie die Nachricht genauso auf, wie ich es mit meiner Darstellung beabsichtigt hatte.

»Sieh mal einer an! Aber du bist wohl wie immer tüchtig gewesen, wenn sie dir sogar die Kurse und alles bezahlen wollen! Ja, du wirst es schon gut dort haben, Nancy. Wenn man erst mal bei den Staatlichen ist ... Das siehst du ja an Kalle, dem geht es so gut bei der Straßenbahn.«

Ich sah auf meine Knie hinunter, als sie das sagte. Beschämt. Einerseits, weil sie glaubte, die Straßenbahn wäre staatlich, aber vor allem, weil ich mir verlogen und falsch vorkam. Ich führte Mutter hinters Licht. Ich legte sie herein. Sie hatte keine Ahnung, wie die Dinge wirklich lagen, wie ich mich in meiner Einsamkeit mit Problemen und Schuldgefühlen geplagt und gequält hatte, die sie nicht verstehen und bei denen sie mir auch nicht helfen konnte. Und sie wußte nichts vom Besuch des Zollbeamten. Ich war alles andere als die tüchtige Nancy, die Fahnenträgerin, ich war eine Versagerin. Und dieses merkwürdige Wort Schreibkraftaspirantin, lang und glitzernd wie Lametta mit all seinen spitzen Lauten, was sollte das überhaupt sein? Das allerkleinste und unbedeutendste Rädchen in einer riesigen Maschinerie, das sollte ich werden. Zumindest bis auf weiteres. Bis auf weiteres.

Das vierte, was sich ereignete, allerdings einige Tage später, war das Eintreffen eines Antwortbriefs von Hermods.

Darin erklärte man tiefes Bedauern über das Ableben meines Vaters und brachte auch Verständnis für die daraus für mich entstehenden Schwierigkeiten zum Ausdruck. (Pfui, wie ich mich schämte! Es war ja eineinhalb Jahre her, daß Vater gestorben war, und ich hatte ihnen weisgemacht, es wäre vorige Woche passiert, so schamlos war ich geworden, daß ich sogar einen Toten ausnutzte.) Aber, stand in dem Brief, es sei unter keinen Umständen zweckmäßig und ratsam, die Studien für längere Zeit zu unterbrechen. Trotz meine veränderten Situation sollte ich so bald wie möglich zumindest den früheren Studienrhythmus wieder aufnehmen und vor allem nicht vergessen, bereits erworbene Kenntnisse durch fleißiges Wiederholen aufzufrischen. Der Brief endete mit den besten Wünschen und einem freundlichen Gruß samt einer Empfehlung des Vorbereitungskurses in Malmö, genau wie im vorherigen Brief. Das Informationsblatt war beigefügt.

»Von denen müssen sie ja Massen vorrätig haben«, murmelte ich, riß das Papier in Stücke und warf die Schnipsel auf den noch glühenden Aschehaufen. Als ich mit dem Schürhaken darin rührte, flammte er wieder auf.

Eigentlich wollte ich den Brief auch verbrennen, aber statt dessen zog ich die linke Schublade der Spiegelkommode auf und legte ihn zu den anderen Briefen vom Korrespondenzinstitut. Gleichzeit zog ich das Postsparbuch heraus, das ganz unten versteckt war.

Zweihundertsieben Kronen und vierzehn Öre, inklusive Zinsen für das vergangene Jahr.

»Daß die das nicht begreifen«, jammerte ich vor mich hin. »Die haben überhaupt keine Ahnung! Woher soll man denn ihrer Meinung nach das Geld für eine Zugfahrkarte nach Malmö nehmen, wie soll man sich dort ein Zimmer mieten, wovon soll man fast ein halbes Jahr leben? Und der Kurs kostet bestimmt extra. Und die Bücher. Ich scheiße auf dieses verfluchte Hermods, ich scheiße auf alles!«

Ich schleuderte das Sparbuch zurück in die Schublade und knallte sie zu.

Nach einer Woche stellte sich allmählich eine unerlaubte Erleichterung ein, unerlaubt deshalb, weil gleichzeitig das Gefühl an mir nagte, ich hätte gekniffen. Doch der Druck hatte vorübergehend nachgelassen, und das war schön. Der gefältelte Baumwollvorhang vor dem Zuckerkistenregal war sorgfältig zugezogen und durfte es bleiben, ich hatte zwar eine Tüte mit den Postvorschriften und einem Übungsbogen, einer Dose Kleister und dem zugehörigen Pinsel nach Hause geschleppt, aber alles, was zur Aspirantinnenausbildung gehörte, bewahrte ich säuberlich getrennt von meinen Lehrbüchern auf, ganz so, als könnten sie sich nicht ausstehen.

In Solans Begleitung ging ich zu einer Stelle in der Östra Ågatan und meldete mich für den erforderlichen Schreibmaschinenkurs an. Die Kursgebühr von 55 Kronen mußte beim ersten Unterrichtstermin im voraus gezahlt werden. Dieser Termin war am 1. Mai, und ich muß das Datum so bedeutend gefunden haben, daß ich es im Kalender notierte. Es war wohl auch insofern bedeutsam, als es meine Entscheidung und meinen neuen Weg bekräftigte. Und im Grunde war es doch gar nicht so unsinnig? Wer weiß, ob es mir mit einem Abschluß besser ergangen wäre? Was für eine Arbeit hätte ich dann bekommen? Vielleicht auch nicht viel besser als die, die ich nun hatte. Und wäre das Leben leichter geworden? Im großen und ganzen hatte ich, ZehenPelles Nancy, doch allen Grund, zufrieden zu sein. Zumindest hatte ich kein Dienstmädchen werden müssen. Wie Betty. Und mußte nicht, wie Mutter, abends mit fettigen Haaren und geröteten Händen, die vor Rissen schmerzten, nach Hause kommen.

So verhandelte ich mit mir selbst, während die Tage und Wochen in diesem Frühjahr vergingen, dem ersten seit dem Umzug.

Mutter gab niemals einen Mucks über den Blumenkasten, die Dahlienknollen oder den Kartoffelacker von sich, obwohl die Wärme der sandigen Erde in den Ackerfurchen ihren Fußsohlen eingeprägt gewesen sein muß. Auch der Graben mit den Sumpfdotterblumen und den Veilchen am Rand kam zwischen uns nie zur Sprache, ebensowenig die Kraniche auf der Lichtung oder das kleine Rotkehlchen, das direkt über der Lokustür zu nisten pflegte. Auf dem Innenhof der Sechs wurde der eingefaßte Lindenbaum vor Tante Janssons Küchenfenster hellgrün und klebrig, und auf den Dächern und in den Rinnsteinen gurrten von morgens bis abends die Tauben. Das war auch eine Art Frühling.

Schräg gegenüber von der Buchhandlung, in der Ecke bei der Nybro, saß eine alte Frau auf einem Klappstuhl mit einer Wanne voller Wasser zwischen den stämmigen Beinen. Sie beugte sich vor zu mir, so daß das geflochtene Ungetüm von Hut auf ihrem Scheitel wippte: »Frisch gepflückte Maiglöckchen aus Jumkil! Möchten Sie nicht ein Sträußchen, kleines Fräulein? Nur 25 Öre!«

Ich streckte das Kinn in die Luft und trabte vorbei. Die zahnlose Alte brummte mir etwas hinterher, hielt mich wohl für eine hochmütige Stadtzicke – woher sollte sie wissen, daß ich es nicht wagte, meine Nase in den wehmütigen Duft zu tauchen …

Wie Mutter es empfand, weiß ich nicht, aber ich glaube, daß es für sie schlimmer war als für mich. Ich war wenigstens jung. Solan und ich spiegelten unsere Jugend, wo immer wir hinkamen; vor dem dunklen Hintergrund der Fenster des Bestattungsinstituts in der Trädgårdsgatan trat unsere weißblusige Schönheit besonders deutlich hervor, und obwohl nichts so gekommen war, wie ich gedacht hatte, empfand ich einen Kitzel neugieriger Erwartung.

Doch später, Anfang Juni, als der Edelflieder hinter dem Zaun mit seinen dunkelvioletten Trauben duftete, so schwer und anders als unser Bauernflieder, und als die großen steifen Bäume, die sich Kastanien nannten, am Fyrisfluß leuchteten, als die Examenszeit kam, die Pforten geöffnet wurden und der Jubelgesang der jungen Leute durch Straßen und Gassen schallte, wendete sich mein Gefühl, und mir wurde düster zumute. Zuerst kamen die Realschüler mit ihren samtgrauen Mützen, etwas später die Abiturienten mit den weißen Studentenmützen. Behängt mit Blumen und flatternden Bändern, von Gesang umgeben, in weißen Kleidern und dunklen Anzügen zogen sie in Scharen los – mitten auf der Straße! –, als gehörte ihnen die ganze Welt. *Sing ein Lied von den glücklichen Studententagen …* Meine Eifersucht und meine Verbitterung grenzten an Haß.

Ich gehörte eben zu einer anderen Sorte Mensch. Der Zehen-Pelle-Sorte. Was für andere die Regel war, war bei uns die vereinzelte, leuchtende Ausnahme. Und mir war es nicht geglückt, so eine Ausnahme zu werden. Eine hartnäckige kleine Gegenstimme versuchte zwar eine Diskussion in Gang zu bringen: Das hast du dir selbst zuzuschreiben, Nancy! Du hast zu schnell aufgegeben. Du ziehst den Schwanz ein. Findest Ausflüchte. Ja, ja. Aber was sollte ich machen?

Als der Sommer weiter fortgeschritten und der Asphalt von der Sonne aufgeweicht und das Wasser im Fluß zu einer trägen Rinne versiegt war, von Entengrütze, braunen Bierflaschen und allerlei Modder gesäumt, kam ringsum und in mir alles zum Stillstand. Die Stadt wurde entvölkert, jedenfalls von Studenten und Wohlhabenden, die es sich leisten konnten. Das Fräulein aus der Kachelofenvilla war mit Gepäck und Hausmädchen ins Landhaus gereist, genauso hatte es die tanzlustige Familie gemacht, die die merkwürdige Wohnung über uns bewohnte. Wir vermißten sie nicht, im Gegenteil, ein befreites Sommerferiengefühl breitete sich auf dem Hof aus. Mutter und Tante Jansson nutzten die Gelegenheit und spannten ein Dreieck aus Wäscheleinen zwischen Bretterzaun, Holzschuppen und die grünende Linde. Das mit der Wäsche war ansonsten schwierig für Mutter. Sie mochte es nicht, »sich vor aller Augen auszuhängen«, wie sie sagte, und meinte damit ihren dürftigen Vorrat an Bettwäsche, Handtüchern und grober Unterwäsche. Jetzt in der Sommerflaute fühlten wir uns freier. Im Schatten des Lindenbaums war Platz für einen kleinen Holztisch und zwei Stühle, da saßen die beiden und tranken am Sonntagnachmittag Kaffee, Mutter und Tante Jansson. Gleich und gleich gesellt sich gern. Die beiden Jungs von Tante Jansson waren zur unsagbaren Erleichterung aller Beteiligten für einige Wochen im Ferienlager. Zur Zeit versteckte sich niemand hinter dem Holzschuppen und brüllte: »Mußt du kacken, Nancy?« und bog sich vor Lachen, wenn ich mit dem Schlüssel anspazierte.

Fräulein Sofi Stjärna (aus einer piekfeinen, aber bettelarmen Familie) hielt den Sommer über den Milchladen geöffnet. Die Kühle des Wasserbeckens hing wie Nebel an den weißen Kachelwänden, und es war wie Balsam, dort zu stehen und zu warten, bis man an der Reihe war, wenn die Hitze dampfte und wie ein Bügeleisen die enge Gasse verbrannte.

Solan war meine Freundin. Wir trugen weiße Söckchen in weißen Sandaletten und Shorts mit Latz, wie es die Mode vorschrieb. Solan mußte ihre allerdings in einer Tasche auf dem Gepäckträger mitbringen und sich bei uns umziehen, bevor wir nach Berthåga, Gamlis oder Graneberg radelten. Solche sündigen Kleidungsstücke erlaubte ihre Tante nicht.

Auch hier in der Stadt war die Welt eng. Und der Krieg dauerte nun schon den vierten Sommer.

22

Am Sonnabend, dem 21. August 1943, dem Josefinatag, wurde Mutter tatsächlich fünfzig. Sie war nach dem Namenskalender auf Elfrida Josefina getauft worden, wurde aber Frida genannt; früher bekannt als ZehenPelles Frida, inzwischen Frau Pettersson aus der Sechs.

Lennart hatte eine Kastenkamera mitgebracht und machte ein paar Bilder. Auf einer dieser Schwarzweißfotografien mit den gezackten Rändern im Format 6x9 sieht man die Geburtstagsgratulanten dicht gedrängt um den gedeckten Auktionshaustisch sitzen, der für diesen Anlaß mit beiden Ausziehplatten verlängert und mit zwei überlappenden weißen Laken bedeckt wurde, die an den Seiten herunterhingen. Am hinteren kurzen Ende, mitten auf dem Plüschsofa, thront Mutter mit Gwendolyn, Dorothy und dem kleinen Erik in einem einzigen Durcheinander zu ihrer Linken – von Erik ist übrigens nur das Köpfchen zu sehen. An ihrer rechten Seite sitzt Sara, blond und lächelnd, mit ihrer kleinen Gunilla, die fuchtelnd auf ihrem Schoß steht. Sie ist noch kein Jahr alt und hopst und rangelt so herum, daß das Bild von ihr völlig verwischt ist. Diejenigen, die am anderen Ende des Tisches plaziert sind, haben ihre Stühle umgedreht und ein Stückchen zur Seite gerückt, so daß auch die Gäste, die ihre Plätze an der Längsseite haben, mit aufs Bild passen. Es war ein fürchterliches Geschiebe und Herumkommandieren, bis Lennart alle draufkriegte. Die große blaue Hortensie dagegen, die Mutter von Elin, Kalle und Rut bekommen hatte, wurde trotz

Mutters Protesten vom Tisch genommen. Lennart mußte sie später gesondert fotografieren. (»Damit sie nicht beleidigt sind«, flüsterte Mutter.)

Von Tante Jansson liehen wir uns Stühle aus, aber Kaffeetassen hatten wir genug, denn Mutter hatte ein halbes Dutzend zu den sechs Tassen mit der Rosenkante hinzugekauft, die ich ihr vor einem guten Jahr geschenkt hatte. Kleine Löffel zum Kuchenessen und zwölf grüngetönte Trinkgläser hatten wir uns auch geleistet, es waren billige von Tempo, aber sie sahen richtig hübsch aus.

An der linken Längsseite sitzt Börje neben Sara, wie es sich gehört, und gleich neben ihm Betty, gefolgt von Åke. Börje ist in Zivil, er trägt ein weißes Hemd und hat seine Jacke über die Lehne gehängt (das sieht man nicht, aber es war so). Åke befindet sich in einer Einberufungsphase – die wievielte, ist schwer zu sagen –, er trägt seine Urlaubsmontur, graues Hemd und Schlips. (So war Lennart auch gekleidet, erinnere ich mich, er hielt ja die Kamera und kam nicht mit aufs Bild.) Neben Åke sitze ich. Ich bin im Vordergrund gelandet, weil ich mich so hingesetzt hatte, daß ich es nicht weit zur Küche hatte. Genauso ist es mit Tante Jansson, die den entsprechenden Platz auf der rechten Seite hat, aber sie mußten wir fast hinschleifen und auf ihren Stuhl drücken, sie wollte *nicht* dabei sein! Unter keinen Umständen! Sie gehöre ja nicht dazu, zierte sie sich, sie sei doch bloß die Kaffeekocherin! Zwischen dem Platz von Tante Jansson und dem Sofa sitzt Rut aus der Repslagargatan, dahinter Cousine Elin und schließlich Kalle, der Straßenbahnfahrer, den Mutter noch einmal für den reellen Tisch lobt.

»Ja, das ist dir zu verdanken, Kalle, daß wir hier alle Platz haben!«

Wie sehen wir denn nun aus auf dem Bild aus dem Jahre 1943 im Format 6 x 9? Man kann es einigermaßen durch das Vergrößerungsglas erkennen.

Mutter trägt ein weißgetupftes Kleid (mittelblaue Grundfarbe) mit weißem Kragen, sie sitzt aufrecht und guckt direkt in die Kamera, die Mundwinkel sind zu dem milden, dankbaren Lächeln nach oben gezogen, das zu einem Moment wie diesem paßt; so lachen, daß man die Zähne sieht, tut sie äußerst ungern, die Gewohnheit, den Mund zu verbergen und die Hand davor zu halten, steckt wohl noch aus der Zeit der schwarzen Stummel in ihr. Sie ist auf dem Sofa von ihren Enkelkindern umringt, auch dem neuen kleinen Familienmitglied, das sie an diesem Tag zum ersten Mal sieht, und sie ist glücklich über die Kinder, wie sie es immer gewesen ist. Ich glaube, sie ist auch um ihrer selbst willen recht zufrieden. Sie hat einen Meilenstein erreicht, und sie »hat sich durchgekämpft«, wie sie zu sagen pflegt.

Sie hat Arbeit und ist unabhängig, und sie ist keinem Menschen eine einzige Öre schuldig! (Zumindest nicht wenn man das väterliche Erbe berücksichtigt, aber ansonsten stimmt das nicht ganz. Sie muß bei Härolds Mantelgeschäft die Raten abstottern und auch beim Radiohändler, wo sie zugeschlagen und ein beigebraunes Radiogerät erstanden hat, das auf dem Küchenschrank steht, das Kabel steckt in der Steckdose beim Fenster. Wir mußten uns ein elektrisches Radio anschaffen, schließlich konnten wir nicht dieses Monstrum mit der Säurebatterie und der Anodenbatterie benutzen, mit einem Kabel durch das Fenster und einer Drahtrolle auf dem Dach! Wie hätte das ausgesehen? BiegenArvid durfte es, wie so viele andere Dinge, mit nach Hause schleppen. Aber bei einer einzelnen Person steht sie nicht in der Kreide, in dieser Hinsicht hat sie recht.)

Von den nächsten Familienangehörigen macht nur Sara ein richtig fröhliches Gesicht. Betty hat eine Dauerwelle und sieht so süß aus mit der Krause in der Stirn, aber sie hat natürlich ihre übliche Miene aufgesetzt: griesgrämig, unzufrieden und schüchtern zugleich. Börje und Åke sehen beide vollkommen nichtssagend aus, freundliche, aber flache Gesichtszüge. Ich selbst habe mich zur Seite gedreht, so daß die Haare das meiste von meinem Profil verdecken, weil ich schon weiß, was Betty denken und sagen wird, wenn sie die Fotografie sieht: Klar, Nancy, die drängelt sich natürlich ganz nach vorne! Aber fein bin ich.

Ich trage eine weiße Tirolerbluse und einen glockig geschnittenen Schottenrock, er fällt mir glatt über die Knie, die ich dicht zusammenhalte.

Das ist sie also, die ZehenPelle-Familie, die Übriggebliebenen und die Hinzugekommenen. Auf dem Küchenbüfett hinter uns steht (im Bild nicht zu sehen) der gelbbraune Laubsägerahmen mit der Fotografie von Vater zwischen den beiden Ardennerpferden Disa und Freja. Schräg gegenüber steht das Filmstarfoto von Dora, in ewiger Schönheit hinter Glas und Rahmen bewahrt. Der Gipshund steht auch an seinem Platz, ebenso der alte Becher mit der Bärenjagd Karls des Zwölften, aber den Schneckenhausrahmen mit dem kleinen Matrosen Tore hatte Mutter in die längliche Schublade darunter gelegt. Seine Zeit mit uns, die es außer in meinen Träumen nie gegeben hatte, war vorbei.

Ist Dora denn anwesend an Mutters fünfzigstem Geburtstag, außer in dem Bilderrahmen? Nein. Da kann ich, glaube ich, für uns alle antworten. Auch sie ist verblaßt und zwischen den Schatten entschwunden, viel weiter weg als Tore an seinem mit Muscheln übersäten Strand in Australien. Die Erinnerung an sie wird immer undeutlicher und unwirklicher, je mehr Zeit vergeht. Und je mehr wir Lebenden uns verändern. Sie steht dort mit ihrem sanften Lächeln auf dem Büfett, es gab sie einmal, nun gibt es sie nicht mehr.

Und Vater? Karl Viktor Pettersson. ZehenPelle. Vor knapp zwei Jahren gestorben und auf dem Friedhof Lunda begraben. Das Schreckliche ist, daß auch er nicht richtig dabei ist. Nicht hier in der Stadt, in der Nummer sechs. Wir haben ihn zu Hause bei der Hütte gelassen, genau wie wir Mutters alte abgeschnittene Gummistiefel unter der Bank auf der Veranda gelassen haben. Nein, so nicht! Nicht ausrangiert. Aber er ist noch immer in Dalängen, dort hält er sich auf, dort geht er umher. Allein. Kaum sichtbar. Radelt durchs Gartentor, die Kette scheppert. Klopft sich den Schnee ab. Stampft. Schneuzt sich …

Trauere ich um ihn? Fehlt er mir? Oh, wie grauenhaft, ehrlich zu sich selbst sein zu müssen. Nein. Das ist die Antwort. Ich vermisse ihn nicht. Ich trauere auch nicht. Aber ich erinnere mich. Ich erinnere mich und denke nach. Höre seine Stimme. Mache mir Gedanken über seine Ansichten und seinen Platz im Leben. Reicht das nicht? Wie es mit den anderen auf dem Bild ist, weiß ich nicht. Die Kinder haben ihn wohl schon vergessen; als Gunilla geboren wurde, war er nicht mehr da. Sara kann er nichts bedeuten, sie sind sich nur zweimal begegnet. Ich kann mir kaum vorstellen, daß er Börje und Lennart etwas bedeutet. Sie sind früh von zu Hause ausgezogen, und ich weiß noch, daß sie oft mit Vater aneinandergerieten ... Betty? Doch. Er war viel liebevoller als Mutter, sagte sie. Mit Vater war es anders! Ja, das weiß ich. Nach Bettys Meinung hatte Mutter mehr für mich übrig. Nancy hier und Nancy da. Aber auch Betty erwähnte Vater an diesem Tag nicht. Bleiben noch Åke und Mutter selbst. Åke hatte sich ja der alten Thermosflasche angenommen, das hatte er getan. Warum? Ich glaube, daß er auf irgendeine Weise Hochachtung vor Vater hatte ... Und Mutter. Da weiß ich eigentlich gar nichts.

Es war brütendheiß an diesem Tag im August. Die Lüftungsfenster im Zimmer und in der Küche waren weit geöffnet, aber das nützte nicht viel. Eine Torte thront auf dem Tisch, gebacken in der Küche von Tempo und von den Arbeitskollegen als Präsent überreicht. Mutter hat Weißbrot und Gebäck aufgetischt, aber keine Plunder, für diese Sorte Teig war es viel zu heiß, und man konnte in keinen Kühlkeller ausweichen. Die Vase, die Elin und Rut ihr im Vorjahr am falschen Tag überreicht hatten, steht neben dem Tortenteller, und es sind Ringelblumen darin. Sie leuchteten üppig in Gelb und Rot, aber das sieht man natürlich nicht auf dem Schwarzweißfoto. Cousine Elin lacht auf dem Bild, sie ist die fröhlichste von allen, schließlich war es ihr Verdienst, daß wir hier saßen! Mit etwas Beistand von Rut natürlich, aber deren Einsatz trat in den Hintergrund.

»Stell dir vor, wenn ich mich nicht im Jahr geirrt hätte ... würdest du immer noch tatenlos in der Einöde rumhocken!«

Nach dem Kaffeetrinken wurden die »jungen Leute« ermuntert, sich die Stadt anzugucken, während sich die älteren Frauenzimmer um den Abwasch kümmerten, das Essen vorbereiteten, Kartoffeln schälten und so weiter. (Es gab Dillfleisch mit süßsaurer Soße, auf seltsamen Wegen war es Mutter gelungen, ein ordentliches Stück Kalbfleisch zu ergattern, das unsere Fleischkarten für Monate im voraus verbraucht hätte!) Der Straßenbahner Kalle zählte sich an diesem Tag bereitwillig zur Jugend – was sollte er denn in der Wohnung bei den Weibsleuten? Wie auf ein abgesprochenes Zeichen bogen er und Lennart sofort in die Kungsgatan zur Wohnung in der Hausnummer 52 ab, und selbstverständlich kapierte ich, worum es ging, diese Blicke kennt man, Lennart schleckte sich fast die Lippen ab.

Wir anderen gingen hinunter zum Svandammen. Worüber wir redeten, weiß ich nicht mehr. Lynn und Dotty, inzwischen neun und sieben Jahre alt, kamen schnell über ihr Stadtstaunen hinweg und hüpften in ihren hellen Sommerkleidern und weißen Stoffschuhen herum, LüttErik hielt Åkes Hand, und Sara zog den Wagen mit der kleinen Gunilla. Börje ging nebenher. Wir waren eine Familie, und es kann gut sein, daß Blut eben doch dicker ist als Wasser. Zumindest kann es bitterer schmecken, was wieder einmal bewiesen wurde, als wir ein Stündchen später über die Islandbrücke nach Hause gingen. Da sagte Betty: »Also ich finde nicht, daß ihr besonders toll wohnt! Nicht einmal eine eigene Toilette! Und dieser muffige Flur. Puh! Ihr hättet bestimmt was Besseres finden können, als ihr in die Stadt gezogen seid. Und du, Nancy, ich verstehe nicht, daß du immer noch bei Mutter wohnst! Warum ziehst du nicht aus und suchst dir etwas Eigenes?«

Gunilla war eingeschlafen. Sara zog den Wagen langsam hinter uns her, und ich glaube nicht, daß sie hörte, wie Betty weitersprach: »Habe von Mutter gehört, daß du mit dieser Lernerei aufgehört hast. Es klang, als hättest du eine schrecklich feine Stelle bekommen! Dann hast du ja jetzt genug Geld, um für dich selbst zu sorgen, wie unsereiner es immer mußte!«

(Hopsa! Was mußte sie? Sie hatte doch Åke!)

»Übrigens, warum heiratest du eigentlich nicht? Hier in der Stadt müßtest du doch jemanden ergattern können – falls es einen gibt, der dir gut genug ist!«

Ich blieb stehen. Jetzt reichte es. Wahrlich. Der Moment für eine Abrechnung war gekommen, nicht gerade geplant, aber notwendig. Ich griff nach ihrer Schulter mit dem bauschigen Polster unter dem Kleiderstoff und drehte mich zu ihr. Mir schwindelte vor Zorn und Angst und verbissenem Mut. Zum Teufel! Sara hatte bereits die Straße überquert, und Åke und Börje standen mit den Kindern vor der Toreinfahrt zur Sechs.

»Es reicht jetzt, Betty!« zischte ich (denn ich wollte nicht, daß Sara mithörte). »Was geht dich das eigentlich an? Warum hackst du immer auf mir herum? Habe ich dir vielleicht etwas getan? Du gibst mir für alles die Schuld, immer nur ich, ich, ich und daß ich mich von Mutter durchfüttern lasse. Das ist nicht wahr! Ich bezahle meinen Anteil, ich sorge für mich selbst, nur keine Angst. Ich habe dir jedenfalls nichts weggenommen. Warum kannst du mich nicht ausstehen? Kannst du mir das ein für allemal beantworten, damit ich es verstehe?«

Tja, das war eine feine Art, Mutters Geburtstag zu feiern. Ich fing fast an zu weinen, beherrschte mich aber. Natürlich erhielt ich keine Antwort von Betty. Sie rümpfte bloß die Nase: »Huh! Mußt du so fest zupacken?« Dann riß sie sich los und trabte über die Kreuzung, ohne nach rechts oder links zu gucken, beinahe wäre sie von einem Radfahrer über den Haufen gefahren worden. Ich blieb einige Augenblicke auf dem Gehweg stehen und zitterte am ganzen Körper. Nun mußte ich mich zusammenreißen, damit Mutter mir nichts anmerkte.

Später bereute ich es. Natürlich. Ich hätte schweigen und schlucken sollen, wie so viele Male zuvor, das wäre besser gewesen. Aber entschuldigen konnte ich mich doch nicht, ich hatte ihr schließlich nichts getan, hatte nur geradeheraus gefragt. Sie verstand mich trotzdem nicht, wir hatten einander nie verstanden, solche Schwestern waren wir.

Im Grunde wußte ich ja, was mich an ihren Worten so tief getroffen hatte. Nicht das mit Mutter und dem Lebensunterhalt, das hatte ich schon so oft gehört. Es war auch nicht der triumphierende Ton in ihrer Stimme, als sie sagte, sie habe von Mutter gehört, daß ich mit der »Lernerei« aufgehört hätte. Nein. Es war das mit dem Heiraten, einen abzukriegen ... Das war es, was so weh tat.

23

Fräulein Stjärna im Milchladen hatte natürlich ein Telefon, es hing links neben der Kasse an der Wand. Sie hatte mir erlaubt, ihre Nummer anzugeben, falls man mich bei der Post kurzfristig bräuchte, das war schon ein, zwei Male passiert. Mutter und ich benutzten allerdings nie ihr Telefon, um selbst irgendwo anzurufen, wir hatten nicht das Bedürfnis. Mutter bat mich hin und wieder, einige gefaltete Kurzbriefe mit aufgedruckter Briefmarke von der Post mitzubringen, auf diese Weise hielt sie die Kontakte aufrecht, die sie brauchte, und das waren nicht viele. In ziemlich regelmäßigen Abständen schrieb sie an Betty, ebenso an Sara in Eskilstuna, immer war es die Korrespondenz der Frauen. Den alten Nachbarn zu Hause in Lunda: den Ågrens, Tante Laberg, BiegenArvid und seiner Maja, schrieb sie nicht einmal eine Weihnachtskarte. Was vergangen war, war vergangen, und nun war Schluß damit. Nach Mutters Meinung. Dagegen geschah es ab und zu, daß sie an Tante Olivia schrieb, und dann nutzte ich die Gelegenheit und schrieb ein paar Zeilen darunter. Mit so großen und deutlichen Buchstaben, wie der Platz es erlaubte:

Liebe Tante Olivia! Ich hoffe, daß es Dir und auch Kohlchen gutgeht und daß sie Dir nicht zu viele Umstände macht. Fängt sie ein paar Mäuse? Ich vermisse sie, aber sie hätte sich hier in der Stadt nicht wohl gefühlt, ein Glück, daß sie bei Dir bleiben durfte. Uns geht es richtig gut.

Herzliche Grüße von Nancy

Endlich erhielten wir eine Antwort, hingekritzelt mit Anilin, in übler Rechtschreibung und ganz ohne Zeichensetzung. Aber was machte das? Ich mußte weinen, als ich entziffert hatte, daß es der Katze gutginge ... Und daß Tante Olivia wollte, daß wir sie einmal besuchten.

»Ja, mal sehen, was aus der Sache wird«, sagte Mutter. Sie hatte das Alte hinter sich gelassen, soviel stand fest.

Ihre resolute Einstellung gefiel mir nicht recht. Es war, als ließe sie alles im Stich, als hätte das Leben zu Hause in Dalängen und Lunda nichts bedeutet, obwohl es doch das eigentliche Leben war, zumindest für mich. Einmal, ein einziges Mal, war sie zu Vaters Grab gefahren. Dagegen, daß es nicht öfter geschah, war an sich nichts zu sagen, es war schließlich schwierig, hinzukommen, man mußte weit radeln, und sonntags, wenn sie frei hatte, fuhren die Busse nur selten. Aber an einem Wochenende im Sommer hatte Elins Kalle sich ein Auto ausgeliehen, und Mutter und ich wurden zu einem Ausflug eingeladen. Wir könnten einen Abstecher nach Lunda machen, sagte Elin.

Es war nur so, daß ich nicht mitfuhr. Ich wollte nicht. Nein, mit diesem selbstzufriedenen StraßenbahnKalle angefahren kommen – den Vater auch nicht gemocht hätte –, vorbei an allen Orten mit meinen Erinnerungen, und dann an Vaters Grab stehen und sich dabei Elins Geplapper anhören? Nein, ich wollte auch Norrbodas Milchkannenständer und den braunen Nadelweg nicht sehen, der hinunter zu unserem Grundstück führt, vielleicht noch zu weinen anfangen ... Das schaffte ich nicht. Noch nicht. Falls ich es irgendwann schaffen würde, dann wollte ich allein und unbeobachtet sein und genug Zeit haben. Mich langsam nähern.

Trotz allem wußten wir eine ganze Menge über die Dinge, die nach unserem Auszug passiert waren. BiegenArvid hatte recht gehabt, als er prophezeite, HeidePetrus würde sich die Gelegenheit nicht entgehen lassen, Geld einzunehmen, und die Hütte an Esten vermieten. So war es gekommen. Jetzt wohnte eine Familie aus Estland dort, mit mehreren Kindern. Åke hatte uns informiert. Wenn er nicht einberufen war, was allerdings selten der

Fall war, fuhr er wie üblich das Brotauto und hatte daher täglich Kontakt mit MilchAlbin, der alles über alle wußte.

Åke trafen wir ab und zu. Manchmal hatte er für Bäcker Westman etwas in der Stadt zu erledigen, dann kam er bei uns vorbei und bestellte Grüße von Betty und den Kindern. Entweder kam er zu uns in die Sechs, oder er ging zu Tempo und trank in seinem ausgeblichenen Overall auf einem der Barhocker eine Tasse Kaffee, dann stahl Mutter sich ein paar Minuten davon und konnte ein bißchen schwatzen. Sogar während der Phasen, in denen er einberufen war (oft viele Monate am Stück), bekamen wir ihn hin und wieder zu sehen, wenn er beurlaubt war. Dann kam er mit dem Schnellzug von Norden und stieg in den sogenannten Milchzug um, der ihn nach Hause in den Ort brachte. Wenn das abends geschah und Mutter zu Hause war, überschlug sie sich fast und schaffte eilig belegte Brote und Kaffee herbei: »Du bist bestimmt hungrig, du Ärmster!« Bei diesen Gelegenheiten war sie fast wie früher, ZehenPelles Frida.

Wir wohnten jetzt schon das zweite Jahr in der Gasse. Das Haus und der Hof und das Viertel mit seinen Handwerkern und kleinen Läden, das zu Beginn so fremd und erschreckend gewirkt hatte, waren uns allmählich vertraut. Wir fanden uns zurecht und wurden nach und nach ein Teil der Stadt. Mein eigener angepaßter Stil fiel mir gar nicht so auf, er schlich sich unbemerkt ein, aber ich beobachtete Mutter, Frau Pettersson. Es lag nicht nur daran, daß der alte Putzkittel, das Kopftuch und die schlurfenden Stoffschuhe der Vergangenheit angehörten, ihre ganze Person hatte sich verändert. Sie, die immer so streng darauf bedacht gewesen war, sich zurückzuziehen, niemanden an sich heranzulassen, niemandem über den Weg zu trauen, sie nickte nun in alle Richtungen und hielt überall ein Schwätzchen. Sie sah auch jünger aus. Hübscher. Sicher gefiel es mir, daß sie freier und offener geworden war, und was das Äußere betraf, so brauchte ich mich nicht für sie zu schämen, aber …

Nein. Ich fand, daß sie etwas verleugnete, indem sie ein anderer Mensch geworden war. Es schien, als wäre das alte Zehen-

Pelle-Dasein mit seiner Unterlegenheit und seiner Angreifbarkeit, mit all dem Klatsch und dem Gefühl, daß die Leute sich hinter unserem Rücken über uns lustig machten, weil Vater so ein jämmerlicher Angeber war, und dann der Schreck mit Doras brauner Tasche und StockholmCharlie und dem ganzen anderen Elend – als wäre all das eine Bürde, die sie abgeschüttelt hatte und nie wieder anrühren wollte. Aber Vater war auch ein Teil dieser Bürde gewesen. Das war das Problem.

Genau wie Cousine Elin von Anfang an in Aussicht gestellt hatte, war Mutter nach dem Jahreswechsel in die Küche gewechselt, eine von Elins Kochkolleginnen war in Pension gegangen. Die neue Arbeit war genauso hart, machte aber mehr Spaß und war besser angesehen, und nicht zuletzt auch besser bezahlt. Mutter war also zufrieden. Das sah man sogar an ihrem Gang. Natürlich war sie abends müde, die Beine taten weh, und natürlich schwitzte sie in der Hitze. Die Haare wurden schnell fettig, sie mußte sie oft waschen. Und wenn es in dieser Geschwindigkeit weiterginge, würde es nicht lange dauern, bis sie sich eine Dauerwelle machen ließe. Genau wie Betty.

Was das Haus und den Hof betraf, wußten wir nun eine ganze Menge. Mutter und Tante Jansson waren richtige Freundinnen geworden, nicht daß sie sich ständig besucht und zusammen Kaffee getrunken hatten – mit Ausnahme dieser kleinen Sommerstunden unter der Linde war in dieser Richtung nicht viel passiert –, aber als gute Flurnachbarinnen halfen sie einander, wenn es nötig war. Edla Jansson war Witwe, das wußten wir ja von Anfang an. Sie arbeitete zusammen mit Rut in einer großen Wäscherei, auch das war uns bekannt. Aber daß die beiden Jungs, Lasse und Uno, elf und dreizehn Jahre alt, nicht ihre eigenen Kinder waren, erfuhr Mutter erst später, natürlich auch von Rut. Edla war die Großmutter, und mit der Mutter, Edlas Tochter, war etwas so Schreckliches passiert, daß man kaum darüber sprechen konnte. Sie war ermordet worden. Erschlagen. Nicht vom Vater der Jungs, der hatte sich zu einem frühen Zeitpunkt aus dem Staub gemacht, sondern von dem Kerl, der danach kam.

Er war so furchtbar eifersüchtig, daß es ihn in den Wahnsinn getrieben hatte, sagte Rut.

Ich glaube nicht, daß Mutter und Tante Jansson jemals darüber sprachen. Aber Mutter wußte Bescheid, und vielleicht merkte Tante Jansson das und fand es gut. Die Jungs nannten sie »Moma«, und das konnte man ja so oder so deuten. Vielleicht ahnten sie auch nichts, genau wie Solan nichts gewußt hatte. Als wir einzogen, wohnte ein Kerl bei Tante Jansson, ein Untermieter, sagte sie, der das Zimmer hinter unserer Küchenwand gemietet hatte. Aber nach Ruts Auffassung war er wohl ein bißchen mehr als ein Mieter. Rut hatte in scharfem Ton zu ihr gesagt: »Wirf den Kerl raus! Es weiß doch niemand besser als du, daß man sich vor versoffenen Kerlen in acht nehmen muß, die anfangen, mit den Armen zu rudern, sobald sie nicht so schalten und walten dürfen, wie sie wollen!«

Nun war das Zimmer also an eine Verkäuferin von Konsum vermietet, ein spindeldürres Mädchen, das nicht viel Aufhebens von sich machte und am Wochenende immer verreist war.

Über Edla Jansson erfuhren wir auch, was es mit der geheimnisvollen Wohnung über uns auf sich hatte. Sie wurde von einem Direktor und seiner Familie bewohnt: einer Ehefrau und zwei kleinen Mädchen. Was für ein Direktor er war, wußte Tante Jansson nicht genau, aber die Frau war beim Stadttheater angestellt, und sie hatten oft Theaterleute zu Besuch. Meine Güte, was dann für lange Kleider und Fräcke über die Treppe stolzierten, sagte sie. Morgens gegen sieben kam ein Kindermädchen in Uniform, das sich um die Mädchen kümmerte und sie zu einer Art Schule brachte, die sich »Kindergarten« nannte. Gegen drei Uhr nachmittags wurden sie wieder abgeholt, und was sie danach den ganzen Tag trieben, konnte Tante Jansson sich nicht vorstellen, auf dem Innenhof der Sechs spielten sie jedenfalls nie.

Einmal durfte ich sogar mitkommen in diese Wohnung. Die Familie war in den Sommerferien, und Tante Jansson war mit der Aufgabe betraut, die Blumen zu gießen und nach dem Rechten zu sehen. Es war eine andere Welt dort oben, und ich verstand sie nicht. Die Wohnung erstreckte sich über die ganze obere Etage und war genauso groß wie unsere mitsamt dem Milchladen und der Wohnung von Tante Jansson! Aber das war es nicht allein. Dort oben gab es eine Toilette, ein Badezimmer, einen Elektroherd, einen Kühlschrank und Zentralheizung, außerdem – zusätzlich zu allem anderen Luxus – einen Tresen mit Barhockern wie bei Tempo. Nun begriff ich, warum es hinter der Wand zum Milchladen, wo mein Sofa stand, so rauschte, und hinter der Küchenwand manchmal ebenso. Badezimmer und WC lagen direkt über meinem Schlafplatz, und auch die Rohre von der Zentralheizung mußten ja irgendwo entlanglaufen …

»Tja«, sagte Mutter, als ich ihr die ganze Pracht beschrieb, »und unsereiner traut sich nicht mal, nach einem Stück Linoleum zu fragen.«

Bei irgendeiner Gelegenheit hatte sie gegenüber dem Hausknecht Karl, mit dem sie manchmal ein Schwätzchen hielt, das kaputte Linoleum in der Küche erwähnt. Der hatte jedoch nur glucksend gelacht und gesagt, daß das Fräulein, das heißt die Bewohnerin der Kachelofenvilla, der alles gehörte, so »ökonomisch eingestellt« sei, daß es die Mühe nicht lohne, überhaupt zu fragen. »Das können Sie mir glauben – nee, nee!«

Im Grunde ihres Herzens scherte Mutter sich nicht um den Luxus über uns. Sie war in einer Welt geboren und erzogen worden, in der es selbstverständlich war, daß es gewisse Leute besser hatten, während es den meisten schlechter ging. Vaters Vorträge über den Tag, der einst kommen würde, an dem die Schmerbäuche schmolzen, die Reichen die Hose runterlassen müßten und der Arbeiter endlich zu seinem Recht käme, gingen bei ihr ins eine Ohr rein und aus dem anderen wieder raus. Mutter war aus anderem Holz geschnitzt. Wußte, wohin sie gehörte. War zufrieden mit den kleinen Verbesserungen, die sie durch eigene Arbeit nach und nach zustande brachte. Über Großspurigkeit rümpfte sie nur die Nase.

Auch ich kümmerte mich nicht sonderlich um das Direktorenleben da oben. Ich war nicht neidisch. Aber aufregend fand ich es schon, fast wie in einem Film. Natürlich betrachtete ich es als ungerecht, daß wir mit dem Nachttopf über den Hof schlurfen mußten – oder mit dem Schlüssel hinüberflitzten, wenn das große Geschäft drängte –, daß wir frieren und uns um Brennholz sorgen mußten, während die da oben von ihren bulligen Heizkörpern mit Wärme durchstrahlt wurden. Aber mein Neid und meine ohnmächtige Wut waren nicht auf solche Dinge gerichtet; was wirklich an mir nagte, war dieselbe alte Ohnmacht, die mich heimtückische Blicke auf all diese Schulmützenträger mit ihren Trenchcoats und den bauchigen Aktentaschen werfen ließ. Warum hatten manche alle Möglichkeiten der Welt und durften feine Schulen besuchen, während andere sich nicht einmal eine Zugfahrkarte nach Malmö leisten konnten?

24

Das schöne Tagebuch mit dem weichbraunen Ledereinband lag ungenutzt in der Schublade. Auch für das Jahr 1944 kaufte ich einen gewöhnlichen Kalender mit Baumwollschlaufe, aber da ich nun einen Monatslohn bekam und nicht mehr Tag für Tag meine Stunden einzutragen brauchte und der Schreibmaschinenkurs seit langem abgeschlossen war, schlug ich einen Nagel in die Küchenwand neben dem Fensterrahmen, genau wie wir es zu Hause gemacht hatten, und hängte den Kalender für den allgemeinen Gebrauch daran auf.

Ich war jetzt Schreibkraft, der nächste Schritt war Bürokraft (BK). Schalterbeamtin konnte ich nicht werden, dazu war mindestens der Realschulabschluß mit Zeugnis in Französisch (!) erforderlich, am besten Abitur. Drauf geschissen! (Ohnehin zu sauer, sagte der Fuchs über die Vogelbeere, die zu hoch hing.) Aber nein, im Grunde lockte mich das nicht. Ich hatte keine Ahnung, was ich eigentlich wollte. Ich dachte viel über das nach, was Betty gesagt hatte, ich solle bei Mutter ausziehen und was Eigenes suchen. Bei näherem Hinsehen fand ich das nicht so verlockend und auch nicht besonders praktisch. Wieso sollte ich allein irgendwo in der Stadt hocken und sie allein hier? Völlig überflüssig, zweimal Miete zu zahlen. Die knauserige Nancy war jetzt sehr auf ihr Sparbuch bedacht, zahlte jeden Monat ein. Irgendwo in der Tiefe, fest eingekapselt und sehr dünnhäutig, gab es trotz allem die Hoffnung, daß vielleicht eines Tages …

Solans Büroausbildung sollte bis Weihnachten abgeschlossen

sein, dann würde sie für immer aus der Avisierungsabteilung verschwinden.

»Nächstes Frühjahr ziehe ich nach Stockholm, Nancy! Ich komme gar nicht darum herum, selbst wenn ich wollte.«

Ich wußte es. Ihr Onkel, der Spielzeuggroßhändler, hatte ihr den Kurs finanziert, und es war klar, daß sie bei ihm arbeiten mußte. So war es abgesprochen.

»Außerdem *will* ich von hier wegziehen«, fuhr sie fort. »Das wird herrlich! Und ich finde, du solltest mitkommen, das weißt du. Wir könnten zusammen eine Zweizimmerwohnung mieten! Oder nicht? Und dann kannst du wieder anfangen zu lernen. Es war nicht gut, daß du deine Studien abgebrochen hast, Nancy, es war meine Schuld. Ich hätte dich nie mit Gerhard zusammenbringen dürfen. Aber so bin ich, ich stürme einfach drauflos und mische mich ein!«

»Meine liebe Solan! Hör mir mal zu! Deine Schuld war es ganz und gar nicht. Es war nur gut, daß er mich gewarnt hat. Besser so, als später mit der Schande dazustehen.«

»Ja, aber Gerhard ist nun mal ein richtiger Klugscheißer!«

So redeten wir und phantasierten und kabbelten uns, aber die Idee schlug Wurzeln, natürlich konnte auch ich umziehen. Aber noch nicht. Und es würde ja noch fast ein Jahr dauern, bis Solan fertig war.

An einem Sonntagnachmittag im März, windig mit wirbelndem Sand auf den Gehsteigen und sonnenkalten Mauern, ging ich die Östra Ågatan entlang und bog in die Gasse ein. Solan und ich hatten den Hauptgottesdienst im Dom besucht, das taten wir hin und wieder als Ausgleich zu den Liederabenden der Heilsarmee, bei denen wir lange Zeit Stammgäste gewesen waren und wo Solan sich halbherzig in einen flachsblonden trompetenden Heilssoldaten verliebt hatte. Nach dem Gottesdienst hatten wir einen Kaffee in einer Konditorei getrunken, die eigentlich zu teuer für uns war, aber dafür hatten wir den Samtbezug auf den Sofas ordentlich ausgekostet und waren lange sitzen geblieben. Es ging auf drei Uhr zu, die Stadt war nahezu menschenleer, und ich konnte nicht wissen, daß ich binnen weniger Minuten einer der größten Überraschungen meines Lebens gegenüberstehen würde.

Ungefähr im gleichen Augenblick, als ich um die Ecke bog, kam Mutter von der Kungsgatan in unsere Gasse. Von weitem erkannte ich den Mantel und die Wintermütze mit der Lederkante, die sie im Vorjahr zusammen mit den ebenfalls lederbesetzten Winterstiefeln gekauft hatte. Wir gingen aufeinander zu, aber ich erreichte die Pforte im Bretterzaun etwas früher, sie hatte ihren Schritt verzögert.

»Hallo, Nancy«, rief sie mir zu und lächelte mich aus einem Abstand von einigen Metern an. Ich sah dieses Lächeln, es war unecht und übertrieben, und ich sah die darunterliegende Hilflosigkeit, flehentlich und nackt, und ich begriff sofort, worum es ging. Mutter war nämlich nicht allein. Sie hatte einen Kerl bei sich. Einen rotgesichtigen Kerl, groß und kräftig, in Hut und Mantel. Er grinste mich an und machte Anstalten, sich den rechten Handschuh zur Begrüßung abzustreifen, aber ich glotzte nur zurück, nahm eiskalt Abstand und legte meine Stirn in Falten. Er kam mir bekannt vor ... Ich hatte ihn schon einmal gesehen, aber da war er vollkommen anders angezogen gewesen.

»Sieh mal, Nancy, das hier ist Birger, von der Fleischtheke! Wir sind Kollegen! Und ich dachte, wir sollten ihn mal zum Kaffee einladen – du trinkst doch einen mit, oder?« Ihre tastende, einschmeichelnde Stimme machte bei den letzten Worten einen hoffnungsvollen Aufwärtsschlenker. Aber den hätte sie sich sparen können. Ich fiel ihr gleich ins Wort: »Nein danke! Für mich keinen Kaffee!« Damit machte ich auf dem Absatz kehrt und schoß davon.

Diese verfluchte Scheißmutter! Von wegen Kollege! Mir machte sie nichts vor. Das sah ihnen doch ein Blinder an, so eng, wie sie beieinander standen, näher konnte man sich gar nicht kommen. Zwei alte Leute! Ekelhaft war das. Aber ich hätte es früher merken müssen, dachte ich. All diese abendlichen Besuche bei Elin und Rut, die plötzlich stattgefunden hatten. Und das große Stück

Kalbfleisch bei ihrem fünfzigsten Geburtstag, für das unsere Lebensmittelkarten nicht annähernd gereicht hätten. Und diese weißen Fleischwürste mit den Schnüren an den Zipfeln, die ich so lecker fand. Pfui Teufel! Nun war mir alles klar. Das war es also, was sie getrieben hatte, deswegen hatte sie begonnen, sich zurechtzumachen, und deswegen stand sie am laufenden Band vor der Zinkwanne und wusch sich die Haare.

Ich verstehe selbst nicht, warum es mich so rasend machte. Jeglicher Sinn und Verstand waren wie weggeblasen. Stundenlang streifte ich durch die Gegend und ereiferte mich immer mehr. Mir, Nancy, *LüttNancy*, war Unrecht geschehen, ich war hintergangen und betrogen worden. Und ich hatte mich bei Wind und Wetter abgemüht. Hatte Abstand davon genommen, nach Eskilstuna zu ziehen, als Vater starb, nur weil sie damals im Hausflur den Arm um mich gelegt und gesagt hatte: »Ein Glück, daß ich dich habe!« Tja, da war ich ihr genehm! Wäre ich damals ausgezogen, als ich wirklich daran interessiert gewesen war, hätte ich mich vielleicht bei einer anderen Oberschule anmelden können, wo sie nicht so versnobt waren wie in dieser Scheißstadt! Und Vater? Dachte sie kein bißchen an ihn? Was er wohl zu diesem Fleischgeneral gesagt hätte?

Ich zog die Zeit immer weiter in die Länge, wollte nicht zurück in die Gasse. Ich hatte Angst vor dem, was mich erwartete, es schien mir peinlich und unangenehm, dieser neu erschaffenen Muttergestalt ins Auge zu sehen, die hinter meinem Rücken ein eigenes Leben führte und sich einen Dreck um meine Verlassenheit scherte. Hunger hatte ich auch, aber vielleicht saß er immer noch da und wartete gemeinsam mit ihr, vielleicht wollte sie das? Unter diesen Umständen würde ich *keinesfalls* hineingehen!

Es war fast acht Uhr, als ich mich durch die Pforte stahl. Sie hatte nur die kleine Tischlampe in der Küche eingeschaltet, die sie von Sara und Börje zum fünfzigsten Geburtstag bekommen hatte. Abgesehen von dem Schein, der durch die Klappen des Kachelofens fiel, war es dunkel im Zimmer, und merkwürdigerweise hatte sie die beiden Kerzen in Großmutters alten Nickelkerzenständern angezündet, sie standen flackernd im Dämmerlicht auf der Kiste. Warum um alles in der Welt hatte sie die angezündet? Es sah ihr gar nicht ähnlich. Hatte sie irgendwas zu feiern? Ich schaltete sofort das Deckenlicht ein, ging geradewegs auf die Kerzen zu und blies sie aus. Der Rauch ringelte sich von den Dochten in grauweißen Streifen nach oben und hinterließ einen leichten Weihnachtsgeruch. Ich hängte meinen Mantel auf und setzte mich mit einer ausgebreiteten Zeitung an den Tisch.

»Willst du nichts zu essen?«

»Nein, danke!«

Sie blieb auf Abstand. Schwieg ebenfalls. Mein Herz klopfte so stark, daß sich beinahe meine Ohren verschlossen, die Anspannung war fürchterlich. Selbstverständlich war sie diejenige, die von ihrem Aufenthaltsort in der Küche aus, der einen halben Schritt tiefer lag, das Schweigen brach und ihre Erklärungsrede mit der Bemerkung einleitete, ich hätte doch nicht so wütend werden müssen. Es sei alles in Ordnung, sagte sie. Er sei seit vier Jahren Witwer, und sie selbst sei ja nun seit zweieinhalb Jahren allein. Fast. Also insofern ... (Hier verzog ich den Mund zu einer abfälligen Grimasse: Aha? Allein? Und ich?) Und er sei so nett, fuhr sie fort, und saufen täte er auch nicht. Und Kinder hätte er, wie sie. Einen Sohn und eine Tochter. Aber beide verheiratet, einer von beiden lebte in Stockholm. Mit denen gäbe es keine Scherereien, sie hätten nichts dagegen, daß ... (Mir doch scheißegal, was seine Kinder dachten!) Aber falls es für mich zu schwierig sei – nun ja, dann würde wohl nichts daraus werden. In dem Fall.

»Denn ich möchte nicht, daß wir uns entzweien, Nancy. Du weißt doch, daß du vorgehst, wenn es drauf ankommt.«

Ich antwortete nicht. Den größten Teil meiner Wut, meiner Abscheu und meiner Eifersucht hatte ich schon mit mir selbst ausgemacht, während ich mit entschlossenen Schritten durch die Straßen gestiefelt war. Ich war nicht in der Lage, diese Anstrengung zu wiederholen, und im nachhinein bin ich froh darüber.

Sonst hätte ich vielleicht Dinge gesagt, die ich später bereut hätte. Also schwieg ich. Mutter verstummte auch. Fragte zumindest, ob ich Kaffee wollte. Ich gab keine Antwort. Noch vor neun kroch ich ins Bett.

Am Tag darauf hatte ich einen Avisierungsmorgen, das wußte Mutter, das hatte ich jeden Montag, auch als Vollzeitangestellte. Ich mußte um Viertel vor sechs los und hatte den Wecker gestellt. Als ich aus dem Bett stieg, sah ich, daß sie mir eine Thermoskanne Kakao und einen Teller mit Butterbroten hingestellt hatte, wie sie es immer machte. Ich rührte nichts an, aber das lag nur an meiner Sturköpfigkeit, denn ich war so hungrig, daß es weh tat. Ich ging nicht in die Küche, wusch mich auch nicht und nahm nicht den Kloschlüssel vom Haken, all diese Notwendigkeiten mußten warten, bis ich bei der Post war.

Solan sah sofort, daß etwas nicht stimmte, durch die Öffnung in dem Kasten stellte sie mir mit Augenbrauen und Lippen Fragen. Ich schüttelte den Kopf. Montags war wie immer nur wenig Post zu bearbeiten, wir hätten hinterher ein bißchen Zeit für uns alleine, zusammengekauert auf dem Schuhregal über der Wendeltreppe.

»Was ist passiert, Nancy?« fragte sie. »Du siehst ja ganz verstört aus!«

Doch in diesem Moment, als ich alles erklären sollte, war fast nichts mehr davon übrig. Während der Nacht war es zusammengeschrumpft, und ich sah klugerweise ein, daß es lächerlich gewesen wäre, meinem Ärger vor Solan Luft zu machen. Ich hätte dagestanden wie ein Kleinkind, das war mir nun klar. Also sagte ich: »Ach was, ich habe schlecht geschlafen und nicht gefrühstückt. Gestern war ich schockiert, weißt du. Stell dir vor – Mutter, meine alte Mama, hat sich einfach einen Kerl angelacht! Was sagst du dazu? Den Fleischer von Tempo!«

»Wie hast du es denn aufgenommen?« fragte Solan.

»Na ja, nicht so besonders, um ehrlich zu sein. Äh ... es kommt mir so ... Nee ... So eine alte Frau! Igitt!«

»Pah – so alt ist sie doch gar nicht! Ich finde, du solltest dich freuen, Nancy. Und deiner Mutter gratulieren. Laß sie glücklich sein. Wenn sie kann.«

Blitzschnell kam mir der Gedanke an Solans eigene Mutter. Die mit einem Stoffball in den Händen auf einem Stuhl saß. Und ich schämte mich fürchterlich. Nicht so, daß ich losgerast wäre und in der Mittagspause Blumen gekauft hätte, aber ich zog den Schwanz ein und beruhigte mich ein wenig. Als ich in einer leeren Kassenbox direkt neben der Tür des Rechnungsprüfers saß und scheinbar unzählige rosafarbene Steuerakten kontrollierte, hatte ich genug Zeit, die Ereignisse durchzukauen, meine Aufgabe erforderte keine nennenswerte gedankliche Beteiligung.

Ich war immer noch aufgebracht. Auch angewidert. Sich vorzustellen, daß ... Nee! Mutter, die so außer sich gewesen war, als MilchAlbin und Dorfpolizist Nilsson mit ihren Offerten ankamen und versuchten, sie in die Brüste zu zwicken, hatte ofenbar ihre Auffassung geändert. Nun wurden andere Saiten aufgezogen! Ich wußte, daß ich ungerecht und gemein war, wenn ich so dachte. Meine Vernunft sagte mir, daß das hier etwas anderes war, dieser Fleischgeneral war schließlich Witwer, und Mutter hatte den Eindruck gemacht, als wäre die Sache ernst gemeint. Es sei alles in Ordnung, hatte sie gesagt. Mit diesem Ausdruck wollte sie betonen, daß hier nicht von einem leichtfertigen Techtelmechtel die Rede sein konnte, er war kein Hurenbock. Nein, er sei ein vernünftiger Kerl, nett und reell. Tja, das kann man nur hoffen, zischte ich, während ich auf die Rechenmaschine einhämmerte – ich tippte öfter daneben als gewöhnlich –, bis jetzt war er zumindest nett gewesen, aber vielleicht würden andere Seiten zum Vorschein kommen, wenn er gekriegt hatte, was er wollte. Falls es dazu nicht längst gekommen war.

Ich war immer dem inneren Zwang unterworfen gewesen, hart mit mir selbst ins Gericht zu gehen, und irgendwann kam der Moment, in dem sich alles beruhigte und klärte. Während ich mit der linken Hand routiniert ein rosafarbenes Formular nach dem anderen umdrehte, legte die beharrliche Stimme los mit ihrem peinigenden Verhör: Wieso regst du dich so furchtbar auf, Nancy? Warum eigentlich? Was ist denn so grauenhaft daran? Kommst du ohne Mutter nicht zurecht? Oder hast du wirklich Angst, daß ihr etwas zustößt? Meinst du nicht, daß sie selbst auf sich aufpassen kann? Oder ist es wegen Vater? Glaubst du, daß du seine Rechte verteidigst? Aber er ist doch tot! Er wird nicht lebendiger davon, daß Mutter hier allein herumsitzt und trauert. Davon wird nichts besser. Und haben die Toten überhaupt ein Recht auf die Lebenden?

Rechte? Auf die letzte Frage konnte ich keine eindeutige Antwort finden. Treue bis in den Tod, probierte ich. Die Erinnerung bewahren. Gott sieht dich. Auf der anderen Seite trifft man sich wieder …

Nein, Nancy, nun willst du dich drücken! Es geht hier nicht um Papa ZehenPelle – wie oft denkst du denn überhaupt an ihn? Gib zu, du bist eifersüchtig und neidisch, das ist alles. Du spürst, daß deine überlegene, unangefochtene und unersetzliche Position als Mutters Nummer eins bedroht ist, nicht wahr? (Doch, in diesem Fall hatte Betty recht!) Das ist das eine. Das andere ist ein derartig heikler Punkt, daß du dich vor der Wahrheit windest wie ein Wurm am Haken: Mutter ist fast einundfünfzig und hat ein Gebiß und Hammerzehen und spricht breitesten Dialekt, du dagegen bist dreißig Jahre jünger und – doch! – recht hübsch und zumindest ein *bißchen* gebildet. Aber die Kerle kriegt sie ab. Hinter ihr sind sie her. Einer nach dem anderen. Auf sie werfen sie ein Auge. Aber nicht auf dich …

»Meine Güte, wie Sie auf die Tasten eindreschen, Fräulein Pettersson! Wartet zu Hause etwa der Verlobte?«

Der Rechnungsprüfer in seinem weißen Baumwollkittel, der verantwortlich dafür war, daß alle Abrechnungen stimmten, kam aus seinem Zimmer und flitzte mit einem Armvoll Aktenordnern vorbei. Er war ein freundlicher alter Mann mit einem verschmitzten Lächeln, nicht so hochnäsig wie der große Oberaufseher, der wie ein langhalsiger Strauß hinter den Kassen entlangschlich, die Augenbrauen hochgezogen bis unter die Decke. Aber die Frage kam in diesem Moment doch recht unpassend.

Am Abend kroch ich zu Kreuze und sagte Mutter, ich wäre dumm gewesen. Dumm war das Wort, das ich benutzte, ein ziemlich nichtssagendes Wort, das keinen der Beteiligten demütigte oder Forderungen stellte.

»Ich war dumm gestern«, sagte ich, immerhin mit einer gewissen Verkniffenheit und ohne direkten Augenkontakt, und ich rechtfertigte mich damit, daß mich das Ereignis vollkommen überrascht habe. Ich sei nicht darauf vorbereitet gewesen, deshalb.

»Es ist gut, Nancy«, sagte sie. »Es ist gut. Doch, ich verstehe, es kam alles zu plötzlich. Es ist meine Schuld, ich hätte vorher etwas sagen sollen, aber ... na ja ... Das war nicht ganz einfach!«

Mit leicht zurückgezogenen Schulterblättern stand sie vor der zischenden Gasflamme und rührte in einem Topf. Sie hatte Flecken am Hals, das sah ich, und erfreut war sie nicht gerade. Wir waren immer die besten Freundinnen gewesen, all die kleinen Zusammenstöße, zu denen es zwischen uns gekommen war, hatten sich meist schnell wieder aufgelöst wie Wolkenfetzen an einem hohen Sommerhimmel. Aber nun hatte ich sie richtig verletzt. Man sah ihren Bewegungen an, wie gekränkt sie war, als sie zwei tiefe Teller aus dem Küchenschrank nahm und die Erbsensuppe hineinfüllte, die sie in einem Blechbehälter von Tempo mitgebracht hatte. Es lag wohl daran, daß ich am Morgen die Butterbrote nicht angerührt hatte ... Das war fies gewesen, ganz einfach. Überflüssig. Jedenfalls setzten wir uns an den Tisch und aßen und taten freundlich, so gut wir konnten.

»Gute Suppe«, sagte ich.

»Ja, die ist mit richtigem Speck gekocht! Außerdem habe ich etwas Majoran hineingetan«, sagte sie.

Auf diese Weise versuchten wir, das Gespräch in Gang zu halten.

Der Name des Fleischers wurde nicht erwähnt, trotzdem stand er die ganze Zeit zwischen uns. Ich sah ihn so vor mir, wie ich ihn öfter, ohne die geringste Vorahnung und mit völliger Gleichgültigkeit, hinter der langen gläsernen Theke gesehen hatte, mit weißer Schürze und Schirmmütze, rosigweiße Würste und Fleischstücke in den Händen. Sich vorzustellen, daß Mutter und er, dieser große, rotbäckige Kerl …

Vor nicht allzu langer Zeit hatten wir gemeinsam, lachend und verschwitzt, Hemdsärmelkartons über die Schneewehen gezerrt. Es war noch nicht lange her, daß wir barfuß durch die sandige Erde gelaufen waren und am oberen Ende des Kartoffelackers ein paar Reihen Saubohnen in die Erde gesteckt hatten. Trotzdem war alles total verändert. Und Mutter war diejenige, die alles auf den Kopf gestellt hatte. Zuerst der Wegzug aus Dalängen, und nun das hier. Ich hatte mich sicher gefühlt, geglaubt, sie in- und auswendig zu kennen. Aber nichts da, sie war ein eigener Mensch. Sie lebte ihr Leben. Und dazu hatte sie wohl auch ein Recht …

Doch warum sie brennende Kerzen auf Vaters alte Gesindekiste gestellt hatte, daraus wurde ich niemals schlau.

25

Als der Lindenbaum auf dem Hinterhof klebrige Knospen trug, zog Mutter mit Birger Lundin zusammen.

»Ja, Frida«, sagte Tante Jansson, »diesen Sommer wird auf dem Hof kein Kaffee getrunken … so wie letztes Jahr …« Blaß und hager stand sie im Hausflur und schaute zu, wie der Gepäckträger die Kartons zu seiner Karre hinaustrug.

»Unsinn«, sagte Mutter, »ich ziehe doch nicht nach Amerika! Nancy bleibt ja hier wohnen, also komme ich mit Sicherheit vorbei, darauf kannst du dich verlassen! Wir können jederzeit Kaffee trinken. Außerdem – vielleicht bin ich ja schneller zurück, als man denkt?«

Es ist wahr, daß ich in der Gasse blieb. Ich sollte dort fast auf den Tag genau noch ein Jahr bleiben, aber das konnte ich an diesem Samstagmorgen im Jahre 1944 natürlich nicht wissen, als die Sonne bleichgelb schien, der Asphalt auf dem Innenhof vom getauten Nachtfrost glänzte und auf dem hinteren Schornstein der Villa pfeifend ein Star saß. Ich hatte zwar ein pflichtschuldiges, aber außerordentlich halbherziges Angebot bekommen, mit in die Fålhagsgatan zu ziehen, aber ein wenig Grips hatte sogar ich im Schädel – wie hätte das denn ausgesehen, ich als Untermieterin in deren Küche? Birger Lundin besaß eine moderne Wohnung, voll möbliert. Zwei Zimmer, Küche und Badezimmer, Zentralheizung natürlich und Elektroherd. Es gab sogar einen Müllschlucker, er wohnte im dritten Stock.

Mutter nahm nichts von unseren Möbeln mit, außer der unvermeidlichen Singer-Nähmaschine. Mehr Platz gebe es nicht, sagte sie, und außerdem sei es ja auch besser, wenn alles so stehenbleibe, wie es stehe, dann würde es nicht so leer und ungemütlich für mich. Hinter dieser Erklärung spürte ich einen anderen Grund, denselben, der hinter ihren halbherzigen Überredungsversuchen gesteckt hatte, mit ihr umzuziehen – sie hatte natürlich niemals ernsthaft damit gerechnet, daß ich mit ihr in die Fålhagsgatan kommen würde.

»Bleib hier wohnen, Nancy«, sagte sie. »Hier wohnst du billiger, besser und viel freier als zur Untermiete bei irgend jemandem! Und du hast ja auch Tante Jansson und Fräulein Stjärna, falls mal was ist. Und es ist nicht weit zu Tempo und zur Post! Bei der Miete kann ich dir ein bißchen unter die Arme greifen, falls nötig. Wenn du mal knapp bei Kasse sein solltest ...«

Doch, ich verstand, was dahintersteckte. Mutter war kein Mensch, der etwas als selbstverständlich hinnahm. Man konnte nie wissen. Wenn es ging, dann ging es. Falls nicht, mußte sie wohl wieder zurückziehen. Und dann war es nur gut, wenn ich noch dort wohnte und alles an seinem Platz war.

Das Eis zwischen uns war geschmolzen. Als Mutter andeutete, daß Birger mir ihr zusammenwohnen wolle, hatte ich keine Einwände und wurde auch nicht sauer. Im Gegenteil, ich sah dem Tag mit einer gewissen Spannung entgegen, ich gewöhnte mich an den Gedanken und fand es sogar richtig schön, zum ersten Mal im Leben mein eigener Herr zu sein. Im Herbst wurde ich einundzwanzig, dann war ich volljährig.

In der Woche vor dem Umzug putzte Mutter morgens die Fenster und lüftete das Bettzeug aus, bevor sie zu ihrer Arbeit an den Bratpfannen eilte, abends wechselte sie das Schrankpapier im Büfett und in den Regalen aus und scheuerte das Spülbecken und die Luken des Kachelofens. Alles sollte in Ordnung sein, wenn sie sich davonmachte. Ihre Sommer- und Winterkleider, die Unterwäsche und ein paar Nachthemden faltete sie zusammen und packte sie zu den Schuhen und ihren wenigen Toilettenartikeln. Alles zusammen paßte in zwei Pappkartons. Ich sah sie auch einige Kreuzstichdeckchen und ein ebenfalls besticktes Vorzeigehandtuch in eine Schachtel packen, ein kleines Bündel Briefe und einige andere Papiere, den Nachlaß und HeidePetrus' Quittung über den Hausverkauf, nehme ich an, die handgeschriebene Rezeptsammlung (in der unter anderem stand, wie man Plunderstücke herstellte, falls sie jemals wieder welche backen würde), und schließlich den Laubsägerahmen mit dem Bild von Vater und den Ardennerpferden. Weder den Gipshund noch die Fotografie von Dora nahm sie vom Büfett, jedoch zwei neue gerahmte Bilder: Das eine zeigte das Brautpaar Börje und Sara, das andere die kleine Gunilla im Alter von einem Jahr. Von Bettys Familie gab es keine Vergrößerungen.

»Willst du denn nicht die neue Tischlampe mitnehmen, Mutter, und das elektrische Bügeleisen?« Letzteres hatte ich ihr beim ersten Weihnachtsfest in der Gasse geschenkt. »Und die Vase, die Elin und Rut für dich gekauft haben? Und das neue Radio! Schließlich hast du die Raten abbezahlt. Es gibt doch viele Dinge, die nur dir gehören und die du gut gebrauchen kannst!«

»Tja – die Blumenvase muß ich wohl mitnehmen, damit die beiden nicht beleidigt sind, aber ansonsten – nee, ich kann ja nach und nach was holen … Falls nötig. Wenn ich weiß, ob es genug Platz gibt. Und das Radio kannst du sicher gebrauchen – er hat selber eins.«

Nachdem ich sie überredet hatte, nahm sie zumindest die beiden Kupfertöpfe und den Blumenständer mit der Königsbegonie mit, die groß und schön war und rot-gelbe Blüten hatte. Zusammen mit den Kartons und der Nähmaschine ergab das eine mittlere Fuhre auf der Stadtbotenkarre, die vom Gepäckträger mit einem klobigen Fahrrad in die Fålhagsgatan gezogen wurde.

Daß Mutter und mir, trotz aller Mißhelligkeiten und aller Dummheiten von meiner Seite, nun endlich der unschätzbare Segen zuteil wurde, gemeinsam zu weinen, endlich wieder zu fühlen und zu wissen, daß all das, was wir in zwanzig Jahren zusammen an Freud und Leid erlebt hatten, niemals zerstört werden konnte – das war, nun ja, dem Schürhaken zu verdanken.

Eines Abends in der letzten Woche vor Mutters Auszug lag ich auf dem Sofa und las in Steinbecks »Früchten des Zorns«, die ich mir in der Stadtbibliothek ausgeliehen hatte. Mutter räumte die Kommodenschubladen in der Küche aus, in denen sie den Großteil ihrer persönlichen Habe aufbewahrte. Plötzlich merkte ich, daß es mucksmäuschenstill geworden war. Als ich den Kopf hob und die Ohren spitzte, meinte ich etwas zu hören, was wie ein unterdrücktes Schluchzen klang – saß Mutter da und weinte? Ich legte das Buch beiseite und ging zur Türschwelle.

»Was ist los, Mutter?«

Sie saß mit einer zusammengerollten Zeitung in den Händen am Tisch und weinte tatsächlich.

»Komm her, dann kannst du's sehen!«

Sie faltete die zerknüllte Zeitung auseinander, eine alte Ausgabe der Upsala Nya Tidning. Darin lag eins von ihren karierten Kopftüchern, und als sie es vor meinen Augen aufwickelte, kam ein länglicher Metallgegenstand zum Vorschein, gräulich, schmal und an einem Ende hakenförmig gebogen, während das andere Ende pechschwarz war von eingebranntem Ruß, der auf den hellen Baumwollstoff abgefärbt hatte.

Um Gottes willen, ein Schürhaken? Unser Schürhaken!

»Jaaa, den habe ich mitgenommen«, schniefte Mutter. »Irgendwas brauchte ich doch. Als Erinnerung.«

Mit einem Mal kam alles zurück, und die Bilder standen mir gestochen scharf vor Augen. Sie war mit dem Schrubben fertig gewesen. Åke und ich hatten beim Auto gewartet, während sie noch einmal hineingegangen war und sich umgezogen hatte. Dann hatte sie mit der Lederflickentasche über dem Arm in der Tür gestanden, aber plötzlich kehrtgemacht und war zurückgegangen, als hätte sie drinnen etwas vergessen. Wenig später war sie wieder herausgekommen und hatte die Tür hinter sich zugezogen. Abgeschlossen. Mit den Augen gesucht und schließlich den Schlüssel an einen Nagel gehängt.

»Nimm du ihn jetzt, Nancy – du weißt am besten, wie alles war. Es gibt doch sonst niemanden, der sich darum schert.«

Nun weinte auch ich.

»Und du sollst nicht glauben, ich hätte Papa vergessen. Ich habe nichts vergessen, obwohl ich nicht viel darüber rede, denn dann wird es nur noch schlimmer. Glaubst du nicht, daß ich unser Häuschen oft vermißt habe, daß ich nachts wachgelegen und mich zurückgesehnt habe?«

Doch, doch, das wußte ich. Die Kriechenbäume und die Fliederlaube und die Preiselbeerstellen und der Busch mit den gelben Rosen und das wehmütige Rauschen in den Espen ... Nicht zu vergessen der Holzschuppen und die Veranda, im Winter mit geflochtenen Tannenzweigen geschmückt und zu Mittsommer mit sechs jungen Birken ... Alles, alles, alles mußte sie ja genauso überkommen haben wie mich. Ich beugte mich hinunter und umarmte sie fest.

»Du sollst es richtig gut haben, Mama«, schluchzte ich. »Und verzeih mir, daß ich so dumm war!«

Da stand sie auf und sagte, was sie immer gesagt und was in Augenblicken wie diesem immer geholfen hatte: »Jetzt kochen wir uns ein Täßchen Kaffee, was meinst du? Das wird uns guttun.«

Ich räumte beiseite, was auf Vaters alter Gesindekiste stand, öffnete den Deckel mit dem knarzenden Scharnier und legte den Schürhaken hinein, eingewickelt in Kopftuch und Zeitungspapier. Mutter stand daneben, einen Nickelkerzenständer in den Händen.

26

Der folgende Sommer wurde einer der schönsten meines Lebens – die Sommer meiner Kindheit nicht mitgezählt, die waren ohnehin unvergleichlich. Eigentlich müßte ich mich schämen, zuzugeben, daß ich das Leben und meine neue Freiheit genoß, die Mutters Auszug mit sich brachte. So, wie die Lage war, hätte es sich kein Mensch erlauben dürfen, irgend etwas zu genießen.

Der Weltkrieg dauerte nun schon fünf Jahre. Norwegen und Dänemark waren besetzt, Finnland saß in der Klemme, noch vor Ende des Jahres würden große Teile unseres östlichen Nachbarlandes brennen. Frauen, Alte und Kinder mußten mit ihrem Vieh im Schlepptau über den Grenzfluß im Norden fliehen, ihre Habe auf dem Rücken, in Kinderwagen und Handkarren. Immer häufiger gab es Berichte von der Judenverfolgung und den Konzentrationslagern, und die Beschreibungen wurden immer nackter und ungehemmter, niemand konnte mehr behaupten, von den unbeschreiblichen Ereignissen, die unten in Europa vor sich gingen, nichts zu wissen. Ich für meinen Teil hatte ein Radio auf der Kommode und eins im Pausenraum der Kassenabteilung, eine halbe Treppe oberhalb des Büros des Postvorstehers lagen alle großen Stockholmer Tageszeitungen, die Upsala Nya und einige andere Zeitungen aus, so daß auch ich mich nicht herausreden konnte.

Nein, wahrhaftig; niemand hätte es mit seinem Gewissen vereinbaren dürfen, sich zu freuen und zu leben, als wäre nichts geschehen. Trotzdem tat man es. Denn es war ja nichts passiert, nicht hier bei uns, in »einem kleinen Reich im Norden mit einem ungekrönten König auf dem Thron«, wie es in der Prophezeiung der Sibylla stand, auf die Mutter vertraute. Sogar meine Angst vor nächtlichen Bombenangriffen hatte hier in der Stadt ihren Schrecken verloren, wo der Abendhimmel nie so bedrohlich wirkte wie zu Hause in Dalängen, und nie rauschte die Stille in meinen Ohren wie damals. Am meisten wurde über die Rationierungen und die Luftschutzübungen gesprochen, und natürlich über die ständigen Einberufungen. Aber man gewöhnte sich daran, das Abnorme wurde normal, besonders für die jungen Leute, niemand hatte die Kraft, die ganze Zeit mit aufgesperrten Ohren und Trauermiene im Gesicht herumzulaufen.

Aber eine Sache fiel mir auf, besonders in diesem Pausenraum: Auch hier im großen Postamt waren die Ansichten und Sympathien geteilt, es gab das gleiche giftige Gebräu aus unterschwelligem Rassenhaß und aufgeblasenem Nationalgefühl wie in der kleinen Post zu Hause in Lunda. Manche waren vom gleichen Schlag wie PostBerta und schlimmer, andere – zu denen ich selbstverständlich gehörte – teilten verbissen den Zorn, dem der alte Ruben Karlsson so unverblümt Ausdruck verliehen hatte: Verfluchte Hitlerarschkriecher, hatte er gesagt. Es war nur so, daß die Rubenphalanx hier im allgemeinen die Schnauze hielt, denn viele der Erstgenannten gehörten zu den Mächtigen in der Gesellschaft.

Auf meine besondere Bitte hin hatte Mutter an Betty geschrieben und erklärt, daß ich, Nancy, bis auf weiteres in der Wohnung bleiben würde. Selbstverständlich würde ich Miete, Gas und das Brennholz für den Kachelofen bezahlen. (Åke würde nun wohl nicht mit weiteren Brennholzfuhren kommen, dem würde Betty bestimmt einen Riegel vorschieben!) Mutter sagte, sie habe Betty klargemacht, daß sie selbst, Mutter, es so haben wollte. Und das stimmte ja.

»Es wird Betty nicht gefallen, daß ich hier wohnen bleibe!« Das hatte ich bereits eingewendet, als die Sache zum ersten Mal zur Sprache kam. »Es sind doch deine Möbel und dein Geschirr. Sie wird glauben, daß ich dich ausnutze.«

»Ja, es ist schon schwierig mit Betty, daß sie so eifersüchtig geworden ist. Und so unzufrieden mit allem. Ich begreife das nicht. Sie hat drei gesunde, hübsche Kinder und so einen netten Kerl. Einen Besseren als Åke kann sie sich gar nicht wünschen.«

Nein, nein, da war ich einig mit ihr, aber das half ja nichts! Mich konnte Betty nicht ertragen, mir gönnte sie nichts.

»Jetzt habe ich ihr jedenfalls geschrieben«, sagte Mutter später, als alles beschlossen war. »Nun mag sie glauben, was sie will. Wenn du eines Tages auch ausziehst, kann sie ja kommen und sehen, was es zu holen gibt – falls ich bis dahin nicht zurück bin. Außerdem gibt es nicht viel zu verteilen ...«

Die Wunden, die Mutter von dem Weihnachtsstreit davongetragen hatte, als Lennart und Betty sich in ihrem Geschwätz über Pflichtteile und väterliches Erbe gegenseitig überboten hatten, waren noch nicht verheilt. Verstoßen würde sie Betty niemals, sie hatte einen Platz in ihrem Herzen, genau wie die Kinder und Åke. Aber der Stachel saß tief und schmerzte noch immer.

StraßenbahnKalle aus der Kungsgatan war trotz seiner blanken Uniformknöpfe ein kindlich-freundliches Gemüt mit einem großen Bedürfnis nach Bestätigung. Mutters Schmeichelei wegen des Eichentischs hatte seine Wirkung getan, und da es Kalle ein Vergnügen war, zum Auktionshaus zu gehen und Dinge aufzustöbern, nahm er sich mit großem Enthusiasmus der Aufgabe an, ein Bücherregal und am liebsten auch einen Sessel für mich zu ersteigern. Die reinste Bagatelle, sagte er, und das war es offenbar auch, denn bereits eine Woche nach Mutters Umzug standen die Möbel an ihrem erträumten Platz an der Kachelofenwand. Ich war selig.

Die Zuckerkisten landeten im Holzschuppen, und aus dem fröhlichen Faltenvorhang nähte Mutter einen Überzug für den tabakbraunen Sessel, der zwar nicht schön war, in dem man aber angenehm saß – und für mich, die vor langer Zeit das Wohnzimmer des Meiereidirektors bewundert hatte, war ein Sessel allemal ein Sessel. Nun war es damit allerdings nicht genug, Kalle hatte Blut geleckt und sagte, er habe ein Auge auf eine Ottomane geworfen, fast wie neu. Die werde in einer Woche versteigert. Einen Fünfziger höchstens würde sie kosten, vielleicht dreißig oder vierzig. Das käme drauf an, aber er würde niedrig anfangen.

Ich fragte Mutter um Rat, die meinte, wir sollten kein verwanztes Gerümpel einschleppen! Aber Kalle versicherte, daß es sich hier um ein modernes und gepflegtes Möbelstück handele, weiß der Teufel, warum es versteigert wurde. Es sei bestimmt ein Nachlaß …

Die Ottomane fand für fünfunddreißig Kronen einen neuen Besitzer, ihr einziger Makel bestand darin, daß das Holz an der Vorderseite leicht beschädigt war, aber dieses Problem lösten wir, indem wir die Sitzfläche mit einem neu genähten Überwurf und einer ganzen Reihe Kissen bedeckten. Ich bekam rote Wangen vor Eifer und Entzücken – daß es so fein geworden war, und so breit und so bequem! Als Birger Lundin mir dann noch eine dreiarmige Stehlampe verehrte, die jahrelang auf seinem Dachboden gestanden hatte, ja, da war ich wunschlos glücklich.

Das alte Plüschsofa wurde der Ottomane zuliebe in die Küche verwiesen, aber die abgeschabte Küchenbank, die Mutter jeden Abend, den Gott werden ließ, nach festem Ritual in ein Bett verwandelt hatte, was sollten wir mit ihr machen?

»Zerhackt sie zu Brennholz«, sagte StraßenbahnKalle. »Oder ich schleppe sie zum Auktionshaus! Die eine oder andere Krone kriegen wir sicherlich dafür, vielleicht einen Fünfer …«

Aber Mutter sagte nein, und ich sagte nein. Diese Bank war unser »Nest« gewesen, aber davon konnten die anderen nichts wissen. So landete sie schließlich auf Birgers Dachboden.

In diesem Frühjahr scherte ich mich nicht sonderlich um die Examensfeste und Studentenumzüge. Meine Kursbücher und Übungshefte waren zwar nicht mehr hinter einem Baumwollvorhang versteckt, sondern lagen offen im Bücherregal, als notwendiges Füllsel zwischen wechselnden Beständen aus der Leihbücherei, aber ich behandelte sie kaltblütig. Mal sehen, was der Herbst bringen würde … Vielleicht dann …

Gleich nach Mittsommer hatte ich die erste bezahlte Urlaubswoche meines Lebens. Solan, die während der unterrichtsfreien Zeit wieder Porzellan und Keramik bei Upsala Ekeby einpackte, hatte im selben Zeitraum eine freie Woche ausgehandelt. Mit Zelt, geliehenen Schlafsäcken und Kochgeschirr, in Shorts und Trägerhemdchen, vergnügt und mit Wind in den Haaren zogen wir auf unseren fest aufgepumpten Rädern los auf lange Fahrt. Unser Ziel war Eskilstuna.

»Grüß Sara und die Kleine ganz lieb! Aber sie kann sich natürlich nicht an ihre Oma erinnern, es ist ja so lange her, seit ich sie gesehen habe. Und seid vorsichtig! Zeltet nur dort, wo Leute in der Nähe sind«, sagte Mutter, als wir bei Tempo waren und uns von ihr verabschiedeten.

Diese Juniwoche im Jahre 1944 wurde unvergeßlich. Wir campierten vier Nächte, jedesmal suchten wir uns einen Zeltplatz an einem See. Im Winter hatte ich, auf Solans beharrliches Drängen, in dem nach Chlor riechenden Becken im Centralbad leidlich schwimmen gelernt, nun sprangen wir morgens und abends und mehrmals zwischendurch ins Wasser. Wenn wir abends genug geredet hatten und Solan bereits in ihrem grünen Schlafsack schlummerte, lag ich mit weit geöffneten Augen und noch immer feuchten Haaren wach. Ich nehme an, ich war so glücklich, wie ich nur sein konnte. Ich dachte an Dora bei Forshällan, ich dachte an Gunnel, die mit der großen weißen Beule auf dem krummen Rücken bäuchlings auf der Klippe lag. Liebe, kleine Gunnel …

Kurz nach Pfingsten hatte ich in der kurzen Pause zwischen den Angestellten im gedrängten Personalraum in der mittleren Etage gesessen und zerstreut in Dagens Nyheter geblättert, während ich ein Butterbrot hinunterschlang. Da fielen meine Augen plötzlich auf etwas, was ich im ersten Augenblick nicht glauben konnte. Auf der Familienseite, unter der Rubrik Hochzeiten, gab es ein Foto, das Brustbild eines Brautpaars – und Gunnel war die Braut. Der vertraute Pagenkopf, der kaum vorhandene Hals, die großen Augen und das ernsthafte Lächeln waren nicht zu verkennen. Weißgekleidet und mit einem Krönchen auf dem Kopf blickte sie mich aus der Zeitung an. An ihrer Seite, bedeutend größer als sie, das Krönchen reichte kaum bis zu seiner Schulter, stand ein hellblonder glattgekämmter Mann mit einer Nelke am Revers.

Getraut wurden in der Kirche zu Ramsberg cand. theol. Ingemar Hemfeldt, Västerås, Sohn des Pfarrers Olof Hemfeldt und seiner Ehefrau Elisabet, geb. Carlgren, und Fräulein Gunnel Halvarsson, Ramsberg, Tochter von usw.

Ich blieb sitzen, bis die beiden teetrinkenden Postangestellten ihre Tassen ausgespült hatten und die Treppe hinunter verschwunden waren. Dann riß ich hastig die Zeitungsseite heraus und steckte sie ein. Meine Gefühle überschlugen sich, vor allem empfand ich aufrichtige Freude für Gunnel, gewiß eine Art Stolz (Dir hat sie es gezeigt, BadehausMina!), aber da waren auch Traurigkeit und ein kleines bißchen Scham, weil ich mir erlaubt hatte, einen Gedanken zu streifen, der auf einem Mißverständnis beruhte. Sie liebte mich, das hatte sie mir in ihrer Abschiedszeichnung anvertraut. *Ich liebe Dich! Immer.* So stand es am unteren Rand. Und ich hatte mir eingebildet, daß … Ich war zwar zurückgeschreckt – entsetzt über etwas, was ich nicht verstand und was vielleicht gar nicht existierte. Aber ihre Liebe und ihr Vertrauen hatten mich gewärmt und mir Flügel verliehen, ich liebte sie, damals wie heute. Ich gönnte ihr alles. Dennoch lag auf dem Grund des Ehrlichkeitsbrunnens auch eine Prise Enttäuschung und Trauer. Ich wollte am meisten geliebt werden, *immer*. So egoistisch war ich. So unwissend im Wesen der Liebe, in dem kein Platz für Kleinlichkeit ist.

Später, in der langen Pause, eilte ich zu einer Buchhandlung in der Kungsängsgatan, die ich inzwischen als meine betrachtete, und suchte eine Karte mit blauem Vergißmeinnicht und einer weißen Taube aus – es hätte ein Schmetterling sein sollen, aber so eine fand ich nicht. Dann schloß ich mich im WC oberhalb der Wendeltreppe ein und schrieb, vor dem Toilettendeckel kniend: *Für Gunnel mit herzlichen Gratulationen und innigsten Glück-*

wünschen von Don Quijote, dem Ritter von der traurigen Gestalt. Auf das dazugehörige Kuvert schrieb ich: »Zur Weiterleitung an Frau Gunnel Hemfeldt«, und auf den äußeren Umschlag, den ich gleichzeitig gekauft hatte, schrieb ich in Druckbuchstaben die Adresse der Familienseite von Dagens Nyheter, frankierte beide und legte eine PS-Karte dazu (nur für den internen Schriftverkehr bei der Post vorgesehen und für den privaten Gebrauch strengstens verboten!), in der ich freundlich darum bat, meinen Brief an die genannte Braut zu senden, deren Foto am 7. Juni abgedruckt gewesen sei. Dann unterzeichnete ich meine Bitte mit »Karin Andersson, langjährige Abonnentin«.

Kurz nachdem ich den Briefumschlag auf den Stempeltisch in der Abteilung für ausgehende Post gelegt hatte, bereute ich es. War es zu aufdringlich von mir? Machte ich mich lächerlich? Was, wenn dieser Theologengatte die Karte zu Gesicht bekam und auf Don Quijote eifersüchtig wurde? Vielleicht hätte ich sie besser zurücknehmen und ein bißchen nachdenken sollen! Doch als ich wenige Minuten später durch die Schwingtüren flitzte, war der Stempeltisch leer.

An diesem Abend und an einigen weiteren Tagen folgte ich in Gedanken dem Weg des Briefes zu der unbekannten Adresse, stellte mir Gunnel vor, wie sie ihn öffnete und las. Diese Phantasien hoben meine Stimmung und versetzten mich in eine gewisse Spannung, dann legte sich das Gefühl wieder und verwandelte sich in einen sanften Anflug von Wehmut.

27

Mitte Dezember starb Solans Mutter. Solan erschien an diesem Morgen nicht in der Avisierungsbox. Der Vorsteher tobte, weil er keinen Bescheid erhalten hatte, daß sie krank wäre. Nun mußte er sich persönlich hinsetzen und die Benachrichtigungsscheine ausfüllen. Ansonsten machte niemand großen Wirbel um das Fernbleiben der Feuergefahr, abgesehen von den üblichen Scherzen nach dem Motto: »Sie hat wahrscheinlich Nachtdienst gehabt« oder: »Da liegt wohl jemand auf ihrem Nachthemd«. Vor sechs Uhr morgens eine Krankmeldung abzuschicken war nicht so einfach, wenn man kein eigenes Telefon besaß, und auch ich zeigte keine besondere Reaktion, überlegte bloß, ob sie sich erkältet hätte.

Am Abend kam Solan zu mir in die Gasse und sagte, was los war: In der Nacht hatte ihre Mutter eine Gehirnblutung erlitten, eine Ader war geplatzt, und der Tod war fast sofort eingetreten.

Solan weinte nicht, aber sie war kreideweiß im Gesicht. Ich brauchte gar nicht erst zu versuchen, mir banale Sinnlosigkeiten aus den Fingern zu saugen, daß es so für ihre Mutter am besten sei, oder andere Dinge in dem Stil – Solan kam mir zuvor.

»Sie wollen mir nicht einmal erlauben, eine Todesanzeige in die Zeitung zu setzen«, sagte sie. »Das gäbe nur unnötiges Gerede. Lieber kein Aufhebens davon machen. Mama hieß ja Båfvander, genau wie ich und mein Onkel und meine Tante. Es ist ein ungewöhnlicher Name, sagen sie, nur wir heißen so. Alle, die die Anzeige sehen, würden sich fragen, ob eine Verwandte von uns gestorben ist. Kannst du es fassen, Nancy? *Sie verleugnen meine Mutter sogar im Tod!* Sie schämen sich für sie, weil sie krank geworden ist. Das ist doch verrückt! Ihrer Meinung nach hat es sie nie gegeben, aber dann gibt es mich doch auch nicht, oder? Aber das begreifen sie nicht. Die haben eine solche Angst um ihren verdammten Ruf als Freikirchler und ihre beschissene Scheinheiligkeit, daß sie nicht einmal davor zurückschrecken, eine Tote zu verleugnen – und die wollen Christen sein! Aber wartet nur, ihr werdet schon sehen!«

Solan blieb noch einen Tag von der Avisierungsarbeit fern, aber am dritten Tag tauchte sie auf wie immer und nahm ihren Platz in der ersten Box ein. Da trug sie Schwarz von Kopf bis Fuß. Ein schwarzes Kleid aus Krepp, ein schwarzes Samtband im feuerroten Haar, später sah ich, daß auch die Ärmel ihres Mantels mit Trauerbändern versehen waren. Alle glotzten. Sie war bleich und verbissen, sah verheult aus, und das war kein Theater: ihre Trauer war tiefer, als irgend jemand ahnen konnte, der nicht eingeweiht war. Jedem, der sich schließlich ein Herz faßte und wagte, den schwarzen Zirkel zu durchbrechen und die Frage zu stellen, gab sie eine klare Antwort: Meine Mutter ist tot! Die Reaktion war entweder ein Schritt rückwärts oder ein mitfühlender Arm um ihre Schultern, aber das Flüstern war dasselbe: »Oh! Mein herzlichstes Beileid ...«

Tag für Tag kam und verschwand Solan in sich gekehrt und schwarz gekleidet. Am Ende der Woche hatte das Gerücht sich herumgesprochen. Berit aus der Paketabteilung kam eines Tages zu mir, als ich dasaß und Mahnungen schrieb.

»Nancy, weißt du eigentlich, wie es um Solan steht? Ihr seid doch Freundinnen. Sie sagt zwar, daß ihre Mutter tot ist, aber Karl-Axel, der die Post in der Börjegatan austrägt, behauptet, ihre Mutter sei quicklebendig. Sie hat gegrüßt wie immer und trug nicht mal Trauerkleidung. Also ich verstehe überhaupt nichts! Du etwa?«

Ich schüttelte den Kopf: Keine Ahnung! Keine zehn Pferde hätten die Wahrheit aus mir herausgekriegt, das hier war Solans

Angelegenheit. Dann wurde behauptet, daß Sylvia Andersson aus der Kassenabteilung Solan eines Morgens getroffen habe, als sie auf dem Sprung von der Post zu ihrer Büroausbildung war, und sie direkt gefragt habe: »Warum sagst du, daß deine Mutter tot ist?« Es hätten sie doch einige gesehen, unter anderem Karl-Axel. Da soll Solan geantwortet haben: »Tja, in dem Fall muß es sich um ein Gespenst gehandelt haben! Meine Mutter wird am Sonnabend begraben!«

Danach hieß es, die Feuergefahr sei durchgedreht. Reif für Ulleråker.

Das Begräbnis sollte in aller Stille und im Kreis der nächsten Angehörigen stattfinden, wie es in den Todesanzeigen zu stehen pflegt. In diesem Fall bedeutete es, so versteckt und unbemerkt wie möglich. Sie sollte auf dem Friedhof Hammarby begraben werden, der in einem kleinen Gehölz gegenüber des Krankenhauses liegt. Ich kannte ihn gut, ich war oft dort herumspaziert und hatte die Aufschriften der Grabsteine gelesen, während ich auf Solan wartete, die bei ihrer Mutter zu Besuch war.

Vier Schwestern und zwei Brüder von Solans Mutter lebten noch, wie viele von ihnen anwesend sein würden, war unklar, aber man wollte sich in der Kapelle treffen, die zur Klinik gehörte.

Sie (und mit »sie« meinte Solan ihre Muttertante und den Vateronkel) hätten bereits ein Taxi in die Börjegatan bestellt und wollten sich so diskret wie möglich auf den Weg machen, berichtete mir Solan am Freitagmorgen. »Damit von den Nachbarn keiner was merkt. Aber da haben sie sich geschnitten!«

Nun erfuhr ich, daß sie Geld von ihrem Postsparbuch abgehoben und den prächtigsten Kranz bestellt hatte, der im Blumenladen zu bekommen war, aus lauter rosafarbenen und weißen Rosen. Und der Karton mit dem Kranz sollte nicht direkt an die Kapelle geschickt werden, nein: er sollte um zehn Uhr morgens von einem Boten zur Wohnung hinaufgetragen werden. Solan würde ihn dann eigenhändig unter den Blicken möglichst vieler Nachbarn zum Taxi hinunterschleppen. Natürlich sollten alle sehen, daß Herr und Frau Båfvander mit »Tochter« zu einer Beerdigung gingen.

Ich sperrte den Mund auf. Dann wurde ich unruhig. Ging sie nicht etwas zu weit? Was würde geschehen? Hätte sie nach diesem Begräbnis noch ein Dach über dem Kopf, sie war schließlich nicht adoptiert, man konnte sie einfach hinausschmeißen! Doch ich wußte natürlich, daß sie das nicht tun würden, das wagten sie nicht, sonst hätte sie einen noch größeren Skandal angezettelt.

»Haßt du sie?« fragte ich.

Sie zuckte mit den Achseln.

»Nein. Hassen, das nicht. Sie waren ja auch nett. Ich bin dort seit meinem siebten Lebensjahr zu Hause gewesen, und nun bin ich fast zwanzig.«

»Ja, aber … Warum? Ich meine, warum tust du das? Jetzt?«

»Ich muß«, sagte sie. »Ich muß einfach! Mutter zuliebe und mir selbst zuliebe. Ich lebe mit dieser Heimlichtuerei, seit ich elf bin, ja, seit ich auf der Welt bin. Nun ist es genug! Immer dieses Tasten und Tapsen, dieses Herumschleichen. Ich sollte als ihr Kind gelten, obwohl ich es nicht war und sie keineswegs sicher waren, ob sie mich überhaupt haben wollten. Sonst hätten sie mich doch adoptiert, oder? Nancy, kannst du begreifen, warum es eine Schande ist, krank zu sein? Kannst du das? Dabei bekennen sie sich zur Lehre Christi und murmeln Lieber Jeeesus, lieber Jeeesus und singen Halleluja und rennen ständig zu diesen Versammlungen und sind in Wirklichkeit so … so ganz anders! Für Jesus waren alle gleich. Oder nicht? Aber Evert sitzt ja jetzt sogar im Gemeindevorstand. Stell dir vor! Das ist wichtiger als eine geisteskranke Schwester und ihr Kind. Da spielen Verantwortung und Wahrheit keine Rolle mehr. Außerdem haben sie sich so in ihre eigenen Lügen verstrickt, daß sie nicht mehr herausfinden.«

Sie sagte nun Evert und Aina, nicht mehr Mama und Papa, weder über sie noch zu ihnen.

Was sollte ich antworten? Sie hatte ja recht. Sie ging jetzt bis zum Äußersten. Sie war die Feuergefahr mit dem knisternden

Haar, die frank und frei antwortete: Meine Mutter ist tot. Das hatte sie natürlich auch im Treppenhaus in der Börjegatan getan, wenn jemand sie fragte, warum sie in Trauer gehe. Dieselbe Antwort im Milchladen und in der Büroschule, ja, überall. Und diese Muttertante Aina, was hatte die geantwortet, wie hatte sie es erklärt? Das hätte ich gern gewußt. Feuergefahr ist anscheinend verrückt geworden, hieß es auf der Post. Bei der sind die Sicherungen durchgebrannt. Reif für Ulleråker. In der Nachbarschaft in der Börjegatan und unter den Gemeindemitgliedern verwendete man vielleicht andere Ausdrücke für den gleichen Gedanken: Stell dir vor, die liebe Solveig. Everts und Ainas Mädchen, das immer so frisch und fröhlich aussieht, mit dem stimmt etwas nicht. Sie läuft in schwarzen Kleidern herum und behauptet, ihre Mutter wäre tot! Arme Aina! Das muß untersucht werden, es kann einfach nicht stimmen …

Plötzlich kam mir eine Eingebung, womöglich völlig abwegig, aber vielleicht war es genau das, was Solan erreichen wollte? Vielleicht wollte sie, daß die Leute über sie sagten, sie sei verrückt! Übergeschnappt. Damit sie endlich ausgesprochen wurden, diese schrecklichen Wörter. Damit es endlich sichtbar wurde, dieses Entsetzliche, das sie ihre gesamte Jugend hindurch geheimhalten mußte. Vielleicht war das eine Möglichkeit für Solan, ihrer Mutter Loyalität zu erweisen, der Frau, die sie immer hatte verleugnen müssen und der sie nie nah genug gekommen war, um sie zu verstehen. Es war ihre letzte Gelegenheit, sich der Feigheit und der Lügen zu entledigen. Nennt mich verrückt, das macht mir nichts aus! Sagt ruhig, daß ich nach Ulleråker gehöre! Wenigstens ein paar lumpige Tage wollte sie das Mal des Wahnsinns tragen, aufrecht und sichtbar für alle.

Gleich nach den Beerdigungsfeierlichkeiten packte Solan ihre Sachen und zog nach Stockholm. Ich begleitete sie zum Bahnhof.

»Komm nach, Nancy«, sagte sie. »Was willst du hier noch? Versprich mir, daß du kommst! Wenn ich nur erst ein bißchen heimisch geworden bin und mich in der Spielzeugfirma unersetzlich gemacht habe, werde ich mir eine ordentliche Lohnerhöhung erzwingen, das kannst du mir glauben, und dann können wir eine Wohnung mieten und zusammenziehen!«

»Mal sehen«, sagte ich und brachte ein kleines Lachen zustande. »Laß uns das Frühjahr abwarten! Aber nun schreib mir erst mal, du weißt ja, daß ich morgen anfangen werde, in den Briefkasten zu gucken!«

Dann winkte ich ihr hinterher, und mir kamen die Tränen, liebe alte Feuergefahr ... Solan. Meine Freundin.

Der neumodische rot-gelbe Adventsstern aus Pappe, der wegen der Verdunklungsvorschriften mit einer ganz, ganz schwachen Glühbirne leuchtete, durfte bis in den Februar am Fenster hängen, aber der Tannenbaum, der letzte, den der Förster zu Hause in Lunda uns schickte, wanderte gleich nach dem dreizehnten Januar auf den Holzstapel. Ich entfernte die Äste und zerhackte ihn eigenhändig zu Brennholz für den Kachelofen, so würde er mich wenigstens wärmen.

Ich war jetzt in meinem zweiundzwanzigsten Lebensjahr und in meinem dritten Stadtwinter. Das neue Jahr, 1945, hatte, was mich betrifft, losgelegt wie ein scheppernder alter Wecker. Ich verabscheute den Januar und den Februar, das hatte ich schon zu Hause in Lunda getan, und hier war es nicht besser, auch wenn ich um das mühselige Schneeschippen herumkam. Dafür entging mir das Märchenhafte, das den Winter rings um die ZehenPelle-Hütte verzaubert hatte: die hohen weißen Mützen auf den Pfosten des Gartentors, die rote Brust des Gimpels, das lustige Muster der Hasenspuren am Zaun. Hier war der Schnee eigentlich nur weiß, solange er fiel, dann wurde er von Abgasen und anderen Ausdünstungen beschmutzt, und die Gehsteige waren von all dem Getrampel gelbgrau und matschig. Es wehte tüchtig in dieser Stadt auf der Ebene, die Winde drehten ständig und konnten sich nicht entscheiden, ob sie von vorn oder von hinten kommen wollten: Bog man um eine Straßenecke, kamen die Windstöße direkt auf einen zu und stachen durch die Kleider. Doch da zog man eben die Schultern hoch und kämpfte sich durch, denn worüber konnte ich, konnte das gesamte schwedische Volk sich eigentlich beklagen? Zumindest im Vergleich zu vielen anderen?

Im November war Mutter einen ganzen Sonnabend in der Gasse gewesen und hatte mir geholfen, die Innenfenster einzusetzen. Wir hatten Watte hineingesteckt und die Ritzen mit Klebestreifen abgedichtet, doch nun, nach Weihnachten, waren die weißen Watterollen verrußt und die Scheiben streifig von Feuchtigkeit und Schmutz. Alles schien staubig und furchtbar traurig. Als es am kältesten war, hielt ich die Tür zur Küche geschlossen, ging nur noch hinein, um die Gasflamme anzuzünden, wenn ich mir etwas zu essen oder Kaffee kochen wollte. Außerdem mußte ich Brennholz sparen.

Mutters Anwesenheit und ihr gemütliches Herumpusseln fehlten mir mehr, als ich zugeben mochte. Ich vermißte die Geräusche, die sie von sich gab. Und ihre Gerüche. Alles war leblos ohne sie. Weder die Kachelofenecke mit dem Bücherregal und dem Sessel noch die schöne Ottomane mit der Leselampe am Kopfende konnten dagegen etwas ausrichten. Im kalten Januarlicht war das abgewetzte Linoleum noch häßlicher als sonst, und die Spüle sah so grauzinkig kalt aus, daß man davon Zahnschmerzen bekam. Zu allen Zeiten hatte Mutter für Wärme gestanden, sie war die Wärme persönlich gewesen. Nun mußte ich versuchen, mich selbst zu wärmen, und es gelang mir mehr schlecht als recht.

Es war nicht so, daß ich vollkommen isoliert und verlassen gewesen wäre. Ich war ja Büroangestellte. Ich gehörte einer Arbeitsgruppe mit Schichtlisten und schriftlichen Aufgabenstellungen an, die in einem Ringbuch beim Oberaufseher festgehalten waren. Obwohl ich für Klatsch völlig unbegabt und alles andere als schlagfertig war, nicht besonders interessiert an Mode, mich nicht an den beneidenswerten Albernheiten über Tanzabende und mehr oder weniger ernsthafte Liebesaffären beteiligen konnte, fühlte ich mich doch nicht ausgestoßen. Ich wurde akzeptiert, ungefähr so, wie man eine Rechenmaschine akzeptiert, ich war zur Stelle, ich erledigte meine Aufgaben, und ich war ziemlich hilfsbereit, wenn ich das über mich selbst sagen darf. Aber natürlich war ich einsam.

In meinem bisherigen Leben hatte ich zwei tiefe und bereichernde Freundschaften erlebt. Die mit Gunnel lag mittlerweile wie eine Verwunderung und ein Lächeln in meinem Gedächtnis. Die andere, die mit Solveig Båfvander, war in der Einsamkeit mein größter Schatz. Andere Menschen, die ich als wirkliche Freunde bezeichnen konnte, hatte ich nicht; Bekannte natürlich, Arbeitskolleginnen, mit denen ich ins Kino und in die Konditorei ging, aber das war vor allem ein Ausprobieren, ein gegenseitiges Beschnuppern. Die Übereinstimmung fand sich nicht ein, und so verlief es im Sande. Bestimmt fand man diese Nancy Pettersson langweilig und unzugänglich. Scheißegal. Es kam mir auch nicht so wichtig vor, einen ganzen Schwarm sogenannter Freundinnen um mich zu scharen, und ich fand wohl (ohnehin zu sauer, sagte der Fuchs), daß es besser war, *eine* richtige Freundin zu haben, der ich vertrauen konnte, als zehn halbe.

Tja, mit der Freundschaft ging es noch. Um die Liebe hingegen, die in Gedichten und Heftchenromanen vorkam, war es schon schlechter bestellt. Ein romantisches Märchen auf dem Hügel der Frühlingsanemone, eine stürmische Freude und eine schmerzhafte Enttäuschung. Das war alles. Ich lächelte mitleidig über mein unschuldiges Ich aus der klebrigen grünen und roten Kiefernzapfenzeit. Wie kindisch ich gewesen war, wie naiv und dumm! Und trotzdem war es so verdammt schön gewesen …

Später auf dem Schießstand war es nicht schön gewesen. Rumpelpumpel mit Hilding, rein und raus mit glitschigen Gummis. Verlogen ihm und auch mir gegenüber. Er war bloß ein Gegenstand gewesen. Ein Rachewerkzeug, mit dem ich nur mich selbst verletzte. Und vielleicht auch Hilding, ein bißchen zumindest … Hoffentlich ging es ihm jetzt gut! Er war wenigstens nett gewesen.

Nach dieser Eskapade war nichts vorgekommen, was der Rede wert gewesen wäre.

Solan hatte Ausstrahlung, um sie herum knisterte es, und ihr Hintern wackelte unter dem Hohlkreuz, freimütig und einladend. Obwohl sie zu Hause kurzgehalten worden war und man ihr alles eingebleut hatte, was man einem über Feigenblätter, Schlangen und die tückischen, verzehrenden Fleischeslüste einbleuen konnte, wirkte sie selbst wie die Personifizierung von Körperlichkeit und Sünde. Konnte man meinen. Doch das war eine optische Täuschung. Solan hielt auf sich.

»Nee«, sagte sie. »Da darf man kein Risiko eingehen! Die brauchen es gar nicht erst zu versuchen. Bevor ich nachgebe, will ich einen Verlobungsring am Finger haben. Mindestens.«

Vielleicht hatte das Wissen um das Schicksal ihrer Mutter, um ihren entlaufenen Erzeuger, diesen Vater, den sie nie gesehen hatte und von dem sie überhaupt nichts wußte, ihre absolute Entschiedenheit bewirkt. Aber sie flirtete, und sie lachte. Hier eine Romanze und da ein Schätzchen, nichts von Dauer.

Arm in Arm waren wir die Drottninggatan, genannt Ströget, auf und ab gegangen. Hatten im Stadtpark auf der Insel der Glückseligkeit gesessen, aber da waren wir bereits zu viert. Ich war Anhängsel-Nancy, die sich mit dem Kumpel begnügen mußte. Solan zuliebe machte ich mit. Natürlich gab es ein paar Küsse und hier und da eine Umarmung, und irgend jemand versuchte, mir ein Knie zwischen die Beine zu schieben, aber ich entzog mich, empfand keine Lust. Ich wohnte ebenerdig in der Gasse, der Gehsteig lief am Haus entlang, manchmal klopfte jemand zaghaft an die Scheibe. Klopfte, wartete und klopfte wieder. Ich horchte atemlos, öffnete nie, guckte nicht hinaus, aber dieses gesichtslose Klopfen erregte mich und setzte meine Phantasie in Bewegung. Gepeinigt von einer drängenden Begierde, wand ich mich in meinem Bett, mit einem abgeschnittenen alten Pelzkragen zwischen den Beinen.

Das Tagebuch blieb natürlich unberührt, aber mit der Zeit bekam es mit all den anderen Schätzen in der Kiste Gesellschaft von einem Bündel Briefe, zusammengehalten mit einem dicken Gummiband von der Post. Das Bündel enthält siebzehn Briefe, datiert von Anfang Januar bis Ende April, das letzte Datum ist der 27. 4. 1945. Später kam ein weiterer Packen dazu, umwickelt mit einem grünen, zur Schleife gebundenen Baumwollband; diese Briefsammlung stammt aus der Zeit von August bis Dezember. Immer noch adressiert an Fräulein Nancy Pettersson, aber die Anschrift auf dem Kuvert ist nicht mehr Uppsala.

Solan und ich schrieben uns mindestens einmal in der Woche. Sie hatte viel zu erzählen, ich nicht minder, doch die Grundlage unserer Freundschaft war stabil, und keine von uns betrachtete sie als etwas Vergangenes, was nun, da Solan nach Stockholm gezogen war, mit der Zeit und der Entfernung verblassen würde. Im Gegenteil, wir rechneten damit, wieder zusammenzusein. Irgendwann.

Solan hatte Witz. Sie schrieb über ihre Arbeit bei »Onkel Brummbrumm«, dem Spielwarengroßhändler, der übrigens Magnusson hieß. Sie mochte ihn und fühlte sich richtig wohl; außer um die Buchführung müsse sie sich um die Korrespondenz kümmern und mit den Kunden telefonieren, sie habe alle Hände voll zu tun, schrieb sie. Sie wohnte nicht bei Onkel und Tante, die hatten zwei Töchter im Backfischalter zu Hause und nicht genügend Platz. Sie war also bis auf weiteres in einem möblierten Zimmer bei einer alten Dame untergebracht, in der Nähe des Liljansparken. Ich lachte laut, als ich die Beschreibungen dieser Dame und ihrer Vorschriften las. Die Wohnung bestand aus vier Zimmern und Küche, sie selbst wohnte in der Küche, alle anderen Zimmer vermietete sie. Jeder Mieter bekam morgens eine Tasse Tee:

Wir müssen jeder monatlich hundert Gramm Tee abliefern, alle sechs, die hier wohnen, dann bereitet sie ihn in einer Kanne zu, und wir dürfen in die Küche kommen und trinken, dazu dürfen wir eigenen Zwieback oder Kekse mitbringen, aber nicht herumkrümeln! Es ist auch untersagt, mit Butter herumzuschmieren. Keine Essenszubereitung auf dem Zimmer, keine Besuche von Kerlen beziehungsweise Frauenzimmern, und nach acht Uhr abends auch keine gleichgeschlechtlichen

Besuche, wenn man das so ausdrücken darf, keine starken Getränke und keinerlei Lärm. Wir dürfen kaum die Klospülung benutzen!

Aber das Schlimmste kommt noch, Nancy, als ich einmal zufällig vormittags in die Küche geschaut habe, sah ich, daß sie den Tee trocknet! Was sagst du dazu? Das Weib leert die Teekanne aus, und dann breitet sie die feuchten Teeblätter auf Zeitungspapier aus und trocknet sie, dann benutzt sie sie noch einmal und bereitet uns daraus einen zweiten Aufguß dieser braunen Plörre zu! Da fällt einem doch nichts mehr ein! Apropos Geizkragen: Wieviel Tee sie wohl schon gehortet hat? Vielleicht treibt sie Schwarzhandel damit oder tauscht ihn gegen etwas Stärkeres, ich vermute Letzteres, manchmal riecht sie aus dem Mund, wenn wir uns auf dem Gang begegnen.

Nein, Nancy, es ist zwar interessant, diese Seite des Stockholmer Lebens zu studieren, aber hier werde ich nicht lange bleiben, bin schon beim Onkel gewesen und habe ihn wegen einer Wohnung angehauen, er hat schließlich Kontakte. Und außerdem, Nancy, du weißt, daß ich auf dich zähle! Hoffentlich kommst du bald. Und schreib, schreib, schreib! Ich vermisse dich.

Grüße und Küsse von deiner Freundin in Ewigkeit
Solan.

28

Im März putzte ich die Fenster, ohne Mutters Hilfe, schüttelte die Flickenteppiche aus und wischte die Böden. Ich hatte so langsam wieder den Kopf über Wasser, die Luft war milder geworden, das Licht weicher, und der Stamm der Linde im Hof war feucht. Die Lehrbücher im Regal bereiteten mir noch immer ein wenig Übelkeit, mit abgewandtem Gesicht wischte ich dort hin und wieder Staub, doch an einem Samstagnachmittag brachte mich eine vollkommen unangemeldete Eingebung dazu, mir einen Stapel zu schnappen und ihn auf den Eichentisch zu legen. Mit großer Kraftanstrengung bezwang ich meinen Widerwillen, breitete langsam die dünnen Übungshefte aus, griff nach einem Stift … Dann saß ich dort bis zum späten Abend und den größten Teil des folgenden Tages.

Als Mama vorbeischaute, was sie mindestens zweimal in der Woche tat, sagte sie: »Wie schön, Nancy, daß du wieder angefangen hast!«

Puh! Hätte ich doch nur die Bücher vom Tisch geschafft! Es wäre besser gewesen, wenn sie sie nicht gesehen und nichts gesagt hätte. Denn ich wußte ja selbst nicht … Und nun stand ich wieder unter Druck, wieder wurde etwas von mir erwartet.

In diesem Winter, dem ersten, in dem ich alleine lebte, hatte ich viel sogenannte schöne Literatur gelesen, ein Begriff, der mir etwas unklar war. Die Stadtbibliothek in der Östra Ågatan, gegenüber von den Kvarnfällen, war ein Quell der Freude, dorthin stiefelte ich jede Woche und schleppte unterschiedlichste Bücher nach Hause, meist entschied der Zufall. Ich hatte keine Ahnung, wußte fast nichts über Titel und Autoren, hatte keine Gunnel und auch sonst niemanden, den ich um Rat fragen oder mit dem ich diskutieren konnte. Die feinen Damen mit den hohen Absätzen hinter dem Leihtresen flößten mir einen solchen Respekt ein, daß ich nie zu fragen wagte, außerdem war ich ja hochmütig und hätte es nicht ertragen, meine Unwissenheit zu offenbaren. Letztere war so bodenlos wie der Vesee hinter dem Hügel bei uns zu Hause, aber es gab Inselchen und Trockenflächen, auf denen ich stehen und winken konnte: Ich weiß was, ich weiß was!

Selma Lagerlöf war so ein fester Grund, mit ihr war ich seit der Volksschule vertraut, und ich war einigermaßen bekannt mit Vilhelm Moberg und Ivar Lo-Johansson, Harry und Moa Martinsson und anderen Arbeiterschriftstellern, deren Bücher in der Guttemplerbibliothek zu Hause in der Loge gestanden hatten. Auch Dickens gehörte in diese Zeit, aber Steinbeck zum Beispiel entdeckte ich erst später. Ich habe auch Tolstoi gelesen, allerdings ohne größere Begeisterung, und mit einer gewissen Mühe auch Dostojewski, das heißt »Die Brüder Karamasow«, die im Pfarrhofregal standen und die Gunnel mir heimlich in den Rucksack gesteckt hatte. (Das eine Buch reichte mir übrigens, ich hatte lange damit zu tun!) Und dann »Ditte Menschenkind« und natürlich »Pelle der Eroberer«, den Fräulein Vigren in der Fortsetzungsschule empfohlen hatte – ich kann mich erinnern, daß dies Bücher waren, in denen ich richtig aufging. Doch, es gab schon ein paar Grasbüschel; für den Korrespondenzkurs hatte man einige Ausschnitte aus den Werken großer Autoren lesen müssen, aber insgesamt war ich eben hoffnungslos unwissend.

Die Vielfalt in der großen Bibliothek mit der weißen Strindbergbüste auf der Treppe verwirrte mich, oft lieh ich Bücher von dem Rollwagen aus, auf dem die zurückgegebenen Bände lagen. Das war einigermaßen überschaubar, und was anderen gefallen hatte, könnte auch für mich taugen, dachte ich. Man konnte an diesem Wagen stehen und blättern und sich zumindest den Anschein geben, man sei eine von denen, die bewußt und zielstrebig suchten. Manchmal befand sich Gold, manchmal aber auch der reinste Schrott in dem Bücherstapel, den ich nach Hause schleppte; der Vorteil der Mischung bestand darin, daß ich allmählich lernte, die Spreu vom Weizen zu trennen, doch natürlich dienten nur mein eigenes Verständnis und mein Geschmack als Dreschflegel. Welche Maßstäbe die Kundigen ansetzten, wußte ich nicht, und es kümmerte mich auch nicht.

Genausowenig bemühte ich mich zu der Zeit, die lange Reihe der Titel und Schriftsteller, mit denen ich in Berührung kam, im Gedächtnis abzuspeichern, ich war so gierig nach dem Inhalt, daß ich dem Umschlag oft nur einen hastigen Blick gönnte. Auf diese Weise bekam ich nicht gerade das Rüstzeug, um über Bücher zu sprechen und mit meiner Belesenheit zu glänzen, aber das war vollkommen egal, die Bücher und das Lesen waren ganz allein meine Sache, seit ich Gunnel nicht mehr hatte.

Ich dachte viel nach. Grübelte und diskutierte mit mir selbst. Einen Überblick über die großen Zusammenhänge hatte ich nicht, meine Welt war noch immer klein, aber sie hatte sich doch nach und nach ein wenig ausgedehnt, da auch die neuen kleinen Welten ihren Platz beanspruchten: die Stadt, die Gasse, die Nachbarn – und vor allem der Arbeitsplatz. Ich beobachtete und lauschte, und im Personalraum der Hauptpost fand ich ein ergiebiges Studienfeld, wo ich Nützliches und Nutzloses gleichermaßen aufsog. Jedenfalls sah ich nun, was ich sehen wollte, und hörte, was ich hören *wollte*, schließlich war ich ZehenPelles Nancy und beschnupperte sowohl die bürgerliche als auch die akademische Welt voller Mißtrauen – und Neugierde!

Die Postbeamten und die Assistenten, die mindestens einen Realschulabschluß, meistens sogar das Abitur hatten, durfte man nicht duzen, bevor es nicht von ihrer Seite vorgeschlagen wurde: »So, Fräulein Pettersson, ich finde, wir kennen uns nun schon so lange, daß es an der Zeit ist, zum Du überzugehen! Ich heiße Ingegerd!« Dann ein Händedruck. Tja, viele von ihnen waren offensichtlich in einer Welt zu Hause, in der man bei Einladungen vor dem Essen Sherry trank (wie in den englischen

Romanen) oder sogar einen Cocktail zu sich nahm; man war in London und Paris gewesen, besuchte Konzerte, ging ins Theater und sprach über Kunstausstellungen. Ja, ja. Und meine Augen verengten sich vor Neid. Nicht wegen der Cocktails (ich hatte das Wort in meinem englischen Wörterbuch nachgeschlagen) oder des Kaschmirpullis, der angeblich von *so* hoher Qualität war (gekauft im Stockholmer Kaufhaus NK, auch das ein Begriff), sondern wegen der Sache mit dem Theater, der Kunst und der Musik. Natürlich auch wegen der Reisen, aber die la-gen für mich so gänzlich außerhalb des Möglichen – jetzt im Krieg konnte außerdem niemand irgendwohin reisen. Ein schöner Trost!

Manchmal klopfte mir beim Lauschen und Beobachten jedoch das Herz bis zum Hals. Das geschah, wenn ich spürte, daß einer der Kollegen an dem *besonderen* Tisch mitten im Raum, wo es feste Plätze gab und man eine beleidigte Miene aufsetzte, wenn man seinen Stuhl besetzt vorfand, tatsächlich mein Freund hätte sein können. Gedanken und Ansichten stimmten überein, und das deutete ich so, daß zumindest derjenige die gleiche Herkunft haben mußte wie ich und ein Seelenverwandter hätte werden können. In vieler Hinsicht war ich ein Don Quijote, der gegen Windmühlen focht, aber diese Einsicht wuchs langsam. Zu dieser Zeit gab es wasserdichte Schotten zwischen den verschiedenen Karrieren im Königlichen Postbetrieb, und ich war Fräulein Pettersson (SK = Schreibkraft), von Natur aus schüchtern und unzugänglich. Wer sah mich an? Wer wußte, daß ich dort saß, voller Neugierde und Lust, dabeizusein?

Der Weltkrieg dauerte noch immer an. Zwar lag nun, im Frühjahr 1945, ein neuerwachtes Zittern in der Luft, angesichts der Berichte in Zeitungen und Radio hoben die Leute hoffnungsvoll den Kopf.

»Tja, jetzt singen sie ihm die letzte Strophe! Nun ist bald Schluß«, sagte der Hausknecht eines Morgens, als ich an der Hintertür des Milchladens vorbeikam.

Fräulein Stjärna lächelte mir einen Gruß zu, während sie ihrem Faktotum beifällig zunickte.

»Ja, ja, Herr Pihl, das wäre zu schön, um wahr zu sein! Ach, wenn man doch endlich um diese Krisenverwaltung und all die Lebensmittelkarten herumkäme! Aber es hat keinen Zweck, sich seiner Sache zu sicher zu sein, man kann nie wissen, was dieser Hitler in der Hinterhand hat ...«

Nein. Man konnte nie wissen. Nichts konnte man wissen. Aber auch in mir wurde eine Hoffnung geboren. Wahrscheinlich war sie Teil der kollektiven Hoffung, denn der allgemeine Zukunftsglaube versetzte mich in ein Hochgefühl und ließ mich rascheren Schrittes und mit geradem Rücken die Kungsängsgatan entlanggehen.

Wenn die Zukunft es wollte, wenn es eine Zukunft gab, dann konnte ich doch nicht in der Gasse bleiben, dachte ich. Und ich konnte auch nicht bis in alle Ewigkeit Schreibkraft bleiben oder gar versuchen, mich zum Ministerialdienst hochzuarbeiten. Und bis zur Pensionierung bei der Post bleiben ...

Nicht daß ich undankbar gewesen wäre, mich unwohl gefühlt hätte oder über Aktenordner und Formulare und Buchführung erhaben gewesen wäre, aber ich verspürte eine Unruhe – wie eine Hand im Rücken, die mich vorwärts schob. Es war noch nicht die Endstation für meine blauen Träume. Meine Zukunftspläne waren zwar nicht mehr so hochtrabend, wie sie es einst im Lerchengesang auf der Dalängenlichtung gewesen waren. Aber sie existierten.

29

Mutter wohnte nun seit fast einem Jahr in der Fålhagsgatan, aber wir trafen uns häufig. Sie hatte noch immer einen Schlüssel für die Sechs, und manchmal stand ein Teller mit belegten Broten auf dem Tisch, ein andermal ein dreistöckiger Behälter mit Suppe, Rührei, Wurstauflauf oder anderen Gerichten, die wohl im Restaurant bei Tempo übriggeblieben waren. Oft war ich bei ihr und Birger zum Essen eingeladen, fast jeden Sonntag.

Apropos, bei ihr? Manchmal kam sie mir vor wie eine Haushälterin ohne eigenen Besitz. Es war seltsam zu sehen, wie sie Geschirr aus dem Schrank holte und auf den Tisch stellte, das von einer anderen Frau angeschafft und täglich benutzt worden war. Was war das für ein Gefühl, was dachte sie? Ich sah ihre Bewegungen, ich sah ihre Verlegenheit, aber natürlich sprachen wir nicht über solche Dinge. Wir redeten über die Gasse: die arme Tante Jansson, die Mutter vermißte, das gute Fräulein Stjärna mit seinen Mäusesorgen und die Familie von oben. Nie fragten wir: Erinnerst du dich? Nie besuchten wir gemeinsam unser altes Häuschen, es war nicht nötig. Der Schürhaken war meine Garantie.

Mutter hatte recht, Birger war nett. Sie hatte es gut, war sogar runder geworden, es stand ihr; die Dritten Zähne paßten, ihr Haar glänzte. Im Sommer waren sie einmal zum Grab hinausgefahren, Birger hatte sich ein Auto ausgeliehen, als ich mit Solan die Fahrradtour machte.

»Wir waren beim Grab draußen«, sagte sie. »Ich habe etwas

neuen Sand aufgeschüttet. Eine Rose habe ich auch eingepflanzt, aber ich weiß nicht, ob sie es packt …«

Ich nickte bloß. Auch ich hätte hinfahren sollen. Ich würde hinfahren. Irgendwann.

»In der Hütte wohnen Estländer … Aber ich bin nicht unten gewesen …«

Das wußte ich doch! Wir wußten es beide. Das war nichts Neues.

Ich hatte Heiligabend in der Fålhagsgatan gefeiert, und auch das war gutgegangen. Aber es war merkwürdig, am späten Abend »nach Hause« zu gehen. Sie hatten versucht, mich zu überreden, auf Birgers Sofa zu übernachten, aber das wollte ich nicht, also begleiteten mich die beiden bis zur Gasse. Ich war auf so starrköpfige Weise einsam, als säße ich in einem Loch.

Am Abend vor Karfreitag tauchte Åke auf. Er kam spät, es war schon nach neun, und das Tor war abgeschlossen. Ich saß unter der Lampe und las, die Rollos waren heruntergezogen. Als ich das Klopfen an der Scheibe hörte, zuckte ich zusammen und verkrampfte mich – aber beim nächsten Klopfen hörte ich die Stimme.

»Nancy, hallo! Ich bin es nur. Åke.«

Ich schnappte mir den Schlüssel für das Tor und flitzte hinaus.

»Aber Åke – wie schön! Wie schön, dich zu sehen. Komm rein, komm rein!«

Der Norrlandzug habe Verspätung gehabt, sagte er. Fast zwei Stunden. Der Zug nach Hause sei schon vor langem abgefahren. Ob er vielleicht bis morgen früh hierbleiben dürfe? Um zehn nach acht fahre ein Bus, auch an Feiertagen, den könne er nehmen. Falls ich einverstanden sei? Er würde sich auf den Boden legen, bloß keine Umstände, er sei von der Armee ja einiges gewohnt.

Er sah blaß und müde aus in seiner grauen Uniform, mühsam streifte er seinen Rucksack mit dem Proviantsack ab, hängte seinen Mantel auf, legte das Schiffchen auf den Stuhl. Etwas unrasiert war er … Und ich wurde genau wie Mutter.

»Ach, was mußt du müde sein! Wie lange hast du eigentlich im Zug gesessen? Natürlich mache ich dir ein Bett auf dem Sofa, das wird sowieso nicht benutzt. Du hast doch bestimmt Hunger? Ich mache dir was zu essen, setz dich nur hin! Wie schön, daß du gekommen bist.«

Vor lauter Eifer fing ich beinahe an zu stottern, denn ich freute mich wirklich.

Er saß auf einem Küchenstuhl und sah zu, wie ich die Gasflamme entzündete, Kaffee aufsetzte, Brot, Butter und Wurst hervorholte, zwei Eier briet und eine Dose Hering öffnete. Ganz nach Mutters Art.

Er sagte nicht viel, das tat er ja nie, aber ich setzte mich ihm gegenüber an den Tisch und nahm mir auch eine Scheibe Weißbrot, und es ergab sich zumindest ein kleines Gespräch, auch wenn es zäh verlief und meistens ich die Fragen stellte.

Tja, nun hatte er wieder drei Monate hinter sich. Jetzt ging es zu Hause wieder an die Arbeit. Bei Westmans. Bis es wieder Zeit wurde. Falls nicht bald Schluß wäre … Es schien ja so, als wäre etwas im Gange.

»Wie geht es Frida?« fragte er.

»Doch, Mutter geht es gut! Sie fühlt sich wohl in der Fålhagsgatan. Birger, der ist nett zu ihr. Er will, daß sie nicht soviel arbeitet, und meint, Teilzeit tut es auch. Aber du kennst ja Mutter. Du weißt, wie sie ist.«

Na klar. Er nickte und lächelte, und in seinem Lächeln lag Zärtlichkeit. Mama und er, das war wie Mutter und Sohn.

Ich saß da und schaute ihn an, auch mein Lächeln war zärtlich. Und mütterlich. Er selbst guckte die meiste Zeit auf seinen Teller hinunter, er war ja immer sehr schüchtern gewesen, dieser Åke. Ach, damals, als er zum ersten Mal nach Dalängen gekommen war und diese Tüte mit Gebäck neben den Eingang gestellt hatte! Mandelgebäck, das einen Duft von Hirschhornsalz verströmte. Und die Katze, das kleine Kohlchen, das mit dem Wollknäuel spielte und uns schließlich alle zum Grinsen brachte. Sogar Vater. Meine Güte, wie lange das her war …

»Wie steht es denn mit deinem Brennholz?« fragte Åke. »Hast du genug? Ich könnte dir sonst vielleicht eine Fuhre organisieren.«

So hangelten wir uns voran und plauderten ein wenig, aber über wichtige Dinge sprachen wir nicht. Ich hätte gern gefragt, wie es oben in Norrland war, wie es ihm eigentlich ging, was er erlebt und gedacht hatte. Er mußte ja einiges gesehen haben, vieles war ihn sicherlich hart angekommen. Er war älter geworden. Jedesmal, wenn ich ihn sah, ein bißchen mehr! Die Linien rings um seinen Mund hatten sich vertieft, und unter seinen Augen zeichnete sich ein feines Muster ab. Ob das wohl allein am Krieg lag?

»Du brauchst keine Bettwäsche zu holen«, sagte Åke eine Weile später, »ist nicht nötig!«

Aber ich tat es natürlich. Ich fühlte mich ein bißchen wie eine Hausfrau und kam mir seltsam vor, weil ich zum ersten Mal einen Übernachtungsgast hatte. Ich machte das Bett auf dem Sofa und bereitete alles vor.

Åke nahm den Schlüssel und ging als erster hinaus. Eine Weile später ging ich. Es war die Nacht zum dreißigsten März. Vollmond. Eine glänzende Eiskruste lag auf dem Asphalt, die Sandkörner knirschten, wo Pihl gestreut hatte. Als ich zurückkam, hatte Åke die Tür zur Küche zugezogen, aber sie stand einen Spalt offen, sie schloß nicht richtig.

Ich räumte die Kissen beiseite, zog die Tagesdecke ab und legte mich vorsichtig hin. Es war ein schönes Gefühl, in der Stille zu liegen und zu spüren, daß Åke in der Küche war. Es war fast wie in Dalängen, fast wie früher. Ich lag da und erinnerte mich, wie Mutter Weihnachten, wenn alle zu Hause waren, immer die Betten auf dem Boden gemacht hatte, wie sie die Strohmatratzen ausbreitete ... All diese Atemzüge im Dunkeln, das Kichern und das Grunzen. Als würde man in einer Grube im Schnee unter freiem Himmel schlafen, genau wie kleine Hasenkinder, so hatte es sich angefühlt. Ich lächelte vor mich hin. Drehte mich auf die Seite. Die Laute von der Straße existierten kaum, und hoch oben über der Stadt stand der Vollmond. Ganz wie zu Hause ...

Warum beschönige ich es? Um mich zu rechtfertigen? Nein. Es *war* schön. Und es gibt nichts zu rechtfertigen.

Ich glaube, ich schlief ein. Ich glaube, ich träumte auch. Ich lag auf einem Waldhügel, einem Sommerhügel, und jemand lag auf dem Bauch neben mir, hielt einen Grashalm in der Hand, kitzelte mich damit unter der Nase. Ich wachte auf und schlug mir auf die Wange, wie man nach einer Mücke schlägt. Bekam ein Handgelenk zu fassen. Åke saß auf der Bettkante und streichelte mein Gesicht. Das hatte ich gespürt, das hatte mich aufgeweckt.

Ich zuckte nicht zusammen, war nicht entsetzt. Mit langsamen Bewegungen, als wollte ich ihn nicht erschrecken, drehte ich mich um, streckte den Arm über den Kopf und schaltete die Lampe ein, die auf dem Klapptisch am Kopfende stand. Und dann ... was soll ich sagen? Wie soll ich es beschreiben? Außerhalb des Lichtscheins und nur schwach beleuchtet sah ich Åkes Gesicht, vornübergebeugt und so voller Traurigkeit und Liebe und Zärtlichkeit und Sehnsucht und ... Nein, ich weiß nicht! Es läßt sich nicht beschreiben. Es war nur ein Gesicht, das mir so lieb war und so vertraut, mit Augen, die mich jedoch noch nie so angesehen hatten, mit einem Mund, der mich gelockt hatte, aber noch nie so wie jetzt. Ich löschte das Licht, schlug die Bettdecke zur Seite und zog ihn an mich.

Wir suchten einander, als wäre das, was geschah, ganz selbstverständlich. Er streifte das unförmige Militärunterhemd und die lange Unterhose ab, schüttelte sie von den Füßen, mein Nachthemd folgte. Dann aßen wir einander mit Mund und Haut, knabberten und küßten, rieben und streichelten, sein Geruch war eine Mischung aus Müdigkeit, Schweiß und Eisenbahnabteil, ein Geruch von schweren grauen Klamotten, und ich schnüffelte mich von seiner Brust zu seinen Achselhöhlen. Als unsere Münder gesättigt waren und er endlich in mich eindrang, war ich weich und fließend wie süßer, sonnenwarmer Honig, eifrig streckte ich mich nach dem dicken Ast mit den Pflaumen, hätte nie geglaubt, daß Vereinigung so total sein kann, so reißend vor Genuß, daß es gleichzeitig schmerzt und erlöst. Was hatten

Rechtfertigung oder Scham damit zu tun? Es gehörte nur uns, uns ganz allein. Ich hielt ihn fest umklammert, bis die herrlichen Wellen kamen. Nancy! Åke! Du, du, du …

Das waren die einzigen Worte, die wir sprachen, mehr brauchten wir nicht. Wir brauchten nur uns. Waren beim anderen zu Hause.

Als die frühe Straßenbahn vorbeiklingelte, öffnete ich die Augen und kam zur Besinnung. Lag ganz still und wußte ganz genau, was passiert war. Åke schlief mit dem Rücken zu mir. Vorsichtig, ganz vorsichtig schob ich die Decke beiseite und schlängelte mich aus dem Bett. Kroch rückwärts zum Rand der Ottomane, setzte die Füße auf den Boden, schielte in dem bleichen Seitenlicht aus den Rolloritzen in Åkes Richtung. Er schlief wie ein Kind. Mit den Kleidern in der Hand tappte ich in die Küche. Hinten in der Ecke zog ich mir ein Kleidungsstück nach dem anderen über: den Hüfthalter, den BH, das Unterkleid, die Strümpfe, streifte Rock und Pullover über. Der Wecker war auf halb acht gestellt, nun war es Viertel vor sechs. Ich nahm den Wecker und stellte ihn auf den Klapptisch, schnappte mir Brille, Armbanduhr und Handtasche, nahm den Mantel vom Haken und schlich mich mit den Schuhen in der Hand hinaus. Ich schob die Tür zum Hausflur zu und ließ den Schlüssel innen stecken, er würde verstehen, daß er abschließen und den Schlüssel unter die Fußmatte legen sollte, er wußte, daß wir das so zu tun pflegten.

Es war Karfreitagmorgen, der dreißigste März. Frostig und kalt, ich bibberte bereits. Ich konnte doch nicht zwei Stunden lang durch die Straßen streifen? Der Bus in den Ort ging um kurz nach acht. Aber eine Sache war absolut klar: Ich wollte Åke nicht noch einmal begegnen, ihm nicht von Angesicht zu Angesicht im kalten Morgenlicht gegenüberstehen. Nicht weil ich mich schämte oder es bereute, seinetwegen wollte ich es nicht.

Direktor M. war über Ostern mit seiner Familie in die Berge gefahren. Tante Jansson genoß ihre verdiente Morgenruhe. Fräulein Stjärna hatte an einem Tag wie diesem natürlich geschlossen. Weder die Verteilung der Upsala Nya noch des Svenska Dagbladet stand zu befürchten. Ich setzte mich auf den Treppenabsatz. Kauerte mich zusammen.

Nein – ich wollte Åke nicht wiedersehen, vielleicht nie wieder, falls es zu vermeiden war. Aber nicht meinetwegen, sondern ihm zuliebe. Ich war glücklich und bestätigt und hoffte, daß er, genau wie ich, eine Perle in sich trug. Sie heimlich polieren, zum Leuchten bringen würde. Keiner von uns hatte während der Nacht ein Wort gesagt. Niemand hatte gesagt: Ich liebe dich! Es zu sagen hätte bedeutet, daß man von der Zukunft etwas erwartete. Das, was zwischen uns war, hatte nichts mit der Zukunft zu tun, es war einfach. Und ich wollte nicht, daß mehr Worte gesagt würden, die vielleicht Türen verschlossen, ihn mit Schuld beladen oder, noch schlimmer, mit Hoffnung erfüllt hätten. Er hatte Betty und seine drei Kinder. Er und ich – unmöglich. Nicht nur wegen Betty.

Ich schaute auf meine Armbanduhr. Die Zeit verging langsam, es war noch vor sieben. Ich umklammerte meine Knie. Fror entsetzlich. Spürte, daß ich dringend pinkeln mußte, aber der Schlüssel zum Klohäuschen hing am Haken an der Küche. Im Treppenfenster unterhalb des Geländers stand eine hohe grüne Glasvase, in der ein Osterzweig steckte, das Wasser war verdunstet. Ich legte den Zweig beiseite, nahm die Vase mit zum Absatz vor dem Direktoreneingang und strullte hinein. Dabei konnte ich nicht umhin, ein wenig zu kichern. Nach dieser Düngung würde der Osterzweig tüchtig blühen! Nein, ich würde es später in Ordnung bringen, würde die Vase ausspülen und frisches Wasser einfüllen, sonst würden Momas Jungs noch beschuldigt, weil es so komisch roch, und das wollte ich nicht.

Um halb acht stahl ich mich durch die kleine Tür im Bretterzaun und ging in Richtung Busbahnhof. Ein Postlaster rollte sachte die Bangårdsgatan hinunter, ich sah ihn von weitem, und erkannte an der Mütze mit den grauen Locken darunter, daß Holmgren hinter dem Steuer saß. Ich verbarg mich hinter einer Hausecke, schaute auf die Uhr und wartete. Der Bus aus dem Ort bog aus der Kungsgatan ein, die Bremsen schnauften, niemand stieg aus, aber der Fahrer kam mit der Tasche vorm Bauch gebückt angelaufen, wollte wohl zur Toilette des Busbahnhofs oder sich einen Kaffee besorgen, das Café würde bald öffnen. Dann sah ich Åke quer über das kleine Beet gehen, wo schon Krokus und Szilla blühten. Mein Herz klopfte heftig, ich ballte die Fäuste in den Taschen. Åke, geliebter Åke … Er ging leicht vorgebeugt, beladen mit seinem schweren Gepäck und dem langen grauen Mantel, die Daumen unter die Schulterriemen geschoben. Am liebsten wäre ich hingerast, hätte mich gewärmt, wieder geborgen gefühlt – aber nein! *Laß dies nur dies sein und weiter nichts.*

Der Schlüssel lag unter der Fußmatte. Ich war ein wenig gespannt, als ich hereinkam. Hatte er mir eine Nachricht hinterlassen? Ich hoffte nicht – und ich wußte auch, warum ich mich davor scheute: Ich wollte nicht sehen, ob er eine Handschrift hatte wie ein Kleinkind, sich schlecht ausdrückte oder die Rechtschreibung nur erbärmlich beherrschte! Dann hätte ich wieder dagestanden als BesserwisserNancy mit meiner zerstörerischen Überlegenheit.

Ich hatte mir unnötig Sorgen gemacht, es gab keinen Zettel, und trotzdem war da etwas, was mich sehr rührte, aber auch ein klein wenig genierte. Zuerst bemerkte ich es nicht. Das Plüschsofa war hergerichtet, die Bettwäsche zusammengefaltet, auch die Ottomane war in Ordnung gebracht. Ein schwacher rauchiger Duft von Wolle und Leder stand noch im Raum. Es dauerte ein paar Minuten, bis ich das Geschenk entdeckte. Auf meinem Kopfkissen lagen zwei Königliche Tafeln Schokolade, über Kreuz. Ach, lieber Åke … Er hatte sie aufgespart für die Kinder. Wollte sie seinen Kleinen mitbringen. Nun schenkte er mir zwei davon. So typisch, so richtig, so voll und ganz Åke! Ich wickelte das Papier mit dem Emblem der Krone auf und aß die eine Tafel am Fenster stehend, die andere mußte sich zu meinen Schätzen in der Kiste gesellen. Aber Åke und ich? Nein, unmöglich. Nicht einmal … nicht einmal, falls Betty …

Den ganzen Vormittag über schlief ich bei heruntergezogenen Rollos. Wachte auf und fror. Machte Feuer im Kachelofen, kochte Kaffee und strich mir ein paar Butterbrote. Hoffte, daß Mutter nicht einfach hereinschneite, sie hatte ja einen Schlüssel – aber in dem Fall wäre ich krank gewesen! Und das war ich vielleicht auch, ich fühlte mich fiebrig und entsetzlich müde. Erst gegen Abend kam mir schlagartig der Gedanke, ja, er schlug mir wirklich wie ein Hammer gegen den Schädel: Was, wenn ich schwanger bin! Wir hatten ja nicht … Und er hatte mich mehrmals ausgefüllt … Ich hatte ihn empfangen, weit geöffnet und gierig … Oh, Herr mein Schöpfer! Ich setzte mich auf und hielt mir die Hand vor den Mund.

An diesem Karfreitagabend traf ich ein einseitiges Übereinkommen mit Gott, an den ich zwar nicht zu glauben meinte, den ich aber anrief, sobald ich in Not war. Genau wie ich einmal vor vielen Jahren im Steinhaufen zwischen den kleinen Espen auf die Knie gefallen war und zu Gott gerufen hatte wegen Dora und der Schande und der braunen Tasche, ging ich nun vor der Ottomane auf die Knie und murmelte und betete: »Lieber, guter Gott und Vater im Himmel – wenn ich ein Kind in mir trage, dann bitte ich dich nicht, mich davon zu befreien, das tue ich *nicht*, Herr! Denn ich habe es mir selbst zuzuschreiben, und ich werde mich auch darum kümmern, das verspreche ich dir. Wenn du mir hilfst, wird es schon gehen. Ich werde dieses Kind lieben und mein Bestes geben, und niemand wird etwas erfahren, ich werde es alleine schaffen! Mit deiner Hilfe, Herr. Aber falls ich nicht schwanger bin, dann verspreche ich dir, daß ich mich am Riemen reißen und nicht länger die Gaben vergeuden werde, die du mir geschenkt hast, als ich geboren wurde. Dann werde ich die Prüfung ablegen, Gott, das werde ich tun! Ich verspreche es dir hoch und heilig. Mindestens den Realschulabschluß, vielleicht das Abitur, wir werden sehen, aber dein Wille geschehe. Wie im Himmel so auf Erden. Und bewahre Åke, Herr, tu das! Und befreie mich von meinem Hochmut. In Jesu Christi Namen. Amen.«

So lag ich da und brabbelte und schluchzte, bis ich ermattet und durchgefroren zurück in die Wärme kroch. Doch um Vergebung hatte ich nicht gebeten, nicht meine Sünde bekannt, ich, die mit dem Mann der Schwester herumgehurt hatte. Ich konnte keine Zerknirschung heucheln, um auf diese Weise der Gottesstrafe zu entgehen. Denn wer kann Gott hinters Licht führen? Und ich fühlte mich nicht einen Deut sündig, *das nicht*, ich war nur entschlossen und voller Kraft für das, was kommen mochte.

Eine knappe Woche später saß ich zusammen mit der ersten Postexpedientin Fräulein Wamsell als Zeugin in der Abrechnungsabteilung. Mit einem langen spitzen Brieföffner riß sie – einen nach dem anderen und in alphabetischer Reihenfolge – die dicken, mit Lack versiegelten Umschläge auf, in denen sich die Kassenabrechnungen der Landpostämter befanden. Meine Aufgabe bestand darin, zuzuschauen, während sie die Geldscheine durchzählte und die Angaben auf dem Kuvert abhakte. Anschließend rechneten wir die Beträge gemeinsam zusammen.

»Entschuldigen Sie bitte«, sagte ich, »aber ich glaube, ich muß …« Und dann flitzte ich durch die Verwaltung und die Zeitungsabteilung zur Wendeltreppe und in die Toilette. Schloß mich ein. Erbrach ein bißchen Schleim ins Waschbecken, zog mir die Hose herunter, sank auf den schwarzen Ring. Dann verkrampfte sich mein Unterleib, ich spreizte die Schenkel, sah das Blut in zähen rotbraunen Fäden mit kleinen Klumpen darin herunterhängen, es legte sich auf den Grund des Klosetts und färbte das Wasser rot.

Oh, welch eine Befreiung trotz meines Mutes! (Danke, lieber guter Gott, danke! Du weißt, daß ich es geschafft hätte, das hätte ich getan – mit deiner Hilfe, Herr. Aber nun danke ich dir, Herr, diesem Kind zuliebe, das nicht ohne Vater zur Welt kommen mußte.) Doch, doch, letzteres war wohl ein wenig doppelbödig und verherrlichend, ganz so selbstlos war ich wohl kaum, aber es war auch etwas Wahres dran – ich hatte beinahe begonnen, dieses kleine Wesen zu lieben, ein kleiner flaumiger Kopf wie damals der von LüttErik in der Armbeuge des alten Propstes, und ich hatte mir auch schon Sorgen gemacht, hatte so oft an all diese Mütter und ihre Einsamkeit gedacht … Und an Väter, die es nicht gab oder nicht geben konnte. Aber das war nicht die größte Wahrheit. Das wußte Gott. Ich war um meiner selbst willen so jubilierend erleichtert. Das Leben gehörte mir.

»Meine Güte, Sie haben sich aber Zeit gelassen, Fräulein Pettersson! Ich habe hier gesessen und konnte nicht weitermachen, wir sind erst bei Almunge! Was ist denn mit Ihrer Übelkeit? Sie sehen etwas blaß aus.«

Fräulein Wamsell betrachtete mich forschend von oben bis unten, und ich wußte genau, was ihr Blick suchte. Aber da hatte sie sich geschnitten, die schnippische Ziege!

30

So kam es, daß ich, Nancy, mich infolge eines heiligen Versprechens am 7. Mai 1945 auf der Kungsgatan in Stockholm befand.

Und es schneite. Weiße Wirbel. Die Frühlingssonne schien von einem frühlingsblauen Himmel, und es schneite weiße Wirbel. Wundersam.

Über das erste spärliche Stadtgrün wirbelten Flocken und Fetzen, groß wie Handflächen, nein größer, viel größer. Denn es handelte sich nicht um Schnee, sondern um Papier – Zettel, Streifen, zusammengeknüllte Blätter, auseinandergefaltete Doppelbögen, glänzende Broschüren, aufgerollte Rollen aus Rechenmaschinen, weiße Umschläge. Auch Taschentücher und Stoffstücke. Sie flatterten und sanken zu Boden, legten sich den Leuten um die Füße. Über Balkongeländer und durch geöffnete Fenster wirbelten Papierschlangen, wurden Papierkörbe ausgeleert, man warf alles mögliche hinunter: Blumen, grüne Zweige, sogar ein weißes Hemd sah ich mit ausgebreiteten Ärmeln sachte hinuntersegeln. Alle Fenster standen weit offen. Die Ladentüren auch. Die Leute sprudelten nur so hervor. Und woher kamen all die Wimpel und die fliegenden langen Seidenbänder? Es war wie ein Wald aus wedelnden Flaggen, vor allem norwegische und dänische und schwedische, Sternenbanner sah ich auch, und dann einen Union Jack, das bewunderte Symbol Großbritanniens. Aber auch andere, bei denen ich mir unsicher war, vielleicht baltische? Polnische? Jedenfalls keine schwarzen Hakenkreuze, nicht ein einziges verhaßtes widerliches Hakenkreuz! Nein, niemals, niemals wieder!

Man juchzte und pfiff, küßte und umarmte sich rechts und links. Die Laufburschen versuchten, sich mit ihren Fahrrädern durchzukämpfen, bevor alles vollständig verstopft war, aber die Autos hatten trotz einiger halbherziger Hupversuche keine Chance. Busse und Straßenbahnen mußten warten, die Passagiere stiegen aus und schlossen sich der Menge an, reichten sich die Hände und reihten sich in den Tanz auf der Straße ein, während kleine Jungen wie Frösche über die Straßenbahnschienen hüpften. Die Polizisten lachten nur und winkten.

Alle Schulen Stockholms standen an diesem Tag leer, dem Tag des Friedens und des Jubels. Friedliche Kolonnen verschiedenster Schüler zogen winkend und singend durch die Straßen, es war ein wogender Zug aus Mützenköpfen, schwarzen, roten, blauen, samtgrauen und weißen, manche mit Troddeln geschmückt. Aber wer was trug, war vollkommen unbedeutend, alle waren verbrüdert und vereint im Gesang.

Die norwegische Nationalhymne vermischte sich mit der dänischen und der schwedischen, während weitere Melodien angestimmt wurden: »I's a long way to Tipperary, it's a long way to go!« Rasender Triumph und strahlende Zuversicht spiegelten sich in den Gesichtern, man weinte und lachte und tanzte umeinander herum. Es war wie in einem Film.

Zuerst nehmen wir Hitler und hängen ihn auf!
Dann hauen wir Göring 'nen Stein auf den Kopp
Dann nehmen wir Goebbels und Ribbentrop
Und ziehen sie mit einem Strick
In die Baumkrone am Genick
Das wird eine Sammlung, eine feine –
Vier deutsche Schweine!

Das hatten die Kinder zu Hause in Lunda gesungen, auf dem Schulhof und vor dem Automaten bei C. G. Perssons. Ich hatte wohl mitgesummt, aber nur halblaut, ich war zu alt, um mit den Kleinen herumzukrakeelen, ich war schon sechzehn gewesen, als der Krieg ausbrach. Nun war ich fast zweiundzwanzig und stand in dem Durcheinander auf der Kungsgatan in Stockholm und schniefte und sang. Die Tränen liefen mir in warmen Rinnsalen die Wangen hinunter, und meine Zunge schmeckte Salz.

Solan und ich standen nebeneinander, ganz nah an der Gehsteigkante, von allen Seiten eingezwängt, aber fest verbunden durch verschränkte Ellbogen. Wir trugen fast die gleichen dünnen taillierten Mäntel aus einem Zellwollgemisch im Raglanschnitt, ich hatte zu meinem einen passenden Glockenhut in Mittelblau, aber Solan trug oben auf ihrem gelockten feuerroten Haar eine giftgrüne sogenannte Pillbox. Solan war viel kühner als ich und hatte sich bereits in dieser großen Stadt eingelebt, die mich noch immer ganz plemplem machte, wie Mutter zu sagen pflegte. Ich war ja erst vor kurzem angekommen, war jetzt seit zwei Wochen hier. Die Schultertasche hatte ich mir zur Sicherheit vor den Bauch geschoben, nicht daß sie viel enthalten würde, was einen Taschendieb interessieren könnte, meine Brieftasche war dünn, und das Postsparbuch lag noch in Uppsala, in der alten Kiste in der Gasse. Aber bald würde sich das Leben ändern! Es hatte sich bereits verändert. Beim Gedanken daran legte ich los und sang noch lauter; in diesem allgemeinen Rausch erfaßte mich ein ganz persönliches Rauschgefühl, denn diese flatternde, trompetende, hellblaue Zukunft war auch meine.

In der Dämmerung trotteten wir nach Hause durch weiß bestreute Straßen, in denen noch immer der Jubel wogte und von Wänden und Mauern widerhallte. Das Zuhause war Solans Zimmer in der Nähe des Liljeplan, wo auch ich vorübergehend untergebracht war. Wir hatten eine Papiertüte bei uns, in die wir zwei Flaschen Limonade und einen winzigen Karton mit Krisengebäck gesteckt hatten. Heute abend wollten wir dem Verbot der Teemadam trotzen und auf dem Zimmer etwas verzehren, aber die Tüte mußte vorsichtig hineingeschmuggelt werden, sie war wie ein Habicht – oder wie ein Dachs, kicherte Solan, sie spürte alles auf, obwohl sie halbblind war. Gegen einen Wucherpreis gestattet mir die Dame, in Solans sowieso schon beengtem Zimmer ein Feldbett aufzustellen. Ich hatte nur meine Lehrbücher und einige Kleider mitgebracht, alles aufbewahrt in ein paar Taschen unterm Bett. Doch nun könnte es sich nur noch um Wochen handeln, bis Solan und ich den Mietvertrag für die Zweizimmerwohnung mit Kochnische unterschreiben konnten. Onkel Brummbrumm hatte uns bei der Suche geholfen.

»Nancy, wenn du wüßtest, wie ich mich freue, daß du endlich hier bist«, sagte Solan, als wir dasaßen und unseren Mädchenplausch hielten, jede in eine Ecke der braunen Couch gekuschelt, auf der Solan schlief. »Du ahnst nicht, wie ich dich vermißt habe!«

»Ich habe dich doch auch vermißt! Aber es wird hier zu eng für dich, und du kannst nie allein sein.«

»Ts ts ts, na und? Nicht der Rede wert. Hauptsache, du wirst mit der Vermieterin fertig. Außerdem können wir jetzt ausprobieren, ob wir es tatsächlich miteinander aushalten, oder? Obwohl in der Wohnung natürlich jede ihr eigenes Zimmer hat und wir die Türen zumachen können, wenn wir wollen – oh, wie wird das wunderbar! Stell dir vor, nur noch vierzehn Tage ... Und dann holst du deine Möbel.«

»Hm.«

Einen Augenblick lang war es still, und die Gedanken schweiften ab.

»Weißt du eigentlich, was ich gern werden möchte?« fragte Solan und beendete die Pause.

»Nein?«

»Ich möchte Krankenschwester werden! Ich würde gern mit Kranken wie Mama arbeiten. Aber ich habe ja keine Ausbildung, die dafür ausreicht.«

»Dann mußt du sie eben machen! Wenn du nur willst.« (Das sagte ausgerechnet ich, die ein solcher Waschlappen gewesen war.) »Es gibt doch die Heimvolkshochschulen. Übrigens, weißt du, was *ich* will? Ich glaube, ich habe rausgefunden, was ich werden will: Lehrerin an einer Heimvolkshochschule! Was sagst du dazu? Ich hatte einmal eine Lehrerin zu Hause in Lunda, die hieß Fräulein Vigren, und damals habe ich wohl gar nicht begriffen, wie gut sie wirklich war …«

»Dann kann ich mich ja von dir ausbilden lassen! Was? Da würden dir allerdings graue Haare wachsen!«

Und dann kicherten wir leise. Unser Gespräch verstummte zu einem Flüstern und Murmeln, denn nach neun Uhr sollte Ruhe herrschen. Um zehn durfte man zum letzten Mal die Klospülung betätigen.

Ich wußte, daß Solan sich Gedanken machte. Sie stellte keine Fragen, aber ich hatte einige Male gemerkt, daß sie forschend mein Gesicht anschaute. Sie hatte einen Brief bekommen: »Liebe, süße Solan! Glaubst du, du könntest vorübergehend eine Herberge für mich finden, bis die Zweizimmerwohnung bereitsteht? Habe plötzlich beschlossen, es hier nicht länger auszuhalten! Bin es leid, eine Schreibkraft zu sein! Möchte meine alten Studien wieder aufnehmen, brauche aber einen Absprung, sonst verschimmle ich hier, verstehst du?« (Das mit dem Schimmel hatte ich von Betty. Du wirst Schimmel zwischen den Beinen ansetzen, hatte sie mich angeschrieen.) Lieb, wie sie war, hatte Solan sofort geantwortet: »Liebste Nancy! Komm einfach her! Ich habe die Madam um den Finger gewickelt!« Aber Solan glaubte natürlich nicht an mein »Ich halte es nicht einen Tag länger aus«, das wortwörtlich einem Mädchenbuch entnommen schien, das sah ich ihr an. Dafür kannte sie mich zu gut.

In Wirklichkeit war Mutter zu mir gekommen und hatte erzählt, sie habe einen Kurzbrief von Betty erhalten. Und darin habe Betty gefragt, ob sie nicht den kleinen Tisch bekommen könne, da er der Tauftisch von LüttErik gewesen sei und mit einer Blume darauf so hübsch aussehen würde vor dem Wohnzimmerfenster – und Nancy hätte schließlich genug Möbel.

»Ja, was sollte ich antworten«, hatte Mutter gesagt. »Ich kann ihr ja nicht den Tisch verwehren! Also habe ich Åke geschrieben, daß er kommen und den Tisch abholen soll, er hat ja gerade Urlaub …«

Die Röte in meinem Gesicht hatte gebrannt, blitzschnell sah ich vor meinem inneren Auge Åke in seinem ausgeblichenen Fahreroverall mit dem Gürtel in der Taille und diesen empfindsamen, liebenswerten Linien zwischen Nase und Mund, die ein bißchen asymmetrisch waren, wenn er die Mundwinkel zu einem Lächeln verzog, und die mich immer so gelockt hatten. Und ich wußte: wenn er dort stünde, und nur er und ich da wären und wir einander in die Augen sähen, dann würde nichts auf der Welt verhindern, daß es wieder passierte. Und das durfte nicht geschehen.

In diesem Moment also hatte ich mich entschieden.

»Wie schön, Mutter«, hatte ich gesagt. »Denn ich wollte sowieso umziehen! Solan hat jetzt eine Wohnung, und wir haben besprochen, daß wir zusammenziehen. Ich wollte es dir gerade sagen, daß ich in den nächsten Tagen nach Stockholm fahre! Nach einer Arbeit habe ich mich schon erkundigt. Schreib ihm also, daß er zuerst zu dir gehen und sich den Schlüssel holen soll, wenn er kommt, denn ich bin nicht zu Hause.«

Lüge, Lüge, Lüge.

Dann schrieb ich an Solan, und dann ging ich zu Oberaufseher Bergman und bat um ein paar Urlaubstage. Wegen eines Krankheitsfalles in der Familie.

Lüge, Lüge, Lüge. Wenn man erstmal anfängt, reiht sich eine an die andere.

Solan hatte mir Dinge anvertraut, die sie niemandem sonst anvertrauen konnte, so hatte unsere Freundschaft begonnen. Ihr Vertrauen damals hatte mich mehr gestärkt, als sie wissen konnte. Es wäre nur recht und billig gewesen, es ihr gleichzutun und ihr mein volles Vertrauen zu schenken, ich sah ja, daß sie sich Gedanken machte und begriff, daß etwas passiert sein mußte, da ich mich so Hals über Kopf entschlossen hatte. Ich war doch nicht einmal sicher gewesen, ob ich Uppsala verlassen und mit ihr in diese Zweizimmerwohnung ziehen wollte, die sie *eventuell* mieten könnte … Es lag nicht daran, daß ich mich nicht auf sie verlassen konnte, aber gewisse Dinge konnte man unmöglich erzählen, ich hätte es beschmutzt, wenn ich es in Worte gefaßt hätte. Unmöglich zu begreifen. Ich schämte mich nicht, das war nicht der Grund. Nein, nein, ich würde mich niemals schämen! Aber es gehörte mir. Und ihm. Es ging niemanden etwas an. Wie eine Perle im Innern der Muschel.

Und trotzdem, an diesem Abend eines historischen Tages, als die Stimmung so besonders, so voller Zukunft war und wir in Solans Zimmer saßen und das Licht der Straßenlaterne hereinsickerte und der große Karneval noch eine leichte Dünung an unseren Strand warf und die Stille sich allmählich ausbreitete, aber wir noch nicht aufstehen und diesen Tag noch nicht beenden wollten, fing ich an zu erzählen. Ich erzählte von Dora, meiner geliebten Schwester, die hier in Stockholm gelebt hatte. Das hatte ich noch niemandem anvertraut, nun legte ich es auf den Altar der Freundschaft. Vielleicht opferte ich Dora, um das zu verbergen, was noch heftiger brannte, aber egal was mich trieb, es tat uns beiden gut. Ich erzählte nicht alles auf einmal, ich tastete mich vor, das eine gab das andere, und ich fand Erleichterung darin, endlich das zu sagen, was nie ausgesprochen worden war, nicht einmal zwischen Mutter und mir. Ich gab keine lange Beschreibung davon ab, wie es bei ZehenPelles gewesen war, mit dem Pachtland und Vaters Birkenholz, aber manches schimmerte doch durch, als ich Dora beschrieb, wie sie in der Küche gesungen und getanzt und auf dem Kamm geblasen hatte. Und dann war dieser Sommer gekommen mit StockholmCharlie und der braunen Tasche … Und dann das Schwerste von allem, das Kind, das abgetrieben wurde, obwohl es schon so groß war, daß es schreien konnte. Es wurde in einem Pappkarton in die Strömung geworfen. Und dann war Dora gestorben, mit vierundzwanzig Jahren, an den Nachwirkungen, an einer Infektion und an der Trauer.

»Ich war nicht auf der Beerdigung«, sagte ich. »Ich war damals vierzehn und hätte gern gewollt. Aber weder Betty noch ich, noch einer unserer beiden Brüder waren dabei, nur Mutter und Vater. Ich kann mich genau erinnern, wie sie abfuhren, Vater trug einen

Cheviotanzug und einen geliehenen Mantel, den er nicht anziehen wollte! Im Ort stiegen sie in den Zug, sie hatten einen Kranz dabei … Es lag viel Angst und Scham und Schande in allem, verstehst du, über allem. Es durfte nicht erwähnt werden. Zuerst der Diebstahl und dann die Abtreibung und Doras Tod, wir hatten die ganze Zeit Angst! Vor dem Dorfpolizisten und davor, daß die Leute etwas erfahren könnten. Ich mußte sagen, Dora sei an einer Lungenentzündung gestorben.«

Solan lauschte, ihre Augen schimmerten, das sah ich im Dunkeln, ich sah, daß sie weinte. Und da dachte ich, wie merkwürdig, daß das Schicksal uns zusammengeführt hatte, denn auch Solan wußte, was es bedeutet, zu lügen und zu verheimlichen und gegen die Schande anzukämpfen, oder gegen etwas, was zur Schande erklärt wird. Daß ausgerechnet wir beide, von allen Menschen …

An Christi Himmelfahrt fuhren Solan und ich zum Friedhof, einem der vielen in der Hauptstadt.

Von Mutter hatte ich erfahren, auf welchem Friedhof Dora begraben lag, und ich erinnerte mich, gehört zu haben, daß sich das Grab am Ende eines langen Kieswegs befand, in der Nähe einer Hecke oder Mauer. Aber das war ja nicht besonders hilfreich. Solan, die viel großstädtischer war und Zugang zu einem Telefon hatte, kümmerte sich ganz selbstverständlich um alles – übrigens war sie diejenige gewesen, die vorgeschlagen hatte, das Grab zu besuchen.

»Ich glaube, es ist gut für dich, zum Grab zu gehen«, sagte sie. »Sonst quält es dich weiterhin, daß du nicht bei der Beerdigung warst.«

Vielleicht hatte sie recht, ich hatte schon seit langem darüber nachgedacht.

Nach einigen Scherereien hatte jedenfalls ein Kirchenschreiber die Angaben über Dora Pettersson hervorgekramt. Am 29. März 1938 bestattet. Und nun würde ein Friedhofswächter zur Stelle sein, der beauftragt war, uns den Weg zu weisen.

Wir nahmen zuerst die Straßenbahn und dann den Bus, Solan

führte das Kommando. Ich hielt einen Veilchenstrauß auf dem Schoß, behutsam in Seidenpapier gewickelt. Die Blüten waren groß und dunkelblau und ähnelten kaum den Veilchen im Graben hinter unserer Hütte, aber die Stengel und die Blätter waren feucht, genau wie bei dem Strauß, den ich im Traum auf der schwarzen Samttasche gesehen hatte.

»Man weiß ja gar nicht, ob man die Stelle noch finden kann«, hatte Mutter gesagt, als ich nach Vaters Tod einmal zur Sprache brachte, daß ich gerne nach Stockholm fahren und sehen würde, wo Dora begraben lag. »Es war ja kein gekauftes Grab«, sagte sie, »es ist nicht sicher, ob überhaupt ein Name darauf steht ... Einen Stein hat dieser Charlie bestimmt nicht aufstellen lassen – falls der überhaupt noch lebt. Vielleicht ist da nur Gras, nicht einmal ein Hügel ...«

Nach einigem Suchen fanden wir den angekündigten Friedhofswächter, der zwar gehetzt, aber freundlich war und eine Art Karte heraussuchte. Mit dieser zwischen den Fingern stiefelte er durch Gänge und Abschnitte, und wir folgten ihm. Als er seinen Schritt allmählich verlangsamte und auf die Karte schaute, mit dem Finger darüber fuhr und vor sich hin murmelte, während er sich suchend umsah, berührte Solan meinen Arm und wies mit einer Kopfbewegung auf eine Bank.

»Ich setze mich dort hin und warte! Du brauchst dich nicht zu hetzen, ich habe eine Zeitung mit.«

Dann stand ich an Doras Grab, allein. Und es sah ganz anders aus, als ich es mir vorgestellt oder nach Mutter Vorhersagen befürchtet hatte. Es gab einen Stein. Nicht groß, in rotgrauer Farbe und oben abgerundet. Granit? Ja, vielleicht ... In den Stein war mit schwarzen Buchstaben der Name DORA gehauen, darunter standen das Geburts- und das Todesjahr. Kein Datum, nur die Jahreszahlen, ein Stern vor dem einen und ein Kreuz vor dem anderen. *1914. †1938. Vierundzwanzig Jahre – ja, ihren vierundzwanzigsten Geburtstag hatte sie nicht mehr erlebt, sie war einen Monat vorher gestorben ... Auf dem Grab stand eine Vase mit verwelkten Rosen.

DORA. Die Jahreszahlen stimmten. Es mußte das richtige Grab sein – aber wer hatte den Stein gesetzt? Und von wem stammten die Rosen? Von Charlie? Oder von jemand anderem? Steckten unbekannte Freunde dahinter? Ein anderer Mann?

Ich war wie vor den Kopf gestoßen, ja, tatsächlich. Als wäre ich stellvertretend für uns alle eifersüchtig. Es war ja gut und schön, aber … Ich hatte das Gefühl, der Stein und die Vase würden mir Dora wegnehmen! Uns. Der ZehenPelle-Familie, in der sie, meiner Meinung nach, zu Hause war. Sie war doch unsere Dora, unser Licht und unser Stern, Vaters Liebling. Aber offenbar hatte sie auch zu anderen gehört, die ihr nahestanden, sie vielleicht geliebt, zumindest aber in ihrer Erinnerung bewahrt hatten. Es war, als hätten wir, ihre Familie, sie im Stich gelassen. Andere mußten sich um sie kümmern. Aber was hätten wir machen sollen? Stockholm so weit weg. Wenig Geld … Doch. Wir hätten sie nach Hause holen sollen! Wir hätten es so machen sollen, wie Vater es wollte. Sie hätte im selben Grab liegen können wie er. Aber Vaters Grab war ja auch verlassen … Ich war seit drei Jahren nicht dort gewesen.

Ich nahm die Blechvase mit den Rosen, warf die Blumen in den Abfalleimer, füllte frisches Wasser in die Vase und steckte die Veilchen hinein. Nichts war so, wie ich gedacht hatte, und nun fand ich nicht zu dem lebendigen Fluß zurück, den ich mir erträumt hatte. Ich fühlte mich wie ein Eindringling. Andere waren mir auf den Fersen, so empfand ich es.

Dora, Dora, wo bist du denn? Hier steht doch Nancy!

Ich kniete mich ins Gras, schloß die Augen und versuchte mit all meiner Kraft, die Bilder heraufzubeschwören, die geliebten alten Bilder. Und Dora kommt. Sie kommt mit dem Wassereimer vom Brunnen und lacht mich an, die Sonne scheint und spielt in ihren Haaren, im dunklen Kastanienbraun knistert es grünlich. Ich sitze auf dem Sofa, Dora liest mir vor, ihr Arm auf meinen Schultern zieht mich an sie, Dämmerlicht im Haus und ein herbstlicher Duft nach Pfifferlingen und feuchter Lammwolle … Sie kommt zurück von C. G. Perssons, schlittert durch den Kies:

Komm jetzt her, Nancy, ich mach dich hübsch! Ein zusammengefaltetes Seidenpapier, ein hellblaues Seidenband …

Als die Knie in dem frischen Maigras kalt und naß wurden, löste sich meine Konzentration, und die Bilder verschwanden. Ich stand auf, ganz ruhig jetzt. Dora war in mir. Nicht hier auf dem Friedhof. Vielleicht für andere – aber das störte mich nicht.

Dora? Alles klar? Hier bin ich, Nancy. Allerliebste Schwester.

31

Am Montag nach dem Friedhofsbesuch fing ich bei der Postbank an. Zum Niedriglohn. Ich wurde für fünf Stunden bezahlt, doch die Arbeit konnte schneller gehen, konnte aber auch länger dauern, das kam auf den Zeitraum und den Monat an. Im allgemeinen sollte man gegen drei, halb vier fertig sein. Das paßte mir gut.

Am Tag darauf, dem 15. Mai, unterschrieben Solveig Båfvander und Nancy Pettersson einen Mietvertrag: zwei Zimmer und Pantry mit Gasherd, Diele und Toilette, ohne Badezimmer, aber mit Fahrstuhl, die Wohnung lag im fünften Stock. Zentral. Da nur ich volljährig war, zählte eigentlich nur meine Unterschrift, aber wir hatten abgesprochen, daß wir alles teilen würden, und wenn eine von uns auszöge, würde die andere den Mietvertrag übernehmen. Dem Vermieter hatten wir das auch deutlich gemacht, aber der winkte ab: »Das müßt ihr unter euch ausmachen! Hauptsache, ich kriege die Miete. Und daß mir keine Klagen kommen!«

Von einem öffentlichen Fernsprecher aus rief ich Mutter im Restaurant an. Fragte, ob ich über Pfingsten kommen und meine Sachen zusammenpacken könnte, die Wohnung stünde jetzt bereit.

»Natürlich nur, wenn es euch paßt«, sagte ich. »Vielleicht möchte Betty kommen?«

Die Frage klang unschuldig, aber das war sie nicht.

»Nein«, antwortete Mutter. »Das dauert noch. Wir sind ja

neulich dagewesen, weißt du, an Himmelfahrt! Åke hatte in der Woche Namenstag, deshalb … Aber diesmal wirst du doch in der Fålhagsgatan übernachten, Nancy, oder?« fügte sie schnell noch hinzu, bevor wir auflegten. »Du wirst dich doch nicht allein in die Wohnung legen, wo sie doch leergestanden hat …«

Ich bedankte mich und sagte zu, ohne Vorbehalt.

Die Ottomane, das Bücherregal, den Sessel, die Leselampe und natürlich Vaters alte Kiste, das waren die Dinge, die ich mitnehmen wollte. Und ein paar Teller, Besteck, Gläser und Kaffeetassen. Einen Topf. Ja, gerne! Und eine Schüssel.

»Was ist mit dem Tisch?« fragte Mutter. »Den brauchst du doch, oder? Zum Lesen. Und die Kommode?«

Doch, sicher, aber der Eichentisch hätte ja die Hälfte des Zimmers ausgefüllt, und die Kommode … Na ja …

»Ich will versuchen, einen gebrauchten Schreibtisch zu ergattern«, sagte ich. »Dieser ist ein bißchen groß …«

Wir beide waren allein. Birger war zu Hause in der Wohnung, er wollte das Abendessen zubereiten.

»Tja, er ist es eben gewohnt, zu kochen«, sagte Mutter fast entschuldigend. Ihrer Ansicht nach war Kochen keine Beschäftigung für einen Mann.

Im Grunde kam mein Umzug in mehr als einer Hinsicht gelegen. Am Abend zuvor hatten Mutter und Birger erzählt, daß sie in Tunaberg einen Schrebergarten mit Hütte gefunden hätten! Nicht groß, aber es gab gute Gartenerde, mehrere Apfelbäume und ein paar Himbeersträucher.

»Also wird man wohl wieder ein paar Furchen Kartoffeln setzen und Saubohnen in die Erde stecken«, sagte Mutter, und obwohl ich mich für sie freute, versetzten ihre Worte mir einen Stich, denn es waren heimatliche Wörter und heimatliche Tätigkeiten, die man nicht verpflanzen konnte. So verwurzelt war ich.

Als wir nun unten in der Wohnung herumräumten und uns unterhielten, sagte sie, der Diwan und das Küchenbüfett würden sich gut im Schrebergarten machen. Und vielleicht auch die Kommode – falls ich nicht …? Und Hausrat und Geschirr würden ja auch dort gebraucht.

»Aber dafür nehme ich lieber was von seinem Kram«, sagte sie »ist nämlich auch nicht alles brauchbar da in der Fålhagsgatan, glaub das bloß nicht! Seine Frau hat viele schlechte und kaputte Sachen hinterlassen, die an den Ecken ganz abgestoßen sind.«

Es freute mich, daß sie das sagte. Ich schätzte es gar nicht, wenn sie untertänig war. ZehenPelles Frida, die mit ausgestreckter Hand auf Ardennerpferde zuging!

Jedenfalls drängte sie mir noch zwei Eichenstühle auf und packte Bettwäsche, Handtücher und diversen Hausrat in einen Karton. Obendrauf eine Garnitur Gardinen. Die Rosenkaffeetassen, die sie von mir hatte, und das Milchkännchen von C. G. Perssons, das ich einmal zu Weihnachten von meinen mühsam mit dem Verkauf von Grußkarten zusammengekratzten Zehnern gekauft hatte, legte sie, zusammen mit Großmutters Glasschalen und dem Becher mit Karl dem Zwölften drauf, in ihren eigenen Karton. Aber die Kerzenständer aus Nickel sollte ich behalten, die paßten so gut »auf deine Kiste da«, sagte sie.

»Ja, ich weiß auch nicht, was sollen wir bloß mit dem Rest machen?« fragte sie. »Ob von den annernden einer was haben will? Betty hat ja mal nach der Spiegelkommode gefragt … Muß ich mich wohl bei den Jungs umhören … Eilt ja nicht, die Miete ist bis Ende des Monats bezahlt, das sind noch fast zwei Wochen. Vielleicht kann Tante Jansson was gebrauchen. Die Fålhagsgatan ist jetzt jedenfalls voll.«

(Mama, liebe kleine Mama! Gibt es irgend jemanden außer dir in diesem Land, der »annernden« statt anderen sagt? Hast du das vielleicht von Großmutter, hat sie so geredet? Oh, wie ich dich liebe – du bist, wie du bist! Und jetzt ist es genau wie damals, als wir aus Dalängen fortzogen, da hast du auch frei-mütig verschenkt. Kochtöpfe und Kübel und Spaten und was weiß ich noch alles. Den Holzpflug, den BiegenArvid sich erbettelt hatte.)

»Dann müssen wir wohl mal Åke fragen, ob er sich ein Auto

ausleihen und dich hochfahren kann. Wenn er sowieso die Spiegelkommode holen kommt ...«

Ich stand da, versunken in meine Erinnerungen, doch nun wurde ich mit einem Schlag wieder nüchtern. Ich hörte, was sie sagte, und auf die Frage war ich glücklicherweise vorbereitet.

»Nein, Mutter, diesmal sollten wir ihn nicht ausnutzen, finde ich.« Eigentlich wollte ich aus alter Gewohnheit sagen: »Du weißt doch, daß Betty mich immer schief anguckt und der Meinung ist, ich hätte nur meinen eigenen Vorteil im Sinn«, aber nun konnte ich wirklich nicht meine Schwester ins Spiel bringen. Deshalb sammelte ich mich schnell und fuhr fort: »Nein! Glaubst du nicht, Birger oder Kalle könnten ein Auto organisieren? Ihr könntet zu viert kommen und wir feiern ein Einzugsfest! Dann siehst du, wie ich wohne, und triffst Solan wieder!«

Mutter lachte.

»Sollen Elin und ich etwa hinten auf der Ladefläche sitzen?«

»Nein, aber ihr könntet den Zug nehmen und ein bißchen eher kommen.«

So wurde es gemacht. Sie kamen. Und sie brachten eine Überraschung mit, ein Einzugsgeschenk von allen. Donnerlüttchen! StraßenbahnKalles Schnurrbart fing vor Stolz an zu zittern, als er das Präsent hereinschleppte und »enthüllte«. Es war ein Sekretär! Wunderschön. Glänzendes dunkles Holz, Messingbeschläge, zwei tiefe, lange Schubfächer und eine Schreibplatte mit kleinen Schubladen ringsherum und einer Art Nische in der Mitte. Ich war sprachlos, Kommode und Schreibtisch in einem und so schön ... Wie aus dem Haus meiner Träume ...

Kalle, der Auktionsspezialist, nickte und konnte sich nicht verkneifen, mir ins Ohr zu flüstern: »Ich habe ihn für fünfundsechzig gekriegt, aber das war reines Glück. Er ist ein paar hundert wert!«

Solan hatte, mit Unterstützung von Onkel und Tante, die Möbel für ihr Zimmer zusammenbekommen. Mit Ausnahme des Sekretärs war sie ungefähr so eingerichtet wie ich und hatte außerdem einen Klapptisch. Den deckten wir nun mit dem Geschirr, das wir besaßen, und tischten das Essen, das Mutter mitgebracht hatte, und eine Torte von Solans Tante auf. Sie und Onkel Brummbrumm – der einen großen Anteil an der Beschaffung der Wohnung hatte – waren natürlich auch zum Einzugsfest gekommen.

Die Stimmung war herzlich, über allem lag nichts als Sonnenschein und Verbrüderung. Und als ich da mitten in dem fröhlichen Geplauder saß, eingeklemmt an einer Ecke des Tisches, schien es mir, als sähe ich, verwischt wie auf einem Bild mit Doppelbelichtung, Papa, der auf dem Kartoffelacker stand, auf die Mistgabel gestützt in die Sonne blinzelnd, und er sah aus, als freute er sich über seine ersten Frühkartoffeln …

Aber kann es so sein? So großartig und schön? Daß die Toten ihr Eigentumsrecht abgeben und sich mit den Lebenden freuen? Und daß die Lebenden ebenfalls loslassen müssen und nicht glauben dürfen, etwas zu besitzen, so wie ich mit Dora?

Solan verliebte sich in Anders, einen fünfundzwanzigjährigen Typographen. Ich weiß nicht, ob sie immer noch an ihrer Forderung festhielt, daß zuerst ein Verlobungsring hermüsse, aber ich bezweifle es fast, ihr Gesicht war vollkommen aufgelöst vor Glück, wenn sie abends nach Hause kam.

»Er ist so wunderbar, Nancy! Du ahnst nicht … Genau wie ich es mir erträumt habe!« Ein ganz tiefer Seufzer und ein kurzes Schweigen, dann sagte sie: »Nancy … Du … Ich habe mir so viele Gedanken gemacht und wollte dich fragen, aber … Als du damals im April so überraschend kamst – ich sah dir ja an, daß es einen besonderen Grund gab, obwohl du nichts sagen wolltest. War es nicht so, daß du verliebt warst, Nancy? Und bist du jetzt verliebt?«

»Verliebt? Nein! Aber ich liebe.«

Die Worte kamen wie von selbst. Ich saß mit dem Rücken zu ihr am Sekretär und hielt den Kopf geneigt, ich spürte ihre Blicke und wußte, daß ihr Mund halbgeöffnet und die Augenbrauen in die Höhe gezogen waren.

»Aber, äh … Ich glaube, das verstehe ich nicht ganz …«

Ich drehte mich auf meinem Stuhl um, einem der alten Eichenstühle aus Dalängen.

»Doch, man kann lieben, ohne verliebt zu sein! Wenn man verliebt ist, erwartet man sich etwas, genau wie du bei Anders. Aber wenn man einfach liebt, dann ist es, was es ist, es existiert einfach und *ist*, wie ein besonderer Raum im Innern. Verstehst du? Und es hindert einen auch nicht daran, sich zu verlieben. In einen anderen. Das werde ich tun. Das weiß ich!«

Ich stand auf, ruderte mit den Armen und lachte und grinste über ihr verwirrtes Mienenspiel.

»Nancy, du bist, wie du bist! Ein bißchen eigenartig, wenn ich so sagen darf. Aber gerade deshalb mag ich dich so unheimlich gern!«

Mitte August nahm ich bei der Svenska Handelsbank ein Darlehen von siebenhundert Kronen auf, Großhändler Verner Magnusson, Stockholm, und Abteilungsvorstand Birger Lundin, Uppsala, hatten gemeinsam für mich gebürgt. Zusammen mit den fünfhundert, die ich auf dem Postsparbuch hatte, und dem ausstehenden Lohn war ich gut bei Kasse und würde prima zurechtkommen.

»Na ja, meine Unterschrift allein hätte es wohl auch getan«, sagte Onkel Brummbrumm, »aber wenn sie unbedingt zwei wollen …«

Die Verbrüderung bei unserem Einzugsfest zeigte ihre Wirkung.

Ich kaufte ein kleines Vorhängeschloß und zog es durch den Haken und die Öse an der Kiste. Den Schlüssel legte ich in die Kakaodose mit den Dschunken und den Holländern drauf, die hatte ich mir von Mutter erbeten. Solan wußte, wo der Schlüssel lag, sie hatte übrigens einige meiner Schätze zu sehen bekommen, aber nicht alle. Doch nun hatte ich nach gewissenhafter Prüfung und angemessenem Beistand von ihrer Seite mein Zimmer für drei Monate an ein Mädchen von der Postbank vermietet, das vermutlich an den Wochenenden nicht da sein würde (das hatte, im Hinblick auf den Typographen, den Ausschlag gegeben), und ich wollte nicht riskieren, daß jemand in meinem Allerprivatesten herumschnüffelte.

Am Abend vor Mutters Geburtstag fuhr ich nach Uppsala. (Ich dachte oder sagte immer nur Uppsala oder Fålhagsgatan, nie »nach Hause«.) Es war ein Montag, und ich hatte mir ausgerechnet, daß entweder Betty oder Åke am richtigen Tag, oder, was wahrscheinlicher war, am Sonntag davor kommen würden. Als Geschenk hatte ich einen kleinen gelben Rosenbusch gekauft, der sich vielleicht im Schrebergarten einleben würde. Mutter freute sich, bekam sogar feuchte Augen.

»Ach, Nancy, es gibt nicht viele wie dich!« sagte sie. »Du warst immer lieb! Zu allen Zeiten.« Und diese Heiligsprechung nahm ich gelassen auf, schließlich wußte ich es besser.

Betty war mit ihrer Familie am Sonntag zu Besuch gewesen. Als wir nach dem Essen in der Küche standen und Mutter abwusch und ich abtrocknete, während Birger in Hemdsärmeln dasaß und das Aftonbladet las, sagte sie plötzlich: »Stell dir vor, Betty, die Ärmste, ist schon wieder in anderen Umständen! Wenn ich mich nicht täusche, ist sie im vierten Monat, das sieht man an ihrem Gesicht, sie kriegt ja immer so Flecken ... Dann hat sie vier, eins nach dem anderen – ja, Gwendolyn ist ja schon neun, aber ...«

Sie beugte sich zum Küchenschrank hinunter und stellte einen Topf hinein, und das war ein Glück. Es ist keine Übertreibung, zu behaupten, daß die Eingeweide in meinem Bauch die Plätze tauschten. Ich rechnete schnell: acht minus vier ... Irgendwann im April.

Aber was hatte ich denn geglaubt? Was wußte ich überhaupt, und was wollte ich wissen? Die Perle in der Muschel regte sich unruhig. Wollte ausgespuckt werden, aber noch nicht. Jetzt noch nicht. Er hatte sein Leben. Brauchte es. Genau wie ich meines hatte. Haben wollte. Und langsam schloß sich die Muschel wieder.

Eine Woche später stieg ich in den Zug nach Malmö. Zusammen mit Solan hatte ich die große Reisetasche aufgegeben, die ich mir von ihrer Tante ausleihen durfte.

Solan löste eine Bahnsteigkarte und begleitete mich zum richtigen Waggon. Ich war nervöser, als ich mir anmerken lassen wollte, es war die erste Fernreise meines Lebens. Eine Reise ins Unbekannte. Als wir uns umarmt und versprochen hatten, uns zu schreiben, schreiben, schreiben, und ich meinen Platz gefunden hatte, schob ich die Fensterscheibe hinunter, und dann standen wir da und warteten und nickten uns zu, denn es war bereits alles gesagt und mußte nur noch bekräftigt werden: »Viel Glück! Hast du deinen Proviant? Paß auf dich auf ...« »Du auch! Und grüß den Typographen!«

Dann war der Ausruf zu hören: »Der Zug nach Malmö ... fährt von Gleis ... in wenigen Minuten ... Alles einsteigen! Bitte Türen schließen.« Und der Zug glitt davon. Ich hängte mich aus dem Fenster und winkte mit Tränen in den Augen. Liebe alte Feuergefahr! Zuletzt sah ich ihren roten Schopf.

Dann sank ich auf meinen Platz. Am Rathausturm glänzten die drei vergoldeten Kronen, im Tränenblinzeln zerflossen sie zu einem Hahn. Plötzlich war es auf beiden Seiten wasserblau, der Himmel klar, das Morgenlicht stark. Als ich mich zurücklehnte, wurden die roten Zeichen in meiner Farberinnerung gegen blaugrüne ausgetauscht, und dünne schwarze Linien wurden hastig auf die Innenseiten meiner Lider gekritzelt, wie auf eine Tagebuchseite.

Tja, dieser Deubel von Wetterhahn müßte irgendwann mal ausgewechselt werden. Wenn man nur ein geeignetes Stück Blech hätte ...

Jetzt ist alles gut, Papa! Und hier fahre ich, Nancy Viktoria. Viktoria wie Viktor. Das ist auch gut.

(Und Mutter mit Birger am Hauptbahnhof in Uppsala, ich sehe sie noch immer auf dem grauen Bahnsteig, wie sie am Abend standen, als ich mich verabschiedete. Sie winken mir zu. Er legt ihr den Arm um die Schultern, vielleicht weint sie? Das wird sie wohl ... Sie drehen sich um und gehen. Nun bin ich frei.)

Frei? Einsam, einsam und furchtbar ängstlich. Das ist die Wahrheit, Vater. Wie, um alles in der Welt, soll ich das hier schaffen?

Faß ein bißchen weiter hinten an, Mädchen, dann hast du besseren Halt! Die Birken schaukeln, als wir die Brücke über den Graben von HeidePetrus überqueren, der Mittsommer duftet und umschwirrt uns. Auf der Dachspitze des Pavillons dreht sich der halbe Wetterhahn mit seinem blinden Auge …

Kann man mit den Toten besser reden? Mutter hat jetzt Birger. Du bist auch allein. Wo du auch bist. Ich kannte dich kaum. Im Schneesturm sehe ich deinen Rücken vor mir. Du liebtest mich wohl – aber ein solches Wort, ein unmögliches Wort …

Die Liebe der Toten hat man für immer.

Die Großstadt mit all ihren Silhouetten verschwindet. Die Landschaft weitet sich allmählich, trockengraue Bäume und weizengelbe Felder. Im Bilderraum meines Kopfes hängt links vom Katheder eine Landkarte: Skåne, Schwedens Kornspeicher, ein kleines grünes Viereck ganz unten, wie ein Zapfen. Eine unbekannte neue Welt an der Grenze zur großen Welt, der zerstörten Welt, wartet dort unten, wo Schweden endet, auf mich. Ein offenerer Himmel, ein anderer Wind.

»Die Fahrscheine, bitte! Einmal Malmö. Danke!«

Der Mann mir gegenüber hat so lange Beine. Ich stehe vorsichtig auf und schlängele mich aus meinen Mantel, dann sitze ich mit gestrecktem Rücken in meiner neuen weißen Bluse und dem weiten karierten Rock da. Nicht besonders glücklich, aber sehr entschlossen. Doch, Papa, ich schaffe das!

Zwischen meinen Füßen steht die neue Aktentasche, die Kunstledermappe mit vier Fächern und zwei Außentaschen.

Elsie Johansson

wurde 1931 in einem kleinen Dorf nördlich von Uppsala geboren. Sie wuchs in einer Arbeiterfamilie auf, heiratete achtzehnjährig und bekam kurz darauf ihr erstes Kind. Erst mit achtundvierzig Jahren konnte sie sich mit der Veröffentlichung ihres ersten Buchs, einer Gedichtsammlung, den Kindheitstraum erfüllen, Schriftstellerin zu werden.

Es folgten weitere Gedichtsammlungen, Romane, Kinder- und Jugendbücher, aber der große Erfolg stellte sich erst in den neunziger Jahren mit der Trilogie über die Jugendjahre der in ärmlichen Verhältnissen aufwachsenden Arbeitertochter Nancy ein. Nach *Licht im Winter* und *Mittsommertanz* erscheint nun mit *Das Leben ein Fest* der abschließende Band dieser Romanreihe, die in Schweden mit über 600000 Exemplaren Auflage außergewöhnlich erfolgreich war und der Autorin zahlreiche Literaturpreise einbrachte. So heißt es etwa in der Begründung zur Verleihung des angesehenen *Aniarapreises 2002*, sie erhalte den Preis »für ihr Gesamtwerk, vor allem aber für die Romantrilogie über die Arbeitertochter Nancy. Diese Romanreihe, die an die Tradition der schwedischen Arbeiterliteratur anknüpft, schildert in einer gleichzeitig lyrischen und drastischen Sprache das Milieu und Leben in einer von Armut geprägten Welt zwischen Scham und Stolz und hat mit ihrer Wahrhaftigkeit und Ausstrahlung ein breit gefächertes Publikum erreicht.«

PIPER NORDISKA

Jette Kaarsbøl

Das Versprechen der Ehe

Roman. Aus dem Dänischen von Christel Hildebrandt. 560 Seiten. Gebunden

Kopenhagen, Ende des 19. Jahrhunderts: Die junge und unerfahrene Frederikke Leuenbech soll den Theologiestudenten Christian Holm heiraten, einen zuverlässigen Mann mit solidem Einkommen, kurzum das, was man eine gute Partie nennt. Sie selbst hinterfragt ihre Entscheidung kaum und verliert sich in ihren Tagträumen – bis sie den umschwärmten und charismatischen Arzt Frederik Faber kennenlernt und zum ersten Mal in ihrem Leben tiefe und aufrichtige Liebe empfindet. Fasziniert ist sie auch von seinem Freundeskreis, der aus Intellektuellen, Bohemiens und Künstlern besteht, denn sie repräsentieren das, was sie als Pfarrfrau nie würde haben können – ein Leben jenseits aller gesellschaftlichen Konventionen. Christian ist empört über Frederikkes Umgang, und als sie gar die Verlobung löst, kommt es zum Skandal. Nur wenig später unterbreitet ihr Frederik ein verlockendes Angebot: eine Ehe mit ihm, die ihr finanzielle Unabhängigkeit und persönliche Freiheit bringen soll. Überglücklich willigt Frederikke ein. Doch rasch begreift sie, daß Frederik unter einem Eheversprechen etwas anderes versteht als sie.

08/1002/01/R

PIPER NORDISKA

Christian Jungersen
Ausnahme

Roman. Aus dem Dänischen von Ulrich Sonnenberg.
336 Seiten. Gebunden

Ein Roman über die Psychologie des Bösen. Ein Roman, in dem vier Frauen sich das Leben gegenseitig zur Hölle machen: Iben, Malene, Anne-Lise und Camilla, vier Frauen, die gemeinsam im Dänischen Zentrum für Information über Völkermord arbeiten. Iben und Malene sind enge Freundinnen, die sich auch privat sehr häufig sehen und viele Geheimnisse miteinander teilen. Im Büro schieben sie sich gegenseitig die interessanten Aufgaben zu, während sich vor allem die Bibliothekarin Anne-Lise von ihnen ausgegrenzt fühlt. Eines Tages erhält Iben per email eine anonyme Morddrohung. Zunächst geht sie davon aus, daß der Absender ein serbischer Kriegsverbrecher sein muß, über den sie einmal gearbeitet hat. Bald aber schließen sie und Malene auch Anne-Lise als Absenderin nicht mehr aus.
Selten ist ein Buch geschrieben worden, das auf so kluge, spannungsvolle und so unnachsichtige Weise das Schicksal seiner Figuren mit seinem gesellschaftlichen Anliegen verknüpft.

08/1001/02/L